Amaru Muru und das Buch der Wahrheit

Karin Tag

Amaru Muru und das Buch der Wahrheit

Bibliografische Information der Deutschen Nationalbibliothek:
Die Deutsche Nationalbibliothek verzeichnet diese Publikation
in der Deutschen Nationalbibliografie; detaillierte bibliografische
Daten sind im Internet über http://dnb.dnb.de abrufbar.

Verlag: BoD · Books on Demand GmbH, In de Tarpen 42, 22848
Norderstedt, bod@bod.de
Druck: Libri Plureos GmbH, Friedensallee 273, 22763 Hamburg

ISBN: 978-3-7693-6444-6

Inhalt

Vorwort

ieses Buch ist all jenen gewidmet, die aktiv an der spirituellen Bewusstseinserweiterung in ihrem Leben arbeiten. Unser Planet liegt in den Händen unserer Verantwortung. Gerade jetzt darf jeder, der sich Mutter Erde nahe fühlt, seine Zuversicht und mitfühlende Kraft mit in den Friedensprozess auf der Erde geben. Möge dieses Buch verzaubernd und inspirierend auf den Leser wirken. Das denkbar Beste möge daraus erwachsen und dem höheren Ziel der Bestimmung der Menschheit dienen.

Die warmherzige Kraft der Geschichte von Amaru Muru und seiner Mission ist sehr erfüllend und ich bin glücklich, sie an die Menschen weitergeben zu dürfen. Ich danke allen Helfern in meinem Leben, die mitgewirkt haben, diese Aufgabe zu erfüllen. Hoffnungsvoll und zufrieden weiß ich, dass die Geheimnisse dieses Buches dabei erfolgreich sein werden, Frieden, Heilung und Glück auf dem Planeten Erde zu manifestieren.

Mögen die Worte dieses Werkes auch meinen von mir geliebten Kindern Merlin und Linda Freude schenken und sie liebevoll daran erinnern, wofür wir Menschen leben.

Ich danke Corazon de Luz und Amaru Muru für ihr unermüdliches Wirken für uns Menschen, ich fühle mich geliebt und behütet in ihrer Weisheit. Ich danke meinen Lesern, die mit der Reise durch diese Buchseiten eine bessere Welt erfolgreich ermöglichen. Wir sind alle in Frieden und Liebe verbunden.

Danke.

In der Gegenwart

Wind streift durch die Wipfel der Bäume und ein emotionaler, eisiger Frost liegt über dem Planeten. Die Menschenwelt befindet sich im Krieg, in Unruhe und unter dem Zauber des Vergessens. Die sichtbaren und unsichtbaren Völker der Erde atmen den Sturm der Veränderung. Der Geist einer wirren Zeit weht um die Welt und der Planet Gaia sehnt sich nach Frieden, Heilung und Liebe.

Eilig hasten die Zeitalter dahin und die Tage verfliegen wie im Laufschritt. Es scheint, als lege sich negatives Verlangen um die Erde wie ein Schleier aus dunkler Magie. Macht und materielle Gier bestimmen die Frequenzen, in denen die Menschen ihre Schöpferkraft vergessen haben. Stürme, Hochwasser und Brände zeugen von Veränderung auf dem Blauen Planeten, der immer noch Heimat für viele verschiedene Wesen in der sichtbaren und in der unsichtbaren Welt ist. Bedrohlich wirkt der Schatten der Angst auf die Mutter Erde und lähmendes Vergessen legt sich wie Nebel auf das Bewusstsein der Menschenvölker.

Aus allen Dimensionen blicken, über viele Generationen hinweg, Freunde und Helfer aus dem Sternenlicht auf die Erdentage in der Gegenwart, und die Sonne strahlt mit ihren Frequenzen den Geist der Veränderung im Sonnensystem des menschlichen Universums. Hoffnung weht in den Herzen der Hüter der Chronik des Weltgeschehens. Zeitlos wachen sie über die Entwicklungen, die der freie Wille aller Seelen in die Materie stellt.

Von besonderer Bedeutung sind in diesen Tagen die Menschen, die den Großteil des Blauen Planeten in Besitz genommen haben. Die Erde mit ihren erhabenen Kontinenten und den weiten Meeren liegt wie eine Perle in dieser Galaxie, begleitet von ihrem Mond, der ihm mit seinem sanften Wesen und seiner Anziehungskraft die Gezeiten der Ozeane schenkt.

Viele der Wissenschaften der universellen Wahrheit sind in dieser

Epoche verloren gegangen und die Menschen leben in Gier und Macht, ahnungslos, welche Bedeutung sie in diesem Universum haben. Gaia, der Planet der Schöpferkraft und Liebe, wartet geduldig auf das Erwachen der Hüterschaft, welche die kosmische Kraft der Schöpfung beherrscht und die Welten in Einklang und Gleichgewicht hält.

Die letzten Tempel dieser Hüter ruhen unversehrt im Inneren von Gaia, physisch unerreichbar für die Menschenwelt. An der Erdoberfläche liegen Reste einer Zivilisation mit einem universellen Bewusstseinszustand, zum großen Teil zerstört in den Meeren und weit verstreut über die Kontinente des Planeten. Die steinernen Monumente sind die Zeitzeugen einer Kultur, die über Fähigkeiten verfügte, mit mentaler Kraft Leben zu formen und alle Elementarwesen zu beherrschen. Aus den Elementen Feuer, Erde, Wasser, Luft, Holz, Salz, Metall und Kristall erschufen sie Tempelanlagen und Plätze, die mit Portalen verbunden waren, über die Reisen in die verschiedensten Galaxien und in andere Dimensionen möglich waren.

Alles erinnert in Bruchstücken an ein Sternenwesen, das vor langer Zeit einst auf den Blauen Planeten kam und die Menschen lieben lernte. Vergessen liegt das Vermächtnis dieses Sternengeborenen in den Tempeln der Inneren Erde und hofft auf ein Aufblühen der Menschheit und ihrer Begabung, Hüter des Planeten Gaia und darüber hinaus undenkbar viel mehr zu sein.

Die mentalen Fähigkeiten, die in den Herzen der Menschen liegen, sind etwas Besonderes. Mit ihren Gefühlen sind sie in der Lage, alles zu gestalten nach ihrem freien Willen. Sie sind berufen, die Materie zu erschaffen und mit Liebe zu formen, aber sie haben auch die Macht, jegliches Leben auf dem Planeten Gaia zu zerstören. Es scheint die Zeit gekommen zu sein, in der es unvermeidlich ist, die Erdbewohner der modernen Welt aufzuklären, wer sie wahrhaftig sind und welche eigentliche Aufgabe sie in ihren Seelen und Herzen tragen. Liebe und Mitgefühl sind die Hoffnungsträger, die in den Erdenkindern alles bewirken, um ihre wahre Bestimmung zu erfüllen.

Leise raunen die verfallenen Tempel und Anlagen den Namen der Lichtgestalt, die vor ewigen Zeitaltern auf die Erde kam, um Licht und Glück in die Erdenwelt zu bringen. Die Wälder, Seen und Ozeane flüstern leise seinen Namen. Die Berge stehen still im Sturm der Zeit, und die winzigsten Sandkörner wispern den Ruf der Hoffnung in die Menschenwelt. Die Wesen der Anderswelt murmeln und singen Gebete des Erwachens in die dünnen Nebel der unsichtbaren Welten. Alles Leben erinnert sich an die Zeit, in der einst ein Lichtwesen die Erde mit Liebe belebte.

In den unendlichen Ebenen des Universums liegt die Hoffnung in den Menschen des Planeten. Sie haben die Wahl, in freiem Willen zu entscheiden, ob sie sich im groben Verfall der Materie, in Macht und Gier, verlieren und alles in Zerstörung stürzen – oder sich die Erdenwelt in Heilung und Liebe neu entwickeln wird. Sie haben die Kraft der Magie, um den Völkern der Erde Glück und Freude zu schenken, in einem Frieden, der ewige Zeiten andauern wird.

Mit der Geschichte über das Lichtwesen, welches einst auf die Erde kam, sind geheime Lehren und Wissenschaften verbunden, die jetzt nützliche Wahrheiten sind, um die Erdenwelt in eine neue glückliche Zeit zu führen. Möge das Vermächtnis des Lichtmeisters Amaru Muru dazu beitragen, dass die Völker der Erde ihren Frieden und ihre Bestimmung finden. Der Wind wispert den Namen der Hoffnung und der Planet erwacht zu neuen Kräften. Schatten der Vergangenheit weichen jener Weisheit, die Liebe und Licht zurück auf den Erdball bringt.

Dies ist die wichtige Geschichte von Amaru Muru und seiner Botschaft an die Menschen, die heute übermittelt wird, weil daraus Hoffnung und Liebe wachsen.

Der Beginn des Vergessens

Endlos lag das Universum in seiner farbigen Schönheit voller Vielfalt und Leuchtkraft in der Weite der unendlichen Dimensionen. Der Planet Erde thronte wie ein Juwel im Sonnensystem der Galaxie, die der Milchstraße zugeordnet ist. Paradiesisch und friedlich drehte er sich im Tanz mit den Planeten und seinem Mond um eine Sonne, die lebensspendend auf die Erde einwirkte. Überall in den Weiten der Universen und Dimensionen reisten Lichtwesen umher, die voller Liebe über die Schöpfung wachten.

Eines dieser Wesen hatte Freude an der Erde gefunden und streifte immer wieder gern um den Planeten Gaia und erfreute sich an seiner Schönheit. Es fand Gefallen an den Meeren und ihren Bewohnern und den vielen unterschiedlichen Lebewesen auf den Kontinenten mit ihren bunten, vielfältigen Lebensarten. Es beobachtete die Wesen auf der Erde und beschloss, die verschiedenen Völker näher kennenzulernen und sie in die Weisheiten des Universums einzuweihen.

Das Lichtwesen war durch seine feinstoffliche Struktur in der Lage, durch alle Materie hindurch zwischen den Dimensionen zu reisen, und beschloss, Verbindungsportale einzurichten, die es anderen Sternenwesen ermöglichten, die Anmut der Milchstraße und des Planeten Erde zu besuchen. Diese Portale waren überdimensional und das Lichtwesen hoffte auf diese Art, die Schönheiten des Universums zu vervielfältigen.

Mit der Zeit besuchten Wesen von anderen Sternen die Erde und auch sie fanden Freude an der Vielfalt der Natur und der Anmut auf dem Blauen Planeten. Sie mischten sich unter das irdische Leben und so entstanden Mischvölker, die sich neben den Menschenvölkern als Freunde und Helfer ansiedelten. Feen, Elfen, Zwerge und Riesen lebten in der gleichen Ebene, sichtbar gemeinschaftlich mit den Menschen und lernten voneinander.

Es entstanden friedliche Allianzen, die miteinander die Geheimnisse der Schöpfung nutzten, um Tempel und Anlagen zu errichten, die als gemeinsame Versammlungsorte dienten. Mithilfe ihrer übersinnlichen Kräfte und Fähigkeiten waren sie in der Lage, die wundervollsten Plätze zu erschaffen und Gärten und Versammlungsplätze anzulegen. Sie lebten im Einklang mit der Natur und teilten ihr Wissen um Magie und Schöpferkraft liebevoll miteinander.

Im Inneren der Erde entstand eine Lichtstadt mit einer Bibliothek, die für alle Zeiten dort den Wissensschatz und die Lichtkraft des Universums und das Vermächtnis der Sternenvölker verkörpern sollte. Eine Stadt aus Kristall und Licht wurde zum Zentrum von Gelehrten aus allen verschiedenen Kulturgruppen, die es auf der Erde gab. Für die Völker auf der Erdoberfläche wurden Zugänge zum Inneren der Erde geschaffen. Über Tunnel und Portale war es ihnen möglich, einen regen Austausch und Handel untereinander zu betreiben.

Das Lichtwesen errichtete eine Schule im Inneren der Erde, um die kosmische Weisheit und die Gesetze des Universums an die Erdlinge weiterzugeben. Hier versammelten sich die Priester aller Völker des Erdenplaneten und zeichneten die Wissenschaften auf kristallenen Tafeln auf und begründeten eine Kristallbibliothek.

Über viele Jahrtausende hinweg entstand eine freudvolle und liebevolle Welt, die ein Musterbeispiel für Gemeinschaft, Frieden und das Leben im Einklang mit dem Universum und seiner Schöpferkraft darstellte. Es war eine glanzvolle Zeit voller Harmonie und Freude, und die Erdenwesen erschufen sich ihrer Art entsprechende Lebensräume. Sie lebten in Einklang mit der Natur und alles war im Gleichgewicht.

Dörfer, Städte, Paläste und Tempel errichteten sie mithilfe ihrer magischen Kräfte. Die Zwerge konstruierten Prachtbauten und Siedlungen unterhalb der Erdoberfläche und förderten Mineralien und Kristalle, die für die Bauten der Erdlinge verwendet wurden. Sie tauschten diese Kostbarkeiten mit den Elfen und Menschen gegen Früchte, Gemüsesorten und Getreide. Die Feen wachten über die Wasser und Wälder der Erde und vergüteten mit Heilmitteln und Kräutern die handwerklichen Tätigkeiten, die beim Bau der Paläste unersetzlich waren.

Die Riesen lebten in den Bergen und Anhöhen und sie gingen oft auf Wanderschaft, um mit ihrer Kraft den Bau der Tempelanlagen zu ermöglichen. Sie erhielten dafür Obst, Gemüse und allerlei schmackhafte Köstlichkeiten. Die Menschen waren kreativ in ihren handwerklichen Fähigkeiten und begabt in Ackerbau, Töpferkunst, Weben und dem Anlegen von Gemüsegärten. Sie handelten ihre Waren mit allen Volksgruppen und erhielten dafür Unterricht in Bautechnik, Magie, Heilkunst und dem Wissen über die kosmischen Gesetze des Multiversums.

Das Lichtwesen war sehr glücklich über die Entwicklung und hoffte darauf, dass die Völker der Erde eines Tages im ganzen Universum gleichartige Planeten auf dieselbe Weise besiedeln und beleben würden.

Die Gesetze des Kosmos schrieben vor, dass sich alle Wesen in Freiheit und in freiem Willen entfalten dürfen. Das war der Grund, warum das hell leuchtende Sternenlichtwesen Schulen und Tempel anlegen ließ, um in den Weisheiten des Universums alle zu unterrichten, die den Wunsch danach verspürten.

Es gab Versammlungen und Feste, zu denen sich die Völker trafen und miteinander feierten und lernten. Es entstanden wunderbare Kulturen, die mit Lichtkraft und Magie lebten und sich in Harmonie mit dem Universum entfalteten. Über viele Jahrtausende hinweg war die Erde friedlich belebt und die Fähigkeiten der Menschen waren vielfältig in die Magie gewachsen. Sie beherrschten Telepathie und Telekinese und hatten eine Lebensdauer von mehreren hundert Erdenjahren. Es war ein friedliches Leben in gemeinsamem Austausch.

Doch dann brach das Zeitalter des Vergessens über die Erde herein und stürzte die Welt der Erdlinge in eine dunkle Ära, in der Angst, Machtgier und Zorn alle Völker auf dem Planeten beherrschten. Mit der Angst kam auch der Zweifel an der Urkraft des Multiversums auf und besonders die Menschenkinder verloren ihre schöpferischen Begabungen.

Sie verstrickten sich in dunkle Magie, um Macht und Leben zu sichern. Je länger diese Angst wirkte, umso mehr vergaßen die Menschen alles über ihren Ursprung und ihre wirkliche Bestimmung im Universum. Sie fielen in ein langes Vergessen über viele Zeitalter hinweg. Die Hoffnung auf ein Wiedererwachen der Fähigkeiten und des Bewusstseins des Menschen schwand über die Jahrtausende.

Das Lichtwesen betrachtete die Entwicklungen auf dem Blauen Planeten und entschied, den Menschenvölkern zu helfen, ihr Vergessen zu überwinden. Es wollte alles unternehmen, um den Frieden auf Gaia wiederherzustellen, ohne dabei gegen die kosmischen Gesetze zu verstoßen. Das Lichtwesen bereiste den Planeten in der Gestalt eines Zauberers und wandelte unter den Menschenvölkern, um ihnen die Bausteine des Universums ins Gedächtnis zurückzuführen. Doch gegen die Zauberkraft der Angst war er machtlos. Zu tief empfanden die Menschen Macht, Gier, Trauer und Schmerz. Er wollte sie von dem dunklen Zauber erlösen, aber sie erneuerten die Angst mit ihrem eigenen Willen und der Hilfe Schwarzer Magie immer wieder aufs Neue.

Der Tempel
im Inneren der Erde

einahe lautlos schritt der Zauberer durch einen schmalen Gang. Er trug eine lange Kutte aus dünnem Leinen, die fast bis zum Boden reichte. Feine Silberfäden umsäumten das leichte Gewand. Die Kapuze hatte er weit über den Kopf bis tief in das Gesicht gezogen. Mit jedem Schritt, den er machte, näherte er sich einer Halle, die am Ende des Tunnels lag, welcher in den harten Stein geschlagen war.

Er murmelte leise vor sich hin und fingerte hastig in seinen Umhangtaschen herum. Vorsichtig zog er einen steinernen Gegenstand aus seinem Umhang und nahm ihn dicht vor sein Gesicht. Er führte ihn bis an seine dünnen Lippen und behauchte ihn dreimal. Da entfaltete der kleine, unscheinbare Stein seine Leuchtkraft und man konnte seine Kristallstruktur erkennen. In schillernden Farben glitzerte er in der schmalen Hand des großen, schlanken Mannes. Man sah, dass seine Haut vom Schein des Kristalls beleuchtet, in bläulich schimmerndem Licht erstrahlte.

Der würdige, große Magier lächelte und lief weiter in Richtung der Halle, die am Ende des schmalen Ganges lag. Die Zwerge hatten den Weg in den Fels geschlagen und sich bemüht, die Wände glatt und glänzend zu halten. Es musste lange gedauert haben, diesen Gang in das Innere des Berges zu formen, der in einer Anhöhe gut versteckt von den Zwergen bewusst ausgesucht worden war. Hervorragend getarnt hatten sie den Eingang mit Runen versiegelt, und nur Eingeweihte waren in der Lage, ihn zu öffnen, um in das Innere des Berges zu kommen.

Mit leichten Schritten lief der hagere, große Mann ehrfürchtig in die Halle, die sich symmetrisch in die Höhe entfaltete. Die Baukunst der Zwerge war an diesem Ort eine Augenweide. Das Gewölbe erstreckte sich schier endlos und war von meterhohen Säulen eingerahmt. An der Hallendecke waren geschickt winzige, wie Fenster wirkende Schächte in die Hülle des Felsenberges angebracht. Das Tageslicht wurde dadurch in die Halle gelenkt und über Spiegel aus poliertem Stein in das Gewölbe geleitet. Es machte den Eindruck, als würde der Berg aus sich selbst heraus leuchten und es bedurfte keiner weiteren Lichtquelle. Die Wände glänzten glatt und ebenmäßig und der Ausdruck der Halle war machtvoll und imposant.

Der leuchtende Stein in der Hand des Zauberers änderte seine Farbe und es schien, als würde er dem dünnen Mann den Weg weisen. Er drehte sich in der Halle einige Male um sich selbst und beobachtete das Farbspiel des Steines in seiner Hand. Je nach Farbverlauf wendete er sich in die entsprechende Richtung und lief weiter bis ans Ende des imposanten Gewölbes.

Der kleine, kristalline Kompass in seiner Hand führte ihn zielsicher bis zu einer Wand, die mit Zeichen, Symbolen und Runen vollständig bedeckt war. Der hagere Magier zog seine Kapuze vom Kopf und sein silbriges Haar leuchtete mystisch mit dem funkelnden Licht des Saales um die Wette. Vorsichtig tastete er die einzelnen Runen ab und murmelte leise vor sich hin.

Seine blauen Augen funkelten hell und es schien, als würde seine Haut dünn in allen Regenbogenfarben glänzen. Der große Mann wirkte würdevoll und strahlte gleichzeitig liebevolle Güte aus. Er trug unter seinem Mantel ein schlichtes, naturfarbenes Hemd über einer weiten Leinenhose, die mit einer Hanfschnur an der Hüfte gebunden war.

Leise flüsterte er in Richtung der Wand, und der kleine Kristall in seiner Hand fing an, hell zu strahlen. Dann öffnete sich langsam die Felswand vor ihm. Der schwere, massive Stein rückte mit einem Grollen nach innen und die Felstür gab den Blick auf eine steinerne Treppe frei, die hinab führte. Glatte, perfekte Granitstufen glitten ebenmäßig in einen dunklen Gang, der sich weit nach unten erstreckte.

Der große Mann duckte sich ein wenig, um die steinernen Stufen hinab in den glatten Tunnel zu steigen. Er drehte sich kurz um und murmelte etwas die Treppe hinauf, woraufhin die Steinpforte mit einem Ruck wieder an ihren Platz rückte. Sie verschmolz passgenau mit der Wand und man konnte nur erahnen, an welcher Stelle sie sich geöffnet hatte. Sie schien wie von Zauberhand getarnt im Fels zu verschwinden.

Leichtfüßig lief der Magier den Tunnel entlang. Der Kristall in seiner dünnhäutigen Hand erleuchtete ihm den Weg und es schien, als würde der Mann mit jedem Schritt mehr aus sich heraus strahlen. Der Gang führte weit nach unten in das Innere des Berges. In Form einer Spirale wand er sich wie eine Schlange tief in die Erde.

Mit jedem Fußtritt wurde der magische Mann schneller, und lächelnd summte er vor sich hin. Er begann, beschleunigt zu laufen, und seine Schritte wurden zu Sprüngen, während er übernatürliche Geschwindigkeit aufnahm.

Sein Antlitz wurde immer heller, und er hielt den strahlenden Kristall fest umschlossen in seiner Hand. Schnell löste sich die Gestalt des Zauberers in gleißendem Licht auf und wurde zu einer Lichtgestalt in bunten, leuchtenden Farben. Dann plötzlich wurde er zu einem Lichtblitz, der den endlos wirkenden Spiralgang hinab bis tief ins Innere der Erde raste.

Am Ende des Tunnels eröffnete sich ein Portal, und der zu Licht gewordene Mann hielt davor an. Er umfasste immer noch den Kristall mit seiner Lichthand, und der Stein verwandelte sich in puren, durchsichtigen Bergkristall.

Langsam durchschritt er das Lichtportal, das aussah, als würde es in eine andere Welt führen. Das Lichtwesen betrat das Portal schwebend und es gelangte in ein riesiges, endlos wirkendes Gewölbe. Helles Licht strahlte vom Gewölbehimmel. Es wirkte, als gäbe es dort eine eigene Sonne. Überall floss leuchtendes Wasser in kleinen Wasserfällen an den Wänden hinab. In Kaskaden strömte es strahlend in die Gewölbemitte.

Das Wesen glitt ehrfurchtsvoll am Wasserlauf entlang. Glatte Kristallsteine waren hier zu einem Pfad geformt. Es folgte dem Weg bis ins Zentrum des Gewölbes, das sich zur Mitte hin auszudehnen schien. Es wirkte endlos und es erweckte den Anschein, sich von Zauberhand zu erweitern.

Dem Lichtfluss folgend erreichte das Lichtwesen die Mitte der riesigen Höhle und durchschritt eine Pforte aus Lichtwasser. Es verweilte einen Moment im Lichtquell und sein eigenes Leuchten verschmolz mit dem Licht des Portals und nahm die gleichen bunten Farben an.

Dann betrat es die Lichtstadt im Inneren der Erde. Hier war alles aus Kristall erschaffen vor Tausenden von Erdenjahren. Raum und Zeit gab es hier nicht und eine Atmosphäre von Liebe und Licht durchströmte jeden einzelnen Tempel, der prunkvoll angelegt worden war. Geheimnisvoll funkelten und glitzerten hier die Gebäude, und es wirkte, als würden sie im Licht vibrieren. Prachtvolle Bauwerke aus unterschiedlichen Kristallen reihten sich dicht aneinander.

Zielsicher glitt das Lichtwesen in eines davon hinein. Der wundervolle Bau war aus Bergkristall geformt, und riesige Kristallspitzen wirkten wie Säulen, die im Licht schimmerten wie reines Glas. Am Eingang des Bauwerkes legte der Lichtmann den Kristall aus seiner Hand in eine runde, schalenartige Ausformung, die dort in der Wand eingelassen war. Er summte einen Ton und der kristalline Stein verschmolz mit der Halterung. Gleichzeitig öffnete sich die riesige Tür, die aus massivem Bergkristall bestand und den Eingang zum Tempel freigab.

Im Inneren des gewaltigen Gebäudes waren kleine Wasserläufe angelegt, die in symmetrischen Bahnen auf einen Altar zuliefen. Das alles leuchtete aus sich selbst heraus, als wäre es aus ätherischem Licht geschaffen. Von oben betrachtet zeichneten die Wasserkanäle eine Blume des Lebens in den Hallenboden. Im Zentrum des Symbols für spirituelle Kraft und Erleuchtung ragte der Altar prachtvoll in die Höhe.

Der Grundriss der mystischen Halle war rund und exakt nach heiliger Geometrie geformt. Die wahrhaftige Verbindung mit der Schöpferkraft und der kosmischen Ordnung war in lebendiges Licht gefasst und vom Lichtwasser belebt. Das Muster auf dem Boden bestand aus 13 Kreisen, und sie waren durch Linien miteinander verbunden. Jeder Kreis berührte drei weitere Kreise, und die Struktur bildete einen dreidimensionalen Würfel.

Das Symbol verband den heiligen Ort mit dem Universum und erschuf ein harmonisches Gleichgewicht mit den Elementen und der Einheit von Körper, Geist und Seele eines jeden Wesens auf der Erde. Das Energiefeld, das sich aus der Form des Symbols und dem heiligen Quellwasser ergab, war die direkte Verbindung mit der Quelle allen Seins, der universalen Schöpferkraft.

An den Wänden des glitzernden Raumes leuchteten Runen in überirdischem Glanz. Der Lichtmann stellte sich direkt vor den Altar und erhob seine Arme zum innigen Gebet. In einer Sternensprache sang er, und die Halle begann in allen Spektralfarben zu leuchten. Er drehte sich einmal um die eigene Achse. Farbige Lichtwellen flossen aus ihm heraus und verbreiteten sich im ganzen Raum. Die Vibrationen, die von ihm ausstrahlten, entfalteten sich in der gesamten Halle und setzten sich in der Lichtstadt fort.

Von allen Seiten des Saales trafen Lichtwesen in den schönsten Farben ein. Hell und bunt erschienen sie wie aus dem Nichts. Engelwesen mit schillernden Lichtflügeln schwebten in Richtung des Altares und versammelten sich im Kreis um den Lichtmann, der immer noch in einer überirdischen Sprache liebevoll sang.

Fühlbar vibrierte der Raum, und die kristalline Stadt schwang mit. Das Wasser in den Kanälen und Flüssen pulsierte und es schien, als würde jeder Lichtwassertropfen tanzen. Dann nahm der Zauberer seine Hände nach unten und neigte seinen Kopf zum Gruß in die Richtung der Engelwesen.

Er erhob sein Haupt wieder und begann zu sprechen: »Hohe Engel des Lichtes, seid begrüßt in dieser Halle! Ich freue mich, euch zu sehen und bin dankbar für euer Erscheinen. Das Zeitalter des Vergessens hat begonnen, und die Bewusstseinsentwicklung der menschlichen Völker der Erde ist nahezu zum Erliegen gekommen.«

Einer der Engel schwebte auf den Lichtmann zu und neigte sich direkt vor sein Gesicht. Liebevoll strich das Engelwesen dem Magier mit der ätherischen Hand über das Angesicht.

»Mein Lichtbruder, sei nicht traurig darüber. Es ist nicht an dir, in die Entwicklung der Seelen auf der Erde einzugreifen. Das Gesetz des freien Willens macht es unmöglich, diesen Zauber aufzulösen und die

Menschen aus der Erfahrung der Angst vorzeitig zu befreien. Auch die Gefühle von Angst, Macht und Gier müssen gefühlt und überwunden werden. Erst wenn die Völker der Erde gelernt haben, ihre Emotionen zu verstehen und auch zu steuern, werden sie reif genug sein für ihre Aufgaben im Universum. Du kennst die Gesetze des Kosmos besser als wir und du weißt, dass niemand sich einmischen darf in das Geschehen.«

Er senkte seinen Kopf und antwortete: »Es macht mich traurig, denn ich ahne, wie schwierig diese Erfahrung für die Völker der Erde sein wird. Die Angst wird Machtgier und Zerstörung mit sich bringen, und die magischen Fähigkeiten der Erdenbewohner werden in Egoismus und Kampf versinken. Nicht nur das. Sie werden vergessen, wer sie sind und welche Aufgaben und Begabungen sie in sich tragen. Sie haben doch alle so viel Schöpferkraft und Gutes in sich!«

Bedrückt neigte der Sternenmann sein Haupt und seine Lichtfarbe änderte sich. Eine Lichtträne löste sich aus seinen Augen und glitt über sein Gesicht.

Ein anderer Engel kam näher und legte seine Flügel wie eine Umarmung um ihn herum und sprach: »Du liebst die Menschen sehr, mein Bruder. Hier kannst du nichts weiter tun, als Geduld haben. Es liegt nicht an dir. Jede Emotion, die eine Seele erfährt, hat ihre Bedeutung. Innerhalb der Materie zu sein bedeutet, alle Gefühle gelebt und verstanden zu haben und sie richtig zu nutzen. Auch das Überwinden von Angst, Wut und Machtgier gehört zu der Schulung, die nötig ist, um sie frei zu machen in ihren Fähigkeiten. Nur wenn sie das Wissen des Multiversums erfühlt haben, werden sie ihre Meisterschaft erlangen und zu dem werden, was für sie vorgesehen ist. Habe Geduld und vertraue auf die Fähigkeiten, die in den Völkern der Erde liegen. Sie müssen die Chance haben, sich frei zu entwickeln.«

Der Magier nickte und schaute in die Engelrunde, die sich um ihn gereiht hatte. »Und was soll aus den Tempeln und Schulen werden, die wir angelegt haben? Was wird mit dem Wissen, das ihnen helfen kann, sich schneller zu entwickeln und diese Phase zu überwinden? Die Wissenschaften des Universums, der Schlüssel zur Schöpferkraft in der Materie? All die Geheimnisse um die Multiversen und die Elementarkraft müssen überliefert werden.«

Einer der Engel antwortete liebevoll: »Du darfst sie den Menschen in eine Bibliothek fassen, die nur dann von ihnen geöffnet werden kann, wenn sie reif genug sind, das Wissen nicht zum Schaden für das Universum einzusetzen. Die Völker der Erde sollen auf diesem Planeten frei ihre Lektionen lernen, ohne anderen Sternenvölkern oder Wesen in anderen Dimensionen und Universen zu schaden. Du wirst einen klugen Weg finden, das Wissen so zu bewahren, dass es zum richtigen Zeitpunkt gefunden und aktiviert werden wird. Das wird ein hilfreiches Mittel sein, den Erdenbewohnern den richtigen Weg zu erklären. Zeit ist nicht existent, und du wirst ihnen über Dimensionsportale das Wissen im angemessenen Augenblick übergeben. Mehr dürfen wir nicht hilfreich sein, mein Lichtfreund. Die Liebe in den Menschen ist stark, sie werden ihren Weg beschreiten und ihre Bestimmung finden.«

Der leuchtende Zauberer nickte, und langsam verschwanden die Lichtengel, die sich vor seinen Augen auflösten. Das Licht im Raum pulsierte weiter und erfüllte die Halle mit einem übernatürlichen Glanz.

Majestätisch schwebte er in Richtung eines Ganges am Ende des Saales. Dort angekommen wurde er feststofflich und nahm seine menschliche Gestalt wieder an. Anders als zuvor trug er jetzt ein Gewand aus dünn gewebtem Gold. Das wertvolle Material wirkte leicht und anschmiegsam, und feine Symbole waren mit Silberfäden in den hauchdünnen Stoff gestickt.

Seine Haut war immer noch scheinbar durchscheinend und lichtfarben. Er lief an den Wasserläufen vorbei durch einen Säulengang. Glänzend und glatt poliert, wirkten die machtvollen Wände fast durchsichtig. Alles war aus reinem Bergkristall geschaffen, und er spiegelte sich in den symmetrischen Flächen.

Leichtfüßig bewegte er sich barfuß auf dem Gangboden und murmelte vor sich hin.

Da polterte es plötzlich am Ende des Säulenganges. Mit einem Krach fiel etwas scheppernd zu Boden. Der Magier lächelte und sagte: »Frandulin, was hast du zerbrochen, mein Freund?«

Mit einem Freudenschrei antwortete es aus einem Zimmer am Ende des Ganges: »Mm, Mm, Meister, ihr seid zurück?«, stotterte jemand hastig. »Oh, äh, alles gut, Meister, es ist nichts, ich, äh, habe, äh, nur den Spiegel zerbrochen. Alles gut, Herr, ich werde sofort einen neuen besorgen. Alles gut, alles gut.«

Der Zauberer betrat den Raum, aus dem die Stimme kam. Es war ein spärlich eingerichtetes Zimmer. Ein Bett mit einem Sockel aus Amethyststein stand an der linken Seite der kleinen Kammer. An der Wand zierten Runen und Symbole die glatten Flächen aus Kristall. Lichtwasser floss direkt hinter der Kristallwand, und es wirkte, als würde das Wasser in Kaskaden rückseitig des Mauerwerks entlang strömen. Es erweckte den Eindruck, dass der Raum direkt in einem Wasserfall gebaut wurde. Das leuchtende Wasser erhellte auf diese Art die gesamte Tempelanlage.

Auf dem kristallinen Fußboden des Zimmers kauerte eine kleine Gestalt am Boden und bemühte sich fahrig, die Bruchstücke eines Obsidianspiegels aufzusammeln. Der kleinwüchsige Mann hatte buschige, braune Haare, die zu einem langen Zopf geflochten waren. Sein Bart war zottig und am Ende mit einem Silberring zusammengehalten.

Seine Augen blitzten in strahlendem Blau, als er sich zum Magier umdrehte und aufsprang. »Meister, ich, ich, ich räume es sofort weg.«

»Frandulin, nicht so hastig, mein Freund, lass dich ansehen«, antwortete der große Mann und breitete seine Arme aus.

Der Zwerg sprang auf und stürzte sich auf die Beine des Zauberers und klammerte sich fest.

»Herr Amaru, ich bin so glücklich, euch zu sehen. Es, es, es ist so, so, so lange her, seit ihr fortgegangen seid. Ich, ich, ich dachte schon, ihr kommt nicht wieder!«

Der Zauberer neigte sich zu dem bärtigen Zwerg und umfasste ihn an der Hüfte. Er hob den Zwergenmann mit Leichtigkeit hoch und drehte sich mit ihm um seine eigene Achse. Er wirbelte ihn einmal durch die Luft und kitzelte ihn unter seinen Armen, bevor er ihn wieder sanft auf den Boden setzte.

»Frandulin, mein treuer Freund! Was machst du hier ganz alleine?«

Der Zwerg gluckste vor Vergnügen. Er kicherte und stotterte leise: »Herr Amaru, ich, ich, ich wollte nachsehen, ob ich euch im Spiegel finde. Weil, weil, weil ihr so lange fort, fort, fort gewesen seid. Jetzt habe ich ihn zerbrochen, den, den, den Spiegel.«

Er errötete und deutete mit seinen kleinen, schroffen Fingern auf die Bruchstücke aus Obsidian auf dem Boden. Wortlos hielt der Zauberer seine Hand über die Kristallscherben und murmelte dabei leise. Schwebend verschmolzen die Einzelteile des schwarzen Spiegels wieder nahtlos miteinander, und er sah aus wie neu. Da hüpfte der Zwerg voller Freude und hob ihn vom Boden auf.

»Ihr, ihr habt ihn repariert, Herr, Herr Amaru!«

Der Zauberer nickte und streichelte Frandulin über seine wilden Locken. Er lächelte und setzte sich auf einen Steinstuhl neben dem einzigen Tisch im hellen Raum. Auch dieser war aus Kristall, so wie fast alles in diesem Zimmer.

Frandulin hob den ovalen Obsidianspiegel auf und reichte ihn dem Zauberer. Amaru Muru nahm den magischen Spiegel und legte ihn auf den Tisch in eine Halterung, die rundum mit Runen verziert war. »Wenn du ihn aus der Halterung nimmst, funktioniert er nicht, mein kleiner Freund«, sagte er mit mahnendem Unterton.

Frandulin errötete und brummelte beschämt in sich hinein: »Ich, ich, habe es vergessen, lieber Meister.«

Amaru Muru fuhr lachend fort: »Da bist du nicht alleine mit dem mangelnden Gedächtnis, du befindest dich da in guter Gesellschaft, Zwergenkönig.«

Frandulin kratzte sich erstaunt am Kopf und schaute fragend in die leuchtenden Augen von Amaru Muru. Sein langer Bart reichte ihm bis zum Bauchnabel. Er war in ein blaues, ledernes Gewand gekleidet, das mit Silberknöpfen zusammengehalten war. Um seinen Hals trug er eine lange, goldene Kette mit einem Amulett, das mit Rubinen und Smaragden bestückt war. Die Königskette war halb bedeckt von seinem Bart und ab und zu verfing er sich darin. Es war Frandulin, der Zwergenkönig des Südens, der sich nun vor den Magier kniete.

Der kleine König sagte: »Meister Amaru, es, es ist nicht wie früher auf der Erde. Mein, mein, mein Volk zieht sich in die Höhlen in den südlichen Bergen zurück, und die Elfen und Feen haben die Wälder verlassen.«

Der Zauberer unterbrach den Zwerg und sagte: »Ich weiß, mein lieber, guter Frandulin. Es gibt nichts, was ich dagegen tun könnte. Wie du siehst, ist auch die Lichtstadt einsam und leer. Es hat das Zeitalter des Vergessens begonnen, und wie lange es dauern wird, vermag ich nicht zu sagen. Dennoch gibt es Hoffnung, mein König, wenn wir Geduld und Weisheit nutzen. Ich werde deine Hilfe brauchen, Frandulin, um alles vorzubereiten. Es ist segensreich, dass du hier bist. Das Schicksal der Erde liegt ab heute in den Händen der Menschenvölker. Der Rat der Engel hat es so entschieden.«

Frandulin schaute verdutzt drein und antwortete: »Du, du, du weißt, dass ich die Menschen mag, aber, aber sie haben sich sehr verändert.«

Amaru Muru erwiderte: »Ich weiß, mein Freund. Der Zauber der Angst hat sie erfasst. Die Lichtstadt ist die einzige verbliebene Stätte, an der die Kraft der universellen Magie noch wirkt und gedeiht. Wir müssen etwas tun, mein Lieber. Besser gesagt, ich muss etwas vollbringen, was dir nicht gefallen wird, König Frandulin. Es ist der einzige Weg, um das Wissen zu erhalten und den Menschen durch diese schwierige Zeit zu helfen. Fern von ihren schöpferischen Fähigkeiten werden sie alle Emotionen durchlaufen müssen, um sich an ihre wahre Natur und Aufgabe zu erinnern. Wir dürfen uns nicht einmischen und es ist der freie Wille der Menschenvölker, der darüber entscheidet, wie sich das Geschehen auf der Erde entwickeln wird. Das wird einiges an Geduld und Liebe erfordern, König des Südens.«

Frandulin zupfte aufgeregt an seinem Bart. Fragend schaute er den Magier an und deutete auf den Obsidianspiegel auf dem Tisch und fragte neugierig: »Hast, hast, hast du in den Spiegel geschaut? Hast du es gesehen, wie es sein wird, Meister Amaru?«

Der Zauberer antwortete: »Zwergenfreund Frandulin, die Zukunft hat viele Gesichter. Sie ist nicht geschrieben. Das Künftige ist davon abhängig, was im Jetzt geschieht und welche Entscheidungen von den

Seelen im jeweiligen Augenblick getroffen werden. Es existieren viele Wege und Möglichkeiten im Multiversum. Jeden Erdentag fallen verschiedene Entscheidungen und dadurch entstehen neue Zukunftsaussichten. Das ändert sich seit einiger Zeit fast stündlich, und ich würde jeden Tag etwas Anderes erblicken. Die Entwicklungen auf der Erde sind in diesem Augenblick zu sprunghaft, um ein konstantes Bild der Zukunft zu erkennen. Ich will etwas unternehmen, um die Lage zu stabilisieren und das Wissen für die Menschen verfügbar zu halten. Es gibt einen Weg, die Wissenschaften und Geheimnisse zu speichern und auf indirektem Weg den Menschenvölkern zugänglich zu machen.«

Er schaute auf den Zwerg und lächelte ihm zu. Er fuhr fort zu sprechen: »Komm mit, mein kleiner Freund, ich will dir etwas zeigen. Das wird dir helfen, meinen Plan zu verstehen.«

Er lief aus dem Zimmer in Richtung Halle und winkte dem Zwergenkönig mit einer Geste zu, ihm zu folgen. Frandulin hüpfte einen Satz in die Luft und antwortete aufgeregt: »Ich, ich, ich komme, Meister Amaru.«

Die beiden liefen zielstrebig durch die Halle mit dem Altar, an dem sich vorher die Engel gezeigt hatten.

An der anderen Seite des Saales lag ein weiterer Gang, der in schmalen Windungen in ein kleines Gewölbe führte. Hier waren die Verzierungen an den Wänden besonders schön. Runen und Spiralen umrahmten etliche Symbole, die aus sich selbst heraus zu leuchten schienen. Der Raum war erfüllt von einem wunderbaren regenbogenfarbenen Licht.

An der östlichen Wand stand ein massiver Bergkristalltisch, der mit zahlreichen Edelsteinen geschmückt war. Der Tisch hatte eine Einrahmung rundum und längliche Vertiefungen in der Tischplatte. Um die Einbuchtungen herum waren auch hier viele Symbole und Figuren in den Stein gemeißelt. Der Tisch war nicht sehr hoch und fast komplett durchsichtig. Der Bergkristall wirkte, als hätte man ihn gegossen, denn er war glasklar und reflektierte das Licht im Raum.

Frandulin war dem Magier gefolgt und blickte erstaunt auf den

Kristalltisch, der zwei Meter Länge, zwei Meter Breite und einen Meter Höhe maß.

»Herr, Herr, Herr Amaru, das ist ein Tisch für Zwerge, nicht wahr? Er ist zu niedrig für euch, um daran zu sitzen.«

»Nein, mein lieber Freund, das ist kein Tisch für das Zwergenvolk. Das ist ein Vermächtnis.«

»Ein, ein Vermächtnis? Was meint ihr, Herr Amaru?« Mit großen Augen sah Frandulin den Magier an und zupfte aufgeregt an seinem Bart.

»Das erkläre ich dir später, lieber Freund. Zuerst will ich dir etwas anderes zeigen.« Er schritt auf die westliche Wand zu und hob seine Hand in die Höhe. Er wischte mit der Handfläche über den glatten Stein, und das Mauerwerk begann sich aufzulösen in feinen, dünnen Nebel, der hell leuchtete. Der Nebelschleier erfüllte bodennah den ganzen Raum und waberte geräuschlos um den Kristalltisch herum. Ein süßlicher Rosenduft durchdrang die Kammer und der Magier begann wieder stärker zu leuchten.

»Frandulin, Zwergenkönig, schau in den Nebel, mein Freund.«

Er deutete auf die Wand, die wie ein Portal geöffnet vor ihnen lag. Der Zwerg räusperte sich verlegen und hopste mit einem Satz vor die Steinwand.

Frandulin blickte in die Nebelwand und steckte neugierig seine Nase durch die Pforte. Er reckte seinen Kopf durch den Nebel und es sah aus, als würde er mit seinem Haupt in einer anderen Welt stecken. Er stellte sich auf die Zehenspitzen und reckte sich.

Amaru Muru lachte und frotzelte ihn: »Fall nicht rein, Frandulin, Zwergenkönig!«

Der Zwerg zog seinen Kopf zurück und sah den Magier erstaunt an. »Da, da, da sitzt jemand! Auf der anderen Seite sitzt ein Mensch, da, da auf der anderen Seite.«

Seine Augen wurden groß wie Hühnereier. Er wies mit dem kleinen, behaarten Finger auf das Portal. Amaru Muru nickte und lächelte. Der Zwergenkönig steckte noch einmal den Kopf durch die Nebeltür, um sich zu versichern, dass der Mensch immer noch dort war, wo er ihn gesehen hatte.

Dann sprang er zurück und sagte: »Da, da, da sitzt ein Mensch mit merkwürdigen Kleidern und einem Buch in der Hand. Kann ich mit ihm sprechen?«

»Nein, König Zwerg, das dürfen wir nicht. Es wäre ein Eingriff in die Zukunft. Diese Tür ist eine Pforte in die Zeit. Man kann in die Zukunft sowie auch in die Vergangenheit gehen, wenn man aus Licht besteht wie ich. Du musst schön hierbleiben, mein Freund.«

Er griff nach dem Gewand des Zwerges und zog ihn weg von der Nebeltür.

»Dieses Portal ist bedeutsam, Zwergenkönig. Versprich mir, dass du es schützen wirst. Ich habe viel zu retten, und es ist wichtig, dass das Zeitportal bestehen bleibt. Die Zukunft des ganzen Planeten hängt davon ab. Ich ernenne dich und dein Volk zum Wächter der Zeit, und diese Lichtstadt mit ihren Kammern und Schätzen wird hier die Zeitalter überdauern. Versuche niemals, durch die Pforte zu gehen, es würde sie zerstören. Diese Verbindung habe ich eingerichtet, um den Planeten und alle Lebewesen wieder in den Frieden zu geleiten und vor der Selbstzerstörung zu bewahren. Es gibt nur diese eine Hoffnung und diese eine Tür, die es mit allem zu beschützen gilt, was ein Zwergenvolk aufbringen kann. Versprichst du mir das?«

Amaru Muru drehte sich zu Frandulin und sah ihm tief in seine weit geöffneten blauen Augen. Der Zwerg schluckte verlegen, hielt dem intensiven Blick aber stand und sagte fest entschlossen: »Ja, Meister Amaru.«

Das Buch der Wahrheit

*D*er Zwergenkönig war aufgeregt davongerannt. Er war auf dem Weg zu seinem Volk und wollte es auf die Aufgabe als Hüter des Zeitportals vorbereiten. Amaru Muru hatte ihn fortgeschickt, und er war emsig durch die Gänge an die obere Erde geeilt.

Unterdessen war Amaru Muru nicht aus der Kammer gewichen. Er stand immer noch vor dem Nebelportal, und die Zeit schien um ihn herum still zu stehen. Besonnen und nachdenklich sah er auf den Steintisch, der vor ihm stand. Mit einer Hand strich er über die glatt polierte Oberfläche, und es schien, als würde er ihn liebevoll streicheln.

So hielt er einige Minuten inne, bevor er sich auf die östliche Seite des Raumes begab. Er berührte vorsichtig die mit Runen verzierte Wand, und es öffnete sich eine zusätzliche Tür. Mit einem leisen, schleifenden Geräusch schob sich die Wand auseinander und gab den Blick auf einen weiteren Raum frei.

Amaru Muru trat in die Kammer, die genau wie die anderen Gemäuer vom Lichtwasser beleuchtet erschien. An den Kristallwänden waren Nischen in den Stein eingebracht. In jeder dieser Schreine war eine Kristalltafel aufgestellt, manche reich verziert und mit Gold und Silber eingefasst. Langsam schritt er an den Tafeln entlang und betrachtete sie ehrfürchtig. Die Kristallplatten waren aus klarem Kristall, und verschiedenste Motive waren im Hochrelief in sie eingeschliffen.

Am Ende des Raumes stand ein Kristalltisch, auf den der Magier zielstrebig zulief. Amaru Muru positionierte sich vor den Tisch und murmelte leise Verse vor sich hin. Ein Lichtwirbel entstand auf dem Tisch, der aus bunten Regenbogenfarben bestand.

Aus dem Lichtnebel manifestierte sich ein Buch mit weißem Einband. Es entfaltete sich, und die Seiten aus Papier schienen im

Lichtwind zu leuchten. Das Buch fächerte sich auf und eine unsichtbare Hand schien die Seiten langsam zu wenden. Seite für Seite wendete sich im Buch, und der Magier sah dabei zu. Er lächelte und schien zufrieden. Er berührte die Seiten des Buches mit seiner Lichthand, und das Buch begann zu vibrieren.

Er sprach leise in Richtung der Buchseiten: »Hier, mein Magier der neuen Zeit, liest du über die Geheimnisse und Möglichkeiten, die das Universum bereithält. Das Licht, das durch dieses Buch fließt, kommt aus meinem Herzen, und es weiht dich in all diese Geheimnisse ein. Die Zeit für die Wahrheit ist gekommen, und in dem Moment, in dem du dies liest, sind Raum und Zeit verschwunden, und du bist mit mir und meiner Kraft verbunden.

In der Epoche, in der du gerade lebst, stehen deine Welt und der Planet Erde kurz vor ihrer völligen Zerstörung durch Menschenhand. Um Frieden und Heilung für den Planeten zu erwirken, braucht es die Magier der alten Schule, die mit Weisheit und Bedacht die Welt zurück in ihre Bestimmung führen. Lies weiter und erfahre all die Umstände, die dazu geführt haben, dass deine Zeitepoche nun so den Erdkreis verdunkelt hat, und die Menschen vergessen haben, wer sie sind und welche Aufgabe sie haben.

Es ist wichtig, dass du deine Berufung erkennst und beginnst, die Weiße Magie der Liebe wieder in die Menschenherzen zu bringen. Die Welt um dich liegt im Krieg und ist von den Schatten der Angst geblendet. Eine Vielzahl von Lichtwesen der für dich unsichtbaren Welt möchte von Herzen gerne eingreifen. Das kosmische Gesetz der Freiwilligkeit aller Seelen verbietet dies, denn niemand darf sich einmischen.

Der einzige Weg, eine Veränderung herbeizurufen, ist die Übergabe von Wissen und Wahrheit. Wenn Weisheit und die Kenntnis um die wahre Realität des Universums die Menschen aus ihren Ängsten befreit, werden sie sich aus dem Wunsch heraus, sich zu befreien und zu entfalten, wieder zu dem entwickeln, was sie in Wirklichkeit sind. Die Weiße Lichtmagie wird auf den Planeten zurückkehren, und die guten Zauberer und Magier deiner Zeit werden berufen, den Frieden unter den Menschen neu zu begründen, zum Wohle aller Wesen und des Erdplaneten.«

Während Amaru Muru diese Worte sprach, wendete sich Seite für Seite des Buches und schien dem Takt seiner Stimme zu folgen.

Er fuhr fort: »In diesem Moment fließen all das Wissen und die Liebe des Universums in dich, geben dir Kraft und Mut sowie das Bewusstsein, die Welt um dich herum mit Licht zu verzaubern. Mit jeder Seite dieses Buches, die du liest, wird die Wahrheit in dich fließen, und deine Zellen werden die Schöpfungskraft in sich aufnehmen. Das Buch wird deine Leitschnur sein, dein Erinnerungsvermögen wieder mit dem zu beleben, was dir in deine Gene gegeben ist.

Du bist die Hoffnung in diesen Erdentagen, ein Lichtträger in der Dunkelheit. Mag es dir unmöglich erscheinen, aber während du liest, werden meine Magie und mein Herz mit dir verbunden sein. Meine Liebe fließt in jedem Buchstaben, und die Resonanz des Glücks liegt in diesen Seiten.

Du kannst diese Magie ergreifen und dich der Prüfung stellen, sie richtig zu leben und anzuwenden. Es ist nicht leicht, ein Weißer Magier zu sein, und die Grundlagen der kosmischen Gesetze müssen erfahren und beachtet werden. Es wird Augenblicke geben, in denen du die einfachsten Regeln missachten möchtest. Du wirst deine Kraft nutzen wollen, um Schlimmes für dich oder deine Liebsten abzuwenden.

Die Geheimnisse, die dieses Buch offenbart, sind in der Lage, die Welt, in der du lebst, zu heilen, wenn du sie gesetzestreu anwendest. Missachtest du sie, wird dir die Kraft der Magie entzogen, und du wirst hilflos zusehen müssen, wie die Welt um dich in Angst, Gier und dem dunklen Schleier der Macht versinkt.

Bevor du weiterliest, musst du dich entscheiden, ob du dich dieser Prüfung stellen willst. Es ist erforderlich, tief in deinem Herzen zu ergründen, ob du bereit bist, bereit für die Ausbildung zum Lichthüter der Neuen Zeit. Niemand anderes als du selbst kann das für dich entscheiden. Das Buch der Wahrheit hat dich gefunden und ausgesucht. Du hältst es in deinen Händen und liest meine Worte. Mein Vermächtnis soll in deinen Händen aufgehoben und in deinem Herzen lebendig sein.

In jeder Zeile, die du liest, liegt die Möglichkeit, dich aus dem

Dunkel des Vergessens zu erheben und deine Magie zu spüren. Sie ist in dir angelegt in deinen Körperzellen, als Vermächtnis des Universums. Die Erinnerung an das, was du erschaffen kannst und welche Kraft du besitzt, lebt in der Liebe, die du lebst – Liebe zu allem, was um dich ist und gedeiht. Deine Prüfung wird sein, daran zu glauben und die Geschicke der Welt zu gestalten, so wie es die Hüter der alten Zeit über Tausende von Erdenjahren getan haben.

Das Vermächtnis aller Magier, die je existiert haben, liegt in diesem Buch, das du gerade in diesem Moment in den Händen hältst. Es erzählt die Geschichte der Weißen Magie der Schöpfung und ist verbunden mit den Welten, die im Multiversum liegen. Welten, mit denen du in Freundschaft sein kannst, wenn du offen bist für ihre Existenz.

Fühle, wie dein Herz sich füllt mit der Kraft und Magie des Multiversums und der Schöpferkraft. Diese Kraft zu kennen und sie zu fühlen, ist der Anfang deiner Geschichte als Magier der Neuzeit. Wie jeder Magier wirst du deine Prüfungen im eigenen Leben finden: Prüfungen, die dich lehren, Mitgefühl und Liebe zu leben.

Liebe, die loslassend und bedingungslos ist, kann schmerzhaft sein, wenn man ihre Bedeutung nicht versteht. Alles zu akzeptieren, was das Universum schreibt, bedeutet, den Willen der Seelen jederzeit zu achten und zu respektieren. Mit den Prüfungen im irdischen Leben wirst du versucht sein, aus dem Wunsch heraus, Gutes zu tun, Einfluss zu nehmen.

Manchmal ist es die größte Herausforderung, geliebten Menschen ihr Recht auf freien Willen zuzugestehen und sie ihr Leben so leben zu lassen, wie sie es mit dem Herzen gewählt haben, auch wenn damit Leid, Schmerz oder sogar der Tod verbunden ist. Niemals darfst du deine Kraft nutzen, um Einfluss zu nehmen, selbst nicht aus dem Wunsch heraus, Gutes zu bewirken.

Wenn du das akzeptieren kannst, wird deine Reise beginnen – eine Reise in die multiversen Möglichkeiten, die die Schöpfung bereithält – und die Erdenwelt kann geheilt werden.

In den Geschichten der Magier der alten Zeit wirst du dich selbst wiederfinden, in einem Strom der Einheit. Teile von ihnen sind in dir, in deinen Genen, und du trägst ihr Erbe. Nun stellt sich die Frage, ob du bereit bist für diesen Weg. Diese bedeutende Frage kannst nur du beantworten. Die Antwort liegt in deinem Herzen und ist dort in Resonanz mit diesem Buch.

Dass du weiterliest, bedeutet nicht, dass du es einfach nur einmal aus Neugier ausprobieren kannst. Das Buch wird sich dann vor dir verschließen, und die Magie in deinem Herzen wird sich in Bedeutungslosigkeit verlieren. Du wirst dann in dem, was du liest, nichts als belanglose Geschichten finden, die dir die Zeit vertrieben haben.

Öffnest du jedoch deine Seele und nimmst diesen Weg des Buches als Wahrheit an, entfaltet es seine Magie und wird dich verändern. Dann werden die Magier der alten Zeit und ihr Wirken in dir weiterleben. Ihr Vermächtnis wird nicht verloren sein. Du wirst sie und ihr Erbe mit Würde zurück auf die Erde tragen.

Sie werden nie vergessen werden, und ihr Licht wird als Vermächtnis in den Menschen weiterleben. Sie werden mit Ehre und Glück gerühmt werden in den Herzen der Menschen, die Ehre für ihre Taten finden. Sie werden voller Glück aus einer anderen Welt auf die Erde blicken und wissen, dass ihre Leben auf dem Planeten nicht vergebens waren. Ihre Taten, ihre Opfer und ihr demütiges Dienen werden über viele Jahrtausende den Frieden auf der Erde begründet haben.

Also entscheide dich weise, bevor du mit diesem Buch in eine neue Zukunft reist. Du bist an einem wichtigen Wendepunkt in deinem Leben angelangt, der maßgeblich Einfluss nehmen kann auf das, was in Zukunft geschieht. Die Zukunft ist nicht geschrieben. Sie wird in einem neuen Buch zu lesen sein, das die Menschen selbst schreiben. Wenn du in dir die Kraft der Magier spürst, dann lies dieses Buch mit offenem Herzen. Erfülle deine Bestimmung und öffne dich für deine Seele.«

Als er das sagte, begann das Buch zu leuchten.

Amaru Muru strich sanft über das Buch und fuhr fort: »Meine Liebe ist mit dir und allen Wesen dieses Planeten. Sie wird es immer sein. Vertraue mir und vor allem dir selbst.«

Damit nahm er die Hand vom Buch. Amaru Muru trat einen

Schritt vom Kristalltisch zurück und beobachtete liebevoll, wie sich weiter Seite für Seite des Buchs der Wahrheit bewegte. Der geheime Leser auf der anderen Seite des Buches schien sich entschieden zu haben, mit dem Lesen fortzufahren.

Der Magier nickte wohlwollend und erhob den Kopf. Er drehte sich um, verließ die Kammer mit den heiligen Tafeln und verschloss den Raum mit einer Handbewegung. Die Kristalltür schloss sich mit einem Ruck, und die Runen leuchteten auf. Der Eingang war unsichtbar verschlossen.

Der Magier wollte sich gerade auf den Weg zur großen Halle begeben, als die Erde bebte und die Gänge erschüttert wurden. Kleine Kristallspitzen brachen von der Gangdecke ab und fielen mit einem klirrenden Geräusch auf den glatt polierten Boden. Erschrocken hastete der Magier in die große Halle.

»Mist, es geht schneller, als ich dachte!«, rief der Magier aus.

Er rannte durch die Halle und sprang über die Wasserläufe. Er schien förmlich zu schweben. Ohne sich umzuschauen, rannte er in den Gang, der nach oben führte. Er schnipste mit dem Finger, und der Kristall, der ihm die Halle geöffnet hatte, sprang aus seiner Halterung, flog ihm nach und landete in seiner Hand.

Amaru Muru eilte wie ein Blitz den Gang nach oben. Er selbst und der Stein wandelten sich dabei wieder in eine feste Form. Er drehte sich einmal um seine eigene Achse und war wie zuvor in ein Leinengewand gehüllt. Er zog seine Kapuze tief ins Gesicht und verbarg seine immer noch leuchtenden Augen.

Er trat aus dem Höhlengang und versiegelte ihn wieder mit seinem Stein, den er fest umschlungen in der Hand gehalten hatte. Noch einmal bebte die Erde und erschütterte den Erdboden. Amaru Muru hob den Kristall an seine Lippen und flüsterte in den Stein: »Bring mich zum Elfenkönig! Schnell!«

Der Stein blitzte einmal gleißend hell auf, und das Licht, das aus ihm strömte, erfasste den Magier, der mit dem weißen Lichtblitz auf der Stelle verschwand.

Der König
und die magische Ordnung

ie Wälder von Manalion lagen in frühem Morgennebel. Blühende Wiesen und Bäume säumten das Tal, und die ersten Vogelstimmen erklangen. Wasserfälle umrahmten den mehrstöckigen Palast, der auf einer Anhöhe imposant in die Höhe ragte. Weiße Türme mit bunten Fahnen lagen im Morgenlicht der aufgehenden Sonne. Farbige Glasfenster zierten das königliche Gebäude und leuchteten farbenfroh im Morgenschein. Die Marmorsteine des Hauptturmes funkelten im Licht der Morgensonne.

Von weiter Ferne eilte ein Reiter mit donnernden Hufen auf einem braunen Pferd auf die Palastbrücke zu. Die mit bunten Blumen umrankte Eingangstür zum Inneren des Palasthofes war verschlossen und wurde von vier großen Elfen in Rüstung mit Schwert und Helm bewacht. Mit diszipliniertem Blick hielten sie Wache und nahmen den Reiter in Empfang. Sein schwitzendes Pferd keuchte, als er mit einem flinken Satz absprang.

Hastig und völlig außer Atem rief er den Wachen zu: »Bringt mich zum König, ich bin der Bote von Prinz Maladril! Es eilt, Fremde sind ins Land der hohen Berge eingefallen und suchen nach dem Schatz der Alten!«

Während er das sagte, hielt er die Hand mit dem königlichen Siegel in die Höhe. Die Wachen drehten sich mit einem Ruck um und grüßten den Boten mit einem Nicken. Das schwere Steintor, das den Weg zum Palast sicherte, öffnete sich wie durch Zauberhand, und der Reiter führte sein Pferd in den Palasthof. Ein Knappe nahm die Zügel, und der Bote rannte die Treppe zur königlichen Halle hinauf.

Der Eingang zum Palast war mit kleinen Türmen und Zinnen geschmückt. Überall leuchteten die Steine im Morgenlicht. Mit riesigen

Schritten rannte der Bote vorbei an den dort positionierten Wachen und rief: »Bringt mich zum König, ich habe eilige Nachrichten!«

Von allen Seiten stürmten Wachen und Diener herbei. Die königliche Leibwache eskortierte den Boten eilig in die Thronhalle, die in der Mitte des Palastes lag. Wie von selbst öffnete sich die weiße, hohe Marmortür durch Zauberhand, und der Bote trat in die Königshalle ein.

Er hielt beim Anblick der Halle einen Moment ehrfürchtig inne. Die Königshalle war bis zur Decke mit Blumen und Kristallen verziert und geschmückt. Hohe Säulen aus Amethyst umrahmten den Thron, der aus purem Bergkristall zu sein schien. Ein riesiger, alter Baum umrahmte den Königsthron, und es wirkte, als wäre der Palast um ihn herum gebaut. Mit großen, mächtigen Ästen umrankte die Jahrtausende alte, kraftvolle und gesunde Eiche den mit Gold und Silber eingerahmten Königsstuhl aus Kristall.

Leuchtendes Wasser floss zu Füßen des ehrwürdigen Baumes und tauchte den ganzen Saal in mystisch bläuliches Licht. Rings um den Thron waren prachtvolle Kristalle angebracht, und Runen zierten die ganze Halle. Prunkvoll und eindrucksvoll reihten sich Statuen aus feinem Marmor entlang der Seiten des Thronsaals, die die früheren Könige und Ahnen der Königsfamilie darstellten. Überall floss bläuliches Wasser von den Wänden und bezauberte die Halle mit einem Hauch von Magie.

Hastig eilte der Bote auf den Thron zu, auf dem eine große, schlanke Gestalt saß. Der edle Mann trug lange, weiße Haare, die zu einem Zopf gebunden waren. Sein Gewand war aus feinem, dünnem Silbermetall gewoben und gab der Gestalt ein ehrwürdiges Aussehen. Seine Haut war hell und leuchtend, und das Gesicht war glatt und faltenlos.

Mit traurigem Blick beobachtete der König den Boten, der durch die lange Halle rannte, vorbei an den mit Blumen geschmückten Figuren, und sich vor ihm verneigte. Der König sah müde und betrübt aus, als er fragte: »Was ist der Grund deines eiligen Auftretens, Bote?«

Seine Stimme klang traurig und melancholisch, und er senkte den

Blick auf den verschwitzten Elfenboten. Dieser erhob sich und gab dem Elfenkönig eine Schriftrolle aus festem Papier.

»Ich habe Nachricht von Prinz Maladril, Majestät. Räuber sind in das Land der hohen Berge eingefallen und suchen den Schatz der Alten. Sie haben die Pforten zum heiligen Berg gesprengt und sind in die Gänge zu den Ahnentempeln gelangt.«

Der König sah dem Gesandten tief in die Augen. Sein Blick schien leer und traurig. Der König der Elfen hatte blaue, allsehende Augen, die tief in die Seele eines jeden Wesens schauen konnten. Er war berühmt für seine Gabe, die Zukunft zu sehen und die Gedanken aller Wesen lesen zu können.

Er nahm die Schriftrolle entgegen, bedeutete dem Boten mit einem Handzeichen zu gehen, und sagte: »Danke, Reiterbote, geht zum Schatzmeister, er wird eure Eile belohnen.«

Der Bote drehte sich um und wollte die Halle verlassen. Da sagte der König leise: »Gib Acht, Rittmeister, die Welt ist im Wandel, nimm auf deinem Rückweg den längeren, östlichen Pfad, damit du heil zum Prinzen zurückkehrst. Du kannst nicht lange rasten. Der Stallmeister wird dir ein ausgeruhtes Pferd geben. Sage Prinz Maladril, wenn der Mond voll ist, sehen wir uns im Tempel der Ahnen.«

»Jawohl, Majestät!«, antwortete dieser und rannte sofort aus der Halle.

Jeder wusste um die Gabe des Sehens, die den König über alle Grenzen hinweg berühmt gemacht hatte. Es gab keinen Zweifel an der Aussage des Königs, denn er kannte die Zukunft, und der Rittmeister glaubte seinen Worten sofort.

Als er den Thronsaal verlassen hatte, sah der König auf die Schriftrolle. Er brauchte sie nicht zu entrollen, er wusste bereits, was sein Sohn Prinz Maladril ihm mitzuteilen hatte. Eine Dienerin eilte herbei und brachte dem König ein Tablett mit heißem Tee aus getrockneten Blumen und einen Silberteller mit frischen Früchten.

Wortlos winkte er mit seiner schmalen Hand und bedeutete ihr, zu gehen. »Lasst mich allein, mir ist nicht nach Gesellschaft«, sagte er und senkte traurig den Kopf.

Die Dienerin gehorchte wortlos und verließ den Thronsaal.

König Lemnon griff mit seiner Hand an sein Herz und versuchte, den Schmerz zu unterdrücken, der seit einem Jahr sein Herz erfasst hatte. Ein bohrender Schmerz der Trauer hatte sich in ihm festgesetzt, und sein Herz war müde geworden. Er atmete tief ein und aus und umklammerte die Armlehne seines Thrones.

Der alte Baum, der die ganze Zeit regungslos schien, neigte einen seiner knochigen Zweige zu ihm und berührte seine Hand, als wolle er dem König Trost spenden. König Lemnon wischte den Ast von sich weg und sagte: »Lass, mein lieber Baumfreund, ich will dir diesen Schmerz nicht aufbürden, er würde deine Wurzeln zum Sterben bringen.«

Während er das sagte, erzitterte der Baum und Blätter fielen von ihm ab auf den steinernen Boden. Der König sah in Gedanken versunken auf die herabgefallenen Blätter und verzog schmerzhaft sein feines Gesicht. Der König sank in sich zusammen und verlor seine würdevolle Haltung. Tränen rannen über sein Gesicht, und er umfasste fester mit der Hand seine Brust. Der Schmerz saß hart wie ein Dorn in seinem Körper und drohte, sein Herz zu zerbrechen.

Da erhellte ein Lichtblitz den Thronsaal. Mit einem zischenden Geräusch blitzte es in der Halle. Danach war es wieder für einen langen Augenblick still. Der König hatte den Blitz gar nicht bemerkt, zu tief war er in seine Trauer versenkt.

Er wurde durch ein schmatzendes Geräusch aus seinen traurigen Gedanken gerissen. Als er aufblickte, saß Amaru Muru vor ihm, der sich Früchte vom silbernen Teller des Königs genommen hatte. Er saß im Schneidersitz auf dem Boden und aß mit Genuss die frischen Feigen.

»Wunderbar, diese Süße und dieses einzigartige Aroma. Findet ihr nicht auch, mein lieber Freund? Die Feigen in eurem Land sind die besten, die ich je in meinem Leben gegessen habe.« Der Magier kaute genüsslich eine Feige nach der anderen und sagte zum König: »Ihr solltet sie kosten, mein König, sie sind schön kühl und erfüllen den Mund mit Freude.«

Der König blickte auf Amaru Muru und starrte ihn verdutzt an.

»Ahhh, ihr habt nicht kommen sehen, dass ich euch aufsuche!

Das ist ungewöhnlich für euch, König Lemnon der Sehende. Was macht ihr hier, wenn ich höflich fragen darf? Versenkt ihr eure Gabe des Sehens in den Gefühlen der Trauer? Wollt ihr sie nicht behalten? Selbst die ehrwürdige Eiche erschrickt vor eurer Traurigkeit. Ihr wisst doch um die Gefühle und ihre Manifestationskraft. Was ist passiert, König Lemnon, Seher und Magier der Weißen Magie? Esst ein paar Früchte und erzählt mir, was hier passiert ist«, sagte er und nahm sich noch eine Feige vom Teller und verspeiste sie genüsslich.

Während er sich den fruchtigen Saft von den Fingern leckte, flüsterte er: »Wirklich köstlich, mein Freund.«

Er nahm den silbernen Teller und reichte ihn dem König. Der König saß regungslos auf seinem Thron und umfasste immer noch mit der Hand sein wundes Herz. Er sah den Magier mit aufgerissenen Augen ungläubig an. Tränen rannen über sein Gesicht, und er ließ seine Hand in den Schoß fallen.

Er schluchzte: »Meister Amaru, was tut ihr hier?« Ungläubig starrte der König den Zauberer an und sah, wie er eine süße Frucht nach der anderen vertilgte.

»Ich besuche meinen alten Freund und König, den größten Magier und Seher, seit mehr als tausend Erdenjahren für seinen Scharfsinn bekannt.«

Amaru Muru sprang auf und trat auf den König zu. Er beugte sich zu ihm und ergriff ihn an den Schultern. »Was ist hier los? Was ist geschehen? Ich erkenne euch kaum wieder!«

Fordernd schüttelte er den König sanft, so als wolle er ihn wachrütteln. Er nahm eine Feige vom Teller und versuchte, sie dem König in den Mund zu schieben.

»Mir ist nicht nach Früchten, Meister Amaru«, antwortete der König, drehte den Kopf zur Seite und winkte ab.

Der Zauberer richtete sich auf und wurde streng: »Was in aller Welt ist in dich gefahren, Lemnon? Du weißt genau, dass die reifen Früchte deinen Körper über die Aromen mit neuer, belebender Energie versorgen und den Kummer vertreiben. Du bist für die heilende Magie der elfischen Speisen über alle Lande hinweg bekannt. Willst du mir sagen, dass man dich gebrochen hat?«

Der Zauberer Amaru war ernst geworden und sah auf die Blätter der Eiche, die auf dem Boden der Halle lagen. Amaru Muru runzelte die Stirn. »Deine Resonanz der Trauer infiziert selbst den Lebensbaum der Elfen in deiner königlichen Halle. Deine Magie schwindet, sie wird es nicht gestatten, dass du alles in die Trauer reißt. Was bitte ist hier geschehen?«

Der Elfenkönig erhob sich schwerfällig. Seine Knie zitterten, und sein Gesicht erschien fahl und leer. Langsam sagte er: »Der Elfenhauch wird mich verlassen, Meister Amaru, und daran ändern reife Früchte nichts. Ich habe versagt. Mein Königreich und meine Gabe werden ins Nichts gleiten, und nicht einmal eine Erinnerung wird von all dem hier überdauern.«

Er wies auf die Ahnenfiguren in der Halle und fuhr fort: »Neben all meinen Vorfahren war ich der Einzige, der das Erbe des Elfenreichs nicht am Leben halten konnte. Meine Magie schwindet, das merke ich selbst, weil ich noch nicht einmal meinen alten Freund gespürt habe, als er in meine Halle kam.« Mit Tränen in den Augen wandte er sich zu Amaru Muru und sah ihm traurig in die Augen.

Der Zauberer schluckte und sagte streng: »So, mein Freund Lemnon, jetzt wird erst einmal gebadet.«

Er griff den König bei der Hand und zerrte ihn in das leuchtende Wasser, das neben der alten Eiche in steinernen Kanälen und Becken floss. Der König wehrte sich nicht. Er ließ es über sich ergehen. Das Wasser berührte seine helle Haut, und es rannen ihm die Tränen erneut über das königliche Gesicht. Er stieg in eines der Becken und ließ sich in das leuchtende Wasser fallen. Seine königliche Kleidung begann im Lichtwasser zu leuchten, und der König wusch sich die Tränen vom Gesicht.

Währenddessen nahm Meister Amaru einen Krug, der am Beckenrand stand, und füllte ihn mit Wasser. Er schritt zur Eiche und goss das Wasser über die Wurzeln und den Stamm des würdigen Baumes. Dabei murmelte er leise vor sich hin: »Was in aller Welt ist in dich gefahren, alter Freund Lemnon?«

Erschrocken von dem Geräusch des Wassers kamen Diener herbeigeeilt. Der Kammerdiener rief nach der Hofdame, die dem Elfenkönig neue Kleider und Handtücher brachte. Amaru Muru rief ihnen zu: »Geht, ich mache das! Bereitet dem König seine Lieblingsspeisen zu und ruft die Hofmusiker!«

Der Elfenkönig setzte sich triefend nass auf die Stufen des Wasserbeckens. Er nahm ein Handtuch und wischte sich die restlichen Tränen aus dem Gesicht.

Der Zauberer setzte sich zu ihm, zog seine Lederschuhe aus und hielt seine Füße ins Lichtwasser. Er schwieg.

Nach einer Weile begann der König zu erzählen: »Kannst du dich an die Tage erinnern, mein Freund, als meine Kinder hier in dieser Halle sangen und spielten? Es waren glückliche Zeiten voller Freude und Liebe. Meine Tochter war die wunderschönste Prinzessin, die das Elfenreich je gesehen hat. Mein Sohn Maladril war vorwitzig und lustig, immer zu Streichen aufgelegt. Sie waren lernwillig und hatten beide das angeborene Erbe der Weißen Magie in sich.

Meine Tochter Albalin hatte meine sehende Gabe, und in ihren Augen spiegelte sich das Sternenlicht. Prinz Maladril war der Zauberkraft der Musik zugewandt, und alles war in Frieden. Ich glaubte, mein Erbe würde in die besten Hände gelangen.

Albalin war klug und fleißig und übte sich in den alten Ritualen. Sie half mir oft bei den überlieferten, magischen Zeremonien, und sie schien eine der Hüterinnen der Weißen Magie zu werden. Sie war kurz davor, in die Ausbildung als Seherin und Zeremonienmeisterin zu gehen. Es waren sicherlich anstrengende, aber auch glückliche Tage.

Ich habe die beiden mit auf Reisen genommen, und wir haben die alten Tempel und Anlagen besucht. Die Zwerge und Riesen haben sich mit ihnen befreundet, und alles sah aus, als könne ich das Königreich in ihre guten Hände geben. In jeder Weise war das Elfenkönigreich vollkommen, und wir erlebten glückliche Zeiten.

Eines Tages hatte ich plötzlich Visionen, die mich in der Nacht heimsuchten. Ich sah, wie Albalin fortging und in eine schreckliche Zukunft gehen würde. Die Visionen verfolgten mich, und ich war beunruhigt. Ich stellte sie zur Rede und bemerkte, dass sie zur Frau geworden war. Sie beruhigte mich und behauptete, es sei alles in bester Ordnung. Die Visionen wurden täglich eindringlicher, und ich empfand sie als Warnung vor bevorstehenden, dunklen Zeiten.

Sie ritt jeden Tag in den Wald, um dort die elfischen Kampfkünste zu erlernen. Jedes Mal, wenn Albalin von den Übungen zurück in den Palast kam, spürte ich die Bedrohung und empfand sie als verändert. Sie überspielte das und tat meine Visionen als Übertreibungen ab. Kurz vor den zeremoniellen Festen stand sie dann eines Abends vor mir und teilte mir mit, sie habe sich in den Kampfkunstlehrer verliebt, und sie würde den Palast verlassen. Ich hatte mich nicht geirrt, und meine Visionen waren furchtbare Wirklichkeit!

Ich flehte sie an, den Weg der Magie nicht fallenzulassen und wenigstens ihre Ausbildung fortzusetzen. Nichts konnte meine verliebte, großherzige Tochter aufhalten. Die Prinzessin hat den Palast verlassen, und ich habe sie seit mehr als einem Erdenjahr nicht mehr gesehen. Sie sehnte sich nach einem einfachen Leben mit Gesang und Tanz, und ihre Verliebtheit machte sie blind für ihre Zukunft.

Mein Sohn, Prinz Maladril, hat mich in diesen Tagen gestützt, und er ist vorübergehend in den Osten gegangen, um dort die alten Tempel und den Schatz der Ahnen zu beschützen. Ich werde ihm zum nächsten vollen Mond folgen.

Mein Herz ist gebrochen, und ich bin in Scham und Trauer gefangen, dass ich meine Tochter nicht besser beschützen konnte. Eine harte Zukunft steht ihr bevor, und möglicherweise wird sie es nicht überleben. Wenn meine Visionen stimmen, die ich hatte, wird Prinzessin Albalin früh den irdischen Tod finden. Ohne ihre Aufgabe als Magierin wird ihr Leben keinen wirklichen Sinn haben, und ihre Kräfte werden sie schnell verlassen. Ihre Gaben versiegen mit jedem Erdentag, der vergeht. Das erfüllt mein Herz mit unfassbarem Schmerz.«

Während er das sagte, nahm sein Gesicht schmerzverzerrte Züge an. Er stöhnte und griff sich an seine Brust. Im gleichen Moment ließ die Königseiche erneut ihre Blätter fallen. Sie sanken geräuschlos auf den Marmorboden.

Der König fuhr fort: »Ich weiß um die Macht der Liebe, die ich auch mit meiner geliebten, verstorbenen Königin teilte, aber meine Aufgabe als König der Elfen und Hüter der Weißen Magie war mir immer heilig. Niemals hätte ich Familie, Hof und meine Aufgabe verlassen. Nun blicke ich bestürzt auf die leeren Hallen, und meine ganze Hoffnung ruht auf dem Prinzen. Den Schmerz um meine königliche Tochter jedoch, kann ich nicht vergessen.«

Amaru Muru legte mitfühlend die Hand auf die Schulter des Königs und schwieg eine Weile, bevor er antwortete: »Du, König Lemnon, bist der beste Lehrmeister von allen. Hast du doch immer für jede Situation eine Lösung gefunden, die in die magische Ordnung passt. Du bist der Klügste in unserem Orden. Es ist nicht nur die Prüfung der Prinzessin, sondern auch deine eigene.

Sei dir bewusst, dass deine Gefühle Magie erzeugen. Und alles um dich herum wird in deiner Traurigkeit vergiftet. Du weißt es besser als ich selbst, dass der Quell unserer Magie unsere Gefühle sind. Und es gilt für jeden von uns das Gesetz der magischen Ordnung. Wir dürfen niemanden in seinen Entscheidungen beeinflussen, auch nicht, wenn das den Tod eines geliebten Familienmitgliedes bedeutet.

Du hast nicht versagt! Du hast den Schmerz festgehalten und willst die Vergangenheit nicht loslassen. Du flüchtest in Schmerz und Scham, weil du deine Traurigkeit als Schwäche empfindest. Nach der kosmischen Ordnung darfst du nicht in der Trauer verweilen, wenn du deine Magie behalten möchtest. Du kannst deinen Schmerz annehmen und akzeptieren. Danach aber solltest du dich auf deine Kräfte besinnen und dich dem Glück in der Freude widmen.

Es hilft niemandem, wenn der beste Seher und Magier, den ich kenne, in die dunkle Magie verfällt, nur weil er seinen Schmerz nicht loslassen will. Es ist gut, dass du nicht versucht hast, dein Kind mit Magie zurückzugewinnen. Das wäre das Ende deiner eigenen magischen Tage. Lass deine Tochter los und besinne dich auf das, was dich glücklich macht.

Wir brauchen dich und deine magische Brillanz. Mein alter Freund Lemnon, ich bin kein so begabter Seher wie du, aber ich ahne, dass alles ein gutes Ende finden wird. Vertraue in das Kraftfeld, das von dir ausgeht. Konzentriere dich auf Freude in den Kleinigkeiten und heile dich selbst mit den Resonanzen der Freude. Zum Beispiel mit diesen netten, süßen Früchten hier.«

Er zeigte auf den Silberteller mit Feigen, den er vorher schon fast leer gegessen hatte.

Er fuhr fort: »Sei nicht töricht, König Lemnon, mein Freund, vielleicht ist dir ein neues Glück beschieden, von dem du noch gar nichts ahnst! Du hast ja deine Intuition an den Schmerz abgegeben. Wenn du das weiter betreibst, wird es bald kein Elfenkönigreich mehr geben, um das du dir Sorgen machen musst, mein lieber, guter Freund und König. Nimm deine Willenskraft und lass die Vergangenheit los. Ich darf dir weder einen Zauber verabreichen noch dich beeinflussen.

Ich werde jetzt in die Festhalle gehen. Dort warten deine vorzüglichen Lieblingsspeisen und zauberhafte, heilende Musik auf dich. Lass die Tränen fließen und akzeptiere deine Traurigkeit, aber lass sie nicht Besitz von dir ergreifen, sonst wirst du in die bittere, dunkle Magie gleiten, ohne dass du es überhaupt bemerkst.

Deine Gefühle erschaffen dein Resonanzfeld, und es wird alles in die Materie spiegeln, was dem Schwingungsfeld deiner Emotionen entspricht. Dunkle Magie ist listig und einfallsreich. Sie kann dich von innen erfassen und dein Außen mit ins Verderben stürzen.

Die Macht, die in euch fließt, kennt keine Mitte. Sie kennt nur Schwarz oder Weiß. Und in jedem Magierherzen gibt es eine Schwachstelle. Beim einen ist es die Machtgier, beim anderen sind es Verlustangst, Manipulationsfreude, Gier nach Anerkennung oder auch mangelnde Selbstliebe.

Übe dich in der Magie des Loslassens und der Akzeptanz, mein großer Elfenkönig. Liebe ist bedingungslos, wenn sie loslassen kann. Die Prüfungen eines Magiers sind immer an der Schwachstelle seiner Selbstliebe und seiner Achtsamkeit hinsichtlich seiner Gefühle zu finden. Deine Macht ist in deinem Herzen, sie kann dich ins Dunkel stürzen, wenn du nicht achtsam mit deinen Gefühlen bist.

Alles, was dir begegnet, ist aus dir und deinem Resonanzfeld geschaffen. Niemals aber ist es ein unvermeidliches Schicksal, das sich nicht ändern lässt. Dinge geschehen, die dem Herzen Prüfungen stellen, und es ist wichtig, dem mit Willenskraft zu begegnen.

Kinder leben ihre eigene Prüfung – gerade dann, wenn sie die Zauberkraft in ihren Genen haben. Du kannst sie nicht vor der Dunkelheit bewahren, wenn sie nicht gelernt haben, was es bedeutet, Fehler zu machen. Wenn sie es nicht am eigenen Leib erfahren haben, werden es nur leere Lektionen der Macht sein, die sie in einem Buch gelesen haben.

Dein Kind muss die gleiche Entscheidung in sich selbst finden wie du, Schwarz oder Weiß zu wirken. Wenn die Prinzessin es nicht auf eigene Weise in kleinen Schritten selbst in der Materie erlebt, wird sie sich im bedeutungsvollen Fall nicht für die Weiße Zauberkraft, sondern für die Schwarze Macht entscheiden.

Selbst dann wäre es nicht dein Versäumnis, sondern ihre Herzensentscheidung. Es ist also besser, die Ausbildung als Magierin erst dann zu beginnen, wenn sie bereit ist, diese Verantwortung im Herzen zu tragen. Dazu gehört enorme Willenskraft, mein lieber Lemnon. Wenn die Prinzessin dazu nicht bereit ist, dann wird sich ein anderer Nachfolger für deinen Thron finden, der diese Aufgabe erträumt und sich aus freiem Herzen dafür mit Hingabe entscheidet. Deine Herzensmacht wird ihn herbeirufen.

Es wird an dir liegen, ob dein Vermächtnis Schwarzer oder Weißer Magie dienen wird. Selbst du, mein Elfenkönig, wirst diese Prüfungen bis zu deinem Lebensende haben. Nicht losgelassene Trauer wird zu Hass, und du wirst in der Dunkelheit nicht mehr zu dir selbst finden.

Ich kenne deinen scharfen Verstand, lass dich nicht von ihm ins Zweifeln stürzen. Dein Herz weiß, wo du hingehörst, Weißer Magier des Sternenordens. Ich bin erstaunt darüber, dass du das nicht selbst erkennst. Aber so ist das wohl in einer Prüfung.

Es werden neue, glückliche Tage in diesen Hallen zu feiern sein, wenn du es willst, mein lieber Freund. Es ist deine Wahl, und egal, wie du dich entscheidest, ich akzeptiere es und liebe dich, mein alter, unersetzlicher Freund König Lemnon.«

Damit stand Meister Amaru auf und nahm seine Schuhe. Er ging dem köstlichen Geruch der leckeren Speisen nach und verließ die Thronhalle in Richtung Festsaal, ohne sich noch einmal umzudrehen.

Der König saß eine Weile da, er war immer noch triefend nass.

Das Wasser im Becken umspielte sein Beinkleid, und es schien den König zu streicheln. Die alte Eiche begann sich zu regen, legte einen ihrer Äste um den Elfenkönig und spendete ihm Trost. Liebevoll griff Lemnon nach der harten Rinde und streichelte sie.

Die Resonanz des Mitgefühls, das Amaru Muru in den Raum gegeben hatte, war wirksam, und der König konnte sie spüren.

Amaru Muru war in der Festhalle angelangt. Die Speisetafel war reichlich gedeckt. Ein großer Tisch aus Eichenholz war üppig gedeckt mit Platten, Schüsseln und Tellern. Diener rannten hin und her und trugen einen Teller nach dem anderen auf. Dampfend und heiß dufteten Gemüseaufläufe, Suppen, Kartoffeln, Brot und süße Kuchen. Es roch nach Zimt, Nelken, Vanille, Zitrone, Orange und vielen anderen duftenden Gewürzen.

Der Palast wirkte plötzlich lebendig und lebensfroh. In der hinteren Ecke des Festsaals spielten Musiker Harfe, Flöte und Violine. Ein aufgeregtes Kichern war unter den bunt bekleideten Dienern zu hören. Selbst der Kammerdiener lächelte und deckte den Tisch mit Freude. Der Magier nickte zufrieden und murmelte: »Gut so, mein Freund!«

Er setzte sich an die üppige Tafel und nahm sich einen Teller mit dampfendem Spinatauflauf. Er schüttelte den Kopf und grummelte in sich hinein: »Spinat? Wirklich? Ist das dein Ernst? Spinat als Leibspeise?« Er schob einen Löffel davon in den Mund und riss erstaunt die Augen auf. »Ohhh, es ist köstlich! Dieses Aroma von Muskat ist wunderbar.«

Genüsslich nahm er gleich noch einen Löffel davon und kaute mit Vergnügen. Da wurde es plötzlich still im Saal. Die Musik verstummte, und alle Diener hielten inne. Sie drehten sich zum Eingang und verneigten sich. Als Zauberer Amaru sich umdrehte, leuchteten seine Augen vor Neugier. Wie würde sich der König entschieden haben?

Der Elfenkönig Lemnon war in den Festsaal getreten. Seine leuchtende Erscheinung war mehr als imposant. Groß und machtvoll wirkte er. Er stand aufrecht, seine Hand war in die Hüfte gestemmt.

Seine Augen funkelten, und es ging ein übernatürliches Licht von ihm aus. Sein Strahlen floss in den Raum und erhellte alles um ihn herum. Würdig und erhaben stand er da mit ernstem Blick, machtvoll und stark.

Seine Kleider waren strahlend weiß, und sein Leuchten war überirdisch sternenhell. Sein Blick war fokussiert, und auf seinem Gesicht lag Würde. Er hatte die langen, weißen Haare offen. Sie umrahmten glatt und glänzend sein feines Elfengesicht und reichten ihm bis zur Schulter. Auf dem Haupt trug er seine goldene Krone, die ihm königliche Pracht verlieh.

Seine Macht und Magie waren deutlich zu spüren im ganzen Festsaal. Regungslos stand der König in seinem eigenen Leuchten, und er lächelte. Er sah zu Amaru Muru und schmunzelte: »Schmeckt euch der Spinat, mein Freund und Meister?«

Der Magier lachte schallend aus ganzem Herzen und sagte: »Ja, Majestät, er ist sehr aromatisch und köstlich! Er erfüllt wider Erwarten meine Zunge und meinen Körper mit Wohlgefühl.«

Der ganze Festsaal brach in fröhliches Gelächter aus. Schallendes Lachen erfüllte den Speisesaal. Sogar der König lachte aus vollem Herzen, denn jeder der Anwesenden wusste, dass Spinat nicht zu den Vorlieben des Zauberers gehörte.

Der König schritt erhaben zu seinem Freund und setzte sich neben ihn an die Tafel. Amaru Muru grinste breit und hielt dem König einen silbernen Teller unter die Nase:

»Wollt ihr die köstlichen Feigen versuchen, Oberster des Weißen Magierordens?«

Der König lächelte und sagte: »Ja, Zauberer!« Er nahm eine Feige, kaute sie genüsslich und sagte: »Wahrlich, sie ist süß und saftig. Sie erinnert mich an einen glücklichen Sommer in meiner Kindheit.«

Amaru Muru nickte zufrieden und erwiderte fröhlich: »Willkommen zurück, mein Freund! Es gibt wichtige Arbeit, die wir zu verrichten haben. Aber nun lasst uns erst einmal eure Gesundheit und eure bestandene Prüfung feiern.«

Es wurde ein fröhliches Fest, zu dem sich noch andere Gäste versammelten. Die frohe Kunde über die Genesung des Elfenkönigs

Lemnon machte im ganzen Land schnell die Runde, und Freunde, hochrangige Diener und Höflinge gesellten sich an die volle Tafel, die über etliche Tage stets mit neuen, aromatisch duftenden Speisen gefüllt wurde.

Der Tempelberg der Elemente

Die Morgensonne erwärmte das Tal, und das Königreich Manalion lag friedlich im Licht der wärmenden Sonne. Der Palast mit seinen unzähligen Wasserfällen lag im glitzernden Lichtschein der aufgehenden Sonne. Die Festtage hatten den Palast mit Gelächter und fröhlichen Liedern gefüllt. Über etliche Tage war die Freude über König Lemnons Heilung spürbar im ganzen Land.

An diesem Morgen wurde zu Ehren der Wiederkehr des Zauberers Amaru Muru im Haupttempel eine Zeremonie abgehalten. Mit der aufgehenden Sonne wurden heilige Kräuter und Hölzer in großen Schalen herbeigetragen. Der heilige Tempel lag an der östlichen Seite des Palastes, zu Füßen eines mächtigen Berges. Die Säulen und Fundamente des heiligen Ortes waren in den Fels des Berges gefasst. Riesige, tonnenschwere Granitsteine waren zu mächtigen Säulen geformt. Der Tempel schmiegte sich direkt an den Berg. Es wirkte, als sei der Berg selbst der geweihte Ort, an dem gebetet und geopfert wurde.

Auf dem Vorplatz zum Tempel sammelten sich Priester und Priesterinnen in weißen Gewändern. Ehrfurchtsvoll trugen sie die Schalen mit Räucherwerk und bunten Blumen in einer Reihe zum Eingang des Tempelberges. Rechts und links vom Prozessionsweg brannten Feuer in riesigen Schalen.

Der Eingang des Tempels führte direkt in den Berg. Hier rann Lichtwasser in mit Runen verzierten Kanälen an den Wänden entlang. Der glatte Fels war makellos in den Berg geformt. Schweigend zog die Prozession in den Tempelberg ein. Im Inneren des Tempelberges lag die Gebetshalle. Der feierliche Aufzug der Priester und Priesterinnen führte vorbei an riesigen Figuren aus weißem Marmor. Sie waren Abbilder aller Magier und Zauberer, die der Weißen Zauberkraft über Jahrtausende gedient hatten. Zum Andenken an ihre Taten waren sie hier in Stein verewigt, und gaben der Halle eine würdevolle Kraft.

Nacheinander zogen die betenden Frauen und Männer an den Figuren vorbei und verneigten sich vor ihnen. Jeder von ihnen trug eine Schale mit duftenden Blüten und Räucherwerk. In der Mitte der Halle lag ein Altar, der zu Ehren der Elemente errichtet war. Feuer, Erde, Wasser, Luft, Holz, Metall, Kristall und Salz wurden als heilige Elemente verehrt und angerufen.

Der Altar bestand aus Kristall und war aus der hinteren Wand der Halle direkt in den Bergfels gestaltet. Die Motive der einzelnen Elemente waren aus Stein meterhoch als Hochrelief in die Wand gearbeitet. Die Prozession zog an den Elementen vorbei, und die Opfergaben wurden auf den Altar gelegt. Es war eine ehrfurchtsvolle Stille im Raum. Lediglich das leise, schleifende Geräusch der weißen, langen Gewänder klang vom Steinboden in die heilige Altarhalle.

Die Priester und Priesterinnen setzten sich gerade auf den polierten Boden des Altarraumes, da betraten König Lemnon und Amaru Muru die Halle. Ihre weißen Gewänder leuchteten hell, und übernatürliches Licht strahlte von ihnen aus. Ein leises Summen erfüllte die Halle, als sie vor den kristallenen Altar traten. Sie erhoben die Hände in Richtung der Wand mit den Abbildern der Elemente, die das Licht, welches von den beiden ausging, glitzernd reflektierten.

Magie bereicherte den Raum und resonierte in sanftem Klingen im ganzen Tempelberg. Es schien, als würde der Berg ihre Resonanz verstärken, und es machte den Eindruck, als singe der bergige Fels eine Melodie. Übernatürliches Licht erfüllte den Tempelraum, und die magische Energie der Elemente vibrierte über den Gesang des Bergmassives durch die ganze königliche Stadt.

Amaru Muru und König Lemnon beendeten die Zeremonie mit einer würdevollen Verneigung, durch die sie den Elementen ihre Dankbarkeit erwiesen. Die Priesterinnen und Priester verließen in einer langen Reihe den Tempelberg, und König Lemnon sagte: »Meister Amaru, die Kraft des Berges scheint ungebrochen.«

Amaru Muru nickte und antwortete: »Nicht mehr lange, mein

lieber Freund. Ich bin nicht nur deinetwegen gekommen. Dunkle Zeiten ziehen herauf, und ich kam, um dich um Hilfe zu bitten.«

Erstaunt sah König Lemnon den Magier an und drehte sich zu ihm. Amaru Muru lächelte ihn an und sagte: »Es gibt einiges zu tun, mein lieber König, und ich brauche dich bei vollen Kräften. Du hast eine schwere Prüfung bestanden, die Lernaufgabe jedoch, die auf die Erde treffen wird, ist weit herausfordernder als alles, was wir uns vorgestellt haben.«

Der Elfenkönig runzelte leicht die Stirn, und die beiden verließen die heilige Halle. Sie liefen vorbei an den Statuen der alten Meister und Könige, während Amaru Muru fortfuhr: »Mögen die Ahnen und ihre Zauberkraft uns beistehen, bei dem, was wir in der Zukunft gestalten werden.«

Der Elfenkönig nickte und begleitete Amaru Muru in die Königshalle. Der große, ehrwürdige Baum hatte neue Blätter, und die alte Eiche schien wieder in voller Kraft zu sein. Die beiden Zauberer setzten sich ihr zu Füßen, und Amaru Muru fuhr fort:

»Wir müssen ein Vermächtnis erschaffen. Eines, das Jahrtausende überdauern wird, und alle Geheimnisse der Weißen Magie für die Zukunft bewahrt. Der Hohe Rat der Engel hat eine Zeit der Prüfung auf der Erde angekündigt, die Jahrtausende andauern wird. Wir dürfen in den Prozess nicht eingreifen oder die Völker der Erde beeinflussen.

Nichts und niemand kann das Ergebnis vorhersehen oder mitgestalten. Alles wird in die Hände der Menschen mit ihrer Aufgabe gelegt. Das Vergessen um die Wahrheit des Universums hat begonnen, und die Kräfte der Magie werden verblassen, wie die Sonne am Himmel am Abend versinkt. Wie lange die Nacht des Vergessens sein wird, hängt von der Liebe der Menschen ab und ihrem Willen, Zweifel und Angst zu überwinden.

Die Magie wird wie das Mondlicht sanft erhalten bleiben und erst wieder voll erwachen, wenn die aufgehende Sonne das Licht der Zauberkraft neu gebären wird. Angst und Zweifel sind die Emotionen, die überwunden werden sollen, so wie du deine Traurigkeit überwinden musstest, um wieder in deiner Kraft zu sein.

Das betrifft alle Völker der Erde. Die magischen Wesen und Welten müssen vor den menschlichen Völkern der Erde verborgen werden, damit die Menschen ihren Weg in ihre wahre Bestimmung selbstständig finden können. Der freie Wille der Menschen ist genauso heilig wie all unsere universellen Gesetze und darf von uns nicht missachtet werden – selbst wenn er alles zerstört, was wir aufgebaut haben.

Die Menschen sind auf sich selbst gestellt und werden die Verantwortung für die Erde und ihre Schöpferkraft spüren und lernen. Das ist der einzige Weg, um sie zu schulen, die Angst zu überwinden, und die magische Kraft ihrer Emotionen zu begreifen. Jeder versuchte Eingriff in ihre Entwicklung wird mit dem Verlust von Magie bestraft und die Zeit der Prüfung nur verschlimmern oder im besten Fall verlängern. Es führt kein Weg an dieser Schulung vorbei, so sehr wir uns das auch wünschen.

Zauberkraft und Weiße Magie entstehen im Herzen jedes Wesens. In den Menschen existiert eine reiche Welt an unterschiedlichen Gefühlen. Sie sind die emotionalsten Geschöpfe im Universum. Ihre Emotionen machen ihre Schöpferkraft und Magie unendlich wertvoll, aber auch gefährlich zerstörerisch, wenn sie ohne Schulung fortfahren, mit dem Leben auf der Erde.

Es braucht Zeit, um die gesamte Palette der Gefühle zu begreifen, die der Magie zugrunde liegen. Leicht ist es, in die dunkle Kraft der Herrschsucht und Gier zu fallen. Wenn man nicht beide Seiten der Magie kennt, kann man sich nicht in freiem Willen entscheiden, für die eine oder die andere Seite.

Helfen wir ihnen mit Magie, wird es nicht dazu führen, dass sie ihre eigene Kraft und die Verantwortung, die damit verbunden ist, erlernen. Versuchen wir jetzt, die Prüfung aufzuhalten oder die Menschen und ihre Emotionen zu verändern, verstoßen wir selbst gegen die heiligsten Gesetze.

Es wird unsere Prüfung sein, geduldig zu sein und bedingungslos zu ertragen, was der Mensch erschaffen wird. Wir dürfen voller Hoffnung darauf vertrauen, dass ihre Herzensliebe sie durch diese Zeit stärkt und führt. Das bedeutet den Rückzug aller magischen Wesen aus ihrer täglichen Wahrnehmung. Das betrifft nicht nur die

Elfen, mein König, sondern alle Wesen, die der Magie und Zauberkraft mächtig sind.

Beginnen die Menschen nach Hilfe zu verlangen, darf Magie ihnen helfen, aber nur in dem Maß, in dem sie es von sich aus wünschen, und soweit es ihnen ihre Verantwortung und Prüfung nicht abnimmt. Sie müssen die Magie selbstständig finden, die in ihnen wächst und gedeiht, bevor sie zu viel Macht über ihre Emotionen unkontrolliert leben.

Der Planet Erde nähert sich dem Zentrum der Galaxie, und die multiverse Schöpferkraft wächst mit jedem Erdentag. Lernen die Menschen nicht damit verantwortungsvoll umzugehen, hat das schwere Konsequenzen für alle Welten, nicht nur für die Erde.«

Der Elfenkönig schluckte, während er Amaru Muru zuhörte, und fragte mürrisch: »Soll das heißen, der Planet wird den Menschen überlassen?«

Amaru Muru antwortete lächelnd: »Mein guter Freund, alle Wesen des Planeten müssen gleichwertig betrachtet werden, und jedes Volk muss seine Aufgaben erlernen. Sie sind wie unwissende Kinder, die im Garten des Planeten in ihren Emotionen wüten. Das haben sie mit den Zwergen gemeinsam, nicht wahr, großer, Weißer Zauberer Lemnon? Selbst die Elfen und die größten Magier aller Völker müssen sich für Schwarz oder Weiß entscheiden und die Konsequenzen der magischen Macht am eigenen Leib erlernen. Da die Menschen die größte Herzmagie der Welten in sich tragen, dürfen wir ihnen nicht unterstellen, dass sie es nicht schaffen können. Das ist unsere Prüfung, mein lieber Freund Lemnon, König der Elfen.«

König Lemnon richtete sich auf und sagte: »Haben wir nicht genug gegeben, und hat man uns nicht genug abverlangt, um die Geheimnisse des Universums vor Missbrauch zu beschützen? Hier in diesen Hallen stehen die Abbilder all jener, die sich aufgeopfert haben, voller Hingabe an ihre Aufgabe, diesen Planeten zu beschützen und das Wissen zu wahren, das nicht in falsche Hände gegeben werden soll. Sind diese Opfer alle umsonst gewesen? Das Elfenreich hat seine Macht niemals missbraucht. Mögen die Zwerge manchmal auf ihrer Suche nach Gold und Edelsteinen etwas zu gierig sein, das mag sein, aber die Menschen trachten nach Macht. Sie sind eifersüchtige Narren, die argwöhnisch und neidisch ihre Besitztümer verteidigen, als gäbe es kein Morgen. Warum sollen wir dieses Risiko eingehen und ihnen das Sternentor und den Planeten Erde einfach überlassen?«

Amaru Muru wandte sein Gesicht zum König und sagte ermahnend: »Urteilst du in diesem Moment über die Menschen, oder verteidigst du gerade selbst deine Besitztümer und Ahnenschaften? Dann wärest du nicht anders als sie. All diese Gefühle sind auch in uns angelegt, großer König. Jeder von uns neigt dazu, aus dem Wunsch heraus, Gutes zu tun, in die Entwicklung auf der Erde einzugreifen. Das macht uns nicht weniger gefährlich als die Menschen mit ihren großen Emotionen.

Intensive Gefühle versprechen große Magie. Wenn sie richtig genutzt und verstanden werden, können sie Erstaunliches vollbringen. Wenn die Menschen es schaffen, diese Prüfung zu bestehen, sind sie in der Lage, die multiverse Einheit wiederherzustellen, und das ist unser aller Aufgabe. Den Menschen zu helfen, ihre überirdische Gabe zu finden und aus freiem Willen richtig einzusetzen, ist unsere Bestimmung. Ob dir das nun gefällt oder nicht.

Das Elfenreich und alle anderen Reiche der magischen Wesen müssen sich in die Anderswelt begeben und unsichtbar für die Menschen werden, damit sie sich weder einmischen, noch dass sie von den Menschen zu Machtzwecken missbraucht werden können. Das ist der einzige Weg, um unser Erbe der Weißen Zauberkraft zu schützen und für die Zeit zu bewahren, in der sie weise von den Menschen genutzt und eingesetzt werden wird. Wir müssen uns der Prüfung der ewigen Geduld stellen, mein guter Freund und König Lemnon.«

Lemnon schwieg für eine ganze Weile, bevor er fragte: »Hast du die Zukunft gesehen, Meister? Wie lange wird es dauern, bis das menschliche Herz reif für diese Aufgabe sein wird?«

Amaru Muru atmete tief ein, und seine Augen begannen zu leuchten, als er fortfuhr: »In der Zukunftssicht gibt es mehrere Möglichkeiten und viele Schicksalswendungen. Wenn wir klug vorgehen, können wir den Menschen Hilfe zukommen lassen, ohne sie zu beeinflussen. Wir werden die Geheimnisse der Magie verschlüsselt für sie bereithalten. Wenn sie reif genug und in ihren Intuitionen gewachsen sind, werden sie unsere Hinterlassenschaften entschlüsseln und lesen können. Das macht es ihnen leichter, ihre Lernaufgaben zu meistern.

Ich habe im Inneren der Erde begonnen, eine Bibliothek aus Kristall anzulegen. Die Kristalle reagieren auf den Grad der Entwicklung der Menschen und schalten Schritt für Schritt jene Resonanzen frei, die mit der genetischen Information der Menschen schwingen. Auf diese Weise wird das Wissen die Jahrtausende überdauern und zum richtigen Zeitpunkt zum Erwachen der Sternenmagie beitragen. Immer nur so viel, wie sie wirklich selbst freischalten können mit ihrem Unterbewusstsein. Das wird helfen, den Menschenvölkern in Momenten des Zweifelns die richtigen Impulse zu vermitteln und ihnen den Weg erleichtern.«

König Lemnon senkte den Kopf und grummelte: »Wie willst du das den Zwergen und Riesen erklären? Sie werden das nicht einfach so hinnehmen.«

Meister Amaru schmunzelte und sagte: »Die Zwerge sind leicht zu überzeugen, mein Freund.« Er lachte leise und klopfte dem König liebevoll auf die Schulter.

Die alte Eiche war während des Gesprächs der beiden regungslos geblieben. In üppiger Pracht leuchteten ihre saftigen Blätter in frischem Grün. Friedliche Ruhe erfüllte den prachtvollen Raum. Lediglich das Geräusch des Lichtwassers erfüllte die Halle mit friedvollem Geplätscher. Die Ahnenstatuen der vergangenen Zauberer erfüllten die Halle mit Ehrfurcht und Stolz.

Eine ganze Zeit lang saßen die beiden so beieinander. König Lemnon wirkte nachdenklich und still. Dann sagte er: »Es ist wohl die schwerste Prüfung von allen, die Meisterschaft des Loslassens zu leben und völlige Weisheit zu erlangen. Wir werden uns in starker Geduld üben müssen und Vertrauen in die Menschen setzen. Es wird uns einige Erklärungen kosten, dies den Völkern der Magie zu erklären.«

Er wollte gerade fortfahren, als sich mit einem heftigen Poltern jemand näherte. Mit einem immensen Krach stürzten verschiedene metallene Gefäße auf den Hallenboden. Ein Zwerg hatte, voll beladen mit Geschenken für König Lemnon, die Halle betreten. Er war wohl gestolpert, und seine Aufmerksamkeiten lagen nun um ihn verteilt auf dem polierten Steinboden. Der blonde Zwerg sammelte hastig seine Gaben wieder auf und brummelte in sich hinein: »Ach, das war wohl zu viel auf einmal.«

Seine silberne Rüstung schien ihn einzuengen, und es fiel ihm sichtlich schwer, sich aufzurichten und auf dem glatten Boden Halt zu finden. Er raffte sich auf und hob die Geschenke wieder hoch, um sie dem König zu bringen. Der Zwerg wirkte beschämt und errötete. Seine blauen Augen blickten vorsichtig in Richtung des Thrones und der alten Eiche, um zu prüfen, ob der König sich erschreckt hatte.

Sein Haar war zu einem Zopf geflochten, und silberne Spangen hielten seinen Bart am Kinn zusammen. Ein Kurzschwert hing an seinem breiten Gürtel, und er führte auf seinem Rücken eine verzierte Axt in einem Halfter. Seine Rüstung war mit goldenen Runen verziert, und er trug eine schlichte Krone aus Silber auf seinem blonden Haar.

Als der Zwerg die beiden Männer unter der Eiche sitzen sah und Zauberer Amaru Muru erkannte, weiteten sich seine Augen. Sein Mund öffnete sich, und er erstarrte für einen Augenblick. Ungläubig schloss er die Augen und riss sie sofort wieder auf, wohl um zu prüfen, ob er sich nur eingebildet hatte, was er sah.

Mit einem Aufschrei warf er alle seine Geschenke von sich, wieder direkt auf den Hallenboden. Krachend fiel alles zu Boden, während der Zwerg lachte und rief: »Meister Amaru!«

Mit einem riesigen Sprung rannte er auf Amaru Muru zu und stolperte über die Geschenke, die vor ihn gefallen waren. Er fing sich wieder und behielt sein Gleichgewicht. Mit einem für Zwerge riesigen Satz rannte er mit geöffneten Armen auf Amaru Muru zu. Er rief: »Meister, Meister Amaru!«

Der Zauberer blieb lachend sitzen und nahm den rennenden Zwerg mit offenen Armen in Empfang.

Der Zwerg weinte vor Freude und schluchzte: »Meister, Meister Amaru, welche Freude!«

Der Zauberer grinste voller Herzlichkeit und sagte: »König Saludin, mein alter Freund.«

Der Zwerg hatte sich in die Arme des Zauberers geworfen und weinte vor Glück. Zwergenkönig Saludin war größer, als es Zwerge gewöhnlich sind. Sein Aussehen verriet seine Verwandtschaft zu den Elfen. Er war ein Halbling königlicher Eltern, von Zwergen und Elfen. »König Saludin, mein Freund, ihr seid keinen Tag älter geworden!«, sagte der Zauberer freundlich.

Da fuhr der Zwerg hoch und wischte sich die Glückstränen von den behaarten Wangen. Er drehte sich zu König Lemnon um und sagte beschämt: »Verzeiht, mein Cousin, ich wollte euch nicht übergehen. Ich war nur so glücklich, den Zauberer wiederzusehen. Ich habe Geschenke mitgebracht für euch, weil, weil ihr wieder gesund seid.«

Er hastete zurück zu den Geschenken, die auf den Boden gerollt waren, und hob sie auf. Mit einem Berg edler Metallgefäße kam er zurück und legte sie vor den König.

König Lemnon lachte laut und rief: »Mein Cousin König Saludin, es ist immer eine Freude, dir zu begegnen. Danke für die königlichen Gaben.«

König Saludin antwortete: »Verzeiht, Cousin, ich bin sehr verspätet. Ich wollte gerne zum Fest erscheinen, aber im Osten sind die Wege mit Plünderern übersät, und es ist gefährlich geworden, mit Geschenken durch die Wälder zu reisen. Gerne hätte ich an der Festtafel mit euch gesessen und fröhliche Lieder gesungen. Ich bin froh, dass ich meine Gaben heil und vollständig hierher bringen konnte und meine Fährte unentdeckt geblieben ist. Ich wollte die Räuber auf keinen Fall hierher zum Palast führen. Es ist gefährlich geworden in allen Ländern und Königreichen. Ich kann es mir gar nicht erklären.«

Zauberer Amaru nickte und sagte: »Ich weiß, mein Freund, neue Zeiten haben begonnen, und wir müssen eine Versammlung der Zwergenkönige einberufen, so schnell es geht. Auch die Elfenkönige aller Reiche müssen daran teilnehmen. Sendet Boten aus in alle Königreiche. Ich kümmere mich um die Riesenfürsten.« Zauberer Amaru Murus Gesicht war ernst geworden.

Auch König Lemnon wurde ernst, und beide Zauberer erhoben sich.

»Was ist denn passiert?«, fragte Zwergenkönig Saludin aufgeregt und neugierig.

Amaru Muru antwortete: »Das wirst du erfahren, wenn alle Könige versammelt sind. Sagt ihnen, der Oberste der Weißen Zauberer und ich rufen zu einer dringlichen Versammlung. Erinnert sie an ihren Eid, den sie geleistet haben, zu kommen, wenn wir sie rufen. Wenn es schon Räuber in alle Lande geschafft haben, ist Eile geboten. Verschwenden wir keine kostbare Zeit.«

Amaru Muru trat ein paar Schritte beiseite und lächelte die beiden Freunde liebevoll an. Er sagte: »Es war eine Freude, euch wiederzusehen. Lasst uns das vollbringen, was wir am besten können. Wir sehen uns bald im Palast der Drachen. Dort soll die Versammlung sein. Am nächsten Vollmond erwarte ich euch alle dort.«

Der Zauberer nahm seinen Stein in die Hand, den er in seinem Gewand verborgen bei sich getragen hatte. Er führte ihn zum Mund und flüsterte magische Worte. Mit einem hellen Lichtblitz, der aus dem Stein fuhr, war er augenblicklich verschwunden.

Der Fürst der Riesen

*E*isiger Wind fegte über die Gipfel der schneebedeckten Berge. Klirrende Kälte durchzog die vom Frost vereisten Wipfel krüppeliger Kiefern, die sich an die Felsen schmiegten. Die untergehende Sonne reflektierte golden auf dem glitzernden Schnee. In tiefem Rot verschwand die Sonne hinter dem Westgipfel des Gebirgszuges, der sich karstig und kalt gegen das warme Sonnenlicht erhob. Prächtige Adler zogen ihre letzten Kreise um die Gipfel, bevor sie sich in ihre Nester zurückzogen. Meterhoher Schnee bedeckte die Berghänge, und die Schneewelt des Gebirges lag unberührt im Tal.

Am Fuß des höchsten Gipfels arbeitete sich eine riesige Gestalt durch den Tiefschnee. Mit hohen Fellstiefeln bekleidet, stapfte ein übergroßer Mann auf einem Pfad entlang, der gut versteckt zwischen den Felsen lag. Er trug einen dicken, kurzen Mantel aus Lammfell und hatte sich einen braunen Wollschal um den Kopf geschlungen. Eisig peitschte der Wind in sein Gesicht und seine Nase war dunkelrot. Sein langer Bart war mit Eiszapfen durchsetzt und sein Atmen dampfte mit jedem Schritt.

Er stieg den Pfad entlang und bemühte sich, dabei über den vereisten Hängen nicht auszurutschen. Mit einem knorpeligen Holzstab in seiner rechten Hand stützte er jeden seiner Schritte. Er hatte einen Leinensack geschultert, und warme Handschuhe aus Wolle schützten seine Hände vor dem Wind.

Kraftvoll und stark wirkte seine fast fünf Meter hohe Gestalt und der hohe Aufstieg schien ihm vertraut zu sein. Der Pfad führte ihn auf die Hälfte des Berges, der rot leuchtend im Bergmassiv thronte. Rechts und links vom Pfad standen Megalithen aufrecht am Wegrand und markierten den Eingang zu einer riesigen Höhle, die tief in den Berg reichte. Geschickt schob der riesige Mann einen Felsen beiseite, der den Eingang in den Berg schützend verbarg.

Er trat in den Gang zur Höhle und schob den Felsen mit einer

Hand zurück in seine Fassung. Da scharrte es von außen an dem Felsen und ein leises Winseln war zu hören. Der Mann hielt inne und murmelte:»Da bist du ja wieder, du kleiner Stinker!«

Er öffnete erneut das Steintor und ein kleiner Wolf huschte in den Höhlengang. Während der Riese den Stein zurück in seine schützende Position rollte, winselte der fellige Geselle und sprang vor Freude an ihm hoch. Er hechelte und hüpfte um den übergroßen Mann herum, der weiter durch den Gang in die Höhle stapfte.

Der Korridor führte tief in den Berg und endete in einer riesigen Halle aus Stein. An der hinteren Wand des Gewölbes plätscherte eine Quelle mit Lichtwasser und erhellte den ganzen Raum in bläulichem Licht. Auf der linken Gewölbeseite lag in einer Nische ein Felllager und auf der rechten Seite befand sich eine Feuerstelle.

Der große Mann warf den großen Leinensack zur Kochstelle, stellte den Stock aus Wurzelholz an die Felswand und zog seine warmen Kleider aus. Er entzündete ein Feuer und setzte sich zum Aufwärmen auf einen Stein, der ihm als Stuhl diente. Der Wolf war dem großen Mann nicht von der Seite gewichen – wusste das kluge Tier doch, dass es etwas zu Essen für ihn gab. Der Wolf wedelte freudig mit dem Schwanz, als der Mann den Leinensack öffnete und murmelte:»Ja, Stinker, gleich gibt es Fresschen.«

Die Gesichtszüge des Riesen waren fein und glatt. Er hatte leuchtende blaue Augen und sein Haar war silbrig weiß. Mit seinen schlanken Händen entnahm er dem Sack Gemüse, Kartoffeln, Käse, Wurst und getrocknetes Fleisch. Er hatte es im Tal von den Menschen, die es gegen Bergkristall und Silbererz getauscht hatten. Das Erz war von den Zwergen, die es ihm für seine Hilfe bei Bauarbeiten gegeben hatten. Die Kristalle stammten aus seinem Berg, in dem er seit vielen Jahrhunderten als Einsiedler lebte.

Er schnitt einen Teil des Gemüses in grobe Stücke und warf sie in einen Kupferkessel, der über der Feuerstelle hing. Anschließend stand er auf, reichte dem Wolf einen Brocken getrocknetes Fleisch und schickte sich an, Wasser aus der Quelle zu holen. Als er sich über den Rand des Beckens neigte, indem er das leuchtende Quellwasser sammelte, um ein Tongefäß mit Wasser zu füllen, blitzte es in der Höhle einmal gleißend hell auf.

Er hielt inne und runzelte die Stirn. Der Wolf kaute genüsslich auf seinem Fleisch und knurrte verärgert. Der Riese drehte sich nicht um und sagte grimmig: »Es riecht übel nach Zauberer. Ich hasse diesen scheinheiligen Gestank.«

Er füllte sein Gefäß mit Wasser und ging mit finsterer Miene zur Kochstelle, ohne Meister Amaru eines Blickes zu würdigen, der mitten im Gewölbe stand. »Was willst du hier meine Ruhe mit stinkenden Lügen stören?«, grummelte er sichtlich verärgert.

Seine blauen Augen wurden schmal, und er blickte sich nach seinem Stock an der Wand um. Der Zauberer wirkte winzig im Verhältnis zu dem Riesen.

Amaru Muru lachte und sagte: »Willst du mich mit deinem Stock schlagen, Riesenfürst?«

Er schritt auf die mächtige Gestalt zu, und der Wolf fing an zu knurren. Amaru fuhr fort zu sprechen: »Warum bist du so wütend, Mamodas, großer Fürst der Riesen?«

Fürst Mamodas drehte sich zum Zauberer und sprach voller Zorn: »Ihr habt den widerlichen Elfengestank an euch, und die muffigen Zwerge kann ich auch riechen, Zauberer. Was habt ihr nun wieder ausgeheckt miteinander? Ihr habt euch verschworen, allesamt. Ausgebeutet habt ihr uns wie Sklaven. Unsere Stärke habt ihr benutzt, um eure Tempel und Schlösser zu bauen. Jetzt sind wir nur noch Diener und Sklaven der Menschen, die uns für Krieg ausschlachten. Die gutmütigen Seelen meiner Sippe habt ihr mit Trollen gekreuzt, damit sie stärker werden. Unsere erhabene Gestalt habt ihr zu Krüppeln mutieren lassen. Wie gerne würde ich dich jetzt hier auf der Stelle in Stücke reißen und an den Wolf verfüttern.«

Zauberer Amaru trat noch ein Stück näher an den Riesen und setzte sich neben ihn im Schneidersitz auf den Höhlenboden. Er sagte eine Weile lang gar nichts. Der Wolf beruhigte sich und legte sich in eine Ecke an der Felswand.

Riese Mamodas grollte vor Zorn. Er umfasste den Griff des Wasserkrugs fester, den er immer noch in der Hand hielt.

Meister Amaru zupfte in seinem Gewand herum und zog eine alte Pfeife aus einer Ärmeltasche seines Mantels. Langsam stopfte er den darin befindlichen Tabak mit einem Holzstück fester in die Pfeife. Dann nahm er ein kleines Stück Holz aus dem Feuer und entzündete sie. Mit tiefen Zügen rauchte er dampfend seine Pfeife. Der Rauch verteilte sich in der Höhle, während er sagte: »Ich akzeptiere deine Wut, großer Fürst der Riesen. Ich akzeptiere deinen Zorn. Du hast alles Recht darauf, wütend zu sein.«

Er paffte fest seinen Tabak und umfasste den Griff der Holzpfeife. Wieder sagte er lange gar nichts.

Der Duft des Pfeifenkrauts war auch zur Nase des Riesen gezogen und beruhigte ihn sichtlich. Langsam goss Mamodas das Wasser in den Kessel mit Essen über dem Feuer. Es dampfte und zischte. Der Riese rührte mit einem Löffel in seinem Eintopf, als der Zauberer vorsichtig fragte: »Möchtest du etwas von meiner Pfeife?«

Der Riese drehte sich um und sagte mürrisch: »Ein wenig Zauberer in meiner Suppe wäre besser!«

Da lachte Meister Amaru herzlich und sagte: »Aber wir wollen deiner Speise doch nicht den Geschmack verderben oder das Aroma mit Zaubererduft zunichte machen.«

Da nickte der Riese schweigend und nahm dem Zauberer die Pfeife aus der Hand. Sie sah in seiner schlanken, großen Hand winzig klein aus. Er zog ein paarmal daran und inhalierte kräftig.

»Erinnert es dich an unseren Ausflug in den Westen, als du noch ein Junge warst? Das waren fröhliche Tage, mein lieber Fürst.«

Der Riese konnte sich das Lächeln nicht verkneifen. Er erinnerte sich, wie er mit dem Zauberer durch die grünen Wiesen des Westlandes getollt war. Er hatte ihm heimlich die Pfeife abgenommen und versteckt hinter Bäumen das süße Pfeifenkraut der Elfen geraucht.

»Das waren andere Zeiten, Zauberer Amaru«, seufzte er.

Er fuhr fort, die Pfeife zu rauchen, und hielt den Pfeifenkopf fest zwischen seinen großen Fingern.

Der Weiße Zauberer sagte gefühlvoll: »Ich mag dich sehr, mein lieber Mamodas, das weißt du tief in deinem Herzen. Die Zeiten sind, wie sie sind, und ich kann es leider nicht ändern, auch wenn ich es wollte. In dem Volk der Riesen steckt so viel Feingefühl und Sanftheit.«

Der Riesenfürst nickte und es rollten Tränen über seine Wangen.

Meister Amaru fuhr ruhig und sanft fort zu sagen: »Ich verstehe deinen Zorn und habe Mitgefühl mit deinem Volk. Das Leben eines Riesen währt mehrere tausend Jahre, so wie unseres. Ihr habt große Veränderungen erlebt, und eurem Volk ist viel Unrecht angetan worden.«

Mamodas wischte sich die Tränen von den Wangen. Er fuhr sich mit dem Handrücken über das Gesicht und sagte: »Warum? Warum könnt ihr nicht alles wieder so hinzaubern, wie es einst war? Warum unternehmt ihr nichts, um meinem Volk zu helfen? Ihr habt uns alle im Stich gelassen. Du und das Elfenvolk – ihr seht einfach zu, wie sich die Welt mit den Menschen, Zauberern, Elfen und Zwergen ändert, und könntet doch alles mit einem einfachen Zauberspruch wieder in die gute alte Zeit verwandeln.«

Fahrig zog er nochmals an der kleinen Holzpfeife in seiner Hand.

Meister Amaru nickte und sagte: »Da hast du Recht, Fürst der Riesen. Wir könnten die Welt wieder zurückversetzen in die alte Zeit. Auch wenn das verlockend ist, dürfen wir es dennoch nicht. Das Rad der Welt dreht sich endlos und wir dürfen es nicht anhalten.

Raum und Zeit existieren nicht, und alles und jedes findet im gleichen Moment statt. Alles, was existiert, lebt im Augenblick unendlich viele Male auf multiversen Ebenen und in vielfältigen Dimensionen. Jedes Volk hat seine Lernaufgaben hier in dieser Welt. Alle Aufgaben sind geknüpft an Emotionen, die gelebt und erfahren werden sollen. Auch Wut und Trauer gehören dazu.

Würden wir mit Magie den Fortschritt der Entwicklungen rückgängig machen oder aufhalten, wären die Lernaufgaben nicht erfüllt und alles müsste von Neuem beginnen oder gar noch schlimmer werden.

Du bist sehr klug, Fürst der Riesen. Du hast die Gesetze der Magie bei den Elfen gelernt, als du noch ein Kind warst. Mag sein, dass du dich deshalb wie ein Einsiedler in dieser Höhle verschanzt. Weder Zauberer noch Elfen, Riesen, Zwerge oder Menschen sind von dieser

Lebensschule ausgenommen. Erst wenn die Dunkelheit der Macht der negativen Emotionen durchlebt wurde, wird der Unterschied zwischen dunkler und Weißer Magie erkannt und ehrliche Verantwortung kann übernommen werden. Das ist der Sinn des Lebens in der Dualität der Materie.

Der Weg aus der Dunkelheit führt durch die Erfahrung ihrer Konsequenzen. Die Macht der Negativität einfach aufzulösen, bedeutet, sie immer wieder aufs Neue entstehen zu lassen und für alle Zeit daran gefangen zu bleiben. Du darfst eigenständig entscheiden, ob du im Zorn in dieser Höhle Jahrtausende verbringen willst oder uns und deinem Volk hilfst, durch das Zeitalter der Angst mit gutem Beispiel vorauszugehen.

Halte nicht an der süßen Vergangenheit fest: So wie es früher war, kann es nicht noch einmal werden. Es wird neue, schöne und friedliche, viel bessere Zeiten geben, wenn diese Herausforderung durchgestanden ist. Wir bekommen im Leben nicht das, was wir uns wünschen, sondern das, was wir sind. Alles, was wir im Inneren an Gefühlen tragen, erschafft das, was wir im Außen leben.«

Mamodas kniff die Augen zusammen und zischte ärgerlich: »Willst du damit sagen, dass wir selbst schuldig sind an unserem Dilemma? Ungerechtigkeit ist das Übel aller Gefühle. Mein Volk wurde ungerechtfertigt in diese Prüfung gestoßen. Ich bin nicht alleine mit dieser Meinung. Meine Vettern wollen in den Krieg ziehen, um sich zu rächen. Sie sammeln sich in diesem Augenblick an der Küste der östlichen Ozeane, um die Hafenstadt der Menschen anzugreifen. Sie wollen es nicht länger erdulden, von den Menschen misshandelt zu werden. Sie sind voller Hass und Wut. Sie haben schon eine andere Schlacht gegen die Elfen geschlagen und wurden alle getötet.«

Er zog noch einmal an der Pfeife und schaute den Zauberer mit wütenden, blitzenden Augen an.

Amaru Muru erwiderte: »Das ist sehr mutig von euch und zugleich auch dumm. Ihr könnt diesen Krieg nicht gewinnen. Niemand gewinnt in einem Krieg, mein gutherziger Fürst. Die Riesen haben wunderbare Kräfte: sie können Stein formen, sind stark und sehr gefühlvoll. Ihre Herzen und ihr Gesang können sogar Stein erweichen.

Mein lieber, großer Fürst der Riesen, habt Mitgefühl für die Menschen! Sie haben die Magie der Liebe noch nicht erlernt und sind dennoch besonderer Kräfte fähig, die im Universum gebraucht werden.

Sie sind wie Kinder in einer Schule und sollen lernen, die Verantwortung für sich selbst und den Planeten zu tragen. Krieg hilft niemandem! Er führt nur zur Selbstzerstörung. Auch wenn ich eure Wut akzeptieren und mitfühlen kann, es wird für die Riesen eine andere Lösung geben, das will ich versprechen. Kommt zur Versammlung in den Drachenpalast zum nächsten Vollmond und hört euch an, was wir als Lösung anzubieten haben.«

Mamodas rührte in seinem Eintopf, der vor sich hin kochte. Er grummelte in sich hinein: »Mitgefühl. Mitgefühl für die Menschen, Zwerge und Elfen. Tssssss, tsssss. Wer hatte mit uns Mitgefühl, als sie uns das alles angetan haben? Unsere Herzen sind bitter geworden und meine Vettern sind kaum zu bremsen vor Wut. Ihre Verwandtschaft mit den Trollen hat sie zu unkontrollierbaren Kämpfern gemacht, die selbst ich mit Vernunft nicht belehren könnte. Ihre Herzen sind zu Stein geworden und sie sind aufbrausend und jähzornig. Das erkenne ich selbst. In meinem Herzen ist nicht nur Wut, ich bin traurig und voller Scham, dass ich mein Volk nicht besser beschützen konnte. Ich habe Angst vor der Zukunft und sehe nur noch Gefahren für mein Volk. Es ist alles meine Schuld. Ich hätte den Elfen und Zauberern nicht vertrauen dürfen.«

Wieder grollte der Zorn in ihm und er ballte seine linke Hand zur Faust. Noch einmal zog er an der Pfeife und paffte wütend dicke Rauchwolken in das Gewölbe.

Der Zauberer Amaru nickte und sagte: »Es ist in Ordnung, dass du wütend bist. Deine Gefühle sind deine, und du hast jedes Recht darauf, sie zu leben. Jedes Wesen hat Gefühle, und das ist der Grund, warum aus Emotionen heraus Fehler an eurem Volk begangen wurden. Es ist schwer, hierfür einen Schuldigen auszumachen und sich zu rächen. Alle Völker der Erde erleben die gleiche Prüfung. Aus Emotionen heraus tun sie Dinge, die sie später nicht mehr kontrollieren können.

Gier, Machtsucht und Kampf sind nichts anderes als Produkte von

Angstgefühlen. Die Ursache jeden zerstörerischen Verhaltens ist die Angst. Und davon sind alle Völker der Erde so lange betroffen, wie ihr Verstand ihnen gebietet, sich schützen zu müssen.

Alle sind dafür verantwortlich. Der Teufelskreis der Rache endet nur in einer Abwärtsspirale, die am Ende nur in die totale Zerstörung führt. Das kann nicht in eurem Willen sein, kluger Riesenfürst. Wenn ihr es schafft, es mit den Augen des ewigen Lebens zu betrachten, dann wird diese Zeit nur ein Wimpernschlag des Schöpfers sein, die schnell vergehen wird, denn diese Lernaufgabe kann nicht Ewigkeiten dauern.

Angst zu überwinden, ist eine schwere Prüfung, die mit allen Schwachstellen eures Verstandes spielt. Sie provoziert negative Emotionen und ist nur mit Willenskraft zu bestehen. Akzeptiert eure Emotionen von Schuld, Angst, Zorn und Scham. Es ist in Ordnung, diese Gefühle zu haben, denn ihr habt berechtigte Gründe dafür. Allerdings solltet ihr auch mit Willenskraft entscheiden, wie lange diese Gefühle die Kontrolle über euer Herz haben dürfen.

Die Liebe der Riesen entspringt ihrer Seele und es ist wunderschön, wenn sie sogar den härtesten Fels zum Schmelzen bringen können. Paläste, Tempel und Schlösser habt ihr mit dieser Liebe in den harten Stein geformt. Die Herzensgesänge der Riesen sind ein göttliches Geschenk und bleiben in den Jahrtausenden der Zukunft immer sichtbar in bedeutungsvoller Erinnerung. Noch in Tausenden von Erdenjahren werden die Fundamente der Tempel und Anlagen sichtbar sein, die mit den Gesängen und Glückstränen der Riesen geformt wurden. Niemand wird diese Baukunst je übertreffen können, denn eure Liebe bringt den Fels zum Dahinschmelzen, gleich wie Butter in der Sonne schmilzt. Deshalb glaube ich an euch, Riesenfürst Mamodas, denn das ist eure Zauberkunst und Begabung.

Ihr habt einen scharfen Verstand, der euch gerade in die Irre leitet. Habt Verständnis für alle Völker der Erde, die auf andere Weise die gleiche Prüfung erleben. Unser aller Wunsch und Ziel ist es, friedlich und glücklich den Planeten Erde zu bewohnen und dem Universum damit zu dienen, dass wir Schöpfer von etwas Wunderbarem sind.

Geduld ist auch nicht meine Stärke, lieber Freund. Aber wir

müssen erkennen, dass Krieg keine Lösung und kein Weg in eine friedliche Zukunft ist, weder für euer Volk noch für das der anderen. Sagt euren Vettern, dass sie niemals gewinnen werden. Niemand gewinnt im Krieg, es wird nur Verlierer geben und die Machtspirale der Rache wird sich immer wieder neu drehen.

Das müsst ihr überdenken und mit Willenskraft zurückkehren in Akzeptanz, Mitgefühl und Verständnis, damit euer Volk sein Glück und seine Begabung wiederbeleben kann. Das müsst ihr in freiem Willen entscheiden. Der freie Wille ist das oberste Gesetz des Universums. Die Riesen haben immense Willenskraft, und ich bin zuversichtlich, dass ihr das schaffen werdet. Ihr werdet nicht alleine gelassen, wir wollen Raum schaffen für Lösungen, die es auch den Riesen möglich machen, wieder frei von Angst glücklich zu leben. Das verspreche ich mit ganzem Herzen.«

Der Riesenfürst war nachdenklich geworden. Er reichte dem Zauberer Amaru seine Pfeife, die mittlerweile ausgegangen war.

»Behaltet sie, Riesenfürst, ich schenke sie euch.« Er zog einen Beutel mit Tabak aus seinem weißen Mantel und sagte: »Hier habt ihr noch mehr von dem lieblichen Tabak, der euch an eure Kindheit und gute Zeiten erinnert. Das wird euch helfen, euch an eure Glücksgefühle zu erinnern.

Ihr habt kein Herz aus Stein, ihr seid voller Güte und Liebe – das habe ich selbst spüren dürfen. Denkt in Ruhe über das nach, was ich euch gesagt habe, und kommt am nächsten Vollmond zur Versammlung in den Drachenpalast. Ich bitte euch mit ganzem Herzen darum. Ich lasse dich nachdenken und bin voller Vertrauen, dass ich dich im Drachenpalast treffen werde. Ich muss nun gehen, wir dürfen keine Zeit verlieren.«

Der Riese rührte schweigend in seinem Gemüseeintopf herum, ohne eine Miene zu verziehen, als der Zauberer sich erhob. Amaru Muru legte den Tabakbeutel dem Fürsten Mamodas zu Füßen und schritt in die Mitte des Raumes. Der Wolf stand hastig auf und bellte einmal laut. Der Riesenfürst rief ihm zu: »Auf deinen Platz, Stinker.« Sofort kauerte sich der kleine Kerl zu Füßen des Riesen und leckte liebevoll an seinen Händen.

Meister Amaru nahm seinen Stein in die Hand und flüsterte magische Worte in ihn hinein. Mit einem grellen Lichtblitz war der Zauberer plötzlich verschwunden, so wie er gekommen war.

Geheime Kisten des Königs

Sturm fegte über die Wellen des südlichen Meeres. Schäumende Gischt krachte ohrenbetäubend an die Felsen der Küste. Blitz und Donner jagten tosend zwischen den düsteren Wolken hindurch. Die schwarze See kochte, und der Wind peitschte die Wellen gnadenlos. Auf der brodelnden See kämpfte sich ein zweimastiges Segelschiff durch das wütende Meer. Es war auf dem Weg in den nächsten Hafen in einen heftigen Sturm geraten.

An Bord wurde die Ladung hin und her geworfen, weil die Taue der Truhen und Fässer nicht standgehalten hatten. Die elfische Besatzung des großen Holzschiffs kämpfte damit, die Hauptsegel einzuholen, und versuchte, das Schiff gegen den Wind zu halten. Die Wellen brachen über den Bug des Frachtschiffes herein, und ein Teil der Mannschaft wurde über Bord gespült.

Der Kapitän brüllte gegen den Sturm und befahl allen Männern, unter Deck zu gehen. Ächzend und stöhnend stemmte sich der Elfenkapitän an das hölzerne Ruder des Seglers und band sich mit einem Tau am Steuerrad fest. Es blitzte und donnerte unaufhörlich, und der Elfenseemann konnte im Regen kaum die Augen aufhalten.

Er rief laut: »Komm, meine Dicke, du schaffst das! Du bist unverwüstlich, und wir werden dich in den Hafen bringen!«

Das Schiff mit dem Namen Lirdin war ihm ans Herz gewachsen, und sie hatten schon so manche raue Fahrt gemeinsam überstanden. Er kannte jede Bewegung des Schiffes und wusste genau, wie sie sich in den Wellen neigte.

Er stand mit festen, breiten Beinen auf der Lirdin in dem heftigsten Sturm, den sie beide je erlebt hatten. Erschöpft drehte er das schwere Ruder seitlich gegen die Wellen, damit sie nicht kenterte.

Er ärgerte sich, dass er auf Befehl des Obersten der elfischen Truppen in See gestochen war. Er kannte die Gewässer des südlichen Meeres besser als jeder andere, und zu dieser Jahreszeit gab es heftige

Stürme. Er hatte dem Elfenoberst geraten, nicht zu segeln. Der Befehl, dennoch in See zu stechen, erschien ihm äußerst waghalsig. Es musste einen dringenden Grund gehabt haben, warum sie es trotzdem tun sollten. Sicher hatte es etwas mit der geheimnisvollen Ladung zu tun, die sie an Bord genommen hatten. Mitten in der Nacht, bevor sie ausgelaufen waren, hatten Boten des Elfenkönigs Lemnon hölzerne Kisten an Bord getragen. Man hatte den Elfenkapitän zum Schweigen verpflichtet und eine ordentliche Summe als Belohnung gezahlt.

Die Lirdin gab ihr Bestes und trotzte den mächtigen Wellen. Der Kapitän befürchtete, mit der heftigen Strömung gegen die Küste getrieben zu werden und dort aufzulaufen. Das wäre das Ende des stolzen Schiffes und seiner Mannschaft.

Fest umklammert hielt der eiserne Elfenmann sich am Ruder aufrecht und kämpfte gegen den Sturm. Er dachte an seine hübsche Geliebte, die im Hafen auf ihn wartete, das gab ihm Kraft, durchzuhalten. Sie hatten sich lange Zeit nicht gesehen, denn der Krieg hatte alle Pläne der beiden zerstört. Sie hatten ein kleines Haus auf dem Land gekauft und waren gerade dabei, ihre Hochzeit vorzubereiten.

Als der Sturm fast unerträglich gegen sein Gesicht peitschte, sah er die wunderschöne Elfin vor sich, die ihn mit ihren wunderschönen braunen Augen verzaubert hatte. Langes, dunkles Haar umschmeichelte ihr sanftes, schlankes Gesicht, und ihr liebliches Lächeln erwärmte sein Herz. Wie in einem Traum erschien ihm immer wieder das Antlitz seiner Liebsten vor Augen, gerade dann, wenn er drohte, ohnmächtig zu werden.

Mit aller Kraft hielt er das Ruder und schwor sich, es bis in den schützenden Hafen zu schaffen. Er rief dem Schiff zu: »Los, meine Dicke, ich verlasse mich auf dich, bring uns nach Hause!«

Mit der Belohnung aus Silber, die er erhalten hatte, wollte er die Mitgift für seine Herzensdame bestreiten. Das war einer der Gründe, warum er sich zu diesem eiligen Aufbruch überreden lassen hatte. Was mochte wohl in diesen gut versiegelten Eichentruhen sein, das so wichtig war, sie trotz der Stürme in die südliche Hafenstadt Anthamos zu bringen?

Der Elfenkapitän konnte in der stürmischen Nacht kaum die Hand vor Augen sehen und es war schier unmöglich, sich im Sturm zu orientieren. Sie waren nicht weit von der Küste, die mit ihren schroffen Felsen eine tödliche Gefahr darstellte. Nur ein kleiner Fehler, und das riesige Holzsegelschiff drohte auf den Felsen zu zerbersten. Er war diese Route schon Hunderte Male gesegelt, und er kannte hier jeden Felsen.

Er schätzte die Geschwindigkeit des Schiffes, das immer noch gegen die Wellen ankämpfte. Unter Schiff ruderten die Männer um ihr Leben gegen die Strömung, die sie auf das Festland zutrieb. Wenn sie es schafften, bis zur Halbinsel in die meilenlange Mündung zum Hafen zu gelangen, konnten sie Anker werfen und warten, bis das Schlimmste vorbei war.

Der Elfenkapitän kämpfte darum, das Bewusstsein nicht zu verlieren. Er umklammerte das Steuerrad und hielt den Kurs seitlich durch die Wellen. Seine Arme waren steif von der Anstrengung, und er drohte ohnmächtig zu werden, was bedeutete, dass das Schiff einfach von den Wellen überrollt und kentern würde. Er brüllte zu den Matrosen unter Deck: »Rudert! Rudert um euer Leben!«

Die Lirdin und ihr Elfenkapitän waren eine Einheit. Über den Rumpf des Schiffes konnte der erfahrene Seemann die Strömung spüren. Er wusste, dass sich ihr Bug irgendwann leicht nach links drehen würde, denn das Seewasser würde trotz Sturm in die lange Hafenmündung fließen. Dann musste er wenden und das Schiff in der Mündungsströmung längs der Halbinsel treiben lassen. Er durfte den Moment nicht verpassen, denn mit den Wellen im Rücken kamen sie mit den Rudern gegen die Strömung nicht mehr an und würden auf die Halbinsel mit ihren spitzen Felsen getrieben.

Fest umklammerte er das Steuerrad und fühlte, wie sich das Schiff nach links drehte. Er schrie: »Rudert!« Mit aller Kraft drehte er das Steuer nach Backbord, und die Lirdin wendete nach links. Erneut brüllte er gegen den Sturm: »Ruder einholen!«

Inständig betete er im Stillen, dass er sich nicht geirrt hatte, und wartete, wie das Schiff reagieren würde. Die Wellen schoben die Lirdin direkt vor sich her in die Hafenmündung, und er steuerte das Schiff in ruhigeres Gewässer.

Die Halbinsel zog sich über etliche Meilen bis zum Hafen und die Berge der Insel boten Schutz vor dem Wind. Der Elfenkapitän orientierte sich an den Konturen der Küste und befahl die Mannschaft an Deck. Der Anker wurde ins Wasser gelassen, und der Elfenkapitän brach ohnmächtig am Steuerrad zusammen.

Als der Morgen anbrach, war der Sturm vorüber und die Morgensonne lag in der Hafenbucht. Möwen kreisten über dem stillen, blauen Wasser und die Lirdin lag ruhig im Wasserspiegel. Die Mannschaft hatte den Elfenkapitän nachts unter Deck getragen und Wache bis zum Morgen geschoben. Der Anker hatte gehalten, und sie hatten die gefährliche Fahrt heil überstanden.

Als der Elfenkapitän müde an Deck kam, stand ihm die Erleichterung ins Gesicht geschrieben. Die Matrosen, alle erschöpft von der Nacht, salutierten, als der eiserne Kapitän das Schiffsdeck betrat. Alle waren froh, dass der erfahrene Seemann sie alle sicher durch den Sturm gebracht hatte.

Der Hafen lag nicht weit von der Lirdin entfernt, und das morgendliche, geschäftige Treiben hatte begonnen. Schiffe wurden beladen, und die Fischer brachten ihren frischen Fang zum Verkauf in die große Hafenstadt, den sie nach dem Sturm aus ihren Netzen eingeholt hatten. Aus allen Ländern und verschiedenen Völkern der Erde wurden Waren getauscht, verladen oder verkauft.

Ein schlankes Ruderboot war auf dem Weg zur Lirdin und machte seitlich am Schiff fest. Drei Elfenkrieger und ein General stiegen über eine Strickleiter an Deck des Seglers. Die Matrosen salutierten, und ein schriller Pfiff drang aus einer Pfeife. Der Kapitän begrüßte den hohen Besuch mit ernster Miene: »General Inbar, seid willkommen auf der Lirdin.«

Der General nickte anerkennend und antwortete: »Kapitän Warolas, meine Anerkennung, ihr habt es durch den Orkan geschafft. Ihr habt wichtige Ladung für mich?«

Der Elfenkapitän Warolas nickte und schickte mit einer Handbewegung Matrosen unter Deck, um die Holzkisten in das Ruderboot des Generals zu verladen.

General Inbar fuhr fort zu sagen: »Es bleibt bei der Eile, Kapitän, mit dem nächsten Wind soll die Lirdin zurück in den Heimathafen. Der König selbst wird mit dem Schiff zum Drachenpalast aufbrechen. Der Seeweg ist der schnellste. Der König und sein Gefolge werden mit euch den größten Teil der Strecke auf See nehmen. Niemand außer euch darf davon wissen. Es bleibt keine Zeit für einen Landgang. Löscht die Ladung und macht euch sofort auf den Weg.«

»Jawohl, General.« Kapitän Warolas salutierte und sah zu, wie der General mit den Kisten in Richtung des Hafens ruderte. Er dachte an seine Verlobte, die nicht weit von hier auf ihn wartete. Sein Herz hatte ihn durch den Sturm sicher in den Hafen gebracht, um seine Liebste zu sehen. Er gab einem der Matrosen, die die Ladung löschten, einen Brief für sie mit und begann schweren Herzens, die Lirdin für die Rückfahrt seeklar zu machen.

Der Elfengeneral hatte die Holzkisten, die mit der Lirdin kamen, in einer abgelegenen Lagerhalle geöffnet und einen Teil daraus entnommen. Inbar war ein athletischer, schlanker Elf, der für seine Reitkünste und den Schwertkampf berühmt war. Seine muskulöse Gestalt war beeindruckend, und er hatte sich seinen Rang durch etliche strategische Siege im Kampf verdient. Er war klug und immer besonnen. Er konnte auch in brenzligen Situationen jederzeit einen kühlen Kopf bewahren.

Er ließ einen Großteil der Kisten auf einen Wagen laden, der in Richtung Osten zu Prinz Maladril in die Berge gebracht werden sollte. Räuber waren dort eingefallen, und König Lemnon schickte ihm elfische Schwerter zur Unterstützung. In letzter Zeit hatten sich die Überfälle gehäuft und in allen Ländern gab es Unruhe. König Lemnon hatte ihm eine Botschaft mit einer Brieftaube gesendet.

Der General hatte Befehl erhalten, einen schweren Lederbeutel aus den Kisten zu entnehmen und über geheime Pfade persönlich zum Drachenpalast zu bringen. Der König wollte wohl die wertvolle Fracht nicht selbst bei sich tragen. Elfenkönig Lemnon wollte sichergehen, dass der kostbare Inhalt im Falle eines Überfalls nicht verloren ging, und in den Händen des Generals war der rätselhafte

Inhalt sicher aufgehoben. General Inbar verstaute den geheimnisvollen Schatz in der Satteltasche seines weißen Pferdes.

Der große Mann trug eine elfische Rüstung aus leichtem Silbermetall, die mit Runen verziert war. Sein braunes Haar war zu einem Zopf am Hinterkopf gebunden, und er trug Pfeil und Bogen in einem Halfter auf seinem Rücken. Ein Schwert aus elfischem Stahl hatte er in einem Schaft an der linken Seite.

Einer seiner Soldaten brachte ihm Proviant für den Weg, der ihn auf geheimen Pfaden durch die östlichen Wälder des Landes führen sollte. General Inbar sollte bis zum Vollmond am Palast der Drachen sein, was einen langen Weg durch die Wälder bedeutete, und er musste sofort aufbrechen, um es rechtzeitig schaffen zu können.

Inbar führte seinen stolzen Schimmel aus der Lagerhalle auf die gepflasterte Hafenstraße. Hier herrschte reges Treiben. Kaufleute aus allen Volksgruppen verluden ihre Waren auf Pferdekarren und Handwagen. Zwerge, Elfen und Menschen tummelten sich aufgeregt in der überfüllten Hafenstadt. Ruhig und gelassen folgte der kraftvolle Hengst seinem Herrn. Die beiden vertrauten einander, und das stolze Pferd folgte dem Elfengeneral bedingungslos. Sanft strich Inbar ihm ab und zu über die Nüstern. Die silbrige Mähne, die prachtvoll zu einem Zopf geflochten war, glänzte in der Morgensonne.

Stolz schritt Inbar durch die Menschenmenge, als er bemerkte, dass ihm zwei Männer folgten. Er konnte ihre Blicke in seinem Rücken spüren und tat so, als hätte er es nicht bemerkt. Pferd und sein Besitzer verstanden sich wortlos, und der Schimmel spürte, dass etwas nicht in Ordnung war.

Der Elfenkrieger nahm den Weg durch die Marktstraße. Hier gab es Stände mit allerlei Köstlichkeiten aus aller Herren Länder. Händler boten Waren feil, und der Duft von Gewürzen und Kräutern schwebte in der Luft. Prall gefüllte Warenstände lockten Mägde und Dienstboten an, die zu dieser Zeit frische Waren auf dem Markt kauften. Die Rufe der Händler und das Gefeilsche der Käufer mischten sich, und die gepflasterte Straße war übervoll mit Menschen, Zwergen und Elfen.

Die zwei Gestalten, die Inbar folgten, waren dunkel wirkende

Männer aus dem Menschenvolk, die graue Umhänge trugen und ihre Gesichter unter Kapuzen verbargen. Im Hafen gab es allerlei Spione, die sich Informationen verschafften, um sie an die Räuber in den Wäldern zu verkaufen. Sie verdienten sich ihr Geld damit, Warenausgänge zu beobachten und den Lagern in den Wäldern anzukündigen, wenn sich Wagen mit fetter Beute auf den Weg machten.

Inbar hatte die Wagen mit der wertvollen Ladung aber nicht bei sich, sondern hatte sie mit einem Trupp schwer bewaffneter Soldaten auf der anderen Seite der Stadt auf den Weg nach Osten geschickt. Kein Dieb würde es wagen, sich mit Elfensoldaten anzulegen, ohne dabei Kopf und Kragen zu riskieren.

Inbar wusste sofort, dass diese Männer keine Räuber waren. Sie mussten Spione sein, die ihm und seinem geheimnisvollen Lederbeutel folgten. Niemand wusste, wohin er die wertvolle Fracht bringen sollte, das hatte der König ihm in seiner Briefbotschaft, die mit der Taube kam, deutlich aufgetragen. Die Versammlung am Drachenpalast war geheim und der Beutel mit seinem Inhalt musste rechtzeitig dort eintreffen.

Der General hielt an einem der Stände an und kostete ein paar Erdbeeren, die dort frisch angeboten wurden. Er begann eine Unterhaltung mit dem Händler: »Guter Mann, ihr habt frische Erdbeeren, gebt mir ein Pfund davon, ich bin auf Urlaub und möchte sie meiner Mutter mitbringen.«

Eilig verpackte der Händler seine Erdbeeren und verkaufte sie ihm für ein paar Silberlinge. Inbar nahm den Beutel mit den süßen Früchten und band ihn an der Satteltasche fest. Einige Stände weiter kaufte er einen Sack Reis und lud ihn ebenfalls auf den Rücken des Schimmels. Er beobachtete aus der Entfernung, wie die Spione dem Händler ein paar Münzen zusteckten und sie miteinander flüsterten. Er zog ein kleines Messer aus seinem Stiefel und schnitt ein Loch in den braunen Leinensack mit Reis.

Die Männer, die ihm folgten, waren zu Fuß unterwegs. Es war also leicht, sie erst einmal abzuhängen, dennoch wollte er unter keinen Umständen verraten, in welche Richtung er unterwegs war. Ohne Eile zu zeigen führte General Inbar sein Pferd aus der Marktstraße zum

Westtor der Stadt. Er stieg auf und ritt im Galopp aus der Stadt in Richtung Westen. Seine Mutter lebte dort an der Westküste in einem elfischen Fischerdorf.

Aus dem Leinensack rieselte der Reis langsam auf den Weg hinter ihm und markierte seine Fährte. Als der Inhalt des Beutels leer war, bog Inbar in eine scharfe Wegbiegung ein. Hinter einem schroffen Felsen versteckte er den leeren Leinensack und ritt auf der anderen Seite der Stadtmauer zurück in Richtung Osten. Der Schimmel mit seinem Reiter preschte in gestrecktem Galopp den Weg entlang in das nahe gelegene Menschendorf.

Das kleine Dörfchen war voller Leben. Es duftete nach frischen Brötchen und das Gelächter der Kinder, die zur Schule liefen, hallte in den engen Gassen. Inbar hielt das Pferd an der Hütte des Schmieds an und sprang flink ab.

Der Schmied schürte gerade ein Eisen im Feuer, als der Elfengeneral sein Pferd zu ihm führte und ihn begrüßte: »Herr Schmied, bitte seht nach meinem Pferd, ich bin in Eile. Kontrolliert den Beschlag, wir haben einen weiten Weg vor uns.«

Oft war der General zu dem Schmied seines Vertrauens gekommen, sie kannten sich schon lange Jahre. »Sendet euren Burschen auf dem schnellsten Weg zu meiner Mutter!«

Er nahm die Erdbeeren vom Sattel und gab sie ihm. Sollten die Spione überprüfen, ob er wirklich ins Dorf geritten war, konnte seine Mutter sagen, er hätte die Beeren abgegeben. »Sagt meiner Mutter, dass sie Acht geben soll. Wenn jemand nach mir fragt, soll sie sagen, ich sei in den Ferien und zum Fischen zu Freunden gegangen. Beeilt euch, der Bursche muss schnellstens ins Dorf zu meiner Mutter.«

Er steckte dem Schmied ein paar Silberlinge zu. Während der Elfengeneral einen Mantel aus seiner Satteltasche zog, preschte der junge Lehrling des Schmieds auf einer flinken, braunen Stute davon. Inbar zog gleichzeitig seinen Elfenumhang über die glitzernde Rüstung und schob die Kapuze des grauen Mantels tief in sein Gesicht. Er durfte mit seinem Aussehen keinesfalls wieder Aufsehen erregen.

»Die Hufe sind bestens in Ordnung, und die Eisen sitzen fest,

General!«, berichtete der Schmied, nachdem er sorgfältig die Hufeisen des Schimmels geprüft hatte.

»Sag niemandem, dass ich hier war. Egal, wer danach fragt, du hast mich nicht gesehen. Auch dein Bursche muss schweigen. Kann ich mich darauf verlassen?«, fragte Inbar.

Der Schmied nickte schweigend.

Der athletische Elfengeneral stieg auf seinen stolzen Schimmel und preschte in vollem Galopp aus dem Dorf in Richtung Osten. Der Weg, der vor ihm lag, würde anstrengend und gefährlich werden, das wusste er. Seine wertvolle Fracht war in seiner Satteltasche sicher verstaut. Über geheime Wald- und Bergwege musste er um jeden Preis König Lemnons Auftrag erfüllen und bis zum Vollmond den Palast der Drachen erreichen. Es lag ein langer, schwerer Ritt vor Reiter und Pferd, und es war nicht viel Zeit, bis der Mond voll sein würde.

Die verliebte Zauberin

Sanft und lieblich lag das grüne Tal des Zauberwaldes im Sonnenschein der Mittagssonne. Ein Bach plätscherte leise murmelnd durch saftige Wiesen mit bunten Sommerblumen. Entlang des kleinen Bächleins streckten Hängeweiden ihre langen Äste in das kühle Nass. Alte Zedernwälder umsäumten das Tal und wuchsen an den steilen Hängen des nördlichen Gebirgspasses. Am mittleren Berg der nicht allzu hohen Bergkette blitzten weiße Zinnen eines Schlosses in den Himmel und glänzten mit der Sonne um die Wette.

Ein breiter Weg führte vorbei an einer Mühle, die ihr Rad mit dem Lauf des Baches drehte, hinauf zum königlichen Gemäuer, das majestätisch am Berghang thronte. Bunte Fahnen wehten an den Türmen im Wind, und das Gezwitscher von Vögeln erfüllte das Tal mit friedlichem Wohlgefühl. Friedlich grasten Pferde auf ihren saftigen Weiden, und junge Fohlen spielten mit dem Wind fangen. Bienen schwirrten in den vielen Blüten, die aus Kornblumen, Mohn und Kamille ihren Honig sammelten.

Am Eingang zum Palast standen bewaffnete Wächter in farbiger Rüstung Wache. Der Weg in den Palast führte durch ein schweres Eichenholztor direkt in den Innenhof des Schlosses mit seinen prachtvollen Türmen und Zinnen. Der Duft von süßem Weihrauch und Rosen lag betörend über dem Gebäude.

Frauen in weißen Gewändern pflegten die üppigen Gärten im Innenhof des Schlosses. Heilkräuter und Pflanzen wuchsen in Rabatten, die spiralförmig aus weißem Stein angelegt waren. Aus dem Inneren des Schlosses erklang Gesang, und die Töne einer Harfe bezauberten die Räume und Hallen des prachtvollen Anwesens.

Eine weiße Brieftaube flatterte eilig in den Taubenschlag und schien froh, ihren Weg nach Hause gefunden zu haben. Sie gurrte und stürzte sich hungrig auf Wasser und Körner, die in einem Trog im Taubenschlag bereitgestellt waren. Eine der Frauen in Weiß nahm die zusammengerollte Nachricht vom Fuß der Taube und rannte in den Hauptsaal des Palastes.

Geschäftiges Treiben war in den Gängen der glanzvollen Gemäuer. Überall liefen elfische Priesterinnen in weißen Gewändern durch die Räume und erledigten ihre Arbeiten. Hastig rannte die Frau in Weiß durch die Gänge, vorbei an dem geschäftigen Treiben. Im Vorbeilaufen fragte sie: »Wo ist die Zauberin?«

Die Frauen kicherten und antworteten mit vorgehaltener Hand: »Sie hat Besuch, sie ist in ihren Gemächern, Oberin Lana.« Die Schwestern des magischen Ordens gackerten und lachten, während die Oberin in Richtung der privaten Räume der Zauberin eilte.

Das Schloss diente seit Tausenden von Jahren der Ausbildung der Zauberinnen der Weißen Magie. Nur wenige Elfenfrauen schafften die Ausbildung ganz bis zum Ende, und es hatte lange keine Einweihung einer neuen Zauberin mehr gegeben. Die Regeln der Weißen Magie waren streng und umfassend. Die Ordensvorsitzende war die Zauberin Ebolir, die ihren Eid für die Zauberschule abgelegt hatte. Ihre Gemächer durften nur die Oberin und eine junge Schülerin betreten, die ihr Vertrauen durch Fleiß in den magischen Künsten mit den Elementen gewonnen hatte.

Ebolir war ihrem Ruf nach eine hervorragende Gedankenleserin und nichts blieb ihrer Intuition verborgen. Sie leitete die Schule mit gütigem Herzen und war trotzdem streng in der Einhaltung der Schulregeln.

Die Oberin Lana rannte durch den Flur zum abgetrennten Teil des Schlosses, in dem die Zauberin Ebolir lebte und sich dem Studium alter Zauberbücher widmete. Lana klopfte vorsichtig an die Tür und rief: »Zauberin Ebolir, ich bringe eine Nachricht von König Lemnon.«

»Jetzt nicht! Komm später wieder!«, antwortete die Zauberin leise.

Die schöne Elfin mit den langen, blonden Haaren und tiefgrünen Augen lag eng umschlungen mit einem Elfen Arm in Arm auf ihrem Bett aus gewundenem Eichenholz. Feine, weiße Laken und mit Ornamenten verzierte Kissen schmückten das weiche Lager, in dem sie mit ihrem Geliebten einen innigen Moment der Zärtlichkeit teilte. Der schöne, schlanke und muskulöse Elf war nachts über eine Hintertür heimlich in ihr Gemach gekommen und sie hatten eine gemeinsame, hingebungsvolle und zärtliche Liebesnacht verbracht.

Die Zauberin wollte die Nacht nicht enden lassen und sie lagen noch bis in die Mittagsstunden aneinandergeschmiegt, nackt beieinander. Der Elfenmann schlief, und sie strich ihm zärtlich über die Wangen und die dunklen, feinen Augenbrauen. Langsam legte sie ihr Gesicht an seinen Hals und genoss seinen Körpergeruch, der männliche Kraft verströmte. Ihre Fingerkuppen glitten über seine Schulter hinab über seinen Rücken, und sie streichelte ihn zärtlich wach.

Die Zauberin küsste seine Wangen innig und berührte mit ihren Lippen die seinen, als der Elf seine leuchtenden, braunen Augen öffnete. Sie sah tief in seine Augen und erhoffte sich ein inniges Lächeln. Kaum hatte der Elf die Augen auf, schaute er aus dem mit Runen verzierten Fenster und sah, dass es schon Mittag sein musste. Er küsste die schöne Zauberin schnell auf den Mund und sprang mit einem flinken Satz aus dem weichen Bett.

Hastig zog er seine braune Leinenkleidung an und warf sich einen grauen Umhang aus dünner Wolle über. Der junge Elfenmann umarmte die Zauberin wortlos, die auf dem Bett saß und sich ein dünnes, silberfarbenes Nachtkleid übergestreift hatte. Nachdenklich sah sie zu, wie der Elfenmann schnell aus dem Fenster stieg und über den Sims zur Mauer sprang, die den Schlossgarten einrahmte. Er war in Windeseile hastig verschwunden, weil er fürchtete, entdeckt zu werden.

Zauberin Ebolir schluckte und kämpfte mit den Tränen. Sie wusste, dass der schöne Elf sie nicht liebte, und dass nur ihre Gefühle für ihn tief und innig waren. Bitter war der Nachgeschmack, wenn er sie so hastig verließ und durch seine Taten zeigte, dass es ihm nicht ernst mit ihr war.

Sie fühlte sich jedes Mal leer, wenn der Elfenmann ihr deutlich zeigte, dass sie niemals eine ernsthafte Verbindung haben würden.

Ohnehin war es für sie als Zauberin schwierig zu heiraten oder sich einen Mann zu nehmen. Die Regeln des Ordens untersagten das.

Sie saß auf dem Bett und zog die schlanken, ebenmäßigen Beine an. Sie legte das Gesicht auf die Knie und weinte still. Ihr Herz pochte und ihr Puls jagte bis zum Hals. Ihr Herz schmerzte und Ebolir blieb starr auf dem noch warmen Liebesnest sitzen, als könnte sie die Zeit anhalten.

Es klopfte noch einmal an ihre Zimmertür, und sie hörte, wie Oberin Lana erneut anfragte: »Meisterin Ebolir, ich habe eine dringende Nachricht vom König, darf ich eintreten?«

»Komm rein«, sagte die Zauberin leise, und Lana trat in den privaten Raum der Meisterin ein.

Ebolir saß immer noch wie versteinert auf den noch warmen, weichen Laken und wischte sich schnell die Tränen von den Wangen. Auf einem kleinen Tisch an der Seite des Raumes standen ein Silberkrug und feine Becher aus edlem Porzellan. Der Weinkrug war halb gefüllt, und ein Silberteller mit Früchten stand unangetastet direkt daneben. Auf einem Tisch an der Wand lagen Stapel mit astronomischen Büchern. Eines davon war aufgeschlagen.

Das Zimmer wirkte hell und freundlich und gab den Blick auf den wunderschönen Garten mit duftenden, alten Rosen frei. In allen Farbtönen blühend, wuchsen die Ranken mit vollen Blüten und Knospen an der Mauer entlang, über die der junge Elfenmann verschwunden war.

Auf einem kleinen Altar an der östlichen Wand stand ein Räuchergefäß, und ein altes, alchemistisches Zauberbuch lag aufgeschlagen in der Mitte des Rosenholztisches. In einem goldenen Ständer lag eine klare Kristallkugel, die mit einem feinen, weißen Tuch verdeckt war.

Lana lief eilig auf die Zauberin zu und sagte: »Meisterin, eine Brieftaube hat eine Nachricht von König Lemnon gebracht. Möchtet ihr Tee?«

Die kluge Oberin verlor kein Wort über den Zustand der Zauberin und gab ihr die Nachricht des Elfenkönigs, ohne sie dabei anzusehen. Wortlos nahm Ebolir die gerollte Taubenpost und stand auf. »Das ist eine gute Idee«, antwortete sie leise.

Lana lief aus dem Zimmer der mächtigen Zauberin und tat, als hätte sie keine Notiz vom Zustand Ebolirs genommen. Sie verließ rasch den Raum, um frischen Johanniskrauttee für die emotional aufgewühlte Meisterin zu holen.

Meisterin Ebolir zog sich ihre weiße Robe an und kämmte sich ihr Haar. Sie betrachtete sich in einem silbernen Spiegel, der auf einer Kommode aus Ebenholz stand. Sie betrachtete ihr Spiegelbild und fragte sich leise, ob sie nicht hübsch genug sei, um die Liebe eines Mannes zu gewinnen. Das ebenmäßige Gesicht der Zauberin war fein und strahlend schön. Ihre Augen waren mandelförmig und ihre Gesichtszüge hatten eine anmutige Ausstrahlung. Ihre Schönheit war über alle Landesgrenzen hinweg bekannt, und dennoch blickte sie voller Selbstzweifel auf ihr eigenes Spiegelbild.

Nachdenklich ging sie zum Altar mit den Zauberutensilien. Sie blätterte in einem der großen Zauberbücher auf dem Altar und blickte auf die geheimen Formeln und mystischen Zeichen. Ebolir strich mit der Hand über die alten, vergilbten Seiten, und die Runen darin wurden lebendig. Die magischen Symbole begannen zu tanzen, und die Schrift fing an, schwarzfarben zu leuchten.

Ein heftiger, greller Lichtblitz erhellte ihr Gemach. Sie zuckte kurz zusammen und sah wie gebannt auf die lebendigen Seiten des alten Wälzers. Er schien unter ihren Fingern aus langem Schlaf zum Leben zu erwachen. Das alte Zauberbuch begann über dem Altar zu schweben.

Sie spürte die Kraft der Magie durch ihre Hände in den ganzen Körper fließen. Die Runen tanzten um ihre Handflächen sowie um ihre schlanke, elfische Gestalt. Nebel stieg auf und graue Wolken waberten um die Magierin herum. Ihre Augen wurden dunkel, und die Runen tanzten schwarz um ihren Körper.

Gerade als die magischen Zeichen in ihre Hand fließen wollten, schlug jemand mit Kraft das Buch zur Seite. Es flog quer durch den Raum und fiel geschlossen auf den Steinboden. Augenblicklich waren Runen und Wolken verschwunden, und Zauberin Ebolir sank weinend zu Boden. Sie fasste sich an ihr Herz, das schmerzend krampfte.

»Was bitte tust du da?«, rief jemand sehr streng.

Sie zuckte zusammen und bemerkte, dass Amaru Muru neben ihr stand. Er war mit dem gleißenden Lichtblitz in dem Moment erschienen, als das Buch seinen Zauber entfaltete. Sie weinte bitterliche Tränen und umklammerte das Bein des weiß strahlenden Magiers.

Meister Amaru hob sie an den Schultern auf und nahm sie in seine leuchtenden Arme. Ebolir weinte und hauchte mit zitternder Stimme: »Meister Amaru, ihr seid hier …«

Eine ganze Weile hielt er die schluchzende Zauberin in seinen Armen, dann sagte er: »Da war ich wohl gerade zur rechten Zeit am rechten Ort. Was machst du mit den verbotenen Büchern der dunklen Magie? Was, um Himmels Willen, hast du dir dabei gedacht?«

Er begleitete Zauberin Ebolir zu einer Sitzgruppe nahe des Fensters und atmete tief ein und aus. Meister Amaru gab ein wenig Räucherkräuter in die silberne Räucherschale auf dem Altar und entzündete sie. Er schritt durch den Raum und betrachtete den silbernen Krug mit Wein und roch an einem der Gläser. Er betrachtete mit scharfen Sinnen das Bett der Zauberin, das immer noch nach der vergangenen Liebesnacht duftete.

»Liebeswein? Liebeszauber? Ist das dein aufrichtiger Wille?«, murmelte er leise fragend.

Der Magier setzte sich auf den Fenstersims und blickte in den bunten, blühenden Rosengarten. Er betrachtete die Bienen, die fleißig von Blüte zu Blüte eilten, um die Pollen einzusammeln. Aus dem Tempel der Anlage erklang liebliche Harfenmusik, und sphärischer Gesang erfüllte den Palast mit Harmonie und Frieden. Leichter Wind wiegte die Blumen auf den saftigen Wiesen hin und her, und es schien, als würden die Blüten sich im Takt der Musik wiegen. Auch die Bienen schwirrten im Klang der Töne, und es wirkte, als läge ein weißer, magischer Zauber im Rosengarten.

Zauberin Ebolir kauerte beschämt auf einem weiß lackierten Rosenholzstuhl, der mit Schnitzereien und Runen geschmückt war. Sie wirkte wie ein junges Mädchen, das beim Stibitzen von Süßigkeiten erwischt wurde. Sie schwieg beschämt und sah niedergeschlagen auf den Boden.

Meister Amaru sagte eine ganze Weile nichts, bis er das beschämte

Schweigen brach und sagte: »Meine gute, langlebige Elfenzauberin, der Rosengarten ist dir besonders schön geraten. Es liegt viel Liebe darin. Man kann die Weiße Magie spüren, findest du nicht? Hier sind die heiligen Elemente im Einklang mit den Lebewesen, die ihn schwungvoll bewohnen. Sternenkraft und universale Harmonie sind hier präsent, und man kann die Liebe fühlen, mit der du ihn angelegt hast. Alles schwingt in der Harmonie des Universums. Selbst die Bienen leben in Einklang mit der Energie der Liebe. Sie sammeln für ihre Königin den vollmundigen Nektar der alten Rosen, um gesunde Nachkommen zu ernähren.

Deine Schülerinnen tun das Gleiche für Dich, meine liebe Ebolir. Sie leben die Magie, die du gepflanzt und sorgsam gehegt hast seit vielen Jahrhunderten. Sie vertrauen dir und deinen Gaben und vor allem deinem starken Willen. Wie das fleißige Bienenvolk der Bienenkönigin vertraut, dass dies ein sicherer Ort für das Volk ist, so glauben deine Schülerinnen an dein Urteilsvermögen und deine Entscheidungskraft, für die Weiße Magie zu atmen und zu leben. Sie bauen auf deine Kraft, deinen Mut und deine Weisheit. Wir alle vertrauen dir, große, Weiße Zauberin Ebolir, Licht der Sterne. Wie darf ich dir helfen, wieder du selbst zu sein?«

Überrascht sah die Magierin den Zauberer an. Sie hatte Vorwürfe oder gar Zorn erwartet, denn sie hatte gegen etliche strikte Regeln des Weißen Zaubererordens verstoßen. Sie hatte damit gerechnet, dass man sie bestrafen und verbannen würde. Meister Amaru schenkte ihr in diesem Moment urteilsfreies Vertrauen und Mitgefühl. Das war mehr, als sie je zu hoffen gewagt hatte.

Sie richtete sich auf und sagte: »Ich habe mich verlaufen in meiner Sehnsucht nach Liebe und finde nicht mehr heraus, aus meinem Verlangen nach zärtlicher Berührung und dem Gefühl, getragen und beschützt zu werden. Ich habe mich verliebt in einen Mann, der mich nicht lieben will, und ich habe mich darin verloren, nicht würdig genug zu sein, geliebt zu werden. Ich war verzweifelt in meinem Verlangen, und Eifersucht und närrische Kontrolllosigkeit brachten mich dazu, mit einem Liebeszauber zu versuchen, das Herz des Mannes für mich zu gewinnen. Ich bin schuldig, gegen die Regeln des freien

Willens verstoßen zu haben. Ich schäme mich, und ich erwarte meine Strafe. Das Leben ist hoffnungslos für mich, und ich bin es nicht wert, weiter zum Weißen Zaubererorden zu gehören.«

Sie weinte und blickte dabei auf das Zauberbuch der Schwarzen Magie, das immer noch in der Mitte des hellen Raumes verschlossen auf dem Boden lag.

Meister Amaru lachte und sagte: »Niemand außer du selbst darf über dich urteilen oder dich verbannen. Die Entscheidung, für Schwarze oder Weiße Magie zu wirken, ist in deinem Willen, und niemand wird dir die Verantwortung dafür stehlen. Du entscheidest, was du mit der Kraft, die dir gegeben ist, anfangen willst.

Jeder Magier hat seine persönliche, besondere Prüfung im Leben mit der magischen Kraft. Jeden Tag darf ein Zauberer seine freie Entscheidung fällen, was er erschaffen möchte. Ich habe nicht das Recht, dir zu sagen, was du tun sollst. Niemand hat das. Ich akzeptiere deine Gefühle und Beweggründe und bin dein Freund, egal was du in der Zukunft mit der Zeit, die dir auf Erden gegeben ist, gestalten willst.

Niemand sagt, dass dieses Leben freudlos sein muss. Wenn du Freude am Liebesspiel hast, dann lebe es, ohne Erwartungen an den Mann zu haben, der diese Freude mit dir teilt. Genieße die glücklichen Stunden und das, was dir Freude macht im Augenblick. Erwarte nicht zu viel von einem Mann, der dir nicht mehr geben kann als das, was er zu geben bereit ist. Er hat seine eigenen emotionalen Gründe und Verstrickungen, warum er keine Liebe fühlen kann.

Dass er dich nicht so lieben will, wie du es erwartest, liegt nicht an deiner Schönheit oder der Qualität deines Herzens. Wahre Liebe ist die Kunst, den Augenblick zu genießen und alle Erwartungen an den Anderen loszulassen.

Es ist große Weisheit nötig, um mit dem Zauber der Liebe umgehen zu können. Sie kann die Herzen öffnen und einen großen Strom an magischem Feld erzeugen, und gleichzeitig birgt sie die Gefahr, in Abhängigkeiten zu versinken. Die Prüfung besteht darin, den Augenblick zu genießen und als ein Geschenk des eigenen Gefühlsfelds zu erfahren.

Liebe ist eine Emotion, die genauso kraftvoll manifestiert wie alle anderen Herzensgefühle. Alles, was du geschaffen hast in diesem Palast der Magie, ist aus deiner Herzensliebe geflossen und hat Materie gestaltet. Deine Liebe und Hingabe sind sichtbare Wahrheit geworden.

Gerne sonnt sich ein Mann in deinem Feld der Hingabe. Ob er selbst fähig ist, liebevoll zu strahlen und Glück zu manifestieren, ist nicht deine Entscheidung, sondern einzig die Seine. Das ist das kosmische Gesetz der Freiwilligkeit des Universums.

Selbst mit alten Zaubersprüchen und Liebestränken kannst du dieses Gesetz nicht umgehen. Auf Dauer würde das nur dazu führen, dass deine Kraft sich gegen dich selbst wendet und du im Spiegel nur noch Angst, Scham, Schuld und Hass empfängst. Dieser wunderschöne Garten würde sich verändern in einen kargen, finsteren Ort, der kalt und beängstigend wäre.

Wenn du aufrichtig liebst, dann lasse alles los und akzeptiere deine Gefühle als das, was sie sind: Sie sind Manifestationswerkzeuge, über deren Aufgabe du alleine entscheidest.

Du hast enorme Liebeskraft in dir und suchst den Spiegel deiner Kraft an der falschen Stelle. Sieh dir diesen Palast an und all die Lebewesen, die darin glücklich wohnen. Das ist der Spiegel deiner Kraft und Magie.

Welches Feld umgibt diesen Mann? Er ist ein namenloser Akteur in deinem Manifestationsgarten, der eine Chance erhält, sich weiterzuentwickeln. Er hat dein inneres Licht in deiner Schönheit gesehen, sonst wäre er nicht in dein Leben gekommen. Nun ist es in seiner Freiwilligkeit, ob er dieses Geschenk erkennt und es wertvoll schützt, oder ob er sich nur zeitweilig darin sonnen will.

Auch er hat seine Prüfungen in der Lebenswelt der Materie, und sein Spiegel hat ihn zu dir geführt. Auch hier urteilen wir nicht, sondern akzeptieren seine Wegentscheidung mit allen Konsequenzen, die das mit sich bringt.

Lass es einfach geschehen und widme dich dir selbst. Sieh in dein Herz und finde, welche Sehnsucht dieses Verlangen und diese Gier ausgelöst hat. Lerne dich selbst zu lieben und zu achten, und nutze deine Kraft, um dir selbst den Moment des Glücks im Augenblick zu erschaffen. In dieser Prüfung liegt ein großes Geschenk, denn wenn du sie bestanden hast, bist du frei und unabhängig.

Lerne dir das Glück der Freude selbst zu geben. Bisher hast du hingebungsvoll für andere gewirkt und gehandelt. Das hat dich hierher gebracht an diesen Ort und in diese Zauberkraft. Du hast deine Herzensliebe längst unter Beweis gestellt, du brauchst dafür keine Bestätigung mehr.

Wenn dieser Mann dein Herz nicht lieben kann, dann sicher nur, weil sein eigenes Herz dafür noch nicht bereit ist, aus welchen Gründen auch immer. Alles, was dir ebenbürtig ist, wird dich finden, weil es dein Spiegelbild ist. Ist er nicht die Antwort auf deine Herzenskraft, dann lass ihn in freudiger Erwartung auf das gehen, was noch Besseres zu dir finden wird. Akzeptiere den Augenblick, wenn er sich ergibt, und genieße ihn als kleines Geschenk des Universums, bevor das große Glück Einzug hält.«

Zauberin Ebolir sah ihn mit großen, erstaunten Augen an und fragte: »Du bist mir nicht böse?«

»Ach meine Liebe«, erwiderte Amaru Muru. »Wir alle haben unsere Prüfungen, jeder an seiner empfindlichsten Stelle der Emotionen. Wir wären keine Magier, wenn wir keine Gefühle hätten. Ich empfinde großes Mitgefühl für dich und deine Prüfung. Immerhin hat sie dich fast dazu gebracht, dich der Schwarzen Magie hinzugeben. Das hast du wirklich nicht verdient, weil es nicht dein Spiegel ist.«

Er schritt zu dem magischen Buch, was immer noch in der Mitte des Raumes auf dem Steinboden lag und hob es mit spitzen Fingern auf. Er legte es zurück auf den Altar und fuhr fort zu sagen: »Es ist deine Entscheidung, was du mit diesem alten Buch machen willst. In ungeschulten Händen kann es sehr großen Schaden anrichten. Zuerst allerdings musst du die weise Entscheidung treffen, wie du in Zukunft leben willst. Welcher Kraft will dein Herz wirklich dienen?«

Er ging zu Ebolir, umarmte sie und fuhr fort: »Du bist eine wirklich herzensgute Freundin, wir haben schon so viele Prüfungen gemeinsam gemeistert. Ich glaube an dich und deine Willenskraft. Deshalb kam ich her, um dich um Hilfe zu bitten. Wenn du dich entschieden hast, die große, Weiße Zauberin zu bleiben, die du von ganzem Herzen bist, dann komm bitte zum nächsten Vollmond in den Palast der Drachen. Wir haben eine Versammlung einberufen in einer Angelegenheit, die große Dringlichkeit hat. Die Taubenpost, die du von König Lemnon erhalten hast, ist eine Einladung, dort zu erscheinen. Der Planet und alle Völker der Erde brauchen unsere feste Entscheidungskraft und Liebe, und ich wünsche mir sehr, dich dort gestärkt und entschlossen wiederzusehen.«

Zauberin Ebolir hatte die ganze Zeit schweigend zugehört. Sie sah dem Zauberer zu, wie er in die Mitte des Raumes trat und in den Stein flüsterte, bevor er mit einem grellen Lichtblitz verschwand. Leise sagte sie in den leeren Raum: »Danke, mein Freund.«

Dann stand sie auf und ging zum Altar. Sie nahm das schwarz-magische Buch in die Hände und legte es in die Feuerschale auf dem Altar. Sie murmelte eine Zauberformel, und das alte Buch mit seinen dunklen Symbolen ging in weißen Flammen auf und verbrannte.

Sie schritt zum Fenster und sah in den Garten, den sie so sehr liebte. Bunt und fröhlich strahlten die Rosenblüten im Sonnenlicht um die Wette. Ihr Duft lag betörend süß in der Luft. Im Wind klangen die Töne der Harfe, und der fröhliche Gesang der Schülerinnen erfüllte ihr Herz mit Dankbarkeit.

Da berührte etwas Leichtes ihre Hand, und sie sah, wie ein bunter Schmetterling sich auf ihr niederließ. Mit einem Windstoß kamen Hunderte vielfarbige Schmetterlinge in den magischen Garten und erfüllten ihn mit unbeschwerter Leichtigkeit. Die Zauberin lächelte, und ihr Herz wurde warm und strahlend voller Glück.

Die Königin der Zwerge

*I*n den Tiefen der Berge des Ostens lagen die Gipfel des Siebengebirges im ewigen Eis und Schnee. Eingerahmt in winterlichem Glanz wirkten die vereisten Berggipfel wie Zinnen einer Festung. Geschützt im Bauch der Berge und Felsen lag das Königreich der Winterzwerge. Tief in das Berginnere waren die Zwerge vorgedrungen und hatten dort ihre königlichen Hallen errichtet. Tunnel, Gänge und Säle lagen dort prunkvoll im glitzernden Schein des Lichtwassers, das den prächtigen Palast des Königs erhellte. Massive Säulen und Hallen führten tief in das Innere der Erde.

Das Reich König Saludins war prunkvoll mit Edelsteinen geschmückt, und geschäftiges Treiben erfüllte das Bergmassiv. Die Zwerge erfüllten die prachtvollen Hallen mit fleißigem Treiben. Sie bauten das Erz der Berge ab und schmolzen es in verschiedenen Legierungen zu Werkzeugen, Schmuckstücken und Münzen. Sie tauschten ihre Erzeugnisse mit den Völkern der Erde und freuten sich am mächtigen Glanz von Silber und Gold. Die Schatzkammern des Königs waren prall gefüllt mit Gold, Silber, Kupfer und Edelsteinen. Die Königsfamilie hatte über Generationen tief in den Berg gegraben und unbeschreibliche Reichtümer angesammelt. Dennoch lag gefühlte Traurigkeit in den Hallen des Königreichs.

An den Pforten zum Eingang in das Zwergenreich hielten zwei bemuskelte Zwerge mit ihren Äxten Wache, als König Saludin von seinem Besuch bei König Lemnon zurückkehrte. Er war zu Pferd durch die üppigen Wälder in den Osten geritten und hatte den schmalen Pass in die Bergwelt genommen. König Saludin sprang von seinem braunen Pferd und übergab es den schwer bewaffneten Wachen. Das steinerne Tor des Zwergenreiches war mit Runen versiegelt und der König sprach sie leise aus, um das tonnenschwere, massive Felstor zu öffnen. Die Wachen salutierten, während der Zwergenkönig sein prunkvolles Reich betrat.

Saludin war innerlich aufgewühlt, als er in die Gänge zum Königreich stiefelte. Er war nicht uneigennützig zum Elfenkönig gereist. Die Nachricht über König Lemnons plötzliche Genesung hatte ihn tief berührt und neugierig in das Elfenreich aufbrechen lassen. Während der Feierlichkeiten um des Elfenkönigs Genesung hatte er mit Meister Amaru gesprochen, denn er war auf der Suche nach einem Heilmittel für seine Frau, die im Sterben lag.

Die Einladung zur Versammlung im Drachenpalast hatte er höflich abgelehnt, denn die Sorge um seine geliebte Königin machte das ganze Zwergenreich, und ihn selbst, tieftraurig. Er hatte keinen Sinn für Versammlungen jeglicher Art, und er hätte auch nicht an der Feier teilgenommen, wenn er nicht auf die Hilfe der Elfen und ihrer Medizin gehofft hätte. Der Zwergenkönig hatte sich sowohl mit Meister Amaru als auch mit den Heilern der Elfen besprochen, war aber mit leeren Händen heimgekehrt.

Es erfüllte König Saludin mit Zorn, dass selbst der Zauberer kein magisches Mittel gegen die Krankheit wusste. Er fühlte sich hilflos und alleingelassen mit dem Wunsch, seine Königin um jeden Preis zu retten. Er wäre bereit gewesen, all seine Reichtümer gegen einen Zauberspruch der Heilung einzutauschen, der seine geliebte Königin vor dem Tod retten würde. Er empfand Groll in seinem Herzen, dass der Zauberer zwar den König der Elfen offensichtlich geheilt hatte, aber seinen Wunsch nach Heilungszauber abgelehnt hatte. Auch die elfischen Heiler wollten ihm kein Kraut nennen, mit dem er der Königin helfen konnte.

Wütend und ängstlich lief der Zwergenkönig zu den privaten Gemächern der Zwergenkönigin Sabarul, die er über alles liebte. Die Gemächer der Königin waren über und über mit Edelsteinen geschmückt, die die Wände aus Granit bunt leuchtend zierten. Die Königsgemächer wurden seit Jahrhunderten von Generation zu Generation vererbt, und nur die schönsten und wertvollsten Steine schmückten die alten Räume.

Edle Gefäße aus Gold und Silber füllten die steinernen Regale, die bis zur hohen Decke reichten. Auf einer Kommode stand eine Kiste mit kostbarem Geschmeide, das seinesgleichen suchte. Im

Schlafgemach der Königin stand ein königliches Bett, dessen Himmel und Vorhänge aus dünnem Gold gewebt waren. Auf dem Boden lagen glänzende Teppiche aus reinem Silber gewoben und schillerten im bläulichen Schein des Lichtwassers, das die Räume erhellte.

Zerknirscht trat König Saludin ans Bett der Königin, die in feinem Leinenstoff schlief. Am anderen Bettende saß eine Hofdame und tupfte der Königin die Schweißperlen von der Stirn. Das junge Zwergenmädchen hatte Wache gehalten und versucht, der Königin einen kräftigenden Brei mit Kräuterpulver zu geben. König Saludin nickte ihr zu und befahl ihr wortlos, zu gehen. Die Zwergin mit den blonden Haaren räumte Teller und Löffel beiseite und sagte: »Sie hat nicht gegessen, mein König. Auch trinken will sie nicht.«

Der Zwergenkönig nickte und setzte sich zur schlafenden Königin ans Bett, um ihre kleine, blasse Zwergenhand zu halten.

Königin Sabarul lag im Fieber und sie schien zu träumen. Ihre kleine, runde Zwergennase war rot und ihr Hautton weiß. Der Zwergenkönig erinnerte sich daran, wie fröhlich sie einst war. Sie war mit ihren kurzen, kräftigen Beinen durch den Palast gesaust und hatte alle Angelegenheiten des Palastes für ihn geregelt. Sabarul war ein temperamentvoller Wirbelwind, der alle mit ihrem herzlichen Zwergenlachen beglückte. Sie war eine starke und herzliche Königin für ihr Volk und hatte sich um die Belange und Sorgen des Zwergenreiches fürsorglich gekümmert.

Es machte den König zutiefst traurig, seine geliebte Frau nun schwach und schmerzbeladen zu sehen. Er hatte aus allen Ländern Heiler und Ärzte herbeigerufen, aber niemand konnte ihm Hoffnung auf Heilung geben. Das Herz der Königin war schwach und dagegen konnte kein Heilkraut etwas ausrichten. Er ärgerte sich über die Elfen und Zauberer, denn er war fest überzeugt, dass ein Heilzauber ihr neues Leben schenken könnte.

Nun lag sie in ihrem Bett, und er musste hilflos mit ansehen, wie seine von allen geliebte Zwergenfrau langsam den Lebenshauch verlor. Das brach ihm das Herz in tausend Stücke und machte ihn zugleich zornig und wütend. Er wäre bereit, seine ganzen Reichtümer zu geben, um seine Sabarul noch einmal glücklich und lebendig tanzen zu sehen. Das Herz der Zwergenkönigin wurde immer schwächer und ihm schien die Zeit wie Sand durch die Finger zu rinnen. Er wollte sie um jeden Preis vor dem Tod bewahren, er war sogar bereit, sein eigenes Leben dafür zu geben.

Die Zwergenkönigin erwachte und öffnete ihre blauen Augen. Sie sagte müde lächelnd: »Da bist du ja mein König, ich habe auf dich gewartet.«

Der König küsste ihre Stirn und spürte, wie sie vom Fieber glühte. Er hielt ihre Hand liebevoll und sagte: »Wie geht es dir, mein Engel? Ich habe gehört, du hast nichts gegessen. Du musst deine Medizin nehmen, damit es dir schnell besser geht.«

Königin Sabarul berührte sein Kinn und sagte liebevoll: »Mein Herz, du musst mich loslassen. Ich habe keine Kraft mehr übrig, die ich dir und dem Volk geben kann. Lass mich gehen. Ich bin müde und freue mich auf ein neues Leben in einer anderen Welt.«

König Saludin schluchzte und antwortete: »Ich gebe dich nicht auf, mein Engel. Ich werde ein Heilmittel für dich finden, koste es, was es wolle!«

»Mein lieber Mann und König, es wird kein Heilmittel geben, das mich hier halten kann. Ich hatte ein erfülltes Leben und bin dankbar dafür, es mit dir geteilt zu haben. Ich habe alles gelebt, was mir Glück und Freude schenkte. Ich bin mit der hiesigen Welt im Reinen. Jetzt ist es an dir, neues Glück und neue Aufgaben in dieser Welt zu finden. Ich will dich nicht traurig und verzweifelt sehen, wenn ich aus dem Himmel auf dich blicke. Sei dankbar für jeden Augenblick des Lebens. Ich bin dir dankbar für alles, was du mir an Glück und Freude geschenkt hast! Du bist ein guter Mann und König mit einem großen Herzen. Du bist mutig und klug, mein Saludin. Mein Körper schmerzt, mein Herz spüre ich nicht mehr, und ich will jetzt in ein neues Leben gehen. Lass mich bitte Frieden finden!«

In dem Moment, als sie das sagte, leuchtete ein Blitz hell gleißend im Zimmer auf. Meister Amaru war erschienen und erhellte den Raum mit seinem Licht. Er trat schweigend zu König Saludin und legte seine Hand auf dessen Schulter. Er murmelte: »Ich bin hier, mein Freund.«

Der König griff nach der Hand von Amaru Muru und flehte: »Bitte, Zauberer, mach sie gesund!«

Die Zwergenkönigin sah den Zauberer und lächelte. »Du kommst mich zu befreien, nicht wahr?«

Meister Amaru strich der Königin sanft über die Wangen und lächelte ihr zu.

König Saludin schrie zornig: »Nein! Er wird dich gesund zaubern! Ich bitte euch, Meister Amaru, bitte!« Verzweifelt drehte er sich zum Zauberer und seine Augen flehten ihn um Hilfe an.

Der Magier antwortete liebevoll aber bestimmt: »Mein Freund, niemand darf hier einen Zauber aussprechen, der gegen das universelle Gesetz des Lebens verstößt. Es wäre dunkle Magie sich hier einzumischen. Ihre Seele ist bereit für eine neue Reise mit frischen Abenteuern in einer anderen Welt. Würde ich sie mit Zauberkraft hier halten, wäre sie nur noch ein Schatten ihrer selbst. Ein Geist in einem fremden Körper gefangen, nicht fähig zu leben oder zu sterben.

Gefühllos und leer wäre ihr Körper zwar noch hier, aber ihre Seele wäre hoffnungslos einsam, gebunden an eine Welt zwischen den Dimensionen, die nur Kälte und gefühllose Leere für sie zu bieten hätte. Sie könnte ihren Seelenplan nicht erfüllen und würde glücklos zwischen den Welten in einem düsteren Traum auf Erlösung warten, die ihr keiner geben kann. Jeder, der hier magische Hand anlegen würde, würde in dunkle Magie verfallen und niemandem würde das helfen.

Das, was du jetzt spürst, sind Verlustangst und das Schuldgefühl, versagt zu haben. Bedaure dich nicht selbst, du trägst keine Schuld am Ende ihres Lebens. Finde den Mut, in dir zu akzeptieren, dass sie gehen muss und will. Denke an ihr Seelenheil und hilf ihr, friedlich zu sterben.

König Saludin, es erfordert Mut, zu akzeptieren, dass man manche Dinge im Leben nicht kontrollieren kann. Das Rad des Lebens bietet viele Herausforderungen, auf die man nicht vorbereitet ist. Jeder Seele ist eine Lebensaufgabe gegeben, wenn diese erfüllt ist, beginnt eine neue Reise in einer anderen Welt mit neuen Aufgaben.

Der Sinn des Lebens besteht darin, seine Leben mit Hingabe zu leben und in der Materie Glück zu gestalten und zu schöpfen. Es beginnt eine neue Epoche auf dieser Erde, und die neue Zeit bringt Herausforderungen mit sich, die deine Königin nicht zu erfüllen hat. Deinen Mut und deine Stärke werden wir noch brauchen.«

Der Zwergenkönig schüttelte energisch mit dem Kopf und blickte auf die Königin, die im Fieberschlaf lag. Er sagte bitter: »Wenn sie gehen muss, will ich auch nicht mehr hierbleiben. Ich gehe dahin, wo sie hingeht, egal, in welcher Welt das auch sein mag.«

Trotzig zog er ein kleines, silbernes Fläschchen mit einem tödlichen Gift aus seiner Rüstung und hielt sie dem Magier unter die Nase.

Meister Amaru runzelte die Stirn und sagte: »So sehr fürchtest du dich vor Veränderung, mein Freund, dass du dir deine kostbare Lebenszeit nehmen willst? Das Leid deiner Königin schmälerst du dadurch nicht, und du ehrst damit auch nicht ihr liebevolles Vermächtnis an euer Volk. Hingebungsvoll hat Königin Sabarul ihr Volk beschützt und begleitet.

Euer Volk vertraut in eure Stärke und in eure Kraft. Es kommen große Herausforderungen auf diese Welt zu, wollt ihr euer Volk orientierungslos in diese Zeit schicken? Eure Lebensaufgabe als König dieser Hallen ist noch nicht vollbracht. Ich habe euch mutige Taten vollbringen sehen, König Saludin, ihr habt außerordentliche Kraft in euch, und euer Volk braucht einen König, der starke Entscheidungen treffen kann. Dafür wurdet ihr in diese Zeit geboren.

Ich kann euch diese Entscheidung nicht abnehmen. Schlafmohn zu nehmen, wäre eine Option, um vor euren Gefühlen der Angst und Trauer zu flüchten. Eurer Herzenskönigin helft ihr nicht damit, wenn ihr jetzt feige aufgebt und euer Volk und ihr Vermächtnis im Stich lasst.

Was fürchtet ihr mehr, Zwergenkönig, den Schmerz der Trauer oder das gutherzige Erbe eurer Königin zu verteidigen? Ihr seid nicht alleine, mein guter König Saludin, ihr habt ein ganzes Volk, das mit euch fühlt. Auch ich als Freund bin immer an eurer Seite. Eure Zeit ist noch nicht gekommen, und ich will den Schmerz mit euch gemeinsam tragen, wenn ihr es wünscht. Es ist in Ordnung, wenn ihr Angst habt und Trauer empfindet. Ich akzeptiere jede Entscheidung: wie auch immer ihr sie trefft, ich bin bei euch.«

Königin Sabarul erwachte und griff nach der zittrigen Hand des Zwergenkönigs. Sie flüsterte: »Saludin, mein Herz, leg dich einen Moment zu mir. Halte mich in deinen starken Armen.«

Mit Tränen in den Augen legte der König seine Rüstung ab und legte sich neben seine Frau. Sie schmiegte sich liebevoll an ihn und sprach mit leiser Stimme: »Weißt du noch, mein Lieber, wie wir uns das erste Mal gesehen haben?«

Der König lächelte und hielt seine Frau fest im Arm. Er erinnerte sich an den Moment, als er Sabarul das erste Mal im Thronsaal erblickte. Liebe auf den ersten Blick hatte ihn damals erfasst, und es war, als konnte er nicht atmen. Sie hatte ein hübsches Kleid mit gestickten Rosen getragen und ihre Haare waren zu zwei Zöpfen gebunden. Das junge Zwergenmädchen hatte sich in den Gängen des Bergpalasts verlaufen und war aus Versehen im Königssaal gelandet.

Sie waren sehr jung gewesen und der Vater von König Saludin war ein jähzorniger König, der gierig nach Gold in den Bergen grub. Er nahm sich keine Zeit für seinen einzigen Sohn, der anders war als er selbst. Der junge Saludin war einfühlsam und liebte die Poesie der Elfen, während sein Vater, der damalige König, sich nur für die Edelmetalle und Juwelen der vielen Stollen interessierte, die er tief in das Innere des Berges graben ließ. Als er im Thronsaal auf Sabarul traf, schmolz sein Herz wie Butter in der Sonne, weil sie ein Lächeln hatte, das das Herz erwärmte.

König Saludin küsste seine Frau auf die Stirn und sagte: »Ja, mein Herz, du warst wie eine strahlende Sonne, die mir das Leben erhellte in dieser Zeit.«

»Du warst mir ein guter Ehemann und König. Auch wenn wir keine Kinder hatten, hat mich das Leben als Königin an deiner Seite mit Glück erfüllt. Ich bin stolz auf das, was du aus diesem Königreich gemacht hast. Du hast den Zwergenkindern eine gute Schule ermöglicht und stets das Beste für dein Volk getan. Du bist nicht länger der Sohn eines bitteren Königs. Du bist ein gutherziger und großer König geworden, der sein Volk liebt, und darauf bin ich stolz. Du hast mich glücklich gemacht in jeder Stunde meines Lebens. Dafür bin ich dir ewig dankbar. In deinen Armen habe ich mich immer sicher fühlen dürfen, und ich liebe dich von ganzem Herzen.« Ihr Atem wurde schwer, als sie das sagte.

Sie fuhr fort zu sagen: »Bitte gib auf unser Volk Acht und finde neues Glück in den Momenten, die das Leben noch für dich bereit hält. Das ist mein letzter Wunsch an dich. Ich möchte friedlich in deinen starken Armen einschlafen und wissen, dass du nicht aufgeben wirst. Ich gehe nur voraus und werde auf der anderen Seite auf dich warten.«

Sie sah zu Meister Amaru und nickte ihm zu, während sie mit schwacher Stimme fortfuhr: »Ich will, dass du siehst, dass nach dem Tod ein neues Leben auf mich wartet, und ich werde da sein, wenn du in vielen Jahren durch die gleiche Pforte in ein neues Leben gehen wirst. Der Zauberer wird es dir zeigen.«

Sie atmete ruhig und legte ihren Kopf auf seine Brust. Der König hielt sie liebevoll im Arm und küsste sie auf ihre Lippen und sagte: »Ich werde dich immer lieben, mein Herz.«

Sie lächelte und schlief ein. Der Zauberer wartete einen Augenblick, bis ihr Herz aufhörte zu schlagen. Dann erhob er sich und stellte sich in die Mitte des Raumes. Meister Amaru flüsterte geheime Formeln und ein Lichttor öffnete sich an der westlichen Seite des Raumes. Der Zauberer streckte die Hand nach der Königin aus und ihre Seele löste sich von ihrem Körper.

König Saludin sah, wie die Seele seiner Königin freudig vom Bett aufsprang und mitten im Raum tanzte. Sie trug ein mit Rosen besticktes Kleid und ihre offenen Haare funkelten im Lichtschein des Tores, das der Zauberer geöffnet hatte. Sie drehte sich zu König Saludin um und winkte ihm lächelnd zu, dann lief sie freudig in den Lichttunnel, der sich vor ihr geöffnet hatte. Sie drehte sich noch einmal zum Zwergenkönig um und strahlte glücklich. Der König lächelte zurück und sah zu, wie sie durch die Lichtpforte in eine andere Welt tanzte. Danach verschloss sich das Lichttor, durch das die schöne Zwergenkönigin Sabarul für immer gegangen war.

Meister Amaru lief sofort zu König Saludin, der den Körper seiner verstorbenen Königin vor Trauer schluchzend fest in den Armen hielt. Der Schmerz schien den Zwergenkönig förmlich zu zerreißen, als er weinend über das blonde Haar seiner Frau strich und vor Traurigkeit schrie: »Sabaruuuuuuuuuuuul!«

Sofort eilten Diener und Hofdamen herbei und sanken weinend vor dem Bett der Königin auf die Knie. Meister Amaru hob den König aus dem Bett und sagte zu ihm: »Komm, mein Freund, sie ist glücklich und frei, das ist sie nicht mehr.«

Er trug den in Tränen aufgelösten König in den Thronsaal, während die Dienerinnen der Königin sie wuschen und die letzte Salbung vornahmen. Meister Amaru setzte den verzweifelt weinenden König auf seinen Thron.

Er nahm seine kleinen Zwergenhände und sagte liebevoll: »Das hast du ganz wunderbar gemacht, mein lieber, guter Freund. Du hast ihr geholfen, in Freude und Liebe in die neue Welt zu gehen. Du bist jetzt traurig, und das ist richtig so. Loslassen ist immer schmerzhaft und es braucht sehr viel Mut, um das zu akzeptieren, was man nicht ändern kann.

Du bist ein äußerst tapferer König, und du wirst deinem Volk ein weiser, mutiger Beschützer bleiben. Der Weg aus der Angst ist stets der Weg durch die Angst, mein König. Nimm dir Zeit für das Weinen um deine Herzensliebe und dann steh auf, um deinem Volk in diesen schweren Zeiten ein entschlossener König zu sein. Ich fühle mit dir, Zwergenkönig, und dein ganzes Volk tut dies!«

Kaum hatte er das gesagt, ertönte ein großes Horn im Zwergenpalast. Ein dumpfer, schwerer, brummender Ton brachte den Berg zum Vibrieren. Dreimal erklang das riesige Instrument und verkündete den Tod der Zwergenkönigin.

Der Zwergenkönig kam zu Kräften und gab dem Zauberer das Fläschchen mit dem Gift. Er hatte den Wunsch seiner Königin im Herzen und wollte dieses Versprechen einlösen.

Der Magier nahm es an sich und sagte: »Wenn die Trauerzeit um die Königin beendet ist, komm bitte zur Versammlung in den Drachenpalast. Ich muss nun fortgehen, ich bin leider sehr in Eile und darf keine Zeit verlieren. Du wirst genug Hilfe bei der Trauer mit deinem Volk haben, sie werden dich nicht damit alleine lassen.

Die Zwerge sind ein mitfühlendes Völkchen. Es brechen schlimme Zeiten auf dem Planeten an und der Frieden deines Volkes ist in Gefahr. Ich brauche deine Hilfe bei der Versammlung. Bitte komm an Vollmond zu den Drachen.«

Der Zwergenkönig nickte und sah zu, wie der Magier in seinen Stein flüsterte und mit einem weißen, hellen Lichtblitz aus dem Thronsaal verschwand.

Drachengold

Wind strich durch die Wipfel der grünen Tannen im Abendlicht der untergehenden Sonne. Die Baumwipfel rauschten im Hauch des kühlen Windes und eine Amsel sang ihr verträumtes Abendlied. Ein graubrauner Fuchs huschte durch das Dickicht des Waldes, während schläfrig ein Uhu aus seiner Höhle blinzelte. Der Nachtvogel klappte beim abendlichen Erwachen die Augen neugierig auf und zu und drehte seinen Kopf im Abendlicht. Im dichten Unterholz legten sich die Rehe schlafen, als mit den letzten dunkelroten Sonnenstrahlen der halbvolle Mond aufging. Eiskalt plätschernd suchte ein sauberes Bächlein seinen Lauf über Äste und Gestein. Abendstille kehrte ein.

Eine verliebte Nachtigall sang ihre romantische Symphonie von Liebe am Fuße eines Wasserfalls, der brausend in die Tiefe fiel. In Kaskaden strömte das Wasser über den Kamm eines Berges in einen See, der das Mondlicht und die Sterne in den Nachthimmel spiegelte. Direkt hinter den tosenden Wassermassen lag gut versteckt eine große Höhle, die tief in den Berg reichte. Ein breiter Gang führte hier in eine dunkle Grotte.

Übermächtig groß schlief auf einem Felsbett ein alter Drache. Er lag auf einem riesigen Schatz aus Goldmünzen, der den Boden der Halle glänzend füllte und schnarchte in tiefen Träumen. Erschrocken erwachte der stolze Drache aus seinem Schlaf, als ein Lichtblitz gleißend und zischend die Höhle mit Licht erfüllte.

Wütend fuhr der Drache mit seinen golden glänzenden Schuppen hoch und baute sich auf einem Felsen bedrohlich auf. Zornig glühten seine Augen in dunklem Rot, und seine Nüstern blähten sich weit auf. Er stemmte seine Krallen auf den Fels und knurrte bedrohlich, als er Meister Amaru in der Halle erspäht hatte. Er riss sein Maul auf und zeigte seine scharfen weißen Zähne. In seinem Magen grollte und brodelte es, und sein Hals begann vor Wut rot zu glühen. Er schnaubte grauen Dampf aus seinen Nüstern, und seine Schuppen auf dem Rücken stellten sich wie scharfe Messer auf. Er starrte den Zauberer bedrohlich an und machte sich schnaufend zum Angriff sprungbereit. Seine Pfoten bohrten sich in den felsigen Boden, und seine Krallen blitzten wie stählerne Säbel auf.

Zauberer Amaru ging auf den Drachen zu und beobachtete ihn mit wachen Sinnen. Er stellte sich direkt vor ihn, begann lauthals zu lachen und sagte: »Faramor, willst du mich jetzt fressen?«

Der Drache schaute verdutzt auf den Magier und riss überrascht seine Augen auf. Er verschluckte sich und hustete dunklen Rauch. Er wischte sich mit der Pfote über die Augen und starrte ungläubig auf den weiß leuchtenden Magier, der immer noch schallend lachte. Das laute herzliche Lachen des Zauberers brachte die Halle zum Schallen. Von überall klang das Echo seines Gelächters klar und hell durch den Raum.

Der goldfarbene Drache hustete verlegen schwarzen Qualm, und seine Schuppen glätteten sich. Er neigte den Kopf unter seine Flügel, und sein Magen beruhigte sich. Der Magier schüttelte grinsend den Kopf, als der Drache sich räusperte und sagte: »Meister Amaru, ich, ich habe euch nicht erkannt.« Verlegen legte sich der Drache auf den Boden und machte sich vor dem Magier klein. »Verzeiht bitte, ich wusste nicht, dass ihr es seid.«

Der Zauberer setzte sich auf einen Felsen in der düsteren Höhle und nahm seinen Kristall in seine Hand. Da drehte der Drache sich zu ihm und sagte aufgeregt: »Nein, Zauberer! Nicht gleich wieder verschwinden, ich habe es nicht böse gemeint. Ich bekomme so selten Besuch, nicht gleich wieder den Blitz rufen, bitte, bitte!« Der Drache blinzelte mit flehenden Augen zum Magier und lief auf ihn zu.

»Beruhige dich, mein Freund Faramor, ich mache nur ein wenig Licht in deiner Halle«, antwortete er beruhigend.

Der Zauberer flüsterte in den Stein in seiner Hand und der Bergkristall begann hellweiß zu strahlen. Das Licht des Steins erhellte die Grotte und reflektierte an den Steinwänden das Funkeln einer Goldader, die den kompletten Fels durchzog. Die gesamte Höhle strahlte im goldenen Schein der Reichtümer, die auf dem Hallenboden angehäuft waren. Goldmünzen, Edelsteine und das Gold des Berges tauchten die Halle in zauberhaften, goldenen Glanz.

Meister Amaru schüttelte den Kopf und sagte: »Deshalb also schließt du dich in dieser Höhle ein und verschläfst die Zeit?«

Beim Anblick des goldenen Scheins freute sich der Drache wie ein kleines Kind, und er konnte die goldverliebten Augen kaum vom Schein des gelbgoldenen Metalls abwenden. Liebestoll fuhr er mit der Pfote durch die Münzen und erfreute sich am Goldschein. Dann stutzte Faramor und zischte zum Zauberer: »Mach das Licht aus, Meister Amaru. Es könnte jemand sehen!«

Zauberer Amaru Muru schüttelte den Kopf und antwortete streng: »Nein, wir lassen es eine Weile leuchten und deinen Kopf erfreuen.«

Der goldfarbene Drache drehte sich um sich selbst und ließ sich genüsslich in die Münzen fallen. Die Goldstücke rollten unter seinem Gewicht durch die Halle, und der Klang des Goldes schien den Drachen glücklich zu machen.

»Bist du sicher, dass du glücklich bist mit dem allem hier?« fragte der Magier vorsichtig.

Der Drache rollte sich zusammen und schob seinen Kopf liebevoll an das Bein des Magiers.

Amaru Muru fuhr fort: »Ich kann deine Einsamkeit fühlen, Drachenfreund. Verlassen und alleine in dieser Höhle verschläfst du deine Lebenszeit. Ist das wirklich das, was du willst? Du könntest dich verlieben und eine Familie begründen. Ich kann mir gut vorstellen, dass es dich mit Glück erfüllen würde, mit Drachenkindern das Fliegen zu üben. Du bist der gefühlvollste Drache, den ich kenne. Du würdest eine edle Drachendame sehr glücklich machen. Unter dieser Gier und Sucht nach Gold steckt doch etwas ganz anderes, mein alter Freund.«

Faramor blinzelte traurig und wehmütig mit seinen goldfarbenen Augen. Eine Träne kullerte über seine schuppigen Wangen.

Mit wehmütiger Stimme sagte er: »Meister Amaru, es gab da ein Drachenmädchen am Mondsee in den Bergen. Sie war wunderschön, und ich kann ihre leuchtende, goldene Gestalt niemals vergessen. Sie ist wie ich ein Drache der alten Zeit, und ihre Augen werde ich niemals vergessen! Ich habe sie im Frühling vor 777 Erdenjahren, drei Monaten und fünf Tagen am Mondsee das erste Mal gesehen. Ich war nicht mutig genug, sie anzusprechen. Sie ist so wunderschön, und sie singt in den lieblichsten Tönen, wenn sie im Wasser schwimmt. Ich habe sie heimlich vom Seeufer aus beobachtet. Sie kam jede Nacht zum Mondsee und badete im Schein der Sterne. Eines Tages hat sie mich entdeckt und war wütend, dass ich sie heimlich betrachtet habe. Sie hat mich fortgejagt.«

Faramor seufzte und schloss traurig die Augenlider.

Meister Amaru lächelte und sagte: »Ich habe von dem Drachenmädchen gehört, mein Freund. Sie erschien jede Nacht am Mondsee und jeder sprach davon, dass sie dort badet. Mein lieber Freund, wie lange schläfst du nun in dieser Höhle? Kannst du überhaupt deine Flügel noch benutzen?«

»Ich verlasse die Grotte nicht, Meister Amaru, ich sehe im Glanz des Goldes ihr Spiegelbild. Wenn ich die Höhle verlasse, wird jemand kommen und das Gold stehlen. Es sind derzeit viele Räuber in den Wäldern. Sie kommen mit spitzen Lanzen und trachten gierig nach meinem Gold. Es ist meine einzige Erinnerung an den Glanz des Drachenmädchens vom Mondsee. Ich will sie nicht vergessen.«

Der Zauberer nickte und antwortete: »Zuerst, mein Freund, werden wir einen Ausflug machen. Ich will sehen, ob du noch fliegen kannst oder dich dein Liebeskummer schwach gemacht hat. Ich werde deinen Schatz und diese Höhle mit einem Zauber versiegeln, und er wird so lange sicher vor Räubern sein. Komm, mein Freund, habe Mut und steh auf, lass uns ein wenig frischen Wind in dein Leben bringen!«

»Nein, Meister Amaru, lass mich hier bitte in meinen Erinnerungen träumen.«

Der Zauberer antwortete: »Manchmal ist es schwer, die Vergangenheit loszulassen, lieber Drache. Ein Schritt aus dieser Höhle wird dir einen neuen Weg eröffnen. Du hast nun lange genug in deinem Schmerz der Vergangenheit geschwelgt. Nur ein wenig deine Flügel auszustrecken und zu fliegen, wäre eine gute Möglichkeit, dein Leben mit neuer Kraft zu erfüllen. Wenn du nicht willst, ist es in

Ordnung, ich akzeptiere es, und dann gehe ich wieder. Ich habe wichtige Angelegenheiten zu erledigen und habe keine Zeit zu verlieren.«

Zauberer Amaru nahm den leuchtenden Kristall in seine Hand, als der Drache trotzig rief: »Neeeeeeiiiiin, nicht wegblitzen bitte! Ich habe so lange keine Gesellschaft gehabt.«

Der Magier sagte streng: »Ich fühle mit dir, mein Freund, aber ich will nicht in deinem Selbstmitleid ersticken und werde nicht mit dir leiden. Entweder du kommst jetzt mit mir und wir fliegen gemeinsam eine Runde, oder du bleibst hier alleine in deiner Traurigkeit und deinen Erinnerungen. Es wird dich aufzehren, hier in der Vergangenheit zu verkümmern. Du hast deinen verletzten Stolz und dein Schamgefühl in dem Rausch nach Gold vergraben. Du bist nicht du selbst! Eifersüchtig verteidigst du dieses Metall, das nur kurz dein Herz mit Glücksgefühl erfüllt. Lebensfreude und Kraft hast du mit dem kalten Glanz des Reichtums erstickt. Deine Gier nach Gold vergiftet dein Herz. Lass es los und komm in die frische Luft, es ist deine Entscheidung.«

Meister Amaru verließ durch den breiten Gang die Grotte und wartete am Bachufer, ob der stolze Drache ihm in die sternklare Nacht folgen würde. Der Weiße Zauberer stand regungslos eine Weile am Ufer, dann zuckte er mit den Schultern und nahm entschieden seinen Kristall in die Hand und fing an, in seinen Stein zu flüstern. Da rauschte es im Wasserfall und Faramor schoss fliegend aus dem Eingang der Höhle und rief trotzig: »Nicht wegblitzen, Meister Amaru, nicht wegblitzen!«

Der riesige Drache schlug wild mit seinen Flügeln, landete direkt neben dem Zauberer und hielt ihm bereitwillig seinen Rücken hin. Amaru Muru versiegelte wie versprochen den Höhleneingang mit einem Runenzauber und kletterte flink auf den Rücken des goldfarbenen Drachens. Der Magier hielt sich an den Halsschuppen Faramors fest. Geschickt erhob der Drache sich in die Lüfte und sie flogen ziellos über Berge, Wälder, Flüsse und Seen, die im Schein des Halbmondes friedlich dalagen.

Der Drache atmete die Nachtluft ein und freute sich über den

Flug in die Freiheit im hellen Licht der Sterne. Der Drache vergaß die Höhle und seinen Goldschatz für diesen glücklichen Augenblick und fühlte Freude in seinem Herzen. Meister Amaru lenkte den Drachen wie zufällig an das Ufer des Mondsees und bedeutete ihm, dort leise zu landen.

»Sei ganz leise, Faramor, lande dort oben auf dem Felsen.«

Der Drache gehorchte mürrisch. Lautlos beendete er den wunderbaren Flug auf einem Felsen über dem See, der den Mond hell spiegelte.

Meister Amaru zischte: »Sei leise.«

Faramor wollte gerade mürrisch widersprechen, da erklang eine liebliche Stimme, die vom Mondsee herklang.

Amaru Muru flüsterte: »Das ganze Land erzählt sich hier die Geschichte über einen goldenen Drachen, der seit Jahrhunderten hier zum See kommt und traurige Lieder singt. Man nennt den See mittlerweile den See der Drachentränen. Jede Nacht kommt der Drache hierher und singt herzerweichende Lieder. Alle Versuche, den Drachen von hier zu vertreiben, sind bislang gescheitert. Er ist sehr scheu und fliegt sofort davon, wenn man sich nähert. Sei also ganz leise und sieh hin.«

Faramor lehnte sich über den Felsrand und blickte nach unten auf den See, der sich spiegelglatt an den Berg schmiegte. Ein großer Drache saß dort am Seeufer und sah melancholisch in das eiskalte Wasser. Der Drache leuchtete golden im Mondschein und begann ein Lied über Liebe und Schmerz zu singen. Lieblich berührte der Gesang das Herz Faramors und Tränen rannen über sein Gesicht. Seine Emotionen erfüllten sein Herz, und er musste an das Drachenmädchen denken, das hier einst im Mondsee gebadet hatte.

Er flüsterte: »Er fühlt genau wie ich.«

Meister Amaru lächelte und sagte ganz leise: »Sieh genauer hin, mein Freund.«

Faramor neigte sich wieder über den Felsrand und betrachtete den Drachen, der ins kalte Seewasser stieg. Er glänzte im Schein des Mondes und schillerte in bunten Goldfarben. Graziös ließ er sich durchs kühle Nass gleiten und tauchte immer wieder mit dem schön geformten Kopf ins Wasser. Vorsichtig kletterte der Golddrache wieder an Land und strich mit der Pfote das Wasser aus den Augen. Dann hob er den grazilen Kopf, sah in den Mond und betrachtete die Sterne. Der Mondschein spiegelte sich in den goldfarbenen Drachenaugen mit den langen schwarzen Wimpern.

Faramor erstarrte zu Stein und stotterte ungläubig: »DDDDDas ist ... SIE!«

»Ja, mein Drachenfreund. Das ist die Drachendame Lunar, sie kommt jede Nacht hierher und singt ein Lied über den Drachen, der für immer verschwand. Das macht sie nun seit 777 Erdenjahren, drei Monaten und fünf Tagen, und niemand kann sie davon abhalten.«

Faramor blickte den Zauberer ungläubig an. Er konnte nicht glauben, was er da sah und hörte. Sprachlos starrte er den Weißen Zauberer an, der ihm zunickte.

»Nun habe Mut und fliege zu ihr. Sie wird dich sicher nicht noch einmal verjagen.«

Zögerlich setzte der Drache zum Flug an und drehte sich noch einmal zu Meister Amaru um.

»Na los!«, flüsterte der Magier ihm lächelnd zu und gab Faramor einen Schubs. Aufgeregt flog der Drache los und ließ sich lautlos neben der schönen Drachendame nieder. Das Herz Faramors pochte wie wild in seiner Brust.

Lunar betrachtete ihr Spiegelbild im Mondsee und war tief in den Gedanken an die Erinnerungen versunken. Sie hatte Faramor nicht bemerkt. Vorsichtig blickten die beiden Drachen in den Wasserspiegel und sie sahen sich im Spiegelbild das erste Mal wieder. Die Drachendame schaute ungläubig in den Mondsee und Tränen flossen über ihr Gesicht. Ihr Herz pochte wild, und sie drehte langsam ihren Kopf zu Faramor.

»Bist du es wirklich, oder ist es eine Täuschung des Mondlichts?«, flüsterte sie leise.

Faramor errötete und rückte näher an die Drachendame heran. Sie sahen sich in die Augen. »Ich bin hier«, flüsterte Faramor aufgeregt.

Drachendame Lunar hauchte verlegen: »Wo warst du denn so lange? Es tut mir leid, ich habe dich das letzte Mal fortgejagt, weil ich wütend darauf war, dass du wochenlang im Gebüsch gelungert und mich nicht angesprochen hast. Ich war zu ungeduldig. Ich habe so lange auf dich gewartet!«

Lunar legte glücklich ihren Kopf auf seinen Hals und umschlang ihn mit ihrem Hinterteil. »Mein Herz wusste, dass du kommen wirst. Ich habe nicht aufgegeben.«

Faramor schämte sich und antwortete: »Ich war dumm und habe mich in einer Höhle in Trauer vergraben. Ich dachte, du willst mich nicht.«

Lunar sagte glücklich: »Jetzt bist du ja hier.«

Verliebt umarmten sich die Drachen, sahen gemeinsam in den Mond und betrachteten die Sterne. Faramor hatte den Zauberer und seinen Goldschatz völlig vergessen.

Meister Amaru war über die schroffen Felsen zum Mondsee hinabgestiegen und näherte sich vorsichtig den Drachen. Faramor hatte ihn kommen gehört und sagte: »Danke, Meister Amaru, ohne dich wäre ich nicht aus meiner Höhle gekommen.«

Der Magier lächelte und sagte: »Ich bitte dich, mein lieber Freund, kommt zum nächsten Vollmond zum Palast der Drachen. Die Erdenwelt wird sich verändern, und wenn du deine Liebste beschützen willst, solltet ihr zur Versammlung kommen. Bring ein wenig von deinem Gold mit, es wird helfen, sofern du dich davon trennen kannst. Du kennst die Runen, die den Eingang zu deiner Höhle öffnen.«

»Gold ist mir nicht mehr wichtig, Meister. Wir werden kommen«, antwortete der Drache glücklich und fuhr ungeduldig und leicht verlegen fort: »Wenn es dir nichts ausmacht, könntest du dich jetzt wegblitzen?«

Der Magier lachte und nickte. Er nahm seinen Stein und verschwand im weißlich grellen Lichtblitz, den er mit seinem Zauber heraufbeschwor. Die beiden Drachen saßen noch lange glücklich unter dem Sternenhimmel aneinandergeschmiegt und schauten verliebt ins Licht des Halbmonds. Eine Nachtigall sang in den Zweigen der Bäume, und die traurigen Lieder des Mondsees waren für immer verklungene Vergangenheit.

Die Schlacht im Osten

I m Tiefland des Ostens brach der neue Morgen an. Die Sonne reckte ihre ersten Strahlen über das Land. Trostlos und grausam lagen die Überreste der nächtlichen Schlacht auf den öden Wiesen des Ostlandes. Schwerter, Helme, Lanzen, eiserne Schilde und Speere lagen verstreut auf den Wiesen, und die Leichen von Menschen, Elfen, Zwergen und Pferden ruhten mahnend auf der blutdurchtränkten Erde. Der Wandel des Weltgeschehens wurde hier mit bedrohlicher Gewissheit in den blutigen Staub verewigt. Der Geruch von Tod und Verwüstung zog über das Land und wurde zum Zeugen der unwiderruflichen Veränderung, die alle Völker der Erde heimsuchte. In der nächtlichen Dunkelheit hatte es einen grausamen Kampf um Macht gegeben, der am Ende nur Verlierer in die Nacht geboren hatte.

Bedrohliches Schweigen säumte den Rand des Schlachtfelds und blankes Entsetzen lag in der Luft. Mit Holzkarren sammelten bewaffnete Krieger die Verletzten ein, um sie ins Feldlager auf die jeweilige Seite der kriegerischen Front zu bringen. Aus allen Volksgruppen stammende Krieger hatten in diesem Kampf ihr Leben ausgehaucht und waren in Zorn, Wut und Angst gestorben. Das Ostland wurde ohnmächtiger Zeuge eines Kampfes, der sich entwickelte, weil zwei eifersüchtige Stammesfürsten ihr Land nicht teilen wollten. Sie hatten starke Kämpfer aus allen Völkern der Erde rekrutiert und stritten erbittert um die Landesgrenzen.

Gefühle von Besitzgier, Eifersucht und Macht hatten sich in grausamer Weise in den Entscheidungen der Fürsten durchgesetzt, und waren zum bitteren, zerstörerischen Kampf auf Leben und Tod geworden, der keinen Sieger hervorgebracht hatte. Die Kämpfer waren für etwas gestorben, was ihr eigenes Leben gar nicht betroffen hatte. Sie waren freiwillig für Kampfesruhm, Gold, Ehre und den Machthunger ihrer Fürsten aus diesem Dasein in eine andere Welt gegangen.

Im Zeltlager am Rande des Schlachtfeldes lagen die Verwundeten, und wurden von Heilern mit Salben und Kräutern versorgt. Auch in den Zelten der fürstlichen Feldherren war reges Treiben. Die letzte Nacht war schreckeneinflößende Wahrheit geworden, und die bitteren Konsequenzen des Krieges lagen in ungeschönter Härte im Gemüt aller, die daran teilgenommen hatten.

Dunkle Schatten der Furcht hatten sich im Zeltlager der Front verbreitet, und die Moral der Soldaten schien gebrochen. Beide Seiten hatten herbe Verluste zu verkraften, und es schien kein Ende der Schlacht in Sicht zu sein. Elfische Heiler rannten mit Schüsseln und Schalen in das große, mit Fahnen geschmückte Zelt des Fürsten Baldur, der verletzt auf seinem Feldbett lag. Man hatte ihm die Rüstung abgenommen, um seinen verwundeten Arm zu säubern und mit Salben zu versorgen. Der große, bärtige, dunkelhaarige Mann lag mit schmerzverzerrtem und wütendem Gesicht auf seinem mit Laken bedeckten Holzbett und schimpfte:

»Diese dreckigen Hunde, sie haben sich Verstärkung von den Zwergen geholt.«

Der elfische Heiler, der neben ihm mit einer Schale Wasser und Tüchern stand, beeilte sich, die tiefe Schnittwunde an Baldurs Arm auszuwaschen. Der Fürst war für seinen Jähzorn bekannt, und der sensible Heiler fürchtete sich vor den unkontrollierten Wutausbrüchen des Kriegsherrn, die nicht selten das Leben jeder Person kosten konnten, die ihm in den Weg kam.

Während er wütend schimpfte, erstattete ihm sein blonder, elfischer General Bericht über die erlittenen Verluste und empfahl einen Rückzug in die nahegelegenen Wälder. Auf diesen Vorschlag reagierte Baldur wütend, und seine Augen blitzten, als er sagte:

»Rückzug ist keine Option, General Elf! Das käme einem Aufgeben gleich. Ich habe einen Raben zum Rabenclan geschickt, sie müssen jederzeit hier eintreffen.«

Das Banner der Raben war überall gefürchtet, und der Fürst hatte sie als Söldner angeworben und eine hohe Belohnung versprochen, wenn sie ihm zum Sieg verhalfen. Er wollte dem seinerseits sturen

Fürst Memket auf der anderen Seite des Schlachtfeldes eine Lektion erteilen und dazu war ihm jedes Mittel recht.

Eigentlich waren sie Brüder, aber der Streit um das familiäre Erbe und den Fürstensitz war zum kriegerischen Kampf entbrannt, den niemand mehr schlichten konnte. Die beiden waren unversöhnlich und hatten Zwerge, Elfen und Menschen in diese unerbittliche Schlacht gezogen. Die Tatsache, dass sie Brüder waren, scherte beide nicht. Keiner von ihnen wollte den Fürstensitz an den anderen abgeben, das war ihnen jeden bitteren Kampf wert. Trotzig und stur hatten sie jegliche Verhandlungen abgelehnt, und ein Kompromiss war für sie nicht erwägenswert.

Als der Heilerelf den Verband angelegt hatte, sprang der Fürst vom Lager auf und griff nach einem Becher Honigwein, der auf einem Tisch aus Holz stand. Er leerte den reich verzierten Silberbecher, der aus einer Zwergenmine stammte, in einem Zug und spuckte: »Sendet Späher ins feindliche Lager, ich will wissen, was mein Bruder für diese Nacht geplant hat!«

Der blonde, schlanke General nickte und verließ eilig das Zelt, als ein Schamane eintrat. Er trug eine Fellweste und hatte tiefschwarze, gemalte Farbränder unter den Augen. Um seinen Hals trug er eine Kette mit Vogelknochen, und in seinen Augen lag ein bedrohlicher Glanz. Seine tiefschwarzen Haare waren hinten mit einem schwarzen Band zu einem Zopf gebunden, und seine Arme waren mit fremdartigen Runen tätowiert.

Gegen den großen, bemuskelten Fürsten wirkte er eher schmächtig und klein, aber es ging eine bedrohlich wirkende Energie von ihm aus. Der Fürst brummte, als er ihn eintreten sah: »Was sagen deine Zeichen, Murmur? Ihr habt mir einen glorreichen Sieg versprochen. Haben die Runen euch belogen oder seid ihr ein Scharlatan, der mir das Gold aus den Taschen zieht, mit falschen Eingaben und Versprechungen?«

Der Schamane runzelte die Stirn und antwortete listig: »Die Runen sagen nicht, wie schwer der Weg zum Ziel ist, Herr. Der Sieg jedoch ist euch sicher, wenn ihr meine Anweisungen befolgt.«

Baldur knurrte mürrisch: »Was soll ich als Nächstes tun für euren magischen Zauber, der mir angeblich den Sieg verschaffen soll? Vielleicht braucht euer Kriegsgott einen Kopf als Opfer, womöglich den eines Schamanen?« Grimmig griff er zum silberfarbenen Schwert, das am hölzernen Tisch gelehnt war.

Der Schamane kniff die Augen zusammen und sagte: »Tötet ihr mich, ist eure Schlacht verloren.«

Fürst Baldur zischte voller Verachtung: »Ihr seid zu klein, Schamane, es braucht stärkere magische Kräfte als die euren. Ein Zauberer hätte diese Schlacht schon längst für mich gewonnen. Das könnt ihr mir glauben.«

»Zauberer mischen sich nicht in Kämpfe ein, mein Fürst«, antwortete der Schamane vorlaut und griff verlegen nach den Knochen an seiner langen Halskette.

Murmur war zum persönlichen Berater des Fürsten geworden und hatte ihm den Sieg in dieser Schlacht versprochen. Mit dunklen Beschwörungsritualen hatte er Fürst Baldur beeindruckt, als dieser volltrunken in einer kampffreien, verzweifelten Nacht nach ihm gefragt hatte. Nur allzu leicht hatte Baldur dem Schamanen Glauben geschenkt, denn er hätte schließlich alles getan, um seinen Bruder zu besiegen und endlich Stammesoberhaupt zu werden.

Murmur hatte das ausgenutzt und dem jähzornigen Fürsten den Glauben an Kriegsgeister und Beschwörung in den wirren Kopf gesetzt. Der Fürst wollte schließlich an den Zauber glauben, der ihm den Sieg versprach, und hatte dem Schamanen viel Gold dafür gegeben, die dunklen Geister, vor denen er sich fürchtete, für ihn gnädig zu stimmen.

In seinen Träumen wurde der Kriegsherr oft von den Gesichtern der Gefallenen heimgesucht, und die Bilder der geschlagenen Schlachten machten ihm in Albträumen zu schaffen. Mit dem Schamanen erhoffte er sich, die Toten zu besänftigen, und versuchte, mit dem Gold, das er Murmur gab, sein schlechtes Gewissen zu beruhigen und die dunklen Geister, die ihn nächtlich plagten, zum Schweigen zu bringen. Jetzt, da der versprochene Sieg ausblieb, fing er an zu zweifeln, und er griff nach Wein, um sich und seine Gefühle zu betäuben.

Zornig leerte er einen Silberbecher nach dem anderen.

»Verschwinde, du Scharlatan!«, grollte er und Murmur verließ mürrisch das Zelt.

Fürst Baldur setzte sich an seinen Tisch und fiel über Stunden in ohnmächtigen, trunkenen Schlaf.

Als die Abenddämmerung hereinbrach, wurde er von einem Soldaten geweckt, der ihn heftig wachrüttelte und sagte: »Die Späher sind zurück, Herr!«

Baldur schreckte schweißgebadet aus einem düsteren Albtraum auf und winkte den Späher ins Zelt. Der Soldat trat aufgeregt ein und sagte: »Sie greifen erneut an, Herr! Sie werden zum Einbruch der Nacht auf dem Schlachtfeld sein.«

Baldur antwortete: »Hoffen wir, dass der Rabenclan uns diese Nacht nicht im Stich lässt. Sie sollten schon längst hier sein. Macht euch kampfbereit!«

Alles, was noch laufen konnte, bewaffnete sich mit Lanzen, Armbrust, Speeren und Schilden und stürmte zum Feld, auf dem schon letzte Nacht die Erde mit Blut getränkt wurde, und nahm Formation an. Die Nacht war hereingebrochen, und der zunehmende Mond blickte mahnend vom Nachthimmel. Zwerge, Elfen und Menschen sahen vollbewaffnet ihrem ungewissen Schicksal in dieser Stunde entgegen.

Auch Fürst Memket hatte tagsüber getrunken und die Verluste der vergangenen Nacht betrauert.

So standen sich beide Feldherren erneut entschlossen gegenüber. Jeder von ihnen saß in vom Mondlicht blitzender Rüstung auf seinem Pferd, das Heer aus gemischten Völkern anführend. Zornig und mürrisch ritten sie aufeinander zu, um vor der beginnenden Schlacht als Feldherren ihren Standpunkt deutlich zu machen.

In der Mitte des Schlachtfeldes hielten sie ihre prachtvollen Pferde nebeneinander an und sahen sich wütend in die Augen.

Memket brüllte wütend: »Baldur, ich werde nicht aufhören! Koste es, was es wolle. Das Erbe unseres Vaters gehört mir! Die Landeskrone ist mir versprochen, und ich fordere sie ein, um jeden Preis!«

»Vergiss es, Bruder, nur über meine Leiche. Ich werde dir gar nichts überlassen!«, antwortete Baldur wütend.

Aus Memkets Armee kam ein Reiter auf einem schwarzen Hengst zu den beiden geritten. Er trug einen schwarzen Umhang und hielt einen schwarzen langen Stab in seiner Hand. Der dunkle Mann hatte die Kapuze seines Mantels tief ins Gesicht gezogen. Seine schmalen Augen blitzten bedrohlich durch die Nacht. Er schloss zu den beiden Reitern auf und hielt sein Pferd direkt neben Memket an.

Baldur beobachtete den Fremden und rief: »Memket, was ist das für eine fremdartige Unterstützung, die du dir da geholt hast?«

Fürst Memket machte sich auf seinem Pferd groß und antwortete: »Er ist dein finsteres Ende, ein fürchterlicher Tod, der jeden heimsucht, der sich mir nicht unterwirft.«

Er drehte sich zur Armee Baldurs und winkte drohend mit der Faust. In diesem Moment hob der Unbekannte seinen Stab in die Höhe, und der Rauchquarz an seiner Spitze begann zu leuchten. Eine Welle der Angst verbreitete sich unter allen Anwesenden. Stimmen raunten voller Furcht: »Ein Zauberer!«

Baldur riss erschrocken die Augen auf, als der Zauberer drohend seinen schwarzen Stab in die Höhe streckte. Fürst Baldur stotterte: »Aber, aber das ist unmöglich! Zauberer dürfen sich nicht einmischen.«

Der Schwarze Magier lachte höhnisch und sein Stab verströmte dunklen Nebel, der über das Schlachtfeld zog. Furcht durchdrang jeden einzelnen Kämpfer auf beiden Seiten der Front. Es wurde eiskalt, und die Krieger zitterten vor Angst. »Gib auf, Bruder!«, zischte Fürst Memket seinem Zwillingsbruder in das erschrockene Gesicht.

Memket war das Spiegelbild seines Bruders, und sie waren sich in allem gleich.

Einen Moment lang war Stille auf dem Schlachtfeld, als ein heller, gleißender Blitz die Nacht erhellte. Amaru Muru war neben dem dunklen Zauberer erschienen, und sein Licht strömte ausgleichend in die finstere Energie des dunklen Magiers. Meister Amaru sagte: »Steig ab, und zeig dein Gesicht, Zauberer!«

Der Schwarze Magier sprang vom Pferd und baute sich bedrohlich vor Amaru Muru auf. Langsam zog er die Kapuze vom Kopf und zeigte sein dünnes, hageres, aschfahles Gesicht.

Die beiden Zauberer standen sich gegenüber und Amaru Muru sagte: »Zauberer, was du hier tust, wird sich gegen dich selbst auswirken. Alles, was du an Einmischung auslebst, sei es aus guten Motiven oder eigennützigen Gedanken, wird sich gegen dich selbst richten und dich zerstören. Du bist ein Schüler des Waldordens, du bist Rolin, ich erkenne es an deinem Stab.«

Amaru Muru deutete auf den Zauberstab in der Hand des Schwarzen Magiers und fuhr fort: »Ich war gerade auf dem Weg zu deinem Obersten, als ich dich hier auf dem Schlachtfeld spürte. Was du hier tust, muss ich akzeptieren, aber ich warne dich vor den Folgen, die es haben wird, wenn du deine Gefühle nicht beherrschst. Du musst viel Wut und Angst in dir haben, um derart viel Dunkles und Bösartiges heraufzurufen.«

Der dunkle Magier hob drohend seinen Zauberstab in die Luft.

Amaru Muru lachte und sagte: »Es gibt keinen Zauber, den ich fürchte, mein junger Zauberer. Deine Manifestationskraft reicht nicht aus, um mich zu besiegen. Aber ich kämpfe nicht gegen dich und bestehe meine eigene Prüfung. Es würde dir zu viel Anerkennung und Macht geben, wenn ich dich ernst nehmen würde.

Du hast dich den Emotionen von Angst, Zorn, Gier und Wut hingegeben. Das ist nicht mein Energiefeld, und ich lasse dir das deine gerne, denn ich kenne deine Zukunft. Deine Kraft wird dich über die Zeit hinweg altern lassen, und du wirst einsam und kalt eines frühen Todes sterben. Deine Kraft wird dich von innen verzehren, und du wirst dich selbst richten im Fegefeuer deiner Emotionen. Diese Gefühle rauben dir deine Lebenskraft, und du wirst alles verlieren im Zauber deiner eigenen Manifestationskraft. Das Letzte, was du sehen wirst, ist dein eigenes Spiegelbild im Nebel der Angst. Das machst du schon selbst, ich werde nicht gegen das Gesetz der Freiwilligkeit verstoßen und bleibe langlebig in meinem friedvollen Licht.«

Als Meister Amaru dies sagte, begann er hellweiß zu leuchten und ein friedvolles Gefühl breitete sich auf dem Schlachtfeld aus.

Er drehte sich zu den beiden Fürstenbrüdern um und fuhr fort:

»Nun zu euch beiden Narren, was richtet ihr hier an? Warum zieht ihr so viele Elfen, Zwerge und Menschen in eure Streitigkeiten? Könnt ihr das nicht unter euch wie Männer regeln? Ich akzeptiere eure Differenzen, aber ich verstehe nicht, warum ihr zu feige seid, es unter euch auszutragen. Das Blut dieses Schlachtfelds ist für eure Streitigkeiten geflossen und ihr werdet dafür die Verantwortung tragen. Alles, was ihr tut, wird zum Spiegelbild eurer Wut und Angst. Damit vergiftet ihr eure Lebenswelt und beeinflusst das Leben und Sterben vieler, die euch freiwillig in die Machtgier folgen.«

Zauberer Amaru rief laut: »Völker der Erde, fragt euch hier und in dieser Stunde, ob es den Lohn des Ruhmes oder des Goldes wert ist, sich für diese beiden Esel zu bekriegen! Das Blut eurer Brüder sickert in dieses Feld und ihr solltet gut nachdenken, ob ihr wirklich die Hand gegen euch selbst erheben wollt. Im Krieg gibt es nur Verlierer!«

Der Zauberer griff unter seinen weißen, leuchtenden Mantel und zog ein paar Weizenkörner aus seinem Ärmel. Er grub vorsichtig ein Loch in die Erde und ließ die Saatkörner hineinfallen.

Er sagte: »Aus Tod entspringt neues Leben. Diese Verstorbenen werden wie diese Saat in einer neuen Welt aufgehen, und ihr solltet gut überlegen, wie ihr die Lebenszeit, die euch gegeben ist, nutzen wollt. Es scheint einfacher, sich wie trotzige Kinder voller Wut die Köpfe einzuschlagen, als sich für ein friedliches Leben zu entscheiden und der kosmischen Ordnung zu folgen. Ihr seid zwar hier, weil euch Macht und Reichtum angeboten wurden, aber zu welchem Preis? Alles, was ihr tut, wird euch im Spiegel eures Lebens wiederbegegnen. Hebt ihr euer Schwert, dann führt ihr es mit eurem freien Willen gegen eure eigenen Brüder, und später werden eure Brüder sich gegen euch wenden. Ein Kreislauf, der nun beginnt und erst dann endet, wenn ihr der Grausamkeit des Kämpfens müde werdet und euch für Frieden als einzig richtige Lösung entscheidet. Verlasst das Schlachtfeld, hier erwartet euch nur der Tod und eine niemals endende Machtspirale aus Gefühlen, die lebensfeindlich sind. Geht nach Hause!«

Dann drehte er sich zu den beiden Fürsten um und sagte: »Runter mit euch von euren Pferden. Wenn ihr eure Wut leben wollt, dann kämpft gegeneinander!«

Zornig sprangen die beiden Fürsten von ihren Pferden. Alle schauten gebannt auf die zwei bärtigen, muskulösen Männer, die sich zum Verwechseln ähnlich sahen. Sie wirkten wie das Spiegelbild des jeweiligen anderen.

Sie zogen ihre langen Schwerter aus den Schäften und umkreisten sich wie wilde Tiger. Mit finsterem Blick sahen sie sich wütend in die Augen. Ihre Gesichter wurden zu mordlustigen Fratzen, die sich gegenseitig begutachteten. Beide hoben ihre Schwerter zum Schlag und warfen sich mit ganzer Kraft aufeinander. Die metallenen Schwerter krachten aufeinander, und sie lieferten sich einen erbitterten Kampf. Mit gezielten Hieben trieben sie sich umeinander her.

Keuchend und ächzend kämpfte Bruder gegen Bruder. Fürst Memket verletzte Fürst Baldur am Bein und dieser schlug eine tiefe Wunde in Memkets Arm. Ihre Gesichter verzerrten sich schmerzvoll und Baldur zischte verächtlich: »Vater hat dich immer vorgezogen! Für mich hatte er keine Augen. Ich war immer nur das schwarze Schaf in der Familie.«

Memket keuchte zurück: »Das ist Unsinn! Mutter hat dich mehr verwöhnt als mich, und ich hatte niemals die Liebe, die sie dir gegeben hat.«

Wieder fielen sie übereinander her und die Schwerter klirrten in der Stille der Nacht. Sie taumelten unter der Wucht der Schwerthiebe und Baldur stürzte rücklings auf den Boden. Blind vor Zorn und Wut sprang Memket auf ihn und hielt sein Schwert an Baldurs Brust. Fürst Baldur umklammerte sein Schwert, das er immer noch in der Hand hielt. Zornig und voller Hass stieß Memket mit einem heftigen Ruck das Schwert in den am Boden liegenden Bruder. Der wiederum schlug sein Schwert von der Seite in die Brust von Fürst Memket, der stöhnend auf seinen Bruder fiel.

So lagen sie beide ineinander aufgespießt auf dem Boden und sahen sich in die Augen. »Du hast gewonnen, Bruder«, sagte Baldur.

Memket versuchte zu atmen und antwortete leise: »Nein, du bist der Sieger.«

Als sie das sagten, fingen sie an zu weinen. Tränen flossen über ihre Wangen, und sie umklammerten sich. Die Zwillinge sahen dem Tod in die Augen und erkannten ihren Irrsinn in ihrem eigenen Spiegelbild.

Vor ihren Augen sahen sie ihre Kindheit und die glücklichen Tage, die sie spielend miteinander in den Wäldern verbracht hatten. Sie hatten Schätze unter den Bäumen gesucht und waren zusammen im Waldsee schwimmen gegangen. Zu dieser Zeit waren sie unzertrennliche Zwillinge und nichts konnte sie wirklich auseinanderbringen.

Baldur fasste mit seiner Hand nach dem Gesicht seines Bruders und sagte: »Ich kann dich nicht mehr sehen, Bruder, mein Leben schwindet. Ich habe dich immer geliebt, verzeih mir! Ich habe mich geirrt.«

Memket umfasste seinen Bruder und antwortete mit seinen letzten Atemzügen: »Ich liebe dich, mein Bruder. Auch ich habe mich geirrt. Verzeih mir. Wir gehen einig aus diesem Leben in das Nächste.«

So starben die beiden Fürsten des Ostwaldes in Frieden zur gleichen Zeit, so wie sie als Zwillinge in dieses Leben kamen. Amaru Muru nickte und rief den Soldaten zu: »Geht endlich nach Hause. Diese Schlacht ist zu Ende, sie haben ihren Frieden gefunden.«

Er drehte sich zu Schwarzmagier Rolin um und sagte: »Du hast gesehen, was diese Macht des Zorns anrichtet, wenn du mit ihr spielst. Überdenke das bei allem, was du tust. Alles im Leben ist ein Spiegel dessen, was du selbst kreierst. Du hast dich für die Dunkelheit entschieden, und ich überlasse dich deinem selbst gewählten, sicheren Schicksal in der Dunkelheit.«

Meister Amaru griff nach seinem Stein und mit einem hellen Lichtblitz war er verschwunden.

Die alte Eiche im Ostwald

*I*m dichten Unterholz des östlichen Waldes brannte ein kleines Feuer. General Inbar hatte im Dickicht des Waldes für die Nacht einen Rastplatz gefunden. Seinen Schimmel hatte er an einem kleinen Bach frisches Wasser trinken lassen und ihn für die Nacht an einen dünnen Tannenstamm gebunden.

Er selbst hatte sich in seinen Elfenmantel gehüllt und an eine alte Eiche gekauert. Er hatte einen großen Umweg durch die östlichen Wälder nehmen müssen, um nicht in eine Schlacht zu geraten, die schon seit mehreren Nächten getobt hatte. Er konnte es nicht riskieren, mit seiner wertvollen Fracht ungewollt in einen Kampf verwickelt zu werden.

Er hatte den Auftrag König Lemnons zu erfüllen und musste den Lederbeutel mit seinem Inhalt um jeden Preis bis zum Drachenpalast bringen. Hätte er den Hauptweg genommen, wäre er möglicherweise zwischen die Fronten und in Erklärungsnot geraten. Schließlich war er General und hätte eine Kampfaufforderung einer elfischen Armee nur schwer ablehnen können, ohne seinen eigentlichen Auftrag preiszugeben.

Er hatte die Front der Schlacht von Weitem hören können, und seine Instinkte hatten ihm zum Pfad durch den dichten Wald geraten. In dieser sternenklaren Nacht schien es keine Kämpfe zu geben, denn es war still geworden im Ostwald. Das kleine Feuer knisterte leise und ein großer Uhu pfiff seinen Ruf durch die kühle, feuchte Nacht. Der weiße, kräftige Schimmel stand träumend ein paar Schritte entfernt und knabberte ab und zu an einem kleinen Grasbüschel.

Der Elf schlief gerne im Wald. Die Bäume boten ihm Schutz und gaben ihm das Gefühl von Frieden und Heimat. Als kleiner Junge hatte er mit seiner Mutter viel Zeit damit verbracht, Tierspuren zu lesen, die Waldvögel zu beobachten und den alten Bäumen zuzuhören. Die Elfenmutter hatte ihm beigebracht, dass Bäume flüstern und man sie hören kann, wenn man nur geduldig genug an ihrem Stamm verweilt. Oft hatte er vergeblich versucht, die alten Eichen im Wald zu hören, aber es gelang ihm einfach nicht, lange genug still zu sitzen. Er tollte lieber im Unterholz und suchte im Herbst die süßen Waldbeeren, die er sich zum Ärger seiner Mutter sofort einverleibte, anstatt sie im Körbchen zu sammeln.

In seinen Kindertagen hatte es nur wenige Kriege gegeben und er konnte sich noch lebhaft daran erinnern, wie er mit seinem Vater das Bogenschießen erlernte. Sein Vater war ein kühler, distanzierter und stolzer Elf, der ihm unbedingt das Kämpfen beibringen wollte. Es machte damals unter den Elfen eine Prophezeiung die Runde, dass die friedlichen Zeiten auf dem Planeten Erde zu Ende gehen und man sich darauf vorbereiten müsse. Der umsichtige Elfenvater nahm die Weissagungen der Priester sehr ernst und ließ sich als Soldat im königlichen Heer rekrutieren, um das Waldelfenland in schweren Zeiten zu beschützen. Er hatte seinem Sohn das Kämpfen mit den Schwertern beigebracht und dafür gesorgt, dass er täglich trainierte und später in die Elfenarmee eingezogen wurde.

Inbar genoss die Stille des Waldes und den innigen Moment des Friedens, den er darin spürte. Der Elf blickte durch die Baumwipfel zu den Sternen und auf den zunehmenden Mond, der ein mildes Licht in den Wald warf. Er lehnte sich mit dem Rücken an den alten Stamm der Eiche und hörte dem Rascheln der Blätter zu, die sich im leichten Wind bewegten. Er schloss die Augen und horchte auf das leise Rauschen der Tannenspitzen, die in diesem Mischwald ihre Heimat hatten.

Der Wind strich sanft durch die prächtige Baumkrone der hundertjährigen Eiche, zu deren Wurzeln er sich gesetzt hatte. Er lehnte sich an ihren Stamm und entspannte seinen Körper und seine Seele in gleichmäßigen Atemzügen und gab sich ganz dem Wind und dem Klang der Blätter hin. Ein warmes, angenehmes Gefühl des Loslassens durchfloss seinen Körper, und Raum und Zeit schienen in diesem Moment endlos zu werden.

Inbar atmete tief ein und aus, und sein Leib wurde leicht und schwerelos. Der Wind wurde mit jedem Atemzug stärker und das

Rauschen der grünen Eichenblätter umhüllte ihn mit einem sanften Klang der Geborgenheit. Es schien, als würde die hundertjährige Eiche den Elf in Trance wiegen mit dem sanften Wehen ihres kräftigen Blätterdachs. Der Elf fühlte den Stamm der Eiche, und er verschmolz mit dem Rauschen des im Wind singenden Laubes, als er ein melodisches, leises Flüstern vernahm: »Innnnnnbaaaaaarrrrrr, Willkommen im Reich der Bäume, Elfenmann.«

Der Elf schien geistig mit dem alten Baum zu verschmelzen, und er ließ seine Seele in den melodischen Wind gleiten, während die Welt der Waldbäume sich dem Elfen öffnete. Die Eiche wisperte leise: »Hoffnungsträger, wir kennen dich und deine Aufgabe. Wertvolles ist in deinen Händen. Heiliges Wissen ist dir anvertraut. Gib gut Acht, er wird es dir stehlen wollen. ER IST DA!«

Erschrocken riss General Inbar die Augen auf und sah sich um. Der Elfenmann schüttelte benommen den Kopf und fragte sich, ob er das nur geträumt hatte, als er ein leises Rascheln und Knacksen im Gebüsch vernahm. Mit scharfen Sinnen setzte er sich sprungbereit auf und griff nach seinem Schwert im Halfter seines Gürtels. Sein Pferd wurde unruhig, und mit einem prüfenden Blick sah der Elf nach dem Lederbeutel am Knauf seines Sattels.

Das Knacksen im Wald wurde lauter, und durch den Schein des Feuers angezogen, näherte sich eine Gestalt dem Lagerplatz des Generals. Inbar beobachtete, wie ein Mann in einer dunklen Kutte vor die Eiche trat. Er hatte die Kapuze tief ins Gesicht gezogen und wirkte düster. Der General sprang auf und zog sein Schwert, als der dunkle Mann sagte: »Sachte, sachte, Elf. Die Schlacht ist vorüber. Der Kampf ist beendet. Kein Grund mehr, gleich loszuschlagen.«

Er zog die Kapuze vom Kopf, lächelte und sagte: »Ich bin Zauberer Rolin, auf dem Weg zum Waldorden. Ich sah das Licht eures Feuers und es schien mir, als hätte ich Magie wahrgenommen. Ich vermutete, ihr seid einer meines Ordens auf der Suche nach Zauberkräutern. Macht euch keine Sorgen. Ich habe friedliche Absichten.«

Der Elfengeneral schob sein Schwert zurück in die Scheide und fragte misstrauisch: »So, so, ihr wollt also ein Zauberer sein?

Zauberer gehen nicht zu Fuß durch den Wald, und sie tummeln sich erst recht nicht auf Schlachtfeldern.«

Der Schwarze Magier lachte und sagte: »Manchmal wandern auch Zauberer zu Fuß durch den Wald, um nachzudenken.«

Rolin setzte sich unaufgefordert ans knisternde Feuer und wärmte seine dünnen, hageren Hände. Der Zauberer hatte schwarzes Haar und seine buschigen Augenbrauen verfinsterten seinen Blick. Seine dunkelbraunen Augen wirkten spitzfindig und listig, während er fragte: »Was macht ihr hier, Herr Elf, so alleine mitten im Wald? Habt ihr euch vor der Schlacht versteckt? Seid ihr ein Deserteur, der sich vor dem Kampf drückt?«

Inbar antwortete schlau: »Wie ihr bereits sagtet, das Kampfgeschehen ist vorüber, Herr Zauberer.«

Der Schwarze Magier antwortete heimtückisch: »Ja, die zwei dummen Brüder erstachen sich gegenseitig, anstatt die anderen für sich kämpfen zu lassen.«

Inbar fühlte, dass mit diesem Zauberer etwas nicht stimmte. Er war anders als die Zauberer des alten Ordens, den Inbar gut kannte. Niemals würden sie schwarze Kleidung tragen, und sie urteilten auch nicht über ein Kampfgeschehen, sie mischten sich niemals ein, und sie befolgten die kosmische Ordnung.

Der Zauberer fuhr fort zu sagen: »Ah, ihr wundert euch, warum ich Schwarz trage? Ich bin noch ein Schüler und darf erst Weiß tragen, wenn ich meinen Eid abgelegt habe. Das ist so im Waldorden.«

Elfengeneral Inbar begriff, dass der Zauberer seine Gedanken gelesen hatte und versuchte, sich in sein Denken einzuschleusen, um ihn zu manipulieren und auszufragen. Jetzt wurde es gefährlich, und Inbar konzentrierte sich auf das Knistern des Feuers vor ihm. Er ließ Bilder einer vergangenen Schlacht in seinem Gedächtnis aufkommen und erinnerte sich an Kampfszenen auf einem Schlachtfeld, auf dem er gekämpft hatte, um den Zauberer abzulenken. »Ich bin müde, Herr Zauberer. Ich muss die Bilder der Schlacht verarbeiten. Mir ist nicht nach reden.«

Mit stechendem Blick suchte der Zauberer den Augenkontakt zu Inbar, doch dieser stand auf und ging langsam zu seinem Pferd.

»Wo wollt ihr hin, Herr Elf?« Die Stimme des Zauberers bohrte sich in den Kopf des Generals und schallte dröhnend in seinen Gedanken. »Ihr wollt etwas vor mir verbergen«, hörte er den Schwarzen Magier sagen.

Inbar konzentrierte sich auf den Moment, als ein Bote ins Dorf kam, um seiner Mutter die Nachricht vom Tod seines Vaters zu überbringen. Er war in der Schlacht am Himmelsberg gefallen, und diese Nachricht hatte seine Mutter tief getroffen. Weinend hatte sie den letzten Brief ihres Mannes in den Händen gehalten, und Inbar selbst war tieftraurig über den Tod seines Vaters. Es fiel ihm leicht, dieses Gefühl von Schmerz in sich wachzurufen, denn noch immer trauerte er um seinen Vater.

Langsam stieg Elfengeneral Inbar auf sein Pferd und sagte: »Mein Vater ist tot. Ich bin in Trauer und brauche keine Gesellschaft.«

Der Elf griff nach den Zügeln seines Pferdes und lenkte es auf den Waldpfad. Er sah auf die Feuerstelle und sagte: »Löscht das Feuer, wenn ihr geht, die alte Eiche wird es euch danken.«

Der Magier stand auf und versperrte Inbar den Weg und zischte: »Ihr wollt mich ablenken. Was macht ihr wirklich hier?«

Der Elfengeneral gab dem Schimmel die Sporen und preschte auf dem schmalen Waldpfad davon. Er hätte den gedankenlesenden Fragen des Magiers nicht länger standgehalten und entschied sich zur Flucht. Er umfasste fest die Zügel seines Pferdes und preschte im gestreckten Galopp davon. Es war gut, dass er den geheimen Lederbeutel des Königs nicht geöffnet hatte und nicht wusste, was sich darin befand. Der Magier hätte es leicht herausgefunden, und ohne die Warnung der alten Eiche wäre er dem Schwarzen Zauberer direkt in die Falle gegangen.

Rolin spuckte vor Wut. Der Elf hatte ihn getäuscht und sich seiner Gedankenkontrolle geschickt entzogen. Es musste etwas sehr Wichtiges sein, was er zu verbergen suchte. Das machte den Zauberer neugierig und er dachte konzentriert nach. Vor ein paar Stunden erst hatte er Amaru Muru vom Weißen Orden auf dem Schlachtfeld ganz in der Nähe getroffen. Noch immer konnte er den Hass fühlen, den er empfand, weil Zauberer Amaru ihm nicht viel Beachtung geschenkt hatte. Rolin konnte sich nicht vorstellen, dass der Zauberer wegen der zwei streitenden Brüder aufgetaucht war.

Der Schwarze Magier setzte sich zurück ans Feuer und sah in die orangegelben Flammen, die um das Holz züngelten. Als Rolin das Schlachtfeld verlassen hatte, war er auf der Suche nach Mondkraut, das er gerne in Zaubertränke gab, in den Ostwald gegangen. Er hatte dort den Klang von Magie gespürt und war danach suchend auf den Elf gestoßen, der offensichtlich etwas zu verbergen suchte.

Rolins Blick wurde starr, und er hob seine rechte Hand in die Höhe. Ein Rabe kam aus dem dichten Wald direkt auf seine Hand geflogen und setzte sich nieder. Der dunkle Zauberer befahl ihm mit finsterer Miene und stechendem Blick: »Folge dem Reiter!« Die Augen des schwarzen Vogels wurden durch dunkle Magie ebenfalls starr und Rolin konnte durch seine Augen sehen. »Verfolge den Reiter!«, zischte er, und der schwarze Rabe gehorchte seinem Herrn, flog hastig los und nahm die Verfolgung auf.

Elfengeneral Inbar war in höchster Eile mit seinem Schimmel durch den Wald gejagt. Er wollte es bis zu den Wasserfällen des Ostwaldes schaffen, bevor es dem Magier einfiel, ihn mit Spähern zu verfolgen. Der Elf war sich nicht sicher, ob der Schwarze Magier ihn durchschaut hatte. Er wollte seine Spuren unbedingt verwischen. In der Nähe der Wasserfälle gab es geheime Wege der Elfen, die mit Runen geschützt für Fremde unsichtbar waren und zur Landesgrenze führten. Von dort aus wollte er den steilen Pass über die Himmelsberge zum Drachenpalast nehmen.

Er flüsterte seinem Pferd motivierend in die Ohren: »Schnell, Windfürst, wir müssen uns beeilen!«

Der weiße Hengst war sein treuer Freund und die beiden verband eine besondere geistige Verbindung, die über Jahre gemeinsamer Abenteuer gewachsen war. Trittsicher und geschickt trug er den Elfengeneral in Richtung der östlichen Wasserfälle.

Inbar wusste nicht, dass er bereits verfolgt wurde, aber sein Gefühl sagte ihm, dass der dunkle Magier ihm auf den Fersen folgte. Er wollte sichergehen, ihm nicht noch einmal zu begegnen, denn einer weiteren Befragung könnte er sicher nicht standhalten. Vorsichtig prüfte er den Lederbeutel mit seinem geheimen Inhalt am Knauf seines Sattels und setzte beruhigt seinen Weg über den steinigen Pfad zu den Kaskaden des Ostens fort, während der Schwarze Magier am Feuer saß und über Zauberer Amaru Muru und seine Mission nachdachte.

Die Seele des Meeres

*D*ie Sonne reckte wärmend ihre Morgenstrahlen über das Land des Südens. Der Duft von Oregano und Salbei entfaltete sich im sanften Licht der aufgehenden Sonne. Die lange südliche Küste lag in behutsamem Licht des morgendlichen Erwachens. Das ruhige, tiefblaue Wasser des Meeres streichelte die abwechslungsreichen Ufer und umtänzelte lieblich die Inseln vor dem Festland. Beinahe zärtlich umspielten die Meereswellen die Felsen einer großen Insel, die inmitten des Südmeeres still und friedlich wohnte.

Imposante Felsen reckten sich an der Inselküste beeindruckend in die Höhe und türmten sich zu einem hohen Berg auf, der über das Eiland herrschte. Im morgendlichen Schein sangen die Vögel ihr Lied in den Wind, und die Morgenröte weckte den Bergkegel der Insel in mildem Schein. Schroff und spitz thronte der Wächter über der Insel auf dem Eiland und reckte seinen Gipfel in den blauen Morgenhimmel.

Am Fuß des Berges lag ein in den Fels gehauener Tempel, der mit meterhohen Figuren eingerahmt im Morgenerwachen in Orangerot zu glühen schien. Die marmorfarbenen Statuen der Könige der Meerelfen markierten stolz und ehrfürchtig den Tempel des Meeres, in dem die Könige des Reichs der Meere ihre letzte Ruhestätte gefunden hatten.

Das Volk der Meerelfen war eines der ältesten Völker der Erde, und sie lebten in Einklang mit der Unterwasserwelt der Weltmeere. Der Tempel des Meeres war das einzige sichtbare Zeichen der Existenz der Elfenwasserwelt, die am Meeresboden um den ganzen Erdball verteilt, unsichtbar für die obere Welt an Land, existierte.

Das Unterwasserleben der Elfen war eng mit den Delfinen und Walen verbunden, die in inniger Freundschaft den Unterwassergarten des Planeten hüteten. Gemeinsam mit Meerjungfrauen und

Wasserdrachen wachten sie über die Elfenstädte, die unter Wasser über Jahrtausende vielen Wasserelfen eine Heimat boten.

Der Tempel des Meeres wurde mithilfe von Riesen in den schroffen Fels geschmolzen, um den Königen dieses bunten und artenreichen Volkes ein Denkmal zu setzen. Nur zu besonderen Anlässen sammelten sich die Wasserelfen auf der Insel und ritten auf Delfinen und Walen zum imposanten Tempeleiland, um sich an der Küste in einer schmalen, sandigen Bucht zu sammeln, die direkt unterhalb des Eingangs zum heiligen Gebäude lag.

Meereselfen konnten sowohl unter Wasser als auch an Land atmen. Den Sauerstoff, um unter der Meeresoberfläche zu leben, gewannen sie aus einer bestimmten Algenart, die sie täglich als einzige Nahrung verzehrten. Die Wasserelfen kamen ursprünglich vom Festland, und der erste Elfenkönig, der sich entschied, im Meer zu leben, hatte sich in eine Meerjungfrau verliebt und war ihr mit der Hilfe eines Zaubers in das Meeresreich gefolgt. Er wurde zum Begründer eines riesigen Reiches, das fruchtbar und friedlich in Unterwasserstädten die Meereswelt beschützte und in gesundem Gleichgewicht hielt.

Im Tempel des Meeres lebte seit Jahrtausenden ein Weißer Zauberer, der das Volk der Meereselfen beschützte und mit wertvollem Sternenlicht versorgte, mit dem sie ihr Unterwasserleben in der Tiefe mit Licht belebten. Jedes Jahr kamen die Elfen zum Lichtfest zur Insel, um ihre Laternen mit dem Sternenstaub zu füllen, den der Weiße Zauberer aus Bergkristallpulver für das Elfenvolk das ganze Jahr über mit Liebe und Licht erfüllte.

Der Magier verehrte das Meer mit seiner bunten Vielfalt, und er erfreute sich an den Meerestieren. Er kannte die Sprache der Fische und verstand, die Seele der Ozeane zu fühlen. Er mochte den spielerischen Wasserzauber, der aus seiner Liebe zum Meer floss, und ergötzte sich am Sternenlicht, das sich im Meeresspiegel einfangen ließ.

Manchmal saß der Zauberer verliebt auf einem Felsen am Ufer und hörte dem Singen des Meeres zu, das sein Herz mit endlosem Glück beseelte. Der Magier liebte das Element Wasser, denn es verlieh ihm seine übersinnliche Kraft und seine hellseherischen Fähigkeiten.

Im Inneren des Tempels gab es ein Quellbecken, aus dem Lichtwasser aus dem Inneren der Erde floss, und wie ein Spiegel das Licht der Sterne, das über eine Kristallkuppel in das Gewölbe strahlte, einfing. Der Magier saß an diesem Morgen an jenem Becken und lauschte dem Singen des Wassers.

Sein Haar war schlohweiß und fiel glatt über seine Schultern. Er trug einen weißen Leinenmantel mit einer langen Kapuze. Der silbrig weiße Bart des Zauberers war von einer großen Goldschnalle zusammengehalten, die er von den Zwergen im Tausch gegen Sternenstaub erhalten hatte. Die Augen des Magiers strahlten in tiefem Blau, als er seine schmale, hellhäutige, linke Hand ins Wasser gleiten ließ. Die Tropfen in seiner Handfläche schienen zu tanzen, als er sie liebevoll betrachtete.

Der Zauberer trug in seiner rechten Hand einen weißen Zauberstab aus altem Treibholz, an dessen Spitze ein leuchtender Bergkristall eingelassen war. Die weiße Kristallspitze strahlte wie das helle Licht der Sterne, als der Magier in einer alten Zaubersprache in das Wasser murmelte und mit der Hand das bläuliche Lichtwasser liebkoste:

Von Ost nach West bring ich die Acht hervor
Von Nord nach Süd öffne ich das Tor

Auf die gleiche fromme Weise
Schließe ich die magischen Kreise

Von Erdunten nach Erdoben
Wird der weiße Wind gewoben

Vom Kopf zum Fuß gedreht die Spirale
Bändigt das Feuer beim dritten Male

Mit Herz und Liebe das Dreieck gezogen
Ist mir das Feuer in Freundschaft gewogen

Im Spiegel zeichne ich die Zeichen
Worauf die Wasser den Zauber reichen

Der Elemente Kraft und Vision
Eröffnet die vierte Dimension

Mondenlicht und Glanz der Sterne
Berührt den Platz aus weiter Ferne

Hier und jetzt bin ich im Licht
Schenkt mir die zeitenlose Sicht

Der Zauberer hob beim Murmeln der Zauberworte den weißen Stab mit dem Kristall in die Höhe. Das Wasser in dem Becken aus Marmor begann sich zu drehen und es verwirbelte sich zu einem dünnen Nebel, der über der Wasseroberfläche schwebte.

Die einzelnen Wassertropfen schillerten bunt im Licht des Zauberstabs und bildeten einen großen Spiegel aus Lichtwasser, der in der Mitte des Beckens zum Stillstand kam. Auf der Spiegelfläche, gebildet von den schillernden Wassertropfen, sah der Zauberer ins Unterwasserreich der Elfen und erfreute sich an dem friedlichen Anblick der Städte aus massivem Stein, die den Meeresboden zierten.

Delfine, Wale und Elfen lebten hier seit Jahrhunderten in den reichen Fischgründen, zwischen Korallen und Meeralgen in einem üppig bunten Lebensraum. Der Zauberer blickte liebevoll in diese uralte Welt, und sein Herz erwärmte sich beim Anblick der Elfenkinder, die am Meeresgrund im Sand mit Muscheln spielten.

Die Tempelhalle war schlicht gehalten. Um das Wasserbecken zierten große Säulen den Beckenrand, die mit gravierten Symbolen versehen waren. Der Magier hatte glücklich leuchtende blaue Augen, als plötzlich ein heller Blitz in der Halle des Tempels gleißend aufleuchtete.

Der Zauberer senkte seinen Zauberstab und das Wasser fiel ruckartig in kleinen Tropfen wieder zurück in das große Becken. Der

Kristall an der Spitze seines Stabes hörte auf zu leuchten und der schlanke, weißhaarige Mann drehte sich um.

Amaru Muru war direkt neben ihm in der Halle erschienen und lächelte den Wasserzauberer freundlich an, während er sagte: »Lemurian, mein Freund, ich komme dich besuchen!«

Zauberer Lemurian lächelte und gluckste vor Freude. Er legte seinen Stab beiseite, als er antwortete: »Meister Amaru aus dem Sternenlicht, ich bin höchst erfreut, dich zu sehen.«

Die beiden Freunde umarmten sich und klopften sich gegenseitig auf den Rücken. Lemurian fuhr fort zu sagen: »Ich habe selten Besuch, mein alter Freund. Zauberer sind derzeit eher mit den Wesen auf dem Festland im Bündnis. Manchmal kommen die Zwerge und Elfen auf Schiffen hierher, um Sternenstaub zu tauschen, doch das ist in letzter Zeit eher selten geworden.«

Die beiden Zauberer setzten sich an den Rand des Beckens auf eine steinerne Bank, und Lemurian deutete auf das Wasser im Quellbecken.

Er sagte glücklich: »Ich erfreue mich jeden Tag an den Wassertropfen, die hier lichtvoll tanzen. Ich wechsle meinen Standort nicht so gerne wie du, mein Freund. Sieh doch, wie diese Tropfen, Millionen Jahre alt, von ihrer Erdenreise erzählen. Ein einziger Wassertropfen, der ganze Zeitalter lang gewandert ist, hat viel zu berichten. Ein solcher Tropfen wurde von der Sonne aus dem Meer gezogen und fiel als Regen nieder, hat sich dann durch tiefes Gestein den Weg ins Innere der Erde gesucht, um hier wieder an die Oberfläche zu streben. Diese Tropfen haben die Welten der Urzeit gesehen, und ich lausche gerne ihrem Gesang und den Geschichten, die sie kundtun wollen. Manche von ihnen haben Bäume genährt, manche haben einem Elf das Leben ermöglicht, oder sie haben in einem Zaubertrank eines Magiers eine tragende Rolle gespielt. Sie freuen sich, dass ihnen jemand zuhört, bevor sie im Meer auf ihre neue Reise warten. Sie danken es mit der Magie des Wassers, die Leben spendet und heilsam und voller Weisheit ist. Im Wasserspiegel zeigen sie mir, was sie gesehen und gefühlt haben. Durch sie erfahre ich alles über die Erdenwelt, was ich wissen muss. Das genügt mir gänzlich.«

Zauberer Amaru Muru lächelte und sagte: »Vielleicht bist du der Weiseste von uns allen, Lemurian. Deshalb bin ich zu dir gekommen. Die Welt liegt in großem Wandel, mein Freund der Wasser. Die Völker der Erde haben begonnen, die Schule der Emotionen zu durchleben, und wir haben keine Befugnis, uns in diesen Prozess einzumischen, weil wir das kosmische Gesetz des freien Willens nicht brechen dürfen.

Alle Völker durchleben nun die Phasen der möglichen Gefühle, die letztendlich die Grundlage allen schöpferischen Handelns sind. Sie entwickeln ihre magischen Fähigkeiten und durchleben die Zyklen der Emotionen selbstständig und ohne Einmischung. Erst wenn sie alle Arten von Gefühlen durchlebt haben, werden sie frei sein für ihre Aufgabe des Schöpfens im Universum.«

Lemurian strich nachdenklich über seinen langen, weißen Bart, als er fragte: »Alle Arten von Emotionen?«

Meister Amaru nickte und fuhr fort: »Ja, alle Arten von Gefühlen dürfen frei erfahren und gelebt werden.«

Lemurian runzelte die Stirn und sagte leise: »Das ist bedenklich und nicht leicht zu durchschauen. Angst, Trauer, Wut und Schuld sind Gefühle, die Grausames manifestieren können. Wie das Wort in sich schon sagt, kann die Saat Grauer oder Schwarzer Magie daraus erwachsen. Wo soll der Sinn darin sein, dies zuzulassen? Machen wir uns nicht schuldig, wenn wir die Völker der Erde in diese Not entsenden?«

Zauberer Lemurian dachte an sein geliebtes Volk der Meerelfen und das friedliche Leben, das sie seit Jahrtausenden lebten. Es erfüllte ihn mit Sorge, daran zu denken, was aus ihnen werden sollte, wenn die Angst in diesem Reich Einzug halten würde.

Meister Amaru fuhr fort: »Es ist nicht unsere Aufgabe, es zu verhindern, es hat schon längst begonnen. Unsere Prüfung wird sein, in Akzeptanz und Mitgefühl zu bleiben und die Völker ihre Erfahrungen frei sammeln zu lassen. Unsere Weisheit wird darin bestehen, sie zu lieben und alles zu akzeptieren, was geschehen und geschaffen wird, und zuversichtlich zu sein, dass diese Zeit irgendwann ein Ende findet. Unsere magischen Fähigkeiten werden in der Zukunft bedeutsam sein, wenn wir in Weißer Magie bleiben und nicht versuchen, es zu manipulieren oder gar zu verhindern. Das würde diesen Prozess nur verlängern und uns den magischen Tod bereiten. Wir würden selbst in die Dunkelheit gleiten und jede Verbindung zum Kosmos verlieren.«

Lemurian sah Amaru Muru nachdenklich an und sagte leise: »Wir können sie aber damit nicht allein lassen. Wer soll ihnen sagen, wie sie aus der Dunkelheit ins Licht finden? Jeder Schüler verdient einen Lehrer. Jedes Kind hat Eltern, die es durch den Anfang des Lebens begleiten.«

Meister Amaru nickte und antwortete: »Und jede Mutter und jeder Vater werden die schmerzliche Zeit des Loslassens durchleben, wenn Kinder zu Erwachsenen werden und ihre eigenen Lebenserfahrungen durch eigene Entscheidungen und deren Konsequenzen am eigenen Handeln messen lernen. Das ist das Gesetz des freien Willens.«

Zauberer Lemurian schwieg eine Weile und fragte: »Wie wird diese Zukunft aussehen? Hast du sie gesehen?«

Amaru Muru nickte und sagte: »Die höchstmögliche magische Kraft der Emotionen liegt in den Menschen begründet. Sie haben die stärkste Gefühlskraft in ihren Herzen und somit die höchste Form manifestierender Kraft in sich. Sie werden lernen müssen, die Verantwortung darüber zu tragen und den Planeten Erde zu beschützen.

Das wird schwierig für die anderen Völker des Planeten, denn sie werden sich vor den Menschen und ihrer ungeübten Magie schützen wollen, und die Angst wird auch die Völker der Zwerge, Riesen und Elfen in Zweifel und Dunkelheit stürzen. Eine schwere Prüfung für alle, die daran teilhaben.

Es wird Zauberer geben, die aus dem Wunsch heraus, Gutes zu tun und zu helfen, selbst in die Dunkelheit fallen, weil sie manipulieren und eingreifen wollen. Je mehr sie versuchen, mit Zauber und Magie die alten Zeiten wiederherzustellen, umso mehr Chaos werden sie herbeiführen, und sie werden ihre Zauberkraft verlieren, weil daraus nichts Gutes mehr erwachsen wird.

Ihre Lebenskraft wird sich in den Emotionen von Wut, Zweifel, Angst, Scham und Trauer verringern und ihre Lebenszeit wird sich verkürzen, so lange, bis es irgendwann keine lebenden Zauberer mehr in dieser Welt geben wird, die sich einmischen könnten.

Die Menschen werden ihre eigene Zauberkraft erlernen, und sie werden die Magier der Zukunft sein, die irgendwann die kosmische Zauberkraft aus ihren liebenden Herzen erwecken. Sie sind die Zukunft des Planeten Erde!«

Lemurian schüttelte den Kopf und sagte mürrisch: »Das kann und will ich nicht akzeptieren. Es bedeutet, dass meine Meerelfen, die ich liebe, sich irgendwann der dunklen Magie stellen müssen, und überall auf der Erde werden die Zwerge und Elfen ihren Frieden oder gar ihren Lebensraum verlieren. Wie soll ich das gutheißen oder gar akzeptieren?«

Amaru Muru senkte den Kopf und antwortete: »Unsere Weisheit und unser Wissen müssen erhalten bleiben. Wir werden ein Erbe hinterlassen, aus dem sie lernen und schöpfen können, wenn die Zeit reif dafür ist.

Wenn die Menschen müde geworden sind, um Macht und Besitz zu kämpfen, und wenn sie anfangen, ihre Grenzen zu spüren, werden sie nach Antworten und Lösungen suchen, die sie aus der Spirale der Angst und Dunkelheit befreien. Wie viel Zeit das braucht, liegt im Ungewissen.

Ich habe eine Versammlung am Drachenpalast einberufen, und ich bitte dich zu kommen. Wir werden für die Elfen, Zwerge und Riesen eine Lösung anbieten, mit der sie in Frieden leben können. Auch ich möchte die Völker der Erde beschützen. Wir werden demütige Opfer bringen müssen, um das Erbe des Universums durch die Zeit zu retten, denn Angst wird den Schleier des Vergessens über den Planeten Erde legen.

Wollen wir ihnen wirklich helfen, müssen wir selbst weise genug sein, die Menschen loszulassen und ihnen den Freiraum geben, den sie brauchen, um in ihre Schöpferkraft zu wachsen.«

Lemurian wurde wütend und sagte zornig: »Wollen wir sie alle im Stich lassen? Ein einfacher Zauber kann das sofort beenden!«

Seine Augen blitzten wütend, als er das sagte.

Zauberer Amaru antwortete mit besänftigender Stimme: »Wut

und Zorn helfen niemandem weiter, denn alles, was daraus geschaffen ist, nährt die Schatten der Angst. Je mehr wir die dunkle Magie bekämpfen, umso mehr Kraft geben wir ihr. Mit jedem Schatten, den wir vertreiben, gebären wir vielfach neue. Wir würden uns zu Mitwirkenden machen in einem Prozess, der nicht in unserer Bestimmung liegt.

Was wir tun können, ist ihnen eine Anleitung zu hinterlassen, die ihnen erklärt, wie man die Schatten erlöst und die Magie des Herzens im Glück findet. Du bist ein guter Lehrer, Lemurian. Dein Herz ist weit und ich weiß, du wirst dich und deine Magie aufopfern wollen für die Seele des Meeres, die du schon seit Jahrtausenden hütest.

Nutze deine Magie und erschaffe einen Kontinent, der deinen Namen trägt. Zeige den Menschen die Kraft der Magie und lehre sie, ihre Gefühle schöpferisch zu nutzen. Unterrichte sie in Teleportation und Telekinese und bringe ihnen bei, das Licht der Sterne in Kristalle zu bündeln. Hinterlasse ein Erbe, von dem die Menschen noch in Jahrtausenden sprechen werden.

Ich habe es in der Zukunft gesehen. Lemuria wird ins Reich der Erinnerungen und der Genetik der Menschen unlöschbar einfließen, wenn du dich freiwillig dazu entscheiden kannst, statt zu kämpfen und dein Volk zu schützen, den weisen und klugen Weg wählst, die kosmischen Gesetze zu beachten. Über ein langes Zeitalter hinweg kann Lemuria ein guter Grundstein für die magische Ausbildung der Menschen sein, die in ihre Genetik einfließen und dort verbleiben wird.

Lemuria muss fern ab von den anderen Kontinenten liegen, damit es so lange wie möglich geschützt vom Einfluss der Angst und Macht gedeihen kann. Denn auch Lemuria wird sich der dunklen Kraft der Emotionen stellen müssen und eines Tages untergehen.

Erst im dunkelsten Punkt der Schatten werden die Menschen freiwillig aus diesem Kreislauf ausbrechen wollen und sie werden nach dem alten Wissen suchen, das sie befreien kann. Wenn sie erwachen, wird dein Erbe in ihren Genen schwingen. Sie werden sich der Kraft des Meeres, des Sternenlichtes und der Kristalle erinnern, und sie werden lernen, Schöpfer in einer Welt zu sein, in der auch die Elfen und Zwerge wieder einen Platz zum friedlichen Leben haben.

Auch die Elfen und Zwerge sind vor diesen Emotionen nicht gefeit. Selbst wir Zauberer unterliegen dieser Prüfung, die wir mit Geduld und Weisheit gut meistern können. Wir umkreisen die Sonne auf diesem Planeten als Reisende im Universum und uns ist alle Zeit der Multiversen gegeben. Wir kommen von den Sternen und wir haben die Geduld und Weisheit, das kosmische Ganze zu betrachten. Wenn wir diese Aufgabe nicht meistern wollen, wird unser Wissen für immer verloren sein.«

Lemurian hatte sich beruhigt und er nickte, als er sagte: »Es fällt mir nicht leicht, mein Freund, aber du hast Recht. Zauberer würden gegen Zauberer kämpfen, und alles würde im Schatten der Angst versinken. Was sagt der Hohe Rat der Engel dazu?«

»Wir dürfen uns nicht einmischen. Aber wir dürfen Wissen hinterlassen, aus dem die Menschen später aus freiem Willen lernen können. Selbst die Engel können nur Beistand und Mitgefühl in diesem Prozess schenken. Sie werden darüber wachen, dass die Menschen den Planeten nicht ahnungslos zerstören. Alles andere ist eine Frage der Geduld und Zeit.

Das Universum kennt keine Dunkelheit, die Schöpfung selbst ist stets in Liebe und Glückseligkeit verankert, das ist die Natur der Schöpfung. Alles andere wird vergehen. Jedes universelle Wesen in der Schöpfung strebt nach Frieden und Glück, das macht Hoffnung lebendig.

Erschaffe eine magische Schule, mein Freund der Wasser, unterrichte die Menschen, solange es dir Freude bereitet. Das ist deine Bestimmung. Ich verspreche dir, wir werden eine Lösung finden, um den Elfen zu helfen. Komm zum vollen Mond zur Versammlung in den Drachenpalast. Ich bitte dich darum, auch wenn du nicht gerne verreist!«

Meister Amaru lachte und stand auf. Er flüsterte in seinen Kristall und verschwand mit einem hellen Blitz.

Der König der Sonne

ie Mittagssonne strahlte über die grünen Flächen im Flussland des Südens. Üppige, fruchtbare Felder mit sattem Grün erstreckten sich an den Armen des Hauptflusses, der breit verästelt in das mittlere Meer mündete. Am Flussufer wiegten sich Schilffelder im sanften Wind, der die grünen Ufer streichelte.

Bei ihrer Fahrt flussaufwärts schmückten die weißen Segel langer Fischerboote aus Holz den Fluss. In der Mitte des breiten Wasserlaufs suchte sich eine große, mit bunten Fahnen geschmückte Barke den Weg flussabwärts. Das Schiff aus Holz wurde von zwei Männern mit hölzernen Rudern durch den Wasserlauf gesteuert.

Auf der Barke saß ein Mann in einem Zelt, der lange weiße Gewänder trug und seinen Kopf mit einem Schleier bedeckt hielt. Fast lautlos glitt das imposante Schiff in Richtung eines großen Tempels, der direkt am grünen Flussufer lag. Mächtige Falkenfiguren schmückten den Eingang in die riesige Anlage, die sich aus massivem Granit geschlagen in die Mittagssonne erhob.

Priesterinnen mit vollen Körben bunter Blüten warteten am Ufer auf die Ankunft des königlichen Besuchs, der sich wie jeden Mittag hier zum Gebet einfand. Die Frauen trugen weiße Gewänder aus Leinen, die mit einer silbernen Spange in Brusthöhe gerafft waren. Ihre Köpfe waren glatt rasiert und mit Symbolen tätowiert. Schweigend standen sie in Reihe am Tempeleingang, der mit hohen Säulen aus Granit eingerahmt war.

Das prachtvolle Schiff legte an einem hölzernen Anleger an, und die Männer vertauten die Barke sicher am Tempel. Der schlanke, mehr als zwei Meter große Mann kam aus dem Zelt und stieg über eine Brücke aus Holz an Land. Er nickte den Priesterinnen zu und lief mit großen Schritten vorbei an den Figuren und Säulen in den Innenraum des Heiligtums.

Meterhohe Wände aus glattem Granit waren mit Szenen aus dem Priesterleben und den heiligen Ritualen verziert. Der König lief vorbei an den meisterhaft gearbeiteten Bildern aus Stein, die von einer langen Tradition innigen Gebets und heiliger Zeremonien zeugten. Der verschleierte König lief die Allee aus Säulen entlang in Richtung eines riesigen Raumes, der mit einer Kuppel aus Kristall bedeckt im Zentrum der Anlage lag.

Jeden Erdentag kam er zur Mittagsstunde hierher und legte Blumen an einen Altar aus weißem Alabaster, der unter der Wölbung im Zentrum des runden Raumes stand. Der Altar trug eine hohe, schmale Säule, die fast bis zum Kuppeldach aus poliertem Bergkristall reichte.

Auf dem steinernen Boden der Halle waren Markierungen in den glatten Stein gebracht, die sich im runden Raum kreisförmig um den Altar schmiegten. Die Sonne ließ ihre Strahlen durch das gläsern wirkende Dach in den Innenraum fallen, und die Altarsäule warf ihren Schatten auf den Boden, der an den gravierten Markierungen den Verlauf der Zeit bestimmte.

Der verschleierte König, gefolgt von den Blumenträgerinnen, legte schweigend am Altar die Blüten aus den Schilfkörben nieder, die sie ihm reichten, um der Sonne und dem Verlauf der kosmischen Zeit Ehre zu erweisen. Der Sonnentempel war schon vor Jahrtausenden zu diesem Zweck errichtet worden, und über viele Generationen hinweg wurde dieses Erbe ausschließlich an die direkten Nachfahren der Königsfamilie weitergereicht, die einst den Tempel mit ihrer riesigen Sonnenuhr geschaffen hatten.

Der große Mann legte Blumen an den Fuß der Altarsäule und blickte betend in Richtung des Kuppeldaches, das hell im Sonnenlicht glänzte. Als er sein andächtiges Gebet beendet hatte, bückte er sich nach vorne und entzündete getrocknete Kräuter in einer steinernen Feuerschale, die süßlich duftend den Raum mit mildem Rauch erfüllten.

Die Rauchschwaden schienen im Sonnenlicht zu tanzen und zeichneten Bilder in die große Halle. Sie bildeten im wirbelnden Rauch Formen und Figuren, aus denen der magisch geübte Seher die Zukunft lesen konnte.

Von Zeit zu Zeit warf KiinRa, wie man ihn nannte, neue Kräuter in die Schale, bis die gesamte kreisrunde Halle mit Rauch gefüllt war. Die Blumenmädchen stellten sich so weit wie möglich fern vom Altar in der Halle im Kreis auf und wedelten mit Blattfächern vorsichtig Wind in den weißen, rauchigen Dunst. Süßlich betörend wirkten die Kräuter auf die Mädchen, und sie begannen, einen tiefen Ton zu singen.

Die gesamte Halle vibrierte im vollen Klang, den die Priesterinnen in den Rauchnebel sangen. Das Licht der Sonne paarte sich mit dem Schatten der Säule, und in den Schwaden entstanden klare Bilder der Zukunft. Deutlich zeichneten sich Lichtbilder in den Raum, die eine Szene der Vorhersehung zeigten.

König KiinRa atmete den Rauch ein und nahm den Schleier, der bisher seinen gesamten Oberkörper bedeckt hatte, vorsichtig vom Kopf. KiinRa hatte helle, dünne Haut, und sein Hinterkopf war lang und oval. Sein Gesicht war oben breiter als unten und verlief dreiecksförmig bis zum Kinn. Große, schöne, braune, mandelförmige Augen und eine kurze Nase zierten sein Gesicht.

Noch einmal griff der sternengeborene KiinRa mit seiner dünnen Hand, die sechs Finger hatte, in das Gefäß mit Kräutern und warf sie in die Feuerschale. Das verstärkte die Vision im Tempelraum, und die Mädchen sangen im monotonen Gleichklang unaufhörlich den tiefen, wohligen Urlaut des Universums.

KiinRa beobachtete den Fluss der Geschehnisse der Zukunft, die in wirren Szenen den Raum erfüllten. In tiefen Emotionen fühlte und durchlebte er jede einzelne Geschichte der Zukunftssicht, die im Nebel auftauchte. Seine Augen wirkten gläsern und sein Blick wurde starr, als er in die Zukunft eintauchte.

Er sah Bilder von brennenden Wäldern und metallenen Vögeln, die am Himmel weiße Wolkenspuren hinterließen. Er sah die Meere der Erde krank und verschmutzt und einen schwitzenden Erdplaneten. Er erkannte ganze Menschenarmeen, die sich gegenseitig mordeten und mit schnellen Geschossen ganze Städte in blutige Zerstörung stürzten. Tiefe Gefühle der Trauer erfassten den hochsensiblen Sternenmann.

Er fuhr mit seiner rechten Hand durch den Rauchnebel, und

während Tränen über seine kurzen Wangen rollten, beendete er die Vision ruckartig. Was er gesehen hatte, berührte sein Herz, und er konnte den Schmerz, den er fühlte, kaum ertragen. Seit Monaten kam er jeden Tag in den Sonnentempel und sah die gleichen Bilder in der Zukunft.

Er war der Letzte der Sternengeborenen auf diesem Planeten, und er hatte keine Erben. Seine Familie war vor Jahrtausenden über Lichtportale auf die Erde gekommen und suchte hier ein friedliches Leben zu begründen. Sternengeborene besiedelten überall im Universum Planeten, und sie befruchteten alle Welten mit neuen Daseinsformen. Es war ihre Aufgabe, jene Sterne zu beschützen, die besondere Lichtportale trugen.

Die helle Sonne nahe an der Milchstraße war ein aktiver Zwergstern in einer Reihe von Sternen im Universum, die genug Energie hatten, um das Teleportationssystem des Universums mit Energie zu speisen. Im Sonneninneren gab es ein wichtiges Energiefeld, das für Sternenreisen genutzt wurde. Der Sonnenstern war ein Teil eines Transportationssystems durch das Universum, und mit seiner Energie war die Sonne dieses Sonnensystems ein Baustein des Antriebs großer Portale, die Raum und Zeit universell überwinden konnten.

Sternenwesen hatten den Planeten Erde vorübergehend als jenen Trabanten, der die Sonne dicht umkreiste, genutzt, um ihre Aufgabe zu erfüllen, die Magnetfelder in der Sonne zu beschützen und aufrechtzuerhalten.

Das Wesen der Sternengeborenen war sensibel und friedlich, und ihre kosmischen Kenntnisse waren intelligent und brillant zugleich. Der Erdplanet war eine ideale Beobachtungsstation, um die universellen Reisewege zu erhalten.

Mit der regelmäßigen Erfassung der Sonnenaktivität stellten die Sternenwesen seit Jahrtausenden sicher, dass das universelle Gleichgewicht auch in anderen Galaxien erhalten blieb.

Der Planet Erde war mit seinen üppigen Lebensformen etwas sehr Außergewöhnliches, und die Sternenwesen beobachteten gerne das reichliche, bunte Leben auf dem Blauen Planeten, ohne es zu beeinflussen oder gar für sich zu beanspruchen. Es gab genug Lebensraum für sie in ihrem Heimatuniversum.

Sie sahen sich als Reisende, die vorübergehend die Umlaufbahn der Erde um die Sonne nutzten, um von hier aus den hellen Stern mit seinen magnetischen Aktivitäten zu studieren und zu beobachten.

Sie liebten das Meer und die Pflanzenwelt der Erde, und sie waren mit dem Sonnenstern dieser Galaxie mental liebend verbunden.

Seit Generationen hatte KiinRas Familie den Sternenkodex befolgt, nicht in die Entwicklung auf der Erde einzugreifen. Das war der Grund, warum er seine Gestalt unter einem Schleier verbarg und seine kosmischen und technologischen Kenntnisse nicht an die Menschen weitergab.

Er hatte tiefe Gefühle für den Planeten Erde, den er als bewusstes, lebendes Wesen verstand. Die Visionen im Rauch zeigten ihm, dass die Erde in der Zukunft erkranken und unter der Belastung der Unwissenheit der Menschen in Ungleichgewicht kommen würde.

Diese Bilder hatten sich seit einigen Wochen drastisch verdunkelt, und er fühlte sich hilflos, dies mit anzusehen. Auch den Priesterinnen war das nicht entgangen; insgeheim fürchteten sie sich vor dem, was sie im Rauch sahen, und hofften, dass ihr Meister eine Lösung dafür finden würde.

Sie betrachteten KiinRa als Allwissenden und gaben ihm gottgleiche Bedeutung. Nur sie kannten sein Aussehen, denn sie hatten das Gelübde des ewigen Schweigens abgelegt, um im Tempel dienen zu dürfen.

Auf eine Handbewegung hin verstummte der Gesang der schönen, glatzköpfigen Frauen und sie zogen sich zurück. KiinRa wollte alleine sein mit seinem Schmerz, der ihm die schier hoffnungslose Aussicht in die Zukunft bereitete. Er setzte sich auf den Steinboden und ließ seinen Tränen freien Lauf, die über die dünne, helle Haut seiner Wangen rollten. Seine zwei Herzen in seiner Brust pochten wild im Rausch seiner Emotionen.

Er bemerkte nicht, wie ein heller Blitz den Raum erfüllte und Meister Amaru dicht neben ihm in den letzten Rauchschwaden erschien, die sich auf dem Steinboden wabernd verteilten. Der Zauberer legte sanft tröstend die Hand auf die Schulter des Sternenwesens und flüsterte leise. »Ich weiß, mein Freund der Sonne. Es erscheint hoffnungslos.«

Der Zauberer ahnte, was KiinRa im Rauch gesehen hatte. Er zog ein Fläschchen aus seinem Mantel, gab es dem traurigen, gefühlvollen Wesen und sagte bestimmt: »Es ist nicht die Aussicht auf das, was kommt, was dich bedrückt, sondern es ist deine Hilflosigkeit, die dir zu schaffen macht. Hier, trink einen Schluck Lichtwasser, das magst du doch so gerne, mein alter Freund der Sonnensterne.«

KiinRa griff mit seiner schmalen, sechsfingrigen Hand nach dem Fläschchen und sagte leise: »Ich habe schon auf dich gewartet, Zauberer.«

Er öffnete den Korkverschluss des Steinfläschchens und leerte es in einem Zug. Sobald er es schluckte, leuchtete seine Haut in leichtem, hellem Blau, seine zwei Herzen beruhigten sich, und er fühlte sich besser.

Eine ganze Weile saßen sie schweigend nebeneinander auf dem Steinboden, bis der letzte geweihte Rauch der Sonnenzeremonie verschwunden war. KiinRa sagte leise: »Es ist meine Zeit gekommen. Ich muss nach Hause gehen, wirst du mir dabei helfen?«

Zauberer Amaru antwortete: »Mein lieber KiinRa, wir kennen uns schon so lange. Du hast mich alles gelehrt, was ich an heiliger Geometrie, Mathematik und über das Universum weiß. Du bist das einfühlsamste Wesen dieser Erde. Nicht umsonst hast du keine Erben. Es wird einige Zeitalter dauern, bis die Menschen all das überwunden haben. Du würdest es nicht verkraften, es tatenlos mit ansehen zu müssen. Dessen bin ich mir sicher. Nutze die Zeit auf deinem Heimatstern, finde eine gute Frau und gründe dort eine Familie. Wenn die Zeit reif ist, werden deine Ahnen wiederkommen und sich an einer gesunden Erde erfreuen. Was hier gerade geschieht, ist nicht nur eine Prüfung für uns alle, uns nicht einzumischen, sondern es ist auch eine Chance, für die Zukunft daraus zu lernen.«

KiinRa fragte leise: »Kann man ihnen den Planeten wirklich überlassen? Was, wenn sie ihn und sich selbst vernichten? Wäre es nicht klüger, sie zu unterrichten und ihnen die Technologien zu übergeben, die es ihnen möglich machen, die Erde zu heilen? Würde das nicht die Zukunft ändern?«

Meister Amaru schüttelte den Kopf und sagte: »Wenn wir uns einmischen, dann nutzen sie die Technologien, um sich gegenseitig zu bekämpfen. Sie sind nicht reif, um ihre Emotionen im Gleichgewicht zu halten. Sie fangen schon jetzt an, dich für einen Gott zu halten. Was, wenn sie bemerken, dass du sensibel und sterblich bist, wie sie selbst?

Du hast zwei Herzen in deiner Brust und empfindest doppelt so stark wie alle anderen Wesen der Erde. Das ist der Grund, warum du das Universum hörst und fühlst. Du kannst die Stimme der Planeten und Sterne wahrnehmen, und du kennst alle Formeln und Geheimnisse, die darin wohnen. Raum und Zeit sind für dich leicht zu überwinden und die Sonne liebt dich, weil sie fühlt, dass du sie beschützt. Deine Art zu lieben ist bedingungslos und rein. Das ist das wahre Wesen aller Sternengeborenen der Plejaden.

Du hast in deinen Genen die Erinnerung der Ahnen an deine Heimat gespeichert. Rufe sie wach und fühle, wie glücklich du dort sein kannst, mit Wesen in Gemeinschaft, die genauso denken wie du. Dort gedeihen Liebe, Verständnis und universelles Mitgefühl für dich. Hier erwartet dich nichts weiter als der schleichende Tod. Die Menschen werden deine Andersartigkeit nicht achten, und alleine dein Aussehen wird sie in Versuchung führen, dein Wissen für ihre eigene Macht zu nutzen.

Das ist nicht das Ende für dich, mein lieber Freund. Es ist ein neuer Anfang auf den Plejaden für dich. Deine Priesterinnen fürchten sich schon jetzt vor dem, was sie im Rauch gesehen haben. Die Angst hat ihren Anfang genommen. Sie werden ihr Schweigegelübde brechen, spätestens dann, wenn der Krieg der Völker auch hier Einzug hält. Sie erwarten dann deine übernatürliche Hilfe, wenn die Not am größten ist, und wenn du sie ihnen versagst, weil das kosmische Gesetz dir Einmischung verbietet, werden sie dich gnadenlos und unwissend richten.

Dein Name wird auch jetzt schon auf der Erde über Jahrtausende die Geschichte dieses Volkes prägen. Der König KiinRa wird als

Sonnengott mit dem Namen Ra über Jahrtausende verehrt werden. Sie werden nach deinem Vorbild nach Unsterblichkeit suchen, und es wird ihnen im genetischen Erbe erhalten bleiben, dass die Sonne ein lebensspendender Aspekt ihres Lebens ist.

Wenn du hier fortgegangen bist, werden sie nach heiliger Geometrie streben und immer den Plejaden und den Sternen verbunden sein. Das wird ihnen helfen, sich zu orientieren in den dunkelsten Stunden, die sie zu durchleben haben. Deine Priesterinnen werden weitergeben, was sie über heilige Geometrie, Obelisken und Pyramiden gelernt haben. Mit deinem Gefährt, mit dem du über die Sonne zurück zu den Plejaden reisen wirst, erschaffst du ein Monument, das viele Zeitalter überdauernd wird. Wissen ist das Einzige, was wir hinterlassen werden, um den Lernprozess der Menschen zu unterstützen. Mehr können und dürfen wir nicht tun.«

Meister Amaru stand auf und fuhr fort: »Es bleibt nicht viel Zeit, mein lieber Freund, die Sterne stehen heute günstig. Lass uns in dieser Nacht das Wunder deiner Heimreise erschaffen!«

Der Sternenmann nickte und erhob sich. Er bedeckte sein Haupt nicht mehr mit dem weißen Schleier. Er war frei, er selbst zu sein, in seinen letzten Stunden auf dem Erdplaneten.

Insgeheim hatte er sich schon lange auf diesen Moment vorbereitet und war nun entschlossen, in die Heimat seiner Ahnen zurückzukehren. Seine Herzen begannen vor Vorfreude zu hüpfen, und der Gedanke an Gleichgesinnte und Familie erfreute seine Seele. Er war nach dem Tod seines Vaters lange genug alleine gewesen.

Amaru Muru und KiinRa riefen die Priesterinnen zu sich und bis in die Abendstunden unterwiesen sie die Frauen in die wichtigsten Geheimnisse der heiligen Geometrie, Heilkunst, Sternenkunde und Astrologie. Neugierig nahmen die Frauen das Wissen in sich auf und gelobten, es zu bewahren und nur dann weiterzugeben, wenn die Menschen reif genug dafür sein würden.

Als die Sonne im Westen unterging, beendeten sie die Schulung und machten sich alle gemeinsam auf den Weg zu einer ebenen Fläche hinter dem Sonnentempel. Über einen dicht mit Gras umwucherten

Pfad erreichten sie das flache Plateau, das im roten Licht der untergehenden Sonne lag.

Zauberer Amaru Muru nahm einen alten, abgebrochenen Ast eines Baumes vom Weg auf und befestigte seinen Kristall an dessen knorpeliger Spitze.

Das Plateau war üppig mit dichtem Gras bewachsen und lag im Abendrot der goldenen Sonnenscheibe, die man von hier aus ganz betrachten konnte. Die goldenrote Sonnenscheibe lag dicht über dem Horizont und Amaru Muru rief zu Eile auf.

KiinRa neigte sich vor den Priesterinnen und sagte: »Ich gehe jetzt nach Hause zu den Plejaden. Tragt mein Erbe mit Freude!«

Die Frauen verstanden nicht, was er damit meinte, und warteten am Rand des Plateaus auf das, was nun geschehen würde.

Meister Amaru führte das Sternenwesen in die Mitte des Platzes, umarmte KiinRa und lächelte ihn an, als er sagte: »Ich werde unsere philosophischen Gespräche vermissen, mein Freund. Ich will dich glücklich wissen. Ich werde für dich jeden Mittag in die Sonne blicken und dich in der Nacht im Fünfgestirn grüßen.«

KiinRa antwortete: »Ich wünsche den Menschen alles Glück dieser Erde, mögen sie die Seele des Planeten erkennen und sich selbst heilen lernen, bis meine Nachkommen eines Tages in Freundschaft und Frieden wiederkehren. Ich habe zwei Herzen, eines davon wird immer der Erde und ihren Bewohnern in Liebe zugetan sein. Danke, mein Zaubererfreund. Ich bin bereit.«

Meister Amaru trat einen Schritt zur Seite und erhob seinen rechten Arm mit dem Stab, an dessen Spitze der Kristall anfing zu leuchten. Der Zauberer wirbelte den Stab um sich herum und ein starker Wind kam auf. Amaru Muru rief mit kraftvoller Stimme Zauberformeln in den Wind. Er rief die Kraft der Elemente herbei und beschwor das Licht der Sterne.

Um das Sternenwesen herum entstand eine große Lichtpyramide, deren Spitze zu den Plejaden wies.

Die Sonne lag dunkelrot dicht über dem Horizont, als das Sternenwesen selbst hellweiß zu leuchten begann. Ein kraftvolles Summen erklang, als KiinRa mitsamt der Pyramide mit einem hellen Lichtblitz verschwand.

Der Magier senkte seinen Arm und der Wind hörte auf zu toben. Eine Träne kullerte über Amaru Murus Gesicht, als er flüsterte: »Gute Reise, mein Sternenfreund im Licht.«

Die Priesterinnen weinten erschrocken, als sie bemerkten, dass KiinRa fortgegangen war. Sie rannten aufgeregt zum Zauberer und riefen: »Wo ist der König hingegangen, wann kommt er zurück?«

Amaru Muru sagte laut: »Er war kein König, er war ein Kind der Sterne. Er war Ra!«

Während die Sonne im Westen unterging, drehte sich der Zauberer wortlos zur Seite und flüsterte in seinen Stein, der immer noch auf seinem Stab steckte. Mit einem gleißenden Lichtblitz verschwand er auf seine ihm typische, plötzliche Weise.

Der Gnom im Wald

ie Nacht war über den östlichen Wald hereingebrochen. Eilig suchte ein Reh mit seinem Kitz einen sicheren Unterschlupf zum Übernachten im dichten Unterholz. Eine Hasenfamilie hoppelte zurück zum unterirdischen Bau, der gut geschützt vor nächtlichen Räubern zwischen alten Buchen und Tannen lag. Fledermäuse unternahmen ihre ersten nächtlichen Runden auf Futtersuche, fliegend durch das Geäst der alten Bäume. Ein sanfter Wind wehte durch die Nacht und bewegte die vom Mondlicht glänzenden Blätter.

Auf einer einsamen Lichtung mitten im dichten Wald stand, vor aller Augen versteckt, eine kleine Hütte, die zur Hälfte in einen großen, runden Erdhügel mündete. Das Dach der rundlichen Behausung war mit Erdreich bedeckt, und saftiges Gras mit üppigem Klee wuchs auf dem Hügelbau. Aus einem kleinen Schornstein dampfte weißer Rauch, und ein flackerndes Licht fiel durch das einzige runde Fenster nach draußen.

Durch die halboffene Holztür sah man in das Erdhügelhaus eines Gnoms, der schimpfend und brabbelnd an einem kupfernen Kessel stand und fleißig rührte. Das Feuer unter dem Kessel loderte schwach, und der Gnom legte eifrig neues Holz in die einzige Feuerstelle der Hütte.

In der Behausung des Gnoms herrschte reinstes Chaos. Überall hingen Kräuter und Wurzeln zum Trocknen von der Decke. Der Bau führte in mehreren Gängen in den Erdhügel, und in vielen kleinen Kammern waren getrocknete Pilze, Kräuter, Samen, Wurzeln und Pulver in hölzernen Regalen wild durcheinander angesammelt.

Jede noch so kleine Ecke des Gnomhauses war vollgestopft mit allerlei Moosen, Flechten, Beeren, Blättern und Rinden der unterschiedlichsten Arten. In Keramikkrügen lagerten verschiedene Salze, Pulver und mineralreiche Erden.

Das Haus des Gnoms roch nach Schwefel und Feuerstein und duftete streng nach den bitteren Wurzeln und würzigen Kräutern. In einem hölzernen Regal an der Wand standen gläserne Fläschchen mit Ölen, Tinkturen und Zaubertränken in allen erdenklichen bunten Farben.

Auf einem Tisch lagen Mörser und Tiegel aus Stein in unterschiedlichen Größen, und eine Laterne gab diffuses Licht in das wenig beleuchtete Zimmer. Überall im Raum stapelten und häuften sich Bücher und allerlei Notizen, die vom Durchwühlen und Suchen wild durcheinander geworfen auf dem Boden verstreut lagen.

Der Gnom war von kleiner Gestalt, und er hatte allerlei Runzeln und Falten im Gesicht. Seine Haut wirkte ledrig und sein graues Haar fiel strähnig auf die Schultern. Auf einer übergroßen Hakennase trug er ein silbernes Monokel, das mit einer Kette an seinem ledernen Gürtel befestigt war. Seine Hose war aus dünnem braunen Leder genäht und sein löchriges Hemd aus grobem, naturfarbenem Hanf gewebt.

Seine Arme waren dicht behaart, und aus der Knopfleiste seines Hemds quoll grauweißer Haarflaum. Auf dem Kopf trug er eine runde, rote Mütze aus Filz, und in seinem rechten Ohrläppchen glänzte ein Ohrring aus feinem Elfensilber.

Mit seiner rechten Hand rührte er ungeduldig in dem Kessel, der an einem Ständer über dem Feuer hing, und warf ein Bündel Johanniskraut hinein. Er murmelte und schimpfte vor sich her: »Dass es immer sofort sein muss, ja. Keine Geduld, die Menschen, ja. Zaubertränke brauchen Liebe und viel Gefühl, wenn sie wirken sollen, ja. Liebeszauber macht man nicht einfach mal so im Vorbeigehen, ja. Jetzt muss ich sogar nachts hier stehen und rühren, weil es nicht schnell genug sein kann, ja.«

Er rührte im Kessel und steckte die Nase in den aufsteigenden Dampf. Er rümpfte die Nase und sagte: »Noch etwas mehr von dem Sternenstaub, ja, ich hab nicht mehr viel davon, ja.«

Er lief zum Regal auf der anderen Seite des Raumes und suchte in den wild durcheinandergeworfenen Gefäßen nach einem Glasfläschchen mit Kristallsand. Er griff nach einer schmalen, kleinen, blauen Flasche, die nur noch ein Drittel mit dem kostbaren Kristallstaub gefüllt war. Als er es öffnete, um daran zu riechen, wurde es hell im halbdunklen, höhlenartigen Zimmer.

»Ah, da ist es ja, ja«, murmelte er vor sich hin.

Der Gnom lebte schon lange alleine und führte gerne Selbstgespräche. Man nannte ihn wegen seines unaufhörlichen Gebrabbels, das er auch im Schlaf während des Träumens von sich gab, Brambul der Brabbler.

Er war über alle Landesgrenzen bekannt für seine Heilkräuter, Tinkturen, Salben und neuerdings auch Zaubertränke.

Er war kein Zauberer und hatte auch keine Zauberkräfte, aber er hatte herausgefunden, dass der Sternenstaub Zauberkräfte transportiert, und war Meister darin, den Zauber in die Flasche zu binden. Er brabbelte die Beschwörungen einfach in die Gefäße und verschloss sie mit einem Korken.

Die Anfragen nach Schutzzaubern, Liebeszaubern, Fruchtbarkeitszaubern und Potenzmitteln stiegen rasant in der letzten Zeit. Auch hatte es Anfragen nach Verwünschungen gegeben, aber das lehnte er ab, denn er wollte niemandem Schaden zufügen. Er war fest der Absicht, nur Gutes zu tun.

Er hatte von seiner Cousine gehört, die er gar nicht mochte, dass sie den Menschen Bannflüche und Verwünschungszauber herstellte. Die runzelige Gnomin war eine eifersüchtige und rachsüchtige Person und hatte Freude daran, die Menschen zu täuschen. Sie kam auf die Idee, etwas Sternenstaub zu nutzen, um einen alten Reisigbesen aus Weidenzweigen zu verzaubern. Sie flog damit nachts um die Menschendörfer, um sie mit ihren Kräften zu beeindrucken, damit sie zu ihr kamen und noch mehr von ihren bösen Verwünschungen gegen Gold bei ihr eintauschten. Sie nannten die Gnomin Hagzissa, was so viel bedeutete wie »Unholdin, die auf der Hecke reitet«.

Brambul fand es unmöglich, dass seine Verwandte den Menschen mit diesem Gehabe Angst und Schrecken einjagte.

Seit Generationen war das Wissen um die Heilmittel in den Händen der Gnome, die in Harmonie mit dem Wald lebten. Sie hatten die Seele des Waldes förmlich im Blut, und sie kannten für jede Krankheit ein Heilkraut.

Er empfand es als entwürdigend, dass die alte Hexe, wie er sie nannte, sich mit solchen negativen Bannsprüchen nicht an den Ehrenkodex der Gnome hielt, nur Gutes mit dem Kräuterwissen anzustellen. In so manchem Kraut oder Pilz steckten Gifte, die in falscher Dosierung tödlich wirkten, wenn man sich nicht auskannte.

Brambul hatte keine Frau und keine Kinder. Er war gern alleine und sein Wissen würde mit ihm sterben, wenn er es nicht weitergab. Seine Cousine hingegen hatte sechs Kinder und ihr Geschäft mit den Bannsprüchen und Gifttränken war sehr einträglich, obwohl die Menschen schlichtweg Angst vor ihr hatten.

Der Gnom umklammerte fest das Fläschchen mit Sternenstaub, denn er wusste, dass es sein Letztes war. Er hatte es von einem Zwergenkönig, der dafür ein Heilmittel für seine Frau getauscht hatte.

Er ging zurück zum Kessel, aus dem es heftig blubberte, und gab etwas Sternenstaub in den Kräutersud. Dann nahm er vorsichtig den Kessel vom Feuer und stellte ihn zum Auskühlen in eine Erdkuhle auf dem Boden. Er brabbelte in den Sud geheime Formeln, die ihm sein Großvater beigebracht hatte. Der wiederum hatte die Zauberformeln von einem befreundeten Magier erlernt. Das war in einer Zeit, als die Welt der Gnome von einer schweren Krankheit heimgesucht wurde, während die ersten Menschen in den nördlichen Wäldern ihre Siedlungen errichteten.

Brambul griff an der Feuerstelle nach einem Korb voll frischer Waldpilze, steckte eine Handvoll davon auf einen Holzstab und grillte sie über dem Feuer. Der Duft der gerösteten Pilze drang verführerisch durch die halb geöffnete Tür nach draußen in den Wald.

Er legte noch ein paar Wurzeln, Rüben und Knollen in die heiße Glut und brummelte vor sich hin: »Brambul muss essen, ja. Köstliches Abendmahl, ja. Brambuls Magen ist leer, ja. Brambul hat Sorgen, ja. Brambul muss Sternenstaub finden, ja. Essen hilft Brambul zu denken, ja. Essen macht Brambul satt und glücklich, ja.«

Mit einem kleinen Holzstab drehte er die Knollen und Wurzeln in der Glut und die Kappen der Pilze nahmen eine köstliche Bräune an. Es duftete einladend über die versteckte Lichtung in den dichten, umliegenden Wald, als es verdächtig im Unterholz knackte.

Brambul horchte auf und sagte: »Nicht schon wieder diese Magd aus dem Menschendorf, ja. Der Trank ist noch nicht fertig, ja. Brambul muss essen, ja. Keine Lust auf Besucher, ja.«

Der Gnom spähte durch die halboffene Tür, als er die Umrisse eines Elfenmannes sah, der ein Pferd hinter sich herführte. Brambul riss die Augen auf und vor Überraschung fiel ihm das Monokel von der Nase.

»Elfen, ja. Sie haben Sternenstaub, ja. Brambul ist verzückt, ja!« Eilig legte er den Holzstab mit Pilzen auf einen Keramikteller und sprang zur Tür.

Aus dem Nachtschatten der Bäume lief General Inbar mit seinem Pferd über die Lichtung zum Haus des Gnoms. Der Duft der gerösteten Pilze hatte ihm den Weg zur Lichtung und zum Erdhaus Brambuls geführt.

Auf dem Weg zu den Wasserfällen der Elfen hatte er sich an die altwürdige Gnomfamilie erinnert und wollte hier eine kurze, versteckte Rast einlegen. Sein Schimmel war müde, und obwohl er wusste, dass die Späher Rolins sicher auf seinen Fersen sein würden, musste er für sein Pferd und sich selbst eine Pause einlegen. Inbar war hungrig und der Duft der Pilze und Rüben ließ seinen Magen knurren.

Die Lichtung lag tief versteckt im Wald, und er hoffte sich hier für ein paar Stunden in Sicherheit. Er kannte aus seinen Kindertagen den Großvater Brambuls und vertraute darauf, dass er sicher noch am Leben war. Er war als kleiner Junge zuletzt hier gewesen und hätte die gut verborgene Lichtung nicht gefunden, wenn da nicht der Duft des typischen Gnommahls gewesen wäre.

Brambul betrachtete aufgeregt den elfischen Ankömmling und schielte neugierig auf den Beutel am Knauf des Sattels, den der imposante Schimmel trug, der dem Elfenmann müde schnaubend folgte. Er hob die Nase und schnupperte prüfend. Der erfahrene Gnom konnte Kristall und Sternenstaub am Duft erkennen und war neugierig, ob in dem großen Beutel oder in der Satteltasche das begehrte Zaubermittel steckte.

Es roch eindeutig nach Kristall und Sternenlicht, aber dieser

Geruch war gemischt mit Magie und nicht eindeutig Sternenstaub zuzuordnen. Brambul runzelte die Stirn und seine Augen wurden klein und misstrauisch.

General Inbar band sein ebenfalls hungriges Pferd im Schutz einer alten Eiche fest und ließ es auf der Wiese grasen.

Brambul brabbelte: »Elfenmann, was machst du hier mitten in der Nacht, ja?«

Der General antwortete: »Ich bin auf der Durchreise und möchte Gnom Buldovar besuchen. Ist er zu Hause?«

Brambul antwortete: »Mein Großvater ist vor langer Zeit gestorben, ja, Herr Elf, ja. Kommt herein, ja, und bringt euren Sattel mit, Herr Elf, ja. Nicht, dass er noch gestohlen wird, ja.«

Inbar nickte und nahm den schweren Ledersattel vom Pferderücken. Mit einem Büschel trockenen Grases rieb er den Schweiß vom Rücken und den Flanken des Schimmels, der gierig mit dem Maul das frische, saftige Gras vom Wiesenboden rupfte.

Er trug den Sattel in das schummrige Gnomhaus und Brambul verschloss eilig die Tür hinter ihm, während er brabbelte: »Drin, ja, Brambul ist glücklich, ja.«

Inbar suchte eine Ecke nahe der Eingangstür, schob einen Stapel Bücher beiseite und legte dort den Sattel auf den Boden und fragte: »Du bist der Enkel von Buldovar?«

Brambul setzte einen kleinen Kessel mit Wasser auf die Feuerstelle und nickte: »Ich bin Brambul, ja. Ihr seid sehr müde, Herr Elf, ja. Ich mache euch einen Tee, ja. Ihr könnt die Nacht hierbleiben, ja. Ihr kanntet meinen Großvater, ja?«

Der Elfengeneral nickte und ließ sich auf dem Boden nieder. Er lehnte sich mit dem Rücken an den Ledersattel und beobachtete, wie der Gnom ein paar Kräuter und Wurzeln in den kleinen Kupferkessel warf. Brambul nahm die Knollen aus dem Feuer und verteilte sie mit den Pilzen auf zwei Tonteller und fuhr fort zu sagen:

»Ihr Elfen habt langes Leben, ja. Mein Großvater kam ums Leben mit 120 Lebensjahren, ja, als er versuchte, Kristalle auf einem Berg mit Mondlicht aufzuladen, ja. Er stürzte in eine Schlucht, ja. Wir waren alle sehr traurig, ja.«

General Inbar nahm den Teller, den der Gnom ihm reichte, und aß die köstlichen Pilze mit dem Gemüse.

Brambul rührte brabbelnd in dem Kräutertee auf dem Feuer: »Der Elf ist müde, ja. Er soll einen guten Tee haben, ja. Er schmeckt etwas bitter, ja. Aber er wird dem Elf neue Kraft schenken, ja.«

Er füllte den Kräutersud mit einer Schöpfkelle in einen Holzbecher und gab eine Prise Sternenstaub hinein und brabbelte vor sich hin: »Der Elfenmann soll sich gut ausruhen, ja.« Der Gnom rührte etwas Honig hinein, damit der Tee nicht so bitter schmeckte, und reichte dem Elf den Becher.

Inbar nahm den Becher dankend an und trank ihn leer, während er erzählte: »Euer Großvater war ein guter Gnom, er hat stets geholfen, als es Not gab. Er hat vielen Menschen und auch Elfen das Leben gerettet mit seiner Waldmedizin. Ihr tragt sein Monokel, ich erkenne es wieder. Wenn ihr nach ihm kommt, dann wird mir dieser Tee helfen, da bin ich sicher. Danke, Brambul, Enkel des Gnomheilers Buldovar.«

Brambul setzte sich zum Elfengeneral und aß schweigend seinen Teller leer. Durch sein silbern gefasstes Monokelglas beobachtete er Inbar aufmerksam, der müde gähnte und sich an seinen Sattel lehnte. In wenigen Augenblicken fiel er wie betäubt in einen traumlosen Schlaf.

Der Gnom saß eine Weile da und sprach mit sich selbst: »Baldrian, Hopfen und eine Prise Sternenstaub, ja. Vor morgen Mittag wird der Elf nicht aufwachen, ja.«

Der Gnom stand auf und beugte sich über General Inbar. Geschickt drehte er ihn zur Seite und fummelte nach dem mysteriösen Beutel, der immer noch am Sattelknauf hing. Mit einem Ruck riss er ihn an sich und brabbelte: »So schwer, das sind mindestens fünf Kilo, ja.«

Mit einem schlechten Gewissen im Gesichtsausdruck setzte er sich auf einen kleinen Holzschemel und dachte laut bei sich: »Das ist so viel Kristall, ja. Ich bin ja kein Dieb, ja. Aber was ist das? Es riecht ganz anders als herkömmlicher Sternenstaub, ja.«

Er fingerte aufgeregt am Lederriemen, der den Beutel und seinen kostbaren Inhalt verschlossen hielt. Als er in die Tasche blickte, erschrak er und zog sofort wieder die Lederriemen zusammen und legte die Hände auf den kostbaren Gegenstand.

Er erinnerte sich, dass sein Großvater ihm oft von spezieller Elfenmagie erzählte, die er unbedingt erlernen wollte. Buldovar wäre für diesen Gegenstand gestorben, hätte er ihn in seinen Händen.

Der Elfenmann, der in betäubtem Schlaf vor ihm lag, musste seinem Großvater sehr vertraut haben, wenn er mit diesem heiligen, wertvollen Beutel in dieser Hütte Unterschlupf suchte.

Der Gnom dachte eine Weile schweigend nach. Er war kein Dieb und wollte den Elf nicht bestehlen, aber wie viel Kristallstaub könnte man wohl in einer Nacht mit diesem magischen Werkzeug zu Sternenstaub machen?

Er entschloss sich, den Beutel mit seinem Gegenstand für diese Nacht an sich zu nehmen und auf jenen Gipfel zu klettern, auf dem sein Großvater immer seine Kristalle auflud und Bergkristallsand sammelte. Bis zum Morgen wäre er zurück und der Elfenmann würde gar nicht bemerken, dass sein wertvoller Besitz verschwunden war.

Der Gnom packte einen ledernen Rucksack und verstaute darin den Beutel. Mit einem hölzernen Gehstock ausgerüstet verließ er eiligst das Erdhaus und brabbelte vor sich hin: »Brambul ist kein Dieb, ja. Ich borge es mir nur kurz aus, ja.«

Eilig verschwand er durch das dichte Gestrüpp am Waldrand auf einem Pfad zum nahe gelegenen Berg. Auf seinem Rücken trug er die wertvolle Fracht in die vom zunehmenden Mond durchdrungene Nacht.

Die Quelle im Sternbachwald

Der zunehmende Mond blickte friedvoll vom sternenbedeckten Himmel. In der Hochebene des Ostens reihten sich hügelige Berge zu einer Kette aneinander und umrahmten ein fruchtbares Tal. Ein Fluss schlängelte sich durch die Arme der sanften Hügel und plätscherte friedfertig im Nachtlicht über den gewaschenen Kies. Das saubere Quellwasser aus den sanften Hügelbergen floss hier zusammen und einte sich auf dem Weg durch die Ostlande zum Meer.

Am Ufer des sich schlängelnden Flusses ließen Hängeweiden ihre langen Arme sehnsuchtsvoll im Wasserlauf treiben, und Wasserlilien reckten ihre geschlossenen Blüten in den Mondschein. Von den mit Laubbäumen und Tannen bedeckten sanften Bergen schlängelten sich kristallklare Quellbäche in das Tal, um sich zum Fluss zu vereinen.

Der Geruch von Holunderblüten säumte die Ränder des Ostwaldes und tauchte das Tal in lieblichen Honigduft. An den Wiesenrändern tummelten sich Glühwürmchen und entzündeten verliebt ihre nächtlichen, tanzenden Lichter. Eine Nachtigall ließ ihr Lied erklingen und erfüllte das Tal mit der verheißungsvollen, klangvollen Melodie von Liebe. Kräftige Birken steckten ihr weißes Flügelkleid in den Nachthimmel, und ihre Blätter säuselten in der sanften Windbrise, die das Tal erfrischte.

Von der höchsten Erhebung der Berghügelkette floss klares, glitzerndes Wasser aus einer Quelle, die am Fuße einer tausendjährigen alten Eiche entsprang. Der ehrwürdige Baum umfasste mit armdicken, kräftigen Wurzeln die Quelle des eiskalten Nasses, das hier aus der Tiefe der Erde nach oben rann.

Das Blätterdach der Eiche krönte ihren meterdicken, gesunden, knochigen Stamm und war Schlafplatz und Wohnstätte von einem Eichhörnchen und einer Amselfamilie. Aus einem großen Astloch in der Mitte des Baumes blinzelte ein Uhu augenklappernd in die

Nacht, während sich winzige Waldmäuse heimlich am Quellwasser erfrischten. Hoch oben im Baum hatte ein Bienenvolk sein Nest, und am Fuß der Eiche hatten Hummeln sich ihren Erdbau gegraben.

Fledermäuse huschten unhörbar durch das Gezweig und widmeten ihren Flug der Jagd nach Nahrung im Mondschein. Ein paar Wolkenfetzen umspielten den zunehmenden Mond und warfen bizarre Schatten in den Spiegel des natürlichen Quellbeckens, das dicht bemoost am Fuß der Eiche lag. Von hier suchte sich das kostbare Nass den holprigen Weg über Stock und Stein ins Tal und nährte auf seiner Reise den Wald mit Leben.

An der natürlichen Quellfassung stand ein großer Findling aus Granit halb im Wasser und reckte seine meterhohe Spitze in die warme Nacht. Auf der Mitte des tonnenschweren Steins waren Runen eingraviert, und ein großer Stern schmückte den imposanten Felsstein. Der Megalith markierte die Quelle und gab ihr seit Generationen ihren Namen. Die Sternenquelle gab ihr Wasser hier schon seit einem Jahrtausend aus der Tiefe frei und erschuf das fruchtbare Leben des umliegenden Sternbachwaldes. Im Einklang mit dem Rhythmus der Jahreszeiten war die alte Eiche mit ihren schützenden Wurzeln der Hüter dieses heiligen Borns.

In dieser Nacht saß ein Halbriese, der kleiner war als andere des Riesenvolkes, auf einem runden, großen Stein am Rand der Quelle und sah sehnsuchtsvoll auf den Mond. Der Uhu blinzelte vertrauensvoll zu ihm hinüber und reckte den Kopf aus seiner großen Baumhöhle.

Der Halbriese trug eine braune Lederhose und ein naturfarbenes Hemd aus gewobenem Hanfgarn. Sein Gesicht war rundlich und sein Kopf war glatt und haarlos. Seine Nase war spitz und klein, und über den Augen wuchsen buschige, zottelige, schwarze Augenbrauen. Seine Haut war vom Wetter ledrig und wirkte wie gegerbt. Seine Augen waren strahlend blau und sie spiegelten warm das Licht des Mondes. Verträumt saß er da und beobachtete, wie dünne Wolkenfetzen den Mond umtanzten. Er hatte seine Hände in den Schoss gelegt und steckte seine nackten Füße in das eiskalte Wasser des Sternenbachs.

Er kam immer hierher, wenn er traurig war, und genoss das sanfte Plätschern des frischen Quellwassers, das seine großen, haarigen Füße umspielte. Er saß oft stundenlang nur da und beobachtete den Mond und die Sterne oder schaute einfach nur dem Wasser zu, wie es über die Steine rann.

In manchen Nächten, wenn er Glück hatte, konnte er Bilder im Spiegel des Quellbeckens sehen. Er hatte dann den Eindruck, als wolle die Quelle ihre Geheimnisse mit ihm teilen. Das gab ihm das Gefühl, etwas Besonderes zu sein, und es gab ihm über Jahre Kraft und Mut, in die Bilder zu blicken.

Die letzten Visionen, die er im Spiegel des Quellbeckens gesehen hatte, waren nicht mehr so wie früher. Schreckliche Szenen hatten ihn verschreckt, und er wagte sich nicht noch einmal, das Wasser zu befragen, und schaute stattdessen lieber in den Nachthimmel.

Er genoss die friedliche Atmosphäre der Quelle und betrachtete den Megalithen, der seine Spitze in den Himmel hielt. Er fragte sich oft, wer ihn hier wohl platziert hatte und zu welchem Zweck. Der große Findling stand schon hier, so lange er sich an seine Kindertage erinnern konnte, und niemand aus dem Volk der Riesen wusste, woher er kam.

Der Uhu war aus seiner Baumhöhle geklettert und auf einen Ast gestiegen. Er reckte seine Flügel und klappte seine Augen abwechselnd auf und zu, als ein knackendes Geräusch ihn aufschrecken ließ. In eiliger Hast hatte Brambul aus dem benachbarten Tal den gefährlichen, steinigen Pfad durch die Felsenschlucht genommen und war auf den Hügelberg gelaufen. Er hatte sich auf seinen Stab gestützt und auf jeden seiner Schritte geachtet, während er den schmalen Weg durch den alten Steinbruch genommen hatte.

Der Gnom war auch an der Stelle vorbeigekommen, an der sein Großvater Buldovar in die Tiefe gestürzt war. Auf dem Hügelberg angekommen, war der Weg nun leicht, und er rannte durch den Wald zur Sternbachquelle. Brambul wollte bis zum Sonnenaufgang wieder in der Hütte sein und dem Elfenmann das Bündel wiedergeben, das er diebisch mitgenommen hatte.

Brambul keuchte beim Rennen und sprang geschickt über

herabgefallene Äste und alte Baumstümpfe quer durch den Wald, um eine Abkürzung zu nehmen. Der Halbriese zuckte zusammen und fuhr aus seinen Gedanken hoch, als Brambul hastig durch das Unterholz zur Quelle vordrang. Er dachte zuerst an ein Wildschwein, das zum Trinken zur Quelle kam, und erhob sich von seinem Stein, um sich hinter einem Baum in Sicherheit zu bringen.

Der Halbriese griff nach einem dicken Holzstumpf, der abgebrochen auf dem Waldboden lag, um sich gegen ein angreifendes Wildschwein verteidigen zu können. Eine Wildschweinmama mit Frischlingen konnte sehr gefährlich werden, wenn sie sich bedroht fühlte. Das wusste er aus eigener Erfahrung.

Brambul bahnte sich seinen Weg zur Quelle und rannte durch das dunkle Dickicht. Der Rucksack auf seinem Rücken wog schwer und seine Schultern schmerzten. Endlich konnte er das Plätschern des Sternbaches hören, und er setzte zum Sprung ins Bachbett an, als er von einem stumpfen Gegenstand am Kopf getroffen wurde und von der Wucht des Schlags ohnmächtig ins Bachbett stürzte.

Erschrocken warf der Halbriese seine improvisierte Keule beiseite und schimpfte: »Ein Gnom rennt wie ein Wildschwein durch den Wald. Das konnte ich nicht ahnen.«

Er zog Brambul an den Füßen aus dem Wasser und legte ihn ans Ufer. Der Halbriese nahm ihm den schweren Rucksack vom Rücken und drehte den Gnom auf die Seite, legte den triefendnassen Lederrucksack auf einen Stein und setzte sich neben Brambul. Der Uhu flog erschrocken schimpfend davon und suchte Schutz im dunklen Wald.

Als der Gnom wieder zu sich kam, blickte er in das beschämte Gesicht des Halbriesen, der ihn neugierig beäugte und stammelte: »Es tut mir leid, Gnom, ich habe dich für ein Wildschwein gehalten! Das war nicht meine Absicht.«

Brambul fasste sich an den Kopf und sagte: »Was machst du, ja? Brambul ist kein Wildschwein, ja! Wer bist du, ja?« Der Gnom fasste sich an die schmerzende Stirn, auf der eine mächtige Beule wuchs.

Der unbeholfene Halbriese griff mit seiner großen Hand ins Quellwasser und klatschte es Brambul auf die Beule. »Das Wasser kühlt dich, das wird dir helfen.«

Brambul lief das eiskalte Wasser aus der übergroßen Hand wie eine Eisdusche über Kopf und Nacken. Er sprang entsetzt auf und schrie: »Lass das, ja!« Wütend schnaufend wich er zur Seite aus, als der halbgroße Riese noch einmal ungeschickt versuchte, Brambuls Beule zu kühlen. »Ich bin jetzt schon ganz nass, ja. Brambul ist kalt, ja.«

Der Halbriese packte den Gnom im Nacken und hob ihn in die Luft. Während Brambul zappelte und mit den Füßen nach dem Boden strampelte, blies der Riese ihm aus vollen Lungen das Nass aus den Kleidern und setzte ihn trocken zurück auf den Erdboden.

Das Gleiche tat der Halbriese mit Brambuls Rucksack, der immer noch auf dem Stein gelegen hatte. Er hielt den Lederrucksack in die Luft, pustete ihn trocken und sagte: »So, alles ist wieder trocken, siehst du Brambul? Bombol ist ein guter Riese. Bombol ist gut.«

Erschrocken sah der Gnom auf den Rucksack mit dem kostbaren Inhalt in den Händen des Riesen und rief: »Gib das zurück, ja! Das ist meins, ja! Das geht Riese Bombol nichts an, ja.«

Bombol betrachtete den Rucksack, den er mit spitzen Fingern am Riemen hielt, und schnupperte daran, bevor er ihn in sicherer Entfernung vor Brambul auf den nächsten Stein ablegte. Seine Augen weiteten sich und er sagte: »Das riecht nach Zauberer und Elfen. Da ist Magie drin. Was ist das, was du da mit dir rennend rumschleppst, mitten in der Nacht? Hast du es gestohlen?«

Bombol runzelte die Stirn und sagte aufgeregt: »Wenn du ein Dieb bist, dann werf ich dich zurück ins Wasser! Ich mag kein Diebespack.«

Der Gnom errötete und stammelte: »Brambul ist kein Dieb, Herr Bombol, ja. Ich habe es mir nur ausgeborgt, ja. Ich will es zurückbringen, bevor der Tag anbricht, ja.«

Der Halbriese grummelte: »Entweder du bist ein Einfaltspinsel oder du bist ein dummer Gnom. Man kann sich Magie nicht von Zauberern ausleihen. Es gehört dir nicht, und ich werde dafür sorgen, dass du es zurückgibst, Dummkopf!«

Brambul blickte beschämt auf seine Lederstiefel und errötete. Er fühlte sich ertappt und wusste nicht, wie er nun seinen Rucksack wiederbekommen würde. Am Riesen kam er nicht vorbei, das stand fest. Brambul wollte den Riesen ablenken und setzte sich auf einen Stein, als er fragte: »Du bist ein kleiner Riese, ja? Noch nie hat Brambul einen kleinen Riesen gesehen, ja.«

Bombol setzte sich neben den Rucksack und nickte, als er antwortete: »Ich bin ein Mischling aus Gnom und Riese. Meine Mutter war eine Riesin aus dem Nordland. Sie hat sich in einen großen Berggnom verliebt. Als sie schwanger wurde, haben die Gnome sie in den Osten verbannt. Sie ist bei meiner Geburt gestorben und ich bin nun weder ein Riese noch ein Gnom. Keines der Völker will mir eine Heimat geben. Einmal, vor langer Zeit, kam ein Weißer Zauberer hierher zur Quelle und sagte mir, ich hätte eine wichtige Bestimmung. Seither warte ich auf den Tag, an dem ich erkenne, was das für eine Aufgabe sein soll, die ich in mir trage.«

Brambul setzte seine rote Mütze gerade, die vom Pustewind des Halbriesen verrutscht war, und sagte: »Ich kann dir einen Zaubertrank geben, der dich wachsen lässt, ja. Das löst deine Probleme, ja. Du musst mir nur den Rucksack wiedergeben, ja.«

Bombol schüttelte den Kopf und sagte energisch: »Zaubertränke lösen keine Herausforderungen, sie erschaffen nur Umwege und neue Probleme. Ich will meine Bestimmung finden. Alles, was ich bin und was mich ausmacht, ist ein Teil des Weges, meinen Lebenssinn zu finden. Da gibt es keine feigen Abkürzungen. Ich bin halb Gnom, halb Riese, und dafür gibt es einen Grund. Ich werde davor nicht feige weglaufen oder gar versuchen, meine Bestimmung mit einem Zaubertrank zu verschleiern. Ich will ja vorankommen! Magische Tränke gehören in die Hände derer, die sich nicht einmischen, und das sind nun mal die Zauberer. Warum machst du diese Tränke, Gnom? Verdienst du dir mit fremden Kräften eine goldene Nase? Was ist in dem Beutel, den du gestohlen hast? Was ist deine Absicht, deine Bestimmung, Brambul?«

Der Gnom wurde nachdenklich und hörte weiter zu, wie der Halbriese zu ihm sagte: »Du machst mir nicht den Eindruck, als wärst du gierig. Hast du darüber nachgedacht, was es verändert, als du dieses Hab und Gut eines Magiers entwendet hast? Was genau ist die

Bestimmung von dem, was sich in deinem Beutel befindet? Welche Konsequenzen trägst du, wenn dieser Gegenstand seine Bestimmung nicht erfüllen kann, weil du ihn daran hinderst? Beantworte mir diese Fragen: Warum hast du diesen Beutel genommen?«

Brambul räusperte sich verlegen, setzte sein Monokel auf die Nase und sagte: »Ich wollte damit Kristallsand hier in der Quelle mit Sternenlicht aufladen und damit neue Zaubertränke herstellen, ja.«

Bombol fragte bohrend weiter: »Warum wolltest du Zaubertränke herstellen?«

Der Gnom sagte: »Ich wollte sie an die Menschen verkaufen und besser sein als die anderen in meiner Familie, ja. Mit Sternenstaub lassen sich magischere Tränke herstellen als nur mit Kräutern des Waldes, ja.«

Bombol ließ nicht locker und fragte weiter: »Warum möchtest du besser sein als deine Familie?«

Der Gnom dachte einen Moment nach und schüttelte den Kopf, als er sagte: »Ich weiß es nicht, ich glaube, ich möchte anerkannt sein, ja.«

Bombol lachte und sagte: »Das verstehe ich sehr gut. Auch ich wünsche mir, anerkannt zu sein. Aber ich würde dafür kein Zauberzeug stehlen. Tief in meinem Herzen weiß ich, dass mir diese vorübergehende Anerkennung nicht helfen würde, denn schließlich wäre diese Zauberkraft nicht aus meiner Bestimmung gewachsen. Du würdest mit dieser gestohlenen Begabung keine ehrliche Anerkennung finden. Wirkliche Bestätigung kannst du nur in deiner eigenen Begabung finden. All die Menschen, die deine Tränke kaufen, verlängern nur ihren Weg in ihrem Leid, weil sie nicht in sich selbst suchen, was sie der Welt an Gutem zu geben haben. Was, lieber Gnom, wünschst du dir wirklich, was versteckt sich hinter der Suche nach Anerkennung?«

Brambul räusperte sich verlegen und sagte: »Ich bin schon so lange alleine auf der Lichtung in meiner Hütte, ja.«

Bombol sah dem Gnom direkt in die Augen und fragte: »Was suchst du wirklich?«

Der Gnom nahm das Monokel von der Nase und sagte leise: »Einen Freund, ja.«

Der Halbriese sagte lachend: »Den hast du jetzt gefunden, denn auch ich wünsche mir das schon lange. Aber ich als Freund sage dir: Bring das zurück und finde mit mir unsere Bestimmung. Dafür brauchst du keine Zaubertränke aus gestohlener Magie. Das ist viel zu gefährlich, Brambul, Gnom des Ostwalds. Ich sah schon einmal, wie ein Gnom in die Schlucht beim Steinbruch stürzte, nur weil er einen schweren Kristall nicht loslassen wollte, den er hier im Licht der Quelle aufgeladen hat.«

Brambul sagte leise: »Das war mein Großvater, ja.«

Der Halbriese stand auf und befestigte den Lederrucksack an seiner linken Schulter, als er sagte: »Komm, du Freund, ich helfe dir das schwere Ding, was auch immer es ist, zurückzubringen. Freunde sind dafür da, zu helfen. Danach suchen wir unsere Bestimmung.«

Er packte den Gnom am Hemd und setzte ihn auf seine rechte Schulter. Brambul hielt sich am Hemd des Riesen fest, während Bombol durch den Wald zurück zur Lichtung eilte. Der Halbriese nahm geschickt den schwierigen Pass am Steinbruch, als er einen Raben über der Steinschlucht kreisen sah. Er grummelte leise: »Ein Späher, sie suchen wohl schon nach dir, wir müssen uns beeilen.«

Im Laufschritt brachte der Halbriese den Gnom durch den dichten, dunklen Wald sicher zurück zum Hügelhaus auf der kleinen Lichtung. Der schwarze Rabe folgte ihnen unauffällig und versteckte sich am Waldrand und beobachtete die beiden. Als er sah, dass der Riese den Rucksack von der Schulter nahm und dem Gnom gab, witterte der Rabe die Zauberkraft des magischen Gegenstands. Sein Blick wurde starr, und er flog aufgeregt schnatternd davon.

Brambul lief in die Hütte, in der General Inbar immer noch von der Wirkung des Tees wie betäubt schlief. Bombol sah von draußen durch die Eingangstür zu, wie der Gnom den schweren Beutel vorsichtig aus dem Rucksack nahm und ihn zurück an den Sattel hängte. Der Gnom schloss die Tür der Hütte von außen und die beiden Freunde setzten sich vor das Gnomhaus und entzündeten ein Feuer. Sie saßen dort bis zum Morgengrauen und erzählten sich ihre langen Lebensgeschichten und erneuerten ihr gegenseitiges Versprechen, ihre Bestimmung gemeinsam zu finden.

Der Schimmel sah ihnen halbschlafend dabei zu, wie sie gemeinsam Pilze und Rüben auf dem Feuer garten. Der kluge Rabe war unterdessen zu Zauberer Rolin geflogen und hatte ihn tief im Wald schlafend an einem kleinen Feuer gefunden. Der Vogel setzte sich auf seine Schulter und pickte ihn am Kopf.

Der Magier riss erschrocken die Augen auf und sagte: »Du hast ihn gefunden!«

Die Steinsäule im Norden

Der zunehmende Mond lag über einer Wiesenebene, die von sanften Hügeln eingerahmt im Mondlicht lag. Rote Kleeblüten reckten ihre Köpfchen in den zunehmenden Mond, und ein sanfter Meereswind streichelte das saftige, kniehohe Gras. Aus der Ferne hörte man die Brandung des Nordmeeres, die schäumende Wellen auf den hellen Sand warf. Mächtige Kalkfelsen erhoben sich steil vom Meer und weiße Klippen ragten in den Meereswind.

Die Hochebene des Nordens lag mit ihren sanften Hügeln und Flächen üppig im Mondlicht der sternenklaren Nacht. Auf einer der Wiesenebenen galoppierte ein Reiter auf einer braunen Stute einen Pfad entlang, der auf einen der abgeflachten Hügel des Graslandes führte. Der Reiter nahm den sich schlängelnden Weg auf die Ebene im gestreckten Galopp, denn er wollte den Lauf der Sterne nicht verpassen.

Er trug einen blauen Wollmantel mit einer langen Kapuze. Sein blondgraues Haar und sein langer, glatter Bart wehten mit dem Wind, der ihm beim schnellen Ritt ins Gesicht peitschte.

Auf der Kuppe des grasigen Hügels lag ein flaches Plateau, auf dem ein großer Megalith in den Sternenhimmel zeigte. Der Reiter sprang vom Pferd und band es an einem knorrigen, kleinen Apfelbaum fest, der windschief auf der Ebene den Wettern trotzte.

Der große Mann nahm einen langen Wurzelholzstab aus einer ledernen Halterung am Sattel und wollte gerade zum Megalithen laufen, als ein Blitz zischend und gleißend hell den großen, aufrechten Stein erhellte. Zauberer Amaru Muru war direkt neben dem Megalithen erschienen und begrüßte den Mann im blauen Gewand: »Zauberer, ich bin froh, dich zu sehen, an diesem Punkt der Zeit. Gut, dass du es nicht vergessen hast!«

»Wie könnte ich unsere Verabredung vergessen, mein alter Freund

und Magier? Die Sterne stehen genau, wie du es mir gesagt hast, vor langer Zeit, die mir wie eine kleine Ewigkeit vorkommt.«

Lachend umarmten sich die beiden Magier und klopften sich gegenseitig auf ihre Rücken. Sie setzten sich nebeneinander in das üppige Gras und lehnten sich mit dem Rücken an den großen Megalithen, der wie eine Steinsäule in den Himmel ragte. Wolkenfetzen eilten mit dem Wind am Nachthimmel, und der zunehmende Mond begann seinen Lauf um den nächtlichen Teil des Erdballs, der wie eine Perle im Universum auf seiner Umlaufbahn um die Sonne kreiste.

Amaru Muru zog eine alte Holzpfeife aus seinem Mantel hervor und stopfte sie mit elfischem Pfeifenkraut. Er hob einen Feuerstein vom Boden auf, drehte ihn dreimal in seiner Hand und schlug ihn gegen einen Metallbügel an seinem Stiefel. Er murmelte etwas, und ein Funke schwebte in seine Pfeife und entzündete sie. Kräftig zog er ein paarmal, bevor er sie dem Zauberer mit dem blauen Mantel reichte. Rauchringe stiegen auf, und ein feiner, süßer Geruch breitete sich über dem Hügel dicht am Meer aus.

»Du bist ein guter Hüter dieses Hügels, mein Freund Myrddin der Zauberer. So werden die Menschen dich in ferner Zukunft nennen.«

Der Magier mit dem blauen Wollmantel lachte laut und seine blauen Augen blitzten fröhlich.

Amaru Muru fuhr fort: »Lach nicht, es ist wahr, ich habe es in der Zukunft gesehen. Es ist nicht das Einzige, was ich im Zeitenspiegel sah. Beunruhigende Dinge nahen, und ich brauche deine Hilfe, Myrddin, der vom Hügel kommt. Du bist einer meiner besten Schüler, dein Geist ist brillant und dein Herz ist rein. Ich habe dich in heiliger Geometrie, Elementemagie und die kosmischen Gesetze geschult. Obwohl du der Jüngste unter uns Zauberern bist, setze ich all meine Hoffnung in dich und deine Begabung, mit den Menschen in Freundschaft zu sein. Jeder von uns Magier hat seine Bestimmung. Es ist nun Zeit, deine Aufgabe zu beginnen, die uns, und vor allem den Menschen, helfen wird im Zeitalter des Vergessens.«

Er zog kräftig an seiner Pfeife und der Rauch des Krautes legte sich wie ein weißer Nebel auf das Plateau um den Megalithen. Meister Amaru nahm seinen Kristall in die Hand und murmelte einen Zauber hinein. Der Nebel wuchs in die Höhe und legte sich im Kreis auf das Plateau um den Felsen, an dem die beiden Zauberer gemütlich lehnten.

Amaru Muru erklärte: »Zeit ist Nichts und nichts ist Zeit. Alle Ebenen der Existenz sind in Parallelen zeitgleich zu finden. Wir befinden uns im Hier und Jetzt, während die Zeit um uns herum wie die Schalen einer Zwiebel liegt. Wie die Seiten eines Buches liegen sie dicht aneinandergereiht, und je nachdem, welche Seite ich aufschlage, erscheint uns die Epoche, die wir als das Jetzt wählen.

Unsere Körper sind nicht an Zeit gebunden. Sie sind nur Vehikel, in denen unser Geist einen Ausdruck gefunden hat. Je nachdem, welche Buchseite ich wähle, kann ich durch die Zeiten schreiten. Ich blättere einfach in dem Buch der Existenz und wähle aus, in welchem Raum ich präsent bin. So kann ich das Buch sowohl in der Vergangenheit als auch in der Zukunft öffnen, den Raum betreten und entscheiden, wo ich wann präsent sein will.

Da die Zeit beweglich und flüchtig ist wie dieser Rauch, brauchen wir einen Fixpunkt, an dem wir uns orientieren können, um das Buch der Zeit zu öffnen und sicher wieder zu verschließen. Der Felsstein, an dem wir lehnen, gibt uns den Ankerpunkt und fixiert Raum und Zeit zu einem Portal, durch das wir gehen können.

Wir entscheiden nicht selbst, welchen Weg unsere Bestimmung vorsieht und in welcher Epoche wir gebraucht werden, um die Zeit im Gleichgewicht zu halten. Wir Zauberer sind dem Eid des Universums verpflichtet, uns niemals in die Geschehnisse der Zeitalter auf einem Planeten einzumischen. Es würde Raum und Zeit ins Chaos stürzen, weil sich mit jedem Eingriff die Vergangenheit ändert und die Zukunft somit instabil wird. Da die Zeit im Hier und Jetzt immer im Augenblick wohnt, würde sie kollabieren, und das Universum würde zurückgeworfen zum Anbeginn im Nichts.«

Er hob den Kristall in die Höhe und der Nebel auf dem Hügel wurde durchscheinend. Die Zauberer sahen den Hügel und seine Umgebung nun in verschiedenen Phasen der Zukunft und der Vergangenheit. Mal zog ein Pferdekarren mit Menschen am Findling vorbei, mal fuhr eine Gruppe Motorradfahrer auf einem Kiesweg an dem Megalithen vorbei, ohne dass jemand die beiden Zauberer bemerken konnte.

Meister Amaru fuhr fort zu erklären: »Die Magie der Zeitreisen ist eine große Sache, die nur mit viel Verantwortungsbewusstsein getragen werden kann. Deswegen wird sie lange Zeit niemandem auf dem Erdplaneten gestattet sein. Die Zeitschleifen liegen wie Buchseiten aneinander, und du kannst an Kraftpunkten wie diesen das Buch des Seins öffnen und in die Seiten gehen, die das Universum dir zeigt.

Um die Entwicklung der Menschen zu begleiten und zu fördern, ist es notwendig, sie mit Wissen zu unterstützen. Universelle Weisheit, die sie sich jedoch selbst erschließen müssen, nach dem Prinzip des freien Willens. Über jedes Zeitalter wachen Engel, die eingreifen, sollte etwas nicht den universellen Regeln entsprechen.

Die Natur des Seelenlebens eines jeden Wesens ist Unendlichkeit. Seelen inkarnieren freiwillig in dazugehörige Körperhüllen, um zu lernen und sich im Bewusstsein zu entwickeln. Jedes Wesen hat in diesem Übungsfeld eine Bestimmung, der es freiwillig folgt, wie einem unsichtbaren Plan, der auf den genetischen Wellen einer jeden Körperzelle des jeweiligen Wesens programmiert ist.

Bei groben Abweichungen vom Seelenweg, für den sich jedes Wesen vor der Inkarnation entscheidet, werden Herausforderungen und Prüfungen in Resonanz mit dem Lebensfeld der Seele aktiviert, die auf den Weg der Lebensaufgabe zurückführen. Wird die Abweichung von der universellen, kollektiven Bestimmung zu groß, wird das Wesen sterben, um in einer neuen Hülle mit einer neuen kosmischen Aufgabe wiedergeboren zu werden.

Mit jeder Entscheidung, die jeden Erdentag irgendwo ein Wesen im Leben trifft, ändern sich die möglichen Entwicklungen auf der Seite des Buchs der Zeit, die die Zukunft zeigt. Manchmal bewirken zerstörerische Gefühle der Wesen zerstörerische Zeiten, und es entstehen Schnittpunkte, an denen das Universum prüft, inwieweit das Geschehen in einem Zeitalter das Chaos der Vernichtung bewirkt.

Das Szenario eines jeden realistischen Ausgangs von verschiedenen Möglichkeiten wird in multiversen Ebenen erlebt und erfahren und auf seine Wirkung geprüft. Ist der Ausgang des möglichen Geschehens in der Zukunft so zerstörerisch, dass die Welten ins Wanken geraten und der Planet oder das Universum selbst aus den Fugen gleitet, werden die Wächterwesen und Engel alles wieder auf Null setzen und die Entwicklung beginnt von vorne.

Wir Zauberer sind auf dieser Erde die Träger des Wissens über die Manifestationskraft und aller anderen heiligen Geheimnisse des Universums mit seinen multiversen Möglichkeiten. Wir sind befugt, auf geeignete, nicht manipulierende Weise Wissen im Universum so verfügbar zu machen, dass es sich in die Genetik der Menschen schwingt und dort einfließt, um so die positive Entwicklung der Wesen zu beschleunigen oder zumindest zu erleichtern.

Der Planet Erde ist der Lernort, an dem die Wesen erfahren, welche Verwirklichungskraft in ihren Gefühlen steckt. Emotionen werden gelebt und als real erfahren. Das Spektrum an Gefühlen reicht von Scham, Angst, Trauer und Wut über Akzeptanz, Liebe, Vertrauen und Frieden bis zur möglichen Glückseligkeit. Alle Gefühle dürfen frei erfahren, gewählt und erlebt werden, in allen materiellen Konsequenzen. Die Menschen sind alle in einer Schule der Zauberkraft der Manifestation und der Verwirklichung ihrer Gefühle in der Materie, nur wissen sie es nicht.

Ein Zeitalter der Macht der Angst hat nun begonnen, und wir dürfen nicht eingreifen, denn nur was durchlebt und erfahren wurde, ist wirklich begreifbar und auch kontrollierbar. Der Weg aus der Angst ist immer der Weg durch die Angst. Das gilt auch für dieses Zeitalter. Nur wenn diese dunkle Epoche durchlebt wurde, werden die Seelen von Angst befreit und bereit sein für den nächsten Lernschritt im universellen Bewusstsein. Frei von Angst zu sein, macht Vertrauen erst möglich, und daraus kann bedingungslose Liebe wachsen.

Die Menschen haben die stärkste Gefühlsfähigkeit auf diesem Planeten Erde. Sie manifestieren mit ihren offenen Herzen, und alles, was sie emotional an Kraft aufbringen, wird zur realen Wahrheit. Sie werden das Zeitalter der Angst intensiver erfahren, als wir es je getan haben. Sie werden im Strudel der negativen Gefühle vergessen, welche Liebesmagie in ihnen wohnt, und darum wird es sehr schwierig für sie, sich zu erinnern. Was wir tun können, ist, das Wissen abrufbar zu halten, das in ihren Genen vom Anbeginn des Universums gespeichert ist. Mit jedem Schritt, den sie ins kollektive, universelle Bewusstsein rücken, werden sie dieses Wissen erfassen und wahrnehmen können.

Wir brauchen noch mehr solcher Zeitportale, die wir nutzen können, um in den verschiedenen Phasen ihrer Entwicklung das Wissen als Frequenz freizusetzen. Ich habe meinen Kristall auf die Frequenz der Teleportation programmiert, damit ich mich leichter von Ort zu Ort manifestieren kann. Mit meinem starken Gefühl, verbunden zu sein, ist es mir möglich, durch den Raum zu springen, weil es die Frequenz des Kristalls ermöglicht, mich zu erinnern, dass Raum nicht existiert, genauso wenig wie Zeit.

Meine Körperzellen in diesem existenziellen Körperkleid erinnern sich an die Möglichkeit, Raum und Zeit zu überwinden, und mein Herzensgefühl trägt mich dahin, wo das Universum meine nächste Aufgabe sieht. Ich vertraue darauf, dass ich da hinkomme, wo mein Wissen nützlich in Resonanz ist. Meine dankbare Annahme meiner Bestimmungen lässt mich nicht altern, und die Zeit ist für meine Körperzellen endlos, weil ich fühle, dass es keine Begrenzungen gibt. Ich bin in Einklang mit meinem Wirken und bin frei von der Angst, Fehler zu machen, weil ich bei jedem Sprung an einen anderen Ort einzig auf die Weisheit des Universums vertraue.

Meine Absicht, Wissen zu transportieren und zu verankern, macht mich zum wichtigen, neutralen Werkzeug mit langem, demütigem und vertrauensvollem Leben in meiner Bestimmung. Kristalle, mein Freund, sind über Jahrmillionen gewachsene Klarheit und sind in ihrer Struktur wunderbare Speicherplätze, die langlebige Frequenzen abgeben können, die von jedem wahrgenommen werden, der sie fühlen kann. Der Stein, an dem wir lehnen, mein Freund, ist aus Granit, einem massigen Tiefengestein, das reich an Quarz und Mineralien ist. Er ist grobkristallin und macht einen Großteil der Erdkruste dieses Planeten aus. Er steht in Resonanz mit dem Planeten und gibt pulsierende Frequenzen und Informationen ab. Ich habe ihn mit den Informationen der Portalöffnung aktiviert, und deshalb kannst du die Zeit hier aufspalten und darin blättern wie in einem Buch.

Mein sicheres Gefühl, dass es keine begrenzte Zeit gibt, macht es mir möglich, angstfrei die Entwicklungen des Zeitgeschehens zu betrachten. Gefühltes Wissen und Vertrauen machen mich frei von der Begrenzung durch Zeit und Raum. Deine Bestimmung, mein lieber Myrddin, ist, noch mehr solcher Granitportale zu errichten. Sie sollen über den ganzen Erdball verteilt sein, um zu ermöglichen, dass Frequenzen fühlbar in den Genen der Lebewesen schwingen können und das Wissen reaktivieren, das über Jahrtausende ins Vergessen geraten wird.

Diese Portale und Ankerpunkte in der Zeitgeschichte werden uns ermöglichen, nicht nur auf der Erdoberfläche zu teleportieren, sondern auch in andere Zeiten zu gehen, um dort Kristalle mit Wissen zu hinterlassen, die von jenen unbewusst gelesen werden, die reif dafür sind. Steinkreise und Megalithenstraßen werden den Menschen den Weg in die Erkenntnis weisen und ihnen offenbaren, dass sie schöpfende Seelen sind mit der Gabe, mit ihrer Herzenskraft Glück zu manifestieren.«

Myrddin hatte lange schweigend zugehört und wirkte sehr nachdenklich.

Er sagte: »Ich verstehe alles, was du sagst. Was ist aber mit den anderen Völkern der Erde? Werden sie unter den Entwicklungen nicht zu leiden haben? Überlassen wir diesen Planeten wirklich den Menschen, mit all ihrer Wut und ihrem Zorn?«

Meister Amaru Muru nickte und sagte: »Diese Frage werde ich auch in der Versammlung, die ich im Drachenpalast zum nächsten Vollmond einberufen habe, beantworten müssen. Ich habe eine Lösung für dieses Problem, und ich werde sie allen Anwesenden dort vortragen. Wirst du meiner Idee mit den Zeitportalen folgen? Fühlst du die Bestimmung, die darin liegt, in dir selbst?

Die Menschen werden nach Macht streben. Sie werden mit allen Mitteln der Angst danach zu greifen versuchen. Wissen ist die allumfassende Macht, die nur dann gegeben wird, wenn die Resonanz der Absicht, sie zu nutzen, mit dem Initiationsfeld des Wissensquells in Einheit und Übereinstimmung schwingt. Das macht es unmöglich, heiliges Wissen mit dem Wind falscher Absicht in den Umweg segeln zu lassen.

Das ist der Grund, warum wir Wissen in der Zukunft und auch in der Vergangenheit platzieren müssen, um es all jenen zu übereignen, die mit ihrer Absicht reif dafür sind. Die Steinreihen und Kreise, die Megalithen und Findlinge werden Zeitportale sein, die es uns ermöglichen, dieses Wissen zeitgerecht zu platzieren, ohne dass wir uns einmischen. Granit ist ein hartes Gestein, es wird Jahrtausende überdauern und gewährleistet, dass unser helfender Arm bis weit in die Zukunft und auch in die Vergangenheit reicht.

In einer sehr weit entfernten Zukunft werden Menschen auf uns blicken, die uns gerade jetzt beobachten, wie wir an diesem Megalithen lehnen und den krautigen Rauch ins Zeitportal blasen. Alles ist, wie es sein muss, mein lieber, junger Magier Myrddin, den man in dieser zukünftigen Zeit den Merlin nennt. Du wirst viele Portale errichten, mit Königen zurate gehen und viele verschiedene Zeitepochen bereisen und mit deinem Wissen beglücken.

Die Portale, die du zeitlos erschaffen wirst, werden über viele Zeitalter hinweg ihre Bedeutung haben. Selbst in den dunkelsten Tagen des Vergessens wird man deinen Namen kennen und schätzen. Selbst wenn dein Haar schon ganz weiß geworden ist, werden deine Magie und dein Wissen den Menschen hilfreich sein. Erst wenn du versuchst, dich einzumischen, wird deine Reise enden und du darfst auf jene Weise neu beginnen, die dir am besten erscheint.«

Amaru Muru zog an der hölzernen Pfeife und blies den entstandenen Rauch auf den geweihten Platz um den Megalithen und lachte schallend vor Freude. Eine Vision tauchte im Nebel auf. In den Rauchschwaden sah man verschiedene Menschen. Sie waren in ein Weißes Buch vertieft und lasen eine spannende Geschichte.

Man konnte sehen, wie sie aufgeregt eine Seite nach der anderen in sich aufnahmen und ihr Herz sich dabei öffnete. Deutlich sah man ihre leuchtenden Gesichter und wie sie eins wurden mit den Worten der Erzählung, die das Buch beschrieb, als wären sie selbst ein Teil davon.

Sie blätterten im schriftlichen Vermächtnis, während der Zauber der Weisheit und Liebe sie zeitlos mit Wahrheit berührte. Sie konnten den Kräuterrauch riechen, der um Amaru Muru wehte, und die bedingungslose Liebe des Zauberers spüren, die durch die Zeiten einen Hauch der Hoffnung und des Mitgefühls durch die Seiten des Weißen Buchs reichte.

Amaru Muru lächelte und wischte mit einer Handbewegung die Prophezeiung fort. Der Rauch legte sich und die Vision verschwand.

Er stand auf und sagte: »Mein guter Freund, wirst du zur Versammlung kommen? Es ist nicht mehr viel Zeit bis zum vollen Mond und ich habe noch ein paar Stationen bis dahin zu bereisen. Ich weiß, du bist kein Zauberer der vielen Worte, sondern liebst die Tat. Du musst mir jetzt keine Antwort geben. Ich erwarte dich im Drachenpalast, mein guter Zauberer Myrddin.«

Er drehte sich zur Seite und flüsterte in seinen Kristall. Ein gleißender Blitz nahm ihn mit sich.

Zauberer Myrddin saß noch eine Weile lang am Megalithen und seine Augen begannen hell zu leuchten. Amaru Muru hatte seine Pfeife am Stein gelassen und Zauberer Myrddin rauchte sie in aller Ruhe zu Ende.

Dann stieg er auf sein Pferd und rief der braunen Stute zu: »Auf ins Abenteuer Zeitreise!«

Er machte sich auf den Weg zum nächsten Steinbruch. Der Zauberer wollte sofort mit dem Bau einer Steinkreisanlage beginnen – eines Zeitportals, wie die Welt es noch nie gesehen hatte.

Der Hügel im Moor

*I*m Morgengrauen der aufgehenden Sonne lagen die Sümpfe des mittleren Landes in feuchtem Nebel. Sumpfkröten gurrten ihren Morgengesang, und in den schilfbewachsenen Ebenen roch es nach torfigem Grund.

Über einen Holzpfad aus alten, geschälten Bäumen lief eine Gruppe junger Elfenmagier durch das mit Sumpfdotterblumen geschmückte Feuchtgebiet. Jungen und Mädchen in braunen Kutten stapften in ihren Lederstiefeln unsicher über den rutschigen, nassen Pfad durchs Moor, angeführt von einer Elfenzauberin in weißem Gewand.

Eine Biberfamilie beobachtete neugierig die seltenen Gäste, und Wasservögel verließen aufgeschreckt ihre Nester im hohen Schilf.

Die jungen Anwärter der Zauberschule standen kurz vor ihrer geschlechtlichen Reife, und sie sollten innerhalb der nächsten Erdenmonate in die Zauberschule aufgenommen werden, sofern sie die Prüfung des heutigen Tages bestehen würden.

Sie waren auf dem Weg zur ältesten Zauberin der Erde, die berühmt war für ihre Weisheit und ihre zukunftssehende Gabe.

Schon als Kinder waren sie auf die Aufnahme in die Schule der Zauberkunst vorbereitet worden und keiner von ihnen wusste, welches ihre Begabungen waren, in denen sie im Laufe der Ausbildung geschult werden würden.

Nun war der herbeigesehnte Tag gekommen, um der berühmten Zauberin Gaiandil gegenüberzutreten, die mit ihrem Blick nicht nur die Begabungen der Schüleranwärter, sondern auch ihre Herzen lesen konnte. Die Magierin konnte in die Zukunft schauen, und sie würde entscheiden, ob der Adept, der vor ihr stand, in die Schule der Magie der Elfen einziehen durfte.

Die kleine Gruppe lief tief in das Moor hinein bis zu einem Hügel, der mit einem einzigen kleinen Eichenbonsai bewachsen war.

Die Weiße Magierin bedeutete den Adepten schweigend, am Rand des Hügels auf hölzernen Baumstümpfen Platz zu nehmen und zu warten.

Als die kleine Gruppe sich gesetzt hatte, schritt die Magierin an die Erhebung heran, die sich völlig dem Moor angepasst hatte, und warf ein paar frische Salatköpfe, die sie in einem Weidenkorb bei sich getragen hatte, vor den Hügel.

Mit Moos, Algen, Flechten und Schilf bewachsen lag der kleine, runde Hügel im rötlichen Schein der aufgehenden Sonne, als der runde Berg sich zu regen begann. Eine riesige Schildkröte erwachte im Licht der wärmenden Sonne zum Leben und steckte ihren Kopf vorsichtig aus ihrem Panzer. Sie reckte und streckte ihre Beine aus dem schweren, Jahrtausende alten Panzer und schnappte ganz langsam nach den grünen Salatblättern, die sie mit ihrem scharfen, schnabelartigen Maul zerdrückte, bevor sie sie verschlang.

Die Adepten starrten erschrocken auf den riesigen Hügel und bemerkten jetzt erst die Maserungen der Schuppenplatten ihres alten Panzers, der einer winzigen, alten Eiche einen Lebensraum bot. Niemals hätten sie für möglich gehalten, dass der runde, große Berg eine Schildkröte in dieser Größe mit diesem stattlichen Alter sein könnte.

Staunend sahen sie zu, wie das wundersam wirkende Wesen einen Salatkopf nach dem anderen in Zeitlupe verspeiste.

Die Elfenzauberin mit langem, blondem Haar und braunen, warmen Augen sprach: »Ehrwürdige Zauberin Gaiandil, wir bitten um eure Sicht und Unterweisung.«

Die Schildkröte wendete langsam ihren Kopf und beäugte die kleine Gruppe, die sich auf Baumstümpfen um sie versammelt hatte. Langsam und bedächtig blinzelte sie mit ihren lichtvollen Augen und antwortete: »Meine liebe Zauberin, es wird keine neuen elfischen Zauberschüler in dieser Zeitdimension geben. Diese Epoche geht nun zu Ende und die Zeit des Vergessens wird beginnen. Das Einzige, was ich euch geben kann, ist eine Unterweisung. Lasst mich nur erst ein wenig meinen Panzer im Licht erwärmen. Ich habe so lange geschlafen. Ich bekomme nur noch selten Besuch und ich rede nicht gerne viel. Ich sage lediglich, was notwendig ist.«

Eine gefühlte kleine Ewigkeit sagte Gaiandil nichts. Alle saßen ungeduldig wartend auf ihren Baumstümpfen und wunderten sich über das, was die alte Zauberin gesagt hatte. Es sollte keine Zauberschüler mehr geben, das war unmöglich! Die magische Schule existierte seit Hunderten von Generationen.

Dann endlich klappte Gaiandil ihre Augen wieder auf und fuhr fort: »Nun, meine lieben Elfen, beginnt eine Zeit, in der ihr eine andere Welt besiedelt. Der Zauber und seine Kraft müssen in den Menschen wachsen. Mein Lebenshauch wird vergehen und mein Vermächtnis gehört den Menschen. Seid nicht hoffnungslos, ihr Elfen, euch wird eine neue Heimat geschenkt, in der ihr glücklich leben werdet, bis die Zeit sich abermals wandelt. Möge der Zauber niederschreiben, was die Menschen wissen müssen und was mein Herz ihnen zu geben vermag, bevor ich sterbe. Möge es als mein Vermächtnis niedergeschrieben werden und durch die Zeiten fliegen, in ein Weißes Buch, das dereinst die Welt in Wahrheit hüllen wird:

Ihr Menschen seid die mächtigsten Zauberer, die dieser Planet je sehen wird. Schier Unmögliches werdet ihr erschaffen mit eurem Verstand. Die wahre Zauberkraft, die ihr jedoch besitzt, ist in euren Herzen. Um sie zu beherrschen, müsst ihr die Gesetze der Magie begreifen, die einzig an euren Atem und an euer Herz gebunden sind.

Eure Emotionen sind mit den heiligen Elementen verbunden. Ihr seid Gefäße, durch die sie wirken. Universelle Lebensenergie speist euren Körper und mit euren Emotionen lebt ihr eure Magie. Es gibt Emotionen, die energiezehrend sind, und jene, die euch mit Lebenskraft auffüllen und eure Kräfte regenerieren.

Wut zum Beispiel ist eine verbrennende Kraft. Sie gleicht dem Feuer und es braucht viel Lebenskraft, um sie dauerhaft zu nähren. Lebt ihr nur in Wut, wird eure Lebenszeit damit verbraucht, das Feuer zu nähren, und das spiegelt sich dann in eurer Lebenswelt wider. Zuviel des Feuers verbrennt die Wälder des Planeten und lässt euch schneller altern.

Trauer ist eine Emotion, die dem Wasser dient, denn Tränen reinigen und schaffen Raum für Neues. Auch Wasser ist ein energienehmendes Element und verbraucht Lebensenergie. Das ist der

Grund, warum dieser Planet mit der Sonne einen reichen Energiespender besitzt, der Wasser transformiert. Mit dem Aufsteigen des Wassers aus dem Meer in die Luft wird es mit Lebensenergie neu befüllt und dient als Lebensspender. Das Element Wasser kann also Energie spenden, aber auch, als Trauer gelebt, Energie verbrauchen. Lebt ihr zu viel in Traurigkeit, dann reinigt das Wasser zwar euren seelischen Schmerz, verbraucht aber zu viel Energie, wenn ihr zu lange darin verweilt. Trauer kostet Lebenszeit und spiegelt sich auf eurem Planeten als Flut wider.

Angst ist die nächste Emotion, die euch Lebenskraft kostet und Chaos verursacht. Angst ist ein Ausdruck von Zweifel und wird dem Element Salz zugeordnet. Sie greift in den Zellstoffwechsel eures Körpers ein und vermindert eure Lebensspanne. Auf Dauer in Angst zu leben, kostet Lebenskraft und Zeit. Sie manifestiert euer mangelndes Vertrauen und nährt Zweifel, Chaos und Tod. Das spiegelt sich als Krieg auf eurem Planeten Erde wider. Ich sehe in einer Zeit das Chaos wüten, weil ihr die Kraft eurer Emotionen nicht versteht und Zauberer seid, die mit ihrer Magie nicht umgehen können.

Der Schlüssel aus diesem Chaos wird als Erstes Mut erfordern. Die Emotion Mut ist dem Element Metall zugeordnet und erfordert abermals einen Aufwand an Lebensenergie, lässt aber dafür allen anderen Lebenskraftverzehrern keinen Zugang mehr zur Lebensquelle. Mut bedeutet Erneuerung und ist eine Quelle der Inspiration, Aktivität und Kreativität. Sofern diese Emotion nicht zum Kampf genutzt wird, ist sie eine wichtige Kraft der Veränderung.

Die erste Emotion, die Energie erzeugen kann, ist die Neutralität. Sie ist dem Element Holz zugeordnet und hat die Fähigkeit, Gutes zu bewirken. Sie bringt Freiheit in festgefahrene Strukturen und Denkmuster und ist die Basis aller Lebenskraft. Magische Kräfte neutral zu verwenden, ist der wichtigste Kraft- und Lebensspender, da dies im Vertrauen in das Universum Lebenszeit und Lebenskraft erzeugt. Neutralität erschafft Lebensräume und Mitgefühl.

Die nächsthöhere lebensspendende Energie ist die Akzeptanz. Das Leben anzunehmen mit all seinen Facetten und Möglichkeiten und alles als das zu akzeptieren, wie es geschaffen ist, schenkt Energie und

Lebenszeit. Alles anzunehmen, wie es ist, erzeugt einen Strom des Vertrauens in das Universum und lädt die Körperzellen mit der Verbindung zu diesem Erdplaneten und somit mit Leben auf. Akzeptanz entspricht dem Element Erde und somit dem Planeten. Akzeptanz ist das Leben selbst und schenkt Lebenszeit und Harmonie in allen Emotionen. Gefühle kommen in Balance, wenn die Akzeptanz sie befriedet. Alle Gefühle sind notwendige, magische Werkzeuge, die euch gegeben sind. Nichts davon ist gut oder böse. Diese Wahrheit zu akzeptieren bedeutet, in Balance zu sein und bereit zu sein für die tragenden Emotionen, die reiche Lebenskraft und langes Leben versprechen. Ihr sucht nach dem Quell langen Lebens? Nun, dieser beginnt mit dem Akzeptieren all der Elemente und Möglichkeiten, die in euch angelegt sind. Ich lebe seit Jahrtausenden von der Energie, die die Akzeptanz mir schenkt. Gleichmut und Geduld erwachsen aus ihr und spenden Lebenszeit. Nur wer akzeptieren kann, wie die Dinge sind, ist bereit für die starken Kraftquellen der bedingungslosen Liebe.

Liebe ist eine Emotion, die dem Element Luft zugeordnet ist. Liebe beflügelt und produziert ein hohes Maß an Lebenszeit. Nicht nur die körperliche Liebe setzt Kräfte frei, auch Liebesgefühle, die in Freundschaft, Familie und Mitgefühl wachsen, sind Lebenszeitspender und erschaffen die Luft zum Atmen auf diesem Planeten Erde. Aus Liebe werden Fülle und Reichtum erschaffen, und Glück und Freude entstehen auf magische Weise aus ihr. Auch Liebe will ausbalanciert werden, damit sie nicht in Angst, Wut oder Eifersucht umschlägt. Grundsätzlich produziert Liebe Energie und macht wohlwollend, wenn ihr es versteht, mit ihr richtig umzugehen. Ein wichtiger Aspekt ist auch die Selbstliebe, die in jedem Menschen natürlich vorhanden ist und die, ausbalanciert und nicht verdorben durch Egoismus, ein Quell der Magie ist. Reine, unverdorbene Selbstliebe schenkt die Erkenntnis, mit dem Universum und seinen Kräften eins zu sein, sich selbst und das Leben zu lieben, und die Manifestationskraft ausschließlich dem Positiven zu schenken und dadurch ein langes Leben zu genießen. Selbstliebend zu sein bedeutet, Achtsamkeit zu leben und in sich selbst die Elemente im Gleichgewicht zu halten.

Somit ist das natürliche Gleichgewicht für die Liebe die Vernunft, die euch erkennen lässt, dass euer Leben eine Bestimmung oder Bedeutung hat, und die Logik in eurem Denken entstehen lässt. Vernunft ist das wertfreie Betrachten eurer Emotionen und erlaubt den Zugang zu universellem Wissen und zur logischen Balance, um eure Magie zu nutzen. Mit Liebe und Vernunft sind Herz und Kopf im Gleichklang, und das erschafft ein hohes Maß an Lebenskraft und Lebenszeit. Vernunft ist dem Element Kristall zugeordnet, denn sie eröffnet euch die Möglichkeiten, das heilige universelle Wissen zu verstehen und eure Bestimmungen und Begabungen zu finden. Liebe ohne Logos macht blind und ist wohl die größte Herausforderung aller Magier und Zauberer.

Der nachfolgende, emotionale Zauber erschließt sich in der Emotion Frieden, die man auch als Glückseligkeit innerer Stille beschreiben kann. Sie ist keinem Element zugeordnet, weil sie alle Elemente in sich selbst in Harmonie vereint. Sie entspricht der Verbundenheit mit dem Universum in Frieden und Freiheit und ist ein Klang. Der Urlaut des Universums entsteht immer dann, wenn ein Magier seine Emotionen in Balance halten und seine Macht beherrschen kann. Aus Frieden und Glückseligkeit zu schöpfen und zu erschaffen, führt zur Erleuchtung und somit zur Aufhebung von Zeit und Raum.

Ein Zauberer muss mit seinen Gefühlen in Frieden sein, muss sich all seiner Kräfte und Emotionen bewusst sein und dabei frei mit dem Universum in Einklang handeln. Bedenken wir, dass ihr Menschen die gefühlsstärksten Wesen im Universum seid, dann wird klar, warum es so wichtig ist, auf diesem Lernplaneten durch alle Emotionen gegangen zu sein, um letztlich Balance zu finden. Ihr Menschen werdet lange, über Jahrtausende, Fehler machen. Jeder Fehler aber führt euch die entsprechende magische Konsequenz direkt in der Materie vor Augen. Es wird keinen Erlöser brauchen und geben, der euch aus dieser Schule befreit. Der Planet Erde und das Leben darauf mit all euren Emotionen sind die magische Schule, in der die Menschen Zauberer werden. Daraus gibt es keine Abkürzung und niemanden, der diesen Prozess durch Einmischung beeinflussen darf.

Als Hilfestellung soll euch die Dankbarkeit den Weg weisen. Sie ist eine Emotion, die vieles heilen kann, und die stärkste aufbauende, lebensschenkende Kraft im Universum. Für das Leben dankbar zu sein, hat seine ganz spezielle Magie und ist der Quell des Lebens selbst. Es wird in der Zukunft Zeiten geben, in denen die Menschen ihre Kräfte nutzen, um Chaos zu verursachen und Krieg zu stiften. Aus Chaos entsteht Angst, und das erzeugt Macht für all jene, die das Chaos und die Macht nutzen, um sich vor ihren eigenen Emotionen zu verstecken. Akzeptiert diesen Prozess als gegeben und schenkt ihnen keine Angst. Nutzt euer kollektives Bewusstsein und seid dankbar, nicht alleine zu sein. Das Universum trägt das Wissen und die Langlebigkeit des endlosen Lebens. Stellt euch in die Energie der Dankbarkeit und Akzeptanz, die sich über das kollektive Bewusstsein aller Wesen auf dem Erdplaneten zur erlösenden Kraft entwickeln wird.

Ich bin Gaiandil und bin das Sprachrohr des Planeten Erde, weil ich mit dem Herzen der Erde verbunden bin. Seid dankbar für das Leben selbst und die wunderschönen Dinge des Alltags, die sich überall finden und entdecken lassen. Dankbarkeit ist eine unzerstörbare Kraft, die euch niemand nehmen kann.

Ihr werdet als Zauberer der Zukunft alle Elemente beherrschen, Steine schmelzen, Gravitation aufheben und neue Universen erschaffen, wenn ihr die Schule der Emotionen erfolgreich beendet habt. Seid den Elementen dankbar, denn sie geben euch eure schöpfende Magie, aus der eine wahre Quelle der Glückseligkeit erwächst.

Dieser Planet liebt euch und lebt bedingungslose Akzeptanz und respektiert euren freien Willen. Seid dankbar, dass der Planet Erde euch den Lebensraum bedingungslos liebend gibt, um an euch und in euch zu wachsen. Wie eine Mutter schenkt dieser Erdplanet euch das Leben.

Die Schule der Magie des Lebens gehört den Menschen und ihrer Zauberkraft. Mit dieser bedingungslosen Liebe weiht sie euch ihr eigenes Leben. Sie macht es möglich, dass eure Gefühle, mit den Elementen verbunden, direkt in der Materie existent werden. Sichtbar, vor aller Augen, werden eure Gefühle manifestierte Wahrheit.

Dies ist die beste Ausbildung, die der Mensch haben kann. Das Leben selbst ist eure Unterweisung in jene Kräfte, die eure Bestimmung sind.

Lebenszeit steht euch mit jeder Inkarnation grenzenlos zur Verfügung und dafür dürft ihr Dankbarkeit empfinden.

Nun bin ich müde, nach dieser langen Rede an die Menschheit, in einer Zukunft, die noch weit voraus und doch gleichzeitig hier ist. Diese, meine letzten Worte, sollen ihren Weg in das Weiße Buch der Wahrheit finden, und das soll mein letzter Zauber auf dieser Erde sein. Darauf habe ich hier dankbar Jahrtausende geduldig gewartet. Jetzt werde ich mein irdisches Kleid ablegen und in eine neue Bestimmung gehen. Meine magische Kraft schenke ich all Jenen, die dies gelesen oder gehört haben. Mit meiner bedingungslosen Liebe übereigne ich sie den Zauberern der Zukunft, für ein friedliches Leben auf diesem geliebten Planeten. Ich bin in vollem Vertrauen, dass dieses Vermächtnis all jenen Hoffnung und Wissen schenkt, die die Weiße Magie des Universums als Bestimmung in sich tragen. Ich habe meine Aufgabe hier erfüllt und gehe in Glückseligkeit und Frieden.«

Gaiandil schloss die Augen und zog ihren Kopf in den großen Panzer zurück. Mit ihrem letzten Atemzug begann ihr riesiger Körper zu leuchten. Glitzernde Lichtfunken stiegen auf und flogen in den Himmel. Sie verteilten sich im Morgenlicht der aufgehenden Sonne und lösten sich im sanften Rot des Morgens auf.

Bunte Schmetterlinge flogen aus dem Schilf empor und flatterten ins Sonnenlicht. Frösche begannen quakend zu singen und eine friedliche Atmosphäre erfüllte die Magierin und ihre Adepten, die immer noch auf ihren Plätzen saßen.

Die Zauberin stand auf und verbeugte sich ehrfurchtsvoll. Die Elfenmädchen und Jungen taten es ihr schweigend berührt gleich.

Eine Gruppe weißer Enten flog in den Himmel auf und zog in den hellorangenen Schein der Sonne. Der Morgennebel stieg in das Blau des Himmels und formte einen bunten Regenbogen über dem leblosen Körper der Jahrtausende alten Schildkröte, die die größte Seherin und Magierin aller Zeiten gewesen war.

Ein Gefühl von Glück, Dankbarkeit und Frieden legte sich über das Sumpfgebiet, als der riesige Hügelberg mitsamt seinem kleinen Eichenbaum in den Tiefen des Moores für immer versank.

Die Nymphe am Wasserfall

ie liebliche Morgensonne lag über der Lichtung am Gnomhaus und wärmte sanft das Gras. Ein Reh mit zwei weißgefleckten Kitzen graste friedlich am Waldrand, und erschöpft von der langen Nacht mit Lebensgeschichten schnarchten Brambul und Bombol am noch leicht glühenden Lagerfeuer. Die zwei ungleichen Freunde hatten bis in die frühen Morgenstunden ihre innigsten Träume und Wünsche geteilt, und ihre Herzen waren weit offen, als sie endlich in tiefen Schlummer fielen.

General Inbar erwachte aus seinem betäubten Schlaf und wunderte sich über das laute, unrhythmische Schnarchen, das von draußen in die Gnomhütte drang.

Als er die Augen öffnete, sah er in die dunklen, bitteren Augen des Zauberers Rolin, der sich unbemerkt an dem Halbriesen und dem Gnom vorbei ins Haus geschlichen hatte. Der Rabe hatte ihn durch den dichten Wald zur Lichtung geführt, und er hatte den Schimmel des Elfen erkannt, der immer noch neben dem Erdhügelhaus angebunden stand.

Nun stand er über dem gerade aus dem Schlaf erwachten Elfengeneral und versuchte, nach dem Lederbeutel zu greifen, der wieder am Sattel des Elfen festgemacht war. Inbar war sofort hellwach und stieß den Zauberer mit einem festen Fußtritt von sich weg. Der General sprang auf und griff nach seinem Schwert, das ebenfalls am Sattel lehnte. Mit einer geschickten Drehung wandte er sich blitzschnell zum vom Tritt nach hinten taumelnden Magier um und hielt kampfbereit sein Schwert in die Luft.

Rolin schwankte gegen den hölzernen Tisch mit Utensilien, und mit einem Krach fielen Flaschen und Bücher scheppernd zu Boden. Inbar wollte dem Magier keine Zeit geben, sich zu sammeln, sprang mit voller Wucht gegen ihn und verpasste ihm mit seiner Faust einen Kinnhaken, der ihn zu Boden warf. Er drehte den dunklen Magier auf den Bauch und setzte sich halb auf ihn.

Vom Lärm in der Hütte waren Brambul und Bombol erwacht, und der Gnom rannte in seine Hütte. Erschrocken sah er, wie der Elfenmann und der Zauberer auf dem Boden miteinander rangen.

Bombol, der Halbriese, war zu groß, um in die Hütte zu gelangen, und blickte neugierig besorgt mit einem Auge durch die Eingangstür in das Haus seines Gnomfreundes.

General Inbar rief dem Gnom zu: »Schnell! Ich habe Elfenseil in meiner Satteltasche, gib es mir, bevor er uns mit einem Zauber blenden kann!«

Brambul tat, wie ihm geheißen, und brachte Inbar das Seil, mit dem der General die Hände des Magiers hinter dem Rücken gebunden fesselte. Er band die Füße des Zauberers zusammen. Ohne zu zögern nahm Inbar den Sattel mitsamt Lederbeutel und sagte: »Ich muss sofort gehen, bevor er mir Fragen stellt, die ich nicht beantworten will. Haltet ihn hier fest bis zum Sonnenuntergang, bis dahin bin ich außer Reichweite!«

Rolin keuchte: »Haltet ihn auf, er ist ein Dieb! Das, was er im Lederbeutel hat, ist Zauberermagie und gehört nicht in die Hand eines Elfen!«

Geschickt hatte der Zauberer die Gedanken des Gnoms gelesen, als dieser den Beutel am Sattel ansah. Brambul hatte immer noch ein schlechtes Gewissen, weil er den Lederbeutel in der Nacht entwendet hatte. Schließlich war er ja kein Dieb.

Der dunkle Zauberer fuhr fort: »Das ist ein Dieb! Haltet ihn auf!«

General Inbar hörte nicht auf ihn und versuchte, aus der Hütte zu kommen. Bombol hatte die Rufe des Zauberers gehört und versperrte ihm den Weg nach draußen.

General Inbar rief: »Lass mich durch, Riese! Ich will dir nicht wehtun. Dieser Zauberer ist ein böser Mann, und er will mich hindern, den Beutel zu seinem wahren Besitzer zu bringen. Lass mich durch!«

Rolin rief dem Riesen aufgeregt zu: »Lass ihn nicht entkommen, ich werde dich zur Belohnung groß zaubern, Halbriese! Dir, Gnom, will ich Sternenstaub für deine Zaubertränke geben. Lasst ihn nicht gehen und gebt mir den Lederbeutel!«

Brambul sprang auf den Zauberer und hämmerte mit seiner Faust auf dessen Kopf, während er sagte: »Du bist ein Lügner! Ein wahrer Zauberer der Weißen Magie würde uns nicht unsere Bestimmung stehlen und uns größer zaubern. Er würde uns auch keinen Sternenstaub für Zaubertränke geben. Geh, Elf! Wir halten den Lügner bis zur Nacht hier fest. Mein Herz sagt mir, dass wir dich gehen lassen sollten.«

Bombol hatte alles mit angehört und nickte, als er dem Elfenmann den Weg frei gab.

Inbar sattelte schnell sein Pferd und brach in Windeseile zum Wasserfall der Elfen auf. Er musste ihn bis zum Sonnenuntergang erreicht haben, denn dann konnten die Späher Rolins ihn nicht mehr verfolgen.

Der Schimmel nahm trittsicher den Pfad durch den Wald, vorbei am Steinbruch in das nächste Tal. Hier mündete die Sternbachquelle in einen Fluss, der in Richtung der Wasserfälle führte. Es war riskant, am Wasserlauf entlang zu reiten, der kaum Deckung bot, aber er wusste nicht, wie lange der Gnom und der Halbriese den Zauberer in Schach halten würden. Der Schwarze Magier war ein Meister der Manipulation und würde den beiden ihre tiefsten Emotionen aus den Gedanken lesen. Also riskierte er den ungeschützten Ritt vorbei an saftigen Wiesen durch die Täler des Sternflusses, der ihn nach stundenlangem Galopp auf seinem Schimmel zum Wasserfall brachte.

An den Kaskaden des Flusses angelangt, sprang Inbar von seinem verschwitzten Schimmel und ließ ihn am Flussufer Wasser trinken. Es war lange her, dass er den geheimen Pfad in den Wasserfall betrat, und er suchte am oberen Rand des in die Tiefe stürzenden Wassers einen Steig, der nach unten führte.

Der versteckte Weg war gerade breit genug, um einen Reiter mit seinem Pferd in Serpentinen nach unten zu bringen. Gut getarnt hinter einem Felsen fand er den Abstieg und führte sein schweißnasses Pferd langsam durch die schroffen Steine nach unten.

Der General war vor langer Zeit schon einmal im Auftrag für König Lemnon hierher gekommen und hatte nicht vergessen, dass der

Weg durch den Wasserfall für Nichtelfen nicht passierbar war. Ein Naturwesen hütete hier seit vielen Jahrhunderten den Pfad und den Eingang in das geheime Waldland der Waldelfen und ihrer Königin.

Am Flussbett unter dem sanft in Terrassen herabgleitenden Nass des Sternflusses sammelte sich das Wasser in einem Becken, das üppig mit Wasserlilien und Schilf bewachsen war. Der Abend war hereingebrochen, und die Sonne warf ihr liebliches Orangerot des Sonnenuntergangs auf den magisch scheinenden See. Wasserhyazinthen, Seerosen, Wasserminze und Wasserlinsen schmückten den Rand des teichartigen Beckens, und Sumpfdotterblumen reckten ihre gelben Köpfchen in das Licht der Abendsonne.

Der Elf näherte sich mit seinem Schimmel den Kaskaden, die haarfein in sanften Rinnsalen über die Steinstufen in den Teich glitten, als hätte man die Zeit verlangsamt.

Am Ende des Wasserbeckens hatten Biber ihre Stämme zu einem Damm errichtet und so an dieser Stelle das Wasser zu einem See gestaut. Der Duft von Seerosen schwängerte die Luft und verzauberte den Ort in einen süßen Frieden.

Mitten im Seebecken saß auf einem flachen Stein eine wunderschöne, junge Frau in formvollendeter Figur mit langem, endlos erscheinendem, seidigen Haar, das wie ein Mantel an ihr herab ins Wasser fiel. Ihre Augen leuchteten türkisblau und ihre Haut wirkte wie durchscheinendes Porzellan.

Aufmerksam und freundlich beobachtete sie Pferd und Reiter, wie sie am Ufer langsam näher kamen. Mit einer Hand streichelte sie das Wasser, und mit der anderen ließ sie eine Seerosenblüte in den kühlen Stausee gleiten. Sie sprach: »Dich habe ich schon einmal hier gesehen, Elfenmann. Du stehst im Dienst eines Königs.«

Inbar wusste um die sehende Begabung der Wassernymphe und machte sich erst gar keine Mühe, seine Gedanken vor ihr zu verbergen. Würde er dies tun, würde sie ihm den Einlass ins Elfenreich nicht gewähren. Er antwortete der grazilen Frau: »Ich bin im Auftrag König Lemnons unterwegs. Ich habe etwas zu überbringen.«

Die Nymphe räkelte sich verführerisch auf ihrem Stein und säuselte: »Die Wasser singen ein Lied der Ehre für eine alte Zauberin der

Erde. Sie haben es in den Tropfen gespiegelt und flüstern von ihrem Tod. Wusstest du das?«

General Inbar schüttelte verneinend den Kopf. Es berührte sein elfisches Herz, wie die liebliche Schönheit ihre seidigen Haare ins Wasser gleiten ließ. Der Körper der nackten Frau war voller Liebreiz und Anmut. Sie trug lediglich ihr glänzendes Haar, das sich sanft um die Rundungen ihres Leibes wand. Verführerisch ließ sie ihren Oberkörper mit den jungen, prallen Brüsten im Rot des Abendlichts leuchten und senkte beschämt reizvoll ihren Kopf. Weißlich blau leuchteten ihre Haare, und ihre Haut wirkte wie das Rosa einer frischen Rosenblüte.

Der General errötete beim Anblick der ewig jungen Nymphe, und sein Herz begann berührt zu pochen. Er konnte seinen Blick nicht abwenden von den lieblichen Reizen, die seine Seele wärmten. In seinem Leben gab es nicht viel Raum für Liebe und er sehnte sich insgeheim schon lange nach Berührung und Zärtlichkeit einer Frau. Die Nymphe schien das zu spüren und hielt reizvoll ihren Nacken in die Strahlen der Abendsonne.

Der See glitzerte in warmen Orange und die Wasserfläche spiegelte ihre Silhouette in reizvollem Glanz. Was Inbar sah, entsprach all seinen sehnlichsten, geheimen Wünschen, denn er wusste, dass Nymphen sich nur aus Liebe und mit reinem Herzen der körperlichen Liebe hingaben.

Er erinnerte sich an den dunklen Zauberer und seine Mission, bis zum Vollmond am Drachenpalast zu sein.

Die Wassernymphe lächelte und sagte: »Du wirst verfolgt von einer dunklen Macht und trägst das Licht der Sterne bei dir, schöner Elfenmann. Deine Mission ist wichtig und ich verstehe das. Du bist nur einen Fußtritt durch diesen Wasserfall fern vom Schutz der Elfen, und es bleibt dir genug Zeit, hier ein Bad zu nehmen, wenn du das willst. Ich schütze dich und deine Absicht.«

Die schöne Frau streifte mit der Hand durch das seichte Wasser und der See wurde spiegelglatt. Auf der Oberfläche zeigte sich eine Vision, und Inbar blickte auf die Bilder, die ihm offenbart wurden.

»Hier siehst du, was du sehen sollst: Was war, was ist und was noch sein wird«, flüsterte die Nymphendame geheimnisvoll.

Inbar, der immer noch sein Pferd am Zügel hielt, schaute in die Vision, die sich im Wasserspiegel zeigte. Er sah Brambul neben dem mit Elfenseil gefesselten Zauberer Rolin sitzen und Halbriese Bombol, der sich tapfer vor die Eingangstür der Gnomhütte gelegt hatte. Er erkannte auch den schwarzen Raben, der dicht am See im Geäst eines Baumes hockte und ihn wohl bis zum Wasserfall verfolgt hatte.

Was er dann im Spiegel des Sees erblickte, erwärmte sein Herz, denn er sah sich in den Armen der Nymphe eng umschlungen.

Im nächsten weissagenden Bild sah er sich im Nebelgebirge mit dem dunklen Zauberer kämpfen.

Als letztes Bild gab der See ihm die Vision, wie er auf seinem Schimmel am Drachenpalast ankam und vom Pferd sprang, während der Mond voll und rund über den Zinnen des Palastes leuchtete.

Die liebliche Frau wischte mit ihrer Hand durch das Wasser und die Bilder der Sicht verschwanden in den sanften Wellen des Sees.

Verführerisch hauchte sie: »Es ist alles, wie es sein soll, Elfenmann. Dein Weg wird dich in Gefahren führen, aber jetzt ist es deine Bestimmung, den Hauch von Liebe zu fühlen, der dein Herz öffnet, damit du deinen Kampf mit dem Magier bestehen wirst.«

Inbar verstand nicht, was sie damit meinte. Er band sein Pferd an eine Weide, die ihre Blätter in den See reckte, und folgte seinem Herzen. Er legte seine Kleider ab und stieg in das klare, kalte Wasser des Sees.

Die Nymphe saß immer noch auf ihrem Stein und genoss die letzten Strahlen der Abendsonne. Ihr Haar fiel sanft über ihre Hüften und Inbar konnte seinen Blick nicht von ihr wenden. Sein Herz klopfte wild in seiner Brust und er spürte, wie starkes Verlangen in ihm aufkam, als er sie betrachtete. Die junge Frau fühlte das und reckte ihren Oberkörper mit den erregten, rosigen Brüsten verheißungsvoll in seine Richtung.

Während die letzten Sonnenstrahlen verschwanden, funkelte der Abendstern am Himmel, und Inbar schwamm auf die Wassernymphe zu, die sich ins Wasser gleiten ließ. Als sie sich näher kamen, sah Inbar tief in ihre Augen, und die beiden berührten sich an den Händen. Ein warmer Schauer der reinen Liebe erfasste Inbars Herz und er spürte die Hingabe der Nymphe, als sie sanft seine Haut berührte.

Die Nymphe schlang ihr seidiges Haar um den Elfenmann und berührte zärtlich seine muskulösen Arme. Eine Welle bedingungsloser Liebe öffnete sein Herz und seine Seele.

Inbar berührte die Nymphenfrau an den Schultern und strich ihr sanft mit den Fingern über den entblößten Hals. Er konnte den Puls der ewig jungen Schönheit spüren und schlang seine Arme um sie, während er sanft ihre Wangen mit den Lippen berührte. Eine Woge starken Verlangens erfasste die beiden und Inbar küsste ihre vollen, sanften Lippen inniglich. Was er spürte, öffnete nicht nur sein Herz, sondern heilte auch seine Narben und Wunden an seinem Körper, die er in vergangenen Kämpfen davongetragen hatte.

Die Nymphenfrau gab sich in unschuldiger, reiner Liebe dem Elfenmann hin und hauchte in sein Ohr: »Ich erinnere mich an dich, ich habe auf dich gewartet.«

Sie schlang ihre Arme eng um Inbar und umklammerte sehnsuchtsvoll mit den Beinen seinen Körper. Vorsichtig tastete der Elfenmann zärtlich mit der Hand nach den wohligen Rundungen der sich hingebungsvoll an ihn schmiegenden Frau, und sein Verlangen schien ins Unerträgliche zu wachsen.

Auch die Nymphe atmete in tiefem körperlichen Verlangen, während sie mit den Fingerspitzen nach seiner Männlichkeit tastete. Inbar zog sie näher an sich, und während ihre eng umschlungenen Körper sich vereinten, liebten sie sich in wildem Rausch, der sie in Herz und Seele für immer vereinte.

Liebestrunken und im Taumel heilender Glückseligkeit verbrachten sie die ganze Nacht im Schutz einer Grotte, die sich direkt hinter dem Wasserfall befand. Körperlich hungrig liebten sie sich fast bis zur Besinnungslosigkeit und lagen seelenvereint bis zum Morgengrauen eng umschlungen, im Klang des strömenden Wassers, glückselig sich in den Armen.

Als Inbar erwachte, blickte er in das lieblich zarte Gesicht seiner Geliebten und strich ihr sanft das seidige Haar von den Wangen. Das, was er in dieser Nacht geteilt hatte, erfüllte sein Herz mit Glück und Dankbarkeit.

Noch niemals hatte er in seinem Leben solche Liebe spüren und erfahren dürfen. Ihm war ungeahnte Liebe zuteil geworden, und er spürte, wie seine Seele und sein Körper geheilt waren. Seine Narben am Körper waren verschwunden, und seine Seele fühlte sich befreit von Last und Leid der Vergangenheit. Frieden war in seinem Herzen. Er küsste seine Liebste, die ihre türkisblauen Augen aufschlug und seinen innigen Blick erwiderte.

Die Nymphe sagte: »Du weißt, dass Nymphen ihren Namen nur mit jenen teilen, mit denen sie ihr ganzes Leben in Verbindung bleiben. Ich heiße Aquasana. Mein Name steht für die Heilkraft des unsterblichen Wassers, aus dem ich geboren wurde. Ich schenke dir mein Herz und meinen Namen, weil wir füreinander bestimmt sind. Egal, wo auch immer du hingehst, sage meinen Namen und ich werde dir erscheinen.«

Der Elfengeneral lächelte und küsste Aquasana dankbar auf die sinnlichen, vollen Lippen und sagte: »Du wirst ohnehin immer in meinem Herzen sein, bis ich sterbe.«

Die Nymphe strich ihm mit ihrem seidigen Haar über das Gesicht und sagte: »Du musst gehen, deine Bestimmung wartet nicht auf dich, wir werden uns wiedersehen, mein Herz.«

Der Elfenmann verließ die schützende Grotte, sammelte seine Kleider am Seeufer auf und zog sie an. In inniger Liebe umarmte und küsste er Aquasana zum Abschied und sie sagte: »Lebe wohl, mein Liebster, bis wir uns wiedersehen.«

Im Herzen erfüllt und geliebt, führte General Inbar seinen Schimmel durch den Wasserfall auf einen Tunnelpfad, der ins Waldland der Waldelfen mündete. Von hier aus setzte er seinen Weg zum Drachenpalast fort, der immer noch zwei Tage eiligen Rittes von hier aus entfernt in den Nebelbergen lag.

Sterne über dem Meer

er Morgen strahlte an diesem Tag hell über der östlichen Hafenstadt Manablor. Die See lag ruhig wie ein Spiegel im Licht des neuen Morgens. Möwen kreisten über der Hafenbucht, in der an diesem Tag zwei große Schiffe mit weißen Segeln ankerten und ihre Ladung aus fernen Ländern löschten. Zwei kleine Fischerboote kehrten mit der sanften morgendlichen Windbrise mit nächtlichem Fang in die Hafenstadt zurück.

Der Geruch von fangfrischem Fisch lag zwischen den mit Kalk weiß getünchten Häusern, und es war reges Treiben in den schmalen Gassen. Der Morgenbasar verbreitete den Duft von allerlei Gewürzen und Kräutern, und überall war reger Handel mit den feinsten Waren aus der ganzen Welt.

Die Lirdin lag hier seit dem vorigen Tag vor Anker. Kapitän Warolas hatte sie sicher in den Heimathafen gesteuert. Schreiner und Tuchmacher kümmerten sich um die Schäden, die das würdige Schiff im letzten Sturm erlitten hatte. Die Matrosen schrubbten das Deck mit Seewasser, und frische Lebensmittel und Wasser wurden im Frachtraum und der Schiffsküche verladen.

Die Zofen des Elfenkönigs Lemnon waren schon gestern an Bord gekommen und bereiteten die Kajüten des Königs und seines Gefolges vor. Der Kapitän hatte den Matrosen angeordnet, ihre Wäsche zu wechseln und die Festtagsuniform anzulegen. Hier und da erledigten Maler ein paar eilige Streicharbeiten und neue Elfentaue wurden an Deck gehievt. Über Verladerampen wurden des Königs Pferde auf das Schiff und in den Laderaum geführt. Dort fanden die prachtvollen Tiere frisches Heu in den sicheren Stallboxen, in denen sie unter Deck auf Seereise gehen würden.

Warolas freute sich auf den König, denn sie hatten schon einige Zeit gemeinsam auf anderen Seereisen miteinander verbracht und es verband sie eine innige Freundschaft. Sie teilten die Liebe zur Lirdin und zum Meer, und Warolas war glücklich, dass der König wieder gesund war. Die Nachricht über die Genesung König Lemnons hatte ihn im Herzen berührt, und der Kapitän freute sich auf die tiefgründigen Gespräche, die sie während einer Seefahrt auf der Lirdin miteinander zu teilen pflegten.

Inständig hoffte der erfahrene Seemann, dass Wind und Wetter besser sein würden als auf der letzten Reise, bei der die Lirdin in einem Sturm in große Not geraten war. Mit dem Abendwind der untergehenden Sonne würden sie in See stechen und mit den Sternen in den Osten navigieren.

Kapitän Warolas blickte auf die umtriebige Hafenstadt und sah, wie König Lemnon mit seinem Gefolge am hölzernen Pier ankam, und ließ seine Mannschaft an Deck antreten.

Der Elfenkönig strahlte in weißem Licht und betrat ehrwürdig das prächtige Schiff und begrüßte Warolas: »Kapitän, schön euch zu sehen. Ich hörte, ihr hattet eine schwierige Passage?«

Warolas antwortete: »Ja, Herr. Eure Kabine ist vorbereitet, wir stechen mit dem Abendwind in See.«

Lemnon nickte und sagte: »Wir haben große Eile, mein Freund. Lasst uns mit den Rudern aus dem Hafen fahren und den Wind außerhalb der Bucht nutzen. Wir müssen bis zum Vollmond am Drachenpalast sein. Ich habe für alle Fälle einen Reiter mit wichtiger Nachricht voraus entsendet, aber es ist wirklich erforderlich, dass ich rechtzeitig eintreffe. Wir dürfen keine Zeit verlieren, legt ab, so schnell es möglich ist.«

Kapitän Warolas nickte und gab den Befehl zum Ablegen, während der König sich am Bug des Schiffes an die Reling stellte und besorgt auf das Meer blickte. Inständig hoffte er, dass General Inbar mit der wertvollen Fracht schon nah am Drachenpalast war.

Eilig schafften die Matrosen die hölzernen Rampen vom Schiff, lösten die Taue, und die Lirdin legte mit Manneskraft an den Rudern ab und stach in See. Gerade als sie die lange Hafenbucht verlassen hatten, kam Wind auf und die erfahrenen Seemänner setzten die Segel. Die Lirdin nahm Fahrt auf und ließ die untergehende Sonne im Rücken, die blutrot am Meereshorizont versank.

Der König hatte schweigsam und nachdenklich die ganze Zeit über am Bug des Schiffes gestanden und blickte auf die See, während die Lirdin durch die leichten Wellen glitt. Warolas übergab das Steuerrad seinem ersten Maat und gesellte sich nach vorne zum Elfenkönig.

Er sagte: »Ich freue mich, euch bei guter Gesundheit zu sehen, mein König. Dennoch seht ihr besorgt aus.« Warolas wusste um die hellsehende Gabe des Königs und war neugierig, was den Elfenkönig zur Eile antrieb.

König Lemnon seufzte und sagte: »Danke, mein lieber Warolas. Ich denke gerne an unsere gemeinsamen Reisen auf See. Dunkle Zeiten ziehen herauf und vielleicht ist dies unsere letzte gemeinsame Fahrt auf diesem wundervollen Schiff. Nun liegen neue Wege vor uns und jenes Unbekannte, das Mut von uns verlangt. Mut zur Veränderung, die Neugier auf neue Möglichkeiten zur Bedingung macht.

Es ist wie auf See, wir segeln mit voller Kraft voraus und wissen, dass ein Sturm aufzieht, und dennoch wagen wir die Fahrt ins Ungewisse. Mit Mut im Herzen sehen wir nach Möglichkeiten, die uns sicher durch das unbestimmte Schicksal tragen. Kein Weg ist zu schwer, wenn er der Bestimmung dient, denn das Schicksal ist für denjenigen eine Erleichterung, der seiner Lebensaufgabe folgt.

Warolas, ihr seid ein guter Mann und ich will euch nicht verschweigen, dass die Welt, wie wir sie kennen, eine große Veränderung durchleben wird. Erinnert euch stets daran, dass es zwar Kräfte geben mag, die Herzen mit Angst verdunkeln, doch stärker als jede Art von Dunkelheit ist immer das Licht. Sind wir neugierig und energiegetrieben, wird uns das Leben selbst überraschen mit Pfaden, die unserer Bestimmung folgen.

Die Sonne geht in diesem Moment hinter uns im Westen unter und die Sterne leuchten uns den Weg durch die Dunkelheit, bis der neue Morgen im Osten anbricht und wir unserem Mut dankend einen neuen Tag erleben. Das Licht wird uns nie verlassen, auch in den dunkelsten Stunden ist es sichtbar und führt uns auf unserem Weg in eine neue Zeit.

Sieh dir die Sterne an und betrachte sie genauer. Es sind unendlich viele Lichtquellen, die das Universum in seiner Dunkelheit mit

Licht erhellen. Dieses Licht reist unzerstörbar durch unendlich viele Welten, um in besonderer Weise das Leben mit Kraft zu beglücken.«

Die Sonne war untergegangen und der Nachthimmel mit seinen Sternen lag über dem Meer. Warolas blickte in den Sternenhimmel und sagte: »Ich würde so gerne wie ihr, König, die Zukunft sehen können.«

Lemnon fuhr fort zu sagen: »Wünsche dir das nicht, mein Freund. Die Zukunft zu sehen, ohne sie beeinflussen zu wollen, ist eine große Herausforderung. Selbst aus dem Wunsch heraus, Gutes zu tun, würde alles, was du unternimmst, um das Gesehene zu verändern, nur in noch schlimmeres Chaos und Leid führen. Das ist eine Gabe, die nicht jeder begreifen und ertragen kann.

Jede Seele hat ihre Bestimmung im Leben, und diese zu finden und zu erfüllen, ist eine große Sache. Jeder Stern, jeder Planet, jedes noch so kleine Sandkorn hat eine Aufgabe innerhalb der Materie, die einem höheren Zweck dient. Alles ist mit allem verbunden und nichts ist zufällig an einem Ort. Die Sterne dieses Nachthimmels führen dieses Schiff durch die Nacht, weil es sein soll und einer höheren Bestimmung dient. Gleichzeitig machen diese Sterne irgendwo auf diesem Planeten möglicherweise einem Liebespaar Freude und schenken mit ihrem Licht großes Glück. Vielleicht wird in diesem Augenblick ein neues Leben im Licht dieses Sterns geboren oder eine Seele verabschiedet sich in ein neues Leben.

Dieser Stern hat sein Licht vor Jahrmillionen ausgestrahlt und es ist lange gereist, um auf diesen Planeten zu treffen. Der Stern wusste in dem Moment seines Strahlens nicht um seine Bedeutung, er hat lediglich seine Bestimmung erfüllt, an seinem Platz zu strahlen. Wie Fäden in einem riesigen Teppich sind wir Seelen alle miteinander verwoben, ohne das große Ganze sehen zu können.

Diese Reise auf der Lirdin hat eine Bestimmung, die größer ist, als wir es ahnen. Sie ist ein Teil einer wichtigen Aufgabe, die das Weltgeschehen nach seiner Bestimmung gestalten wird, und wir sind ein Bestandteil davon. Alles, was wir gerade sagen, wird in einer sehr fernen Zukunft große Bedeutung haben. Es wird ein Vermächtnis sein, das in einer anderen Zeit großen Einfluss haben wird auf das Weltgeschehen, du weißt es nur nicht.

Die Qualität, mit der du daran teilhast, liegt in der demütigen Aufrichtigkeit, mit der du dieses Schiff steuerst. Welcher Absicht weihst du diese Reise? Wenn du sehen könntest, was ich in der Zukunft erblicke, würde dein Herz dich möglicherweise verleiten, deinen Kurs zu ändern. Dein Versuch, die Geschicke der Welt zu lenken, ohne eine Übersicht über das eigentliche Ziel unserer Reise zu haben, würde dich auf Umwege leiten, die nicht notwendig sind.

Ich orientiere mich stets an meinem Herzen, Warolas. Ich beobachte meine Gefühle und lerne, jede Herausforderung als Teil des Ganzen zu sehen. Das Universum zeigt mir meine Bestimmung, wenn ich durch die Herausforderungen des Lebens segle und sie als Kompass begreife, der mich zu meiner Berufung lenkt. Lebensaufgaben sind die gut verpackten Geschenke des Universums. Sie neugierig zu öffnen und als neue Chance zu sehen, ist der einzig sinnvolle Weg, eine geschenkte Aufgabenstellung als nützlichen Wegweiser zu erachten.

Das Leben mit all seinen Emotionen ist die Kraft, mit der wir Schöpfer sind. Gerade jetzt werden wir mit dieser Reise Erschaffer und Entdecker neuer Welten, die im Universum vielen Seelen eine neue Heimat geben werden. Die jetzigen Lernaufgaben auf der Erde werden anstrengend für die verschiedenen Völker, die auf diesem Planeten leben. Die Emotion der Angst hat ihr natürlich nützliches Maß überschritten. Machtgier, Neid und Krieg sind im Entstehen und es wird lange Zeit brauchen, diese Gefühle zu durchleben und zu befreien. Das ist ein Geschehen, das man nicht jedem Volk zumuten möchte.

Davon zu wissen, macht es nicht besser und ändert nichts, denn es ist ein notwendiger Schritt im Gesamtprozess der universalen Entwicklung, der einer höheren Bestimmung folgt, die besser ist als das, was jetzt ist. Es ist ein Navigieren auf einem Meer, das man nicht kennt. Man folgt dem Licht der Sterne und vertraut darauf, dass der Wind das Schiff dahin lenkt, wo es am Ende ankommen soll.«

Warolas lehnte sich an die Reling der Lirdin und sah in die sternenklare Nacht, als er fragte: »Warum nennt ihr es Zeitalter der Angst?«

Der König und Zauberer antwortete: »Nun, Angst ist in gesundem

Maße eine wichtige Emotion, die notwendig ist, um einen Leitfaden im Leben innerhalb der Materie zu finden. Angst macht vorsichtig und schützt vor Gefahren des Lebens. Wie beispielsweise ein Kind, das sich vor einer Schlange fürchtet, um nicht von ihr gebissen zu werden. Angst vor der Zukunft allerdings ist eine Kraft, die in Zweifel und Befürchtung mündet.

Du sagtest, du würdest die Zukunft gerne sehen, weil du sicherlich Vorsorge treffen willst, für dich selbst und das Wohlergehen deiner Liebsten. Das Gefühl der Angst basiert hierbei auf schlechten Erfahrungen aus der Vergangenheit. Dein Blick ist rückwärtsgerichtet und Vorsicht, Besorgnis, Misstrauen und Verängstigung entstehen und manifestieren das, wovor du dich fürchtest, durch die Wucht und Macht deiner Emotionen und ihrer Magie. Das scheinbar Unvermeidliche bestärkt deine Angst vor mehr Ungeschick.

Angst ist eine sehr kraftvolle Emotion, mit der man in böser Absicht Menschen, Zwerge, Elfen und auch Feen beeinflussen und lenken kann. Die Menschen sind die gefühlsfähigsten unter den Erdenvölkern. Sie lassen sich leicht durch Angst steuern und sind stark darin, ihre eigene Angst in die Materie zu projizieren. Sie erschaffen sich ihre Dämonen selbst und verfallen leicht in Panik und Hysterie, die sie dazu zwingt, nur nach hinten zu blicken und eine Veränderung in der Zukunft abzulehnen.

Die Suche nach Sicherheit wird zum Hauptantrieb ihres Handelns, und die Suche nach ihrer Lebensbestimmung, die ein motiviertes Vorausschauen erfordert, wird verlangsamt oder gar zum Stillstand gebracht. Eine Spirale, die abwärts führt und über eine sehr lange Zeitspanne Raum für dunkle Magie, Manipulation und Narzissmus erschafft.

Die Abwärtsspirale durch Angst führt in Trauer, Ärger und Wut, was wiederum in Neid, Eifersucht und Missgunst endet, sofern sie nicht durch Liebe, Freude und Zielorientierung auf die universelle Wahrheit und Bestimmung ausgerichtet, Erlösung findet. Ein Prozess, der sehr viel Zeit in Anspruch nehmen und ein großes Maß an Geduld erfordern wird, wenn man das Gesetz des freien Willens als das oberste Gesetz des Universums akzeptiert.

Denn in diesem Prozess gilt, dass die gesamte Weltgemeinschaft es durchlebt und nicht nur ein Einzelner es schaffen kann, das Kollektiv der Erde zu erlösen. Es mag Erlöser geben in der Zukunft auf dem Planeten Erde, die den Menschen den Weg weisen, aber den Prozess des Lernens, als Kollektiv gemeinsam zu bestehen und in die Freude und das Glück zu wachsen, nicht beeinflussen dürfen.

Es muss der überraschende Wandel im emotionalen Erleben der Menschheit entstehen, dass sie mutig vorausschauend, dankbar und fasziniert, hoffnungsvoll und zuversichtlich ihre Motivation finden, der Angst einfach keine Macht mehr zu überlassen. Sie werden spüren, dass im Zeitalter der Angst ihre Lebenskraft schwindet und ihre Lebenszeit mehr Qualität findet, wenn sie sich auf Liebe, Freude und ihre Bestimmung konzentrieren.

Sie werden erkennen, dass sie die Magier der Zukunft sind, die alles erschaffen und gestalten aus der Kraft ihrer Gefühle. Angst vor Dunkelheit erschafft Dunkles, und der Quell der Freude und Zuversicht bringt neues Leben und Glück hervor.

Die Natur des Universums ist Glückseligkeit und Freude und wird erschaffen aus einem Quell der immerwährenden Liebe, der unerschöpflich ist. Das Zeitalter der Angst ist nur eine vorübergehende Herausforderung, die das Kollektiv Mensch formt und prägt für die eigentliche Bestimmung, die in weiterer Zukunft mit Sicherheit in der Materie eine bedeutende Rolle spielen wird. Auch diese Zeit kann ich sehen und ich halte mich an dieser Vision hoffnungsvoll fest, denn sie macht alles sinnvoll und unbeschwert.

Das Ziel der Reise, die die Menschheit jetzt antritt, liegt in der Erschaffung neuer Welten und Planeten und deren Bevölkerung in Frieden und Glück. Der Wegweiser durch die Zeit der Dunkelheit wird das Licht des Wissens und der Wahrheit sein, die eines fernen Tages die Menschen lehrt, mit der Angst in sich selbst und im kollektiven Bewusstsein Frieden zu finden. Dann hat die Dunkelheit ihren Zweck erfüllt und der Sturm wird vorüber sein. Die Sterne und ihr Licht werden ihnen den Weg weisen und ihnen das Steuern in den Hafen des Vertrauens ermöglichen. Sie werden erkennen, dass sie geboren sind, um gemeinsam in Glück zu leben und ihre

Zauberkraft der Gefühle wohlbringend für das Universum und sich selbst einzusetzen. Sie werden Mitgefühl und Dankbarkeit erlernen und vergnügt und gesellig gemeinsam erfolgreich und zufrieden ihrer Bestimmung folgen.«

Warolas hatte aufmerksam zugehört und fragte nachdenklich: »Und was wird mit den anderen Völkern dieser Erde? Was geschieht in dieser Zeit mit den Elfen und Zwergen oder den Riesen und Feen?«

»Das, mein lieber Warolas, ist unser Ziel dieser Reise. Wir werden im Drachenpalast eine einvernehmliche Lösung dieses Problems erreichen, die nicht in die Entwicklung der Menschen eingreift. Wir kennen die Lebensaufgabe der menschlichen Rasse, und wir werden ihnen helfen, diese Bestimmung zu erfüllen, weil wir wissen, dass dies unsere Aufgabe in dieser Zeit im Universum ist. Wir werden begeistert und inspiriert mit der Hoffnung der Liebe, dem höheren Ziel folgen und keine Veränderung scheuen, die Raum für eine neue Welt erschaffen wird. Die Maßeinheit der Intelligenz ergibt sich aus der Fähigkeit, sich selbst zu ändern.

Unsere Gefühle und unsere Neugier auf eine neue Welt werden uns durch die Angst in eine neue, bessere Gestalt formen. Und wir werden unsere Bestimmung erfüllen, dem Universum bestmöglich zu dienen.«

Als König Lemnon das gesagt hatte, begann er strahlend hell aus sich heraus zu leuchten und sein Licht legte sich wie eine leuchtende Kugel um die Lirdin, die ihre Fahrt mit dem Wind über die friedlich tragende See in den Hafen des Ostens nahm.

Der Wächterberg im Mittelgebirge

Die sternenklare Nacht lag lieblich über den Berggipfeln, und der zunehmende Mond beleuchtete die Berge des Mittelgebirges. Dicht bewachsen mit Tannen und Zedern erstreckte sich der Gebirgszug bis weit in den Norden und teilte Osten und Westen voneinander. Am höchsten Punkt der mittleren Bergwelt lag der Gipfel der schroffen Bergspitzen im Schein des Mondes.

Der Wächterberg mit dem Namen Königstein hütete hier die kristallenen Schätze, die im Inneren der Berge zu finden waren. Tunnel und Gänge, Minen und Stollen, die Zwerge, Riesen und Elfen gleichermaßen in die Berge getrieben hatten, zeugten vom regen Abbau der kostbaren Kristalle und Mineralien, die weltweit reichen Umsatz einbrachten.

Gold, Erz, Silber, Bergkristall, Granit, Kupfer, Rosenquarz, Rubine, Smaragde, Granatstein und Amethyst waren sehr beliebte Waren und wurden in den zahlreichen Stollen des Mittelgebirges reichlich abgebaut und gefördert.

Im dichten Tannenwald, nah bei den Mienen, lag eine hölzerne Schmiede, gut versteckt vor den Augen der Schatzsucher in einem abgelegenen Nebental. Ein schmaler Quellwasserlauf rann direkt neben der Hütte ins Tal und hielt ein kleines Mühlrad in Bewegung, das direkt mit dem Holzhäuschen verbunden war.

Hier lebte ein Zwerg mit vier winzigen Feen, die mit ihren zierlichen Flügelchen aufgeregt am Wasserlauf entlang schwirrten und frisches Mondlichtwasser in winzige Eimerchen schöpften.

Im Kerzenschein saß der Zwerg mit seiner blauen Mütze an einem Schleifstein und polierte mit einem Sandgemisch die schönsten Steine, die er in den letzten Tagen aus dem Bergtunnel gesammelt hatte, der versteckt in der Nähe der Zwergenschmiede in den Berg führte. Verliebt hielt er einen Smaragd in den Kerzenschein und erfreute sich an dem strahlenden Grün des Heilsteins, der so groß wie ein Hühnerei war.

Die kleine Holzhütte war vollgestopft mit Kristallen und anderen Kostbarkeiten, die sich in Regalen und auf dem Boden stapelten.

Der Zwerg hatte lange, zottelige, weiße Haare, einen langen Bart und buschige Augenbrauen. Er sah staubig und schmutzig aus, und seine braune Lederhose wirkte speckig. Seine hellbraunen Augen leuchteten, während er das dunkle, satte Grün des Smaragds betrachtete. Es war ein seltener Stein und der Zwerg hatte ihn eigenhändig aus dem Berg gegraben.

Die kleinen Feen flogen mit den Eimerchen durch ein rundes Fenster im Dach der Schmiede und landeten sanft direkt neben dem Zwerg. Die Feen hatten unterschiedlich farbige Leinenhemdchen an und trugen silberne Gürtel um ihre Hüften. Sie hatten kurze braune Haare und sahen sich zum Verwechseln ähnlich.

Sie kicherten und lachten, während eine von ihnen dem Zwerg etwas Wasser ins Gesicht spritze und sagte: »Meister Lunibus, wie lange habt ihr euch nicht gewaschen?«

Der Zwerg schimpfte und antwortete: »Nicht das Wasser verschwenden, gebt es auf den Stein, wir wollen ihn mit Mondlicht aufladen, ohne dass er seine Farbe verliert.«

Grummelnd nahm er der Fee in grünem Kleid den Eimer weg und tauchte den Smaragd hinein, der nur halb in den Eimer passte. Vorwitzig schwirrten die Feen um den Zwerg und zogen ihn schelmisch an seinen zotteligen Haaren.

Die Fee im blauen Kleid sagte: »Meister, ihr könntet einen Haarschnitt vertragen!«

»Lass das, Blau!«, sagte der Zwerg mürrisch.

Er hatte die Feen nach ihrer farbigen Kleidung benannt, um sie auseinanderhalten zu können, denn ihre Gesichtchen sahen völlig identisch aus. Blau, Grün, Gelb und Rot war einfach zu merken und die Feen waren damit einverstanden. Sie mochten den knurrigen

Zwergenschmied und waren gerne in seiner Gesellschaft. Allerdings begleiteten sie Lunibus nie mit unter Tage, denn sie fürchteten sich, tief in den Berg zu fliegen.

Der Schmiedemeister war über viele Landesgrenzen hinweg berühmt geworden für seine Steine, die er an Könige und Fürsten verkaufte. Auch Zauberer wussten seine Begabung, Steine zu finden, die besonders waren, sehr zu schätzen.

Der Zwerg hatte eine freundschaftliche Beziehung zum Berg, und er konnte die Schätze fühlen, die der Berg in sich trug. Nach alter Bergbautradition der Zwerge fragte Lunibus stets den Berg selbst, ob er die Edelsteine oder Reichtümer mitnehmen durfte, die er fand. Er tat nichts, ohne die Erlaubnis des ehrwürdigen Wächterbergs einzuholen.

Die Bergbauzwerge seiner Familie lebten mit dem Berg in Harmonie, und sie sangen eine Melodie, die der ehrwürdige Wächter kannte, bevor sie in die Stollen gingen. Der Berg resonierte dann im Klang des brummenden Gesangs, und durch die Vibration, die aus dem Gestein zurückfloss, konnte Lunibus mit dem Berg sprechen. Wenn der Zwerg so dem Wächter aufmerksam zuhörte, konnte er die Juwelen und Erze fühlen, die das Gestein ihm freiwillig schenkte.

Viele Stunden war der Zwergenmann im Bauch des Berges in den unzähligen Stollen und Gängen, die tief hinabreichten. Niemand kannte die Wege und Tunnel so wie er, und man konnte sich leicht verirren. Der Berg hütete seine Schätze aufmerksam und wählte genau aus, wem er seine Schatzkammer öffnete und wem nicht. Schon so mancher unerlaubte Schatzsucher war in den Gängen verschwunden und nie wieder aufgetaucht.

Lunibus wusste um die Seele des Berges und hörte auf die Wünsche des Wächters. Was der altwürdige Berg mit dem Namen Königstein nicht hergeben wollte, ließ er genau dort, wo er es fand.

Der Smaragd lag immer noch im Wassereimer, und Lunibus fingerte ihn heraus und sah auf das jetzt noch stärker leuchtende Grün des edlen Steins. Der Zwergenschmied verstand, die Wirkung der Edelsteine zu verstärken, indem er sie mit Mondlichtwasser oder Feenstaub auflud. Der Zwerg wusste um die Heilkraft, die in den

Steinen und ihren Farben steckte, und das machte sein Verhältnis zu ihnen einzigartig. Er dachte nicht an die Reichtümer, die er mit den wertvollen Schätzen verdienen konnte, er betrachtete sie als heilende Werkzeuge, die eine besondere Bestimmung hatten.

Der kluge Zwerg verkaufte auch nicht jedem einen seiner Heilsteine. Er musste das Gefühl haben, dass der Stein seinen Besitzer selbst wählte, und er vertraute dabei seinem Bauchgefühl.

Der Eigenbrötler hatte auch keine Zwergenfreunde, er liebte seine Feen, die jede für sich einen besonderen Feenstaub in ihrer eigenen Farbe aus Blütenpollen sammelte. Die kleinen Wesen waren dem Zwerg in Freundschaft verbunden und lebten freiwillig mit ihm am Fuß des Königsteins. Sie teilten seine Freude an den farbigen Steinen und gaben ihre Magie mit in die Wirkung der fertig geschliffenen Juwelen, um dem neuen Besitzer Heilkraft und Magie zu schenken.

Der große Smaragd leuchtete magisch, und Lunibus lachte vor Freude, als er das strahlende Ergebnis fühlte. Er sagte: »Ein Heilstein, meine Feen! Grün, willst du noch etwas Feenmagie hinzugeben? Der Stein schwingt jetzt schon die Kraft der Natur: Frische, Wachstum, Hoffnung und Harmonie. Was willst du hineingeben?«

Die kleine, grün gewandete Fee schwirrte kichernd um den Smaragd und ließ ihre Flügel aufgeregt vibrieren, an denen sich der Feenstaub gesammelt hatte. Der grüne, glitzernde Staub fiel auf den Edelstein und verschmolz mit ihm.

Grün lachte und sagte: »Die Magie der Natur ist in den Edelstein gefallen. Die Zauberkraft aller Heilkräuter, Pflanzen und Blumen lebt nun in ihm. Das ist ein Stein, der einem Heiler gehören soll. In der richtigen Hand wird er jenen Heilung schenken, die seine Kraft fühlen können und ihrer Bestimmung folgen.«

Die Feen glucksten und kicherten und schwirrten aufgeregt lebendig um den Zwerg.

Lunibus sagte: »Sehr gut gemacht, Feechen Grün. So wollen wir es halten.«

Der Zwerg hielt sich an das, was ihm die Feen sagten. Er wusste, dass ihre Magie mit den Resonanzen der Farben immer das auslöste, was richtig für den neuen Besitzer war. Er verstaute den großen

Smaragd in einem Lederbeutel und legte ihn in eine hölzerne Kiste, in der noch andere Kostbarkeiten fertig auf ihre neuen Besitzer warteten.

Auch hier war der Zwerg besonders geduldig. Er nahm nur jene Steine mit auf den halbjährlichen Edelsteinmarkt im nächsten Dorf, die ihm in die Finger sprangen und mit wollten. Lunibus wusste dann, dass der Stein seinen Besitzer anzog und sich entschieden hatte, seine Bestimmung zu erfüllen.

Die Kristalle, Erze und Steine waren Lebewesen und beseelt mit der Hingabe aus dem Berg gekommen, um gute Dienste zu leisten und einer Bestimmung zu folgen, die das Universum vor Millionen Erdenjahren bei ihrer Entstehung schon festgelegt hatte. Lunibus nahm nichts aus dem Berg, was Gier und Macht diente, er sah sich als demütiges Werkzeug des Universums und erschuf Dinge, die einer besonderen Lebensaufgabe folgten.

Das war auch der Grund, warum Blau, Gelb, Grün und Rot ihm gerne bei seiner Aufgabe halfen und mit dem kauzigen Kerl ihr Leben teilten. Er war reinen Herzens und seine Absicht war makellos mit dem Universum in Einklang, auch wenn er das selbst so gar nicht bewertete, denn für ihn war das alles selbstverständlich.

Der Zwerg hatte Steine in allen Farben, und jeder davon hatte seine Aufgabe und Wirkung. Gerne betrachtete er die Juwelen in seiner Schatzkiste und erfreute sich an ihrer magischen Schönheit. Als er versunken in seine Schätze über der Truhe gebeugt saß, fuhr ein gleißender Blitz durch die kleine Hütte.

Die Feen huschten erschrocken in eine Ecke der Schmiede und versteckten sich, denn plötzlich war mit einem heftig zischenden Geräusch Amaru Muru mitten im Raum erschienen und stand halb gebeugt in der winzigen Zwergenhütte.

Lunibus warf den Deckel seiner Schatztruhe zu und drehte sich um. Als er den Zauberer erkannte, rief er: »Meister Amaru, was macht ihr hier? Wie habt ihr mich gefunden? Was ist das für eine Zauberei?«

Meister Amaru lachte und sagte: »Habt ihr den kleinen Stein vergessen, den ich vor 7 Jahren gegen Sternenstaub bei euch eintauschte?«

Der vergessliche Zwerg rümpfte die Nase und sagte: »Richtig, der merkwürdige Stein, der manchmal einfach verschwindet und mit einem Blitz wieder auftaucht. Ich habe ihn ganz tief unten im Berg gefunden und wollte ihn gar nicht mitnehmen, weil er so sprunghaft wirkte. Er ist dann einfach in meiner Hütte aufgetaucht und war plötzlich in meiner Tasche, als ich zum Edelsteinmarkt ging. Er war mir unheimlich. Ich war froh, dass ihr ihn mitgenommen habt.«

Zauberer Amaru lachte und entgegnete freundlich: »Ja, Lunibus, genau dieser Stein. Er verleiht mir die Fähigkeit, immer da zu sein, wo ich gebraucht werde, und im richtigen Moment am rechten Ort zu sein. Manchmal ist es für mich spannend, wo er mich hinträgt, denn auch ich weiß oft nicht, wo ich als Nächstes erscheine. Ich habe gelernt, ihm zu vertrauen. Er ist etwas ganz Besonderes, und ich danke dir, dass du ihn mir überlassen hast. Er schenkt mir die Gelegenheit, durch Raum und Zeit zu reisen, und solange ich ihn nicht mit meinem Willen beeinflusse, trägt er mich in Richtung meiner Bestimmung, und das ist sehr hilfreich.«

Der Zwergenschmied blickte verwundert auf den Zauberer und fragte: »Also hat der Stein dich hierhergebracht, ich verstehe. Niemand sonst kennt meine Schmiede, sie liegt geschützt vor aller Augen. Verrate es niemandem, denn ich will hier nur in Frieden mit den Feen und Steinen leben.«

Meister Amaru beruhigte den Zwerg und sagte: »Keine Sorge, mein Freund, ohne den Stein hätte ich dich niemals gefunden. Offensichtlich hast du etwas, was mir hilft, meine Bestimmung zu erfüllen. Hast du eine Ahnung, was es sein könnte?«

Lunibus schüttelte den Kopf und sagte: »Das haben wir schnell herausgefunden.«

Er öffnete erneut seine Schatzkiste und fühlte mit geschlossenen Augen, ob einer der Edelsteine in seine Hand sprang, um zum Zauberer zu gelangen. Eine ganze Weile fühlte er mit seiner kleinen Hand zwischen den Lederbeuteln hin und her, während der Zauberer sich auf den staubigen Boden setzte, denn er stieß immer mit dem Kopf ans Dach der Schmiede, die viel zu klein für seine Körpergröße war. Die kleinen Feen hatten ihre Vorsicht überwunden und schwirrten nun neugierig um den Kopf des Zauberers und kicherten leise. Sie hatten schon lange keinen Weißen Zauberer mehr gesehen, und sie flogen lustig und vergnügt neckend um Amaru Murus Nase.

Blau kicherte: »Ein Zauberer mit einer großen Nase!«

Gelb fügte hinzu: »Sehr große Nase.«

Rot flatterte auf Amaru Murus Kopf und frotzelte: »Er ist riesig in meinen Augen.«

Grün zog am weißen Bart des Magiers und fragte: »Warum tragen alle Zauberer weiße Bärte?«

Meister Amaru lachte, und streckte seine Hand nach den winzigen Feen aus und sagte: »Weil wir Zauberer eben so sind, wie wir sind.«

Die Feen gluckerten und lachten, und Blau schlug einen Purzelbaum fliegend in der Luft.

Amaru Muru fragte neugierig: »Und ihr Winzlinge, warum tragt ihr alle unterschiedliche Farben?«

Rot antwortete vorlaut: »Dass ihr das nicht wisst, Herr Zauberer? Ich bin die Energie der Liebe und Leidenschaft und mein Staub verleiht Lebenskraft, Mut und Wärme.«

Blau schubste Rot in der Luft beiseite und sagte stolz: »Mein Staub verleiht Ruhe, Vertrauen, Klarheit und Weisheit.«

Grün stieß Blau beiseite und sagte eifrig: »Mein Staub verströmt Wachstum, Hoffnung, Verbindung zur Natur und Harmonie.«

Gelb kicherte und sagte: »Gebt nicht so an, mein Staub verleiht Optimismus, Freude, Kreativität und Glück.«

Amaru Muru sah den schwirrenden Feen beim fliegenden Tanz zu und antwortete: »Das sind alles wunderbare Eigenschaften. Habt ihr diese Gaben schon einmal vermischt und euren Staub gebündelt als Regenbogen in einen Stein gegeben? Ihr habt alle wichtigen Energien in eurem Feenstaub, die wichtiges Wissen in eine Zeit tragen können, in der die Menschen diese Kräfte und das Wissen darum brauchen werden.«

Lunibus wühlte immer noch zwischen den Lederbeuteln in seiner Kiste herum und konnte einfach keinen passenden Stein finden, der zum Zauberer wollte.

Die Feen schwirrten aufgeregt umher und fanden es eine

hervorragende Idee, ihre Kräfte in einem Stein zu bündeln. Das war ihnen bisher noch nicht in den Sinn gekommen. Blau flog zum Zwergenschmied und stupste ihn an und sagte: »Hast du gehört? Kräfte bündeln und alle Farben in einem Stein vereinen.«

Der Zwerg schloss die Kiste und sagte: »Es ist kein Edelstein hier, der zu dir will. Wenn ihr alle Kräfte bündeln wollt, dann braucht ihr einen Bergkristall, der alle Informationen und Resonanzen speichern kann. Der Zauberer reist durch Raum und Zeit. Um die Informationen und Schwingungen bei diesen Sprüngen zu erhalten, braucht es einen Stein, der farblose Speicherkapazität hat. Das kann nur ein Quarzstein, am besten ein Bergkristall, um auch die Farben und ihre Informationen zu erhalten.«

Meister Amaru fragte den Schmiedemeister: »Wird der Stein dann seinen zukünftigen Träger selbst suchen und ihn finden?«

Lunibus antwortete weise: »Das ist eine logische Sache, denn die Steine wirken nach dem Gesetz der Anziehung von Gleichem zu Selbigem. Die Quarzsteine finden dorthin, wo die Resonanz und Schwingung der Information entsprechen, die auf dem Bergkristall gespeichert ist. Es kann nur derjenige Träger oder Hüter des Kristalles werden, dessen Schwingung dieselbe Resonanz trägt.«

Der Zauberer fuhr fort zu fragen: »Kannst du mir einen Bergkristall geben, der das Wissen der Feen bündelt und die Sprünge durch Raum und Zeit mit den Resonanzen überdauert?«

Der Zwerg schüttelte den Kopf und sagte: »Ich habe viele Bergkristalle, aber so einen Stein kann nur der Berg selbst dir geben und ihn mit den Feen gemeinsam beschwingen. Das kann ich nicht. Blau, Grün, Rot und Gelb müssten dafür mit in den Stollen gehen, und der Wächterberg müsste bereit sein, uns einen solchen Kristall zu geben.«

Die Feen flogen zusammen und tuschelten eine Weile miteinander, dann schwirrten sie aufgeregt zu Lunibus und Rot sagte: »Ich habe den Mut, Grün hat die Hoffnung, Blau hat das Vertrauen und Gelb das Glück. Wir machen es. Dies ist womöglich unsere Bestimmung und wir wollen gemeinsam in den Berg gehen. Der Wächter wird einverstanden sein, wenn wir alle gemeinsam darum bitten.«

Der Zwergenschmied nickte und sagte: »Ich bin einverstanden, denn es scheint wichtig für die Zukunft der Menschen zu sein, dass wir es versuchen. Der Wächterberg wird selbst entscheiden, ob er es möglich machen will.«

Meister Amaru erhob sich und sagte: »Dann lasst uns zügig gehen, denn bis zum Vollmond sind es nur noch wenige Tage. Wir dürfen keine Zeit verlieren.«

Der Zwerg schnappte einen Lederrucksack mit Pickel, Meißel und Schaufel und führte Amaru Muru und die Feen eilig aus der Hütte zum Eingang in den Stollen, der tief in den Berg in ein verzweigtes Tunnelsystem führte.

Bevor er in den Berg stieg, brummte er eine alte Zwergenweise in den Eingang und horchte auf das Echo, das im Widerhall aus dem Berg zurückschallte. Der Berg erkannte die Absicht jedes Besuchers, der in die Tunnel und Stollen ging, und wies denen den Weg, die gute Gründe im Herzen hatten, um das Reich des Königsteins zu betreten.

Lunibus nickte und sagte: »Der Wächter hat geantwortet, er ist einverstanden. Wir dürfen eintreten.«

Die ungewöhnliche Gruppe betrat das Bergreich, und die Feen setzten sich auf Meister Amarus Schulter und hielten sich kichernd an seinen langen, weißen Haaren fest.

Tief hinab führte der Granittunnel, den die Zwerge über viele Generationen in den Berg geschlagen hatten. Zauberer Amaru beleuchtete den feuchten Gang mit seinem Kristall und folgte Lunibus, der mit einer hölzernen Laterne vorausging.

Lunibus brummte wiederholt in den Berg hinein und fand zielsicher durch die Gänge mit den vielen Abzweigungen. Immer wieder bogen sie in verschiedene Gänge ab und kamen schließlich an einer noch nicht beschlagenen Wand am Ende eines langen Tunnels an.

Lunibus brummte in die Wand und fühlte mit der kleinen, starken Hand am Felsen entlang und sagte: »Hier ist es. Wenn ich gleich mit dem Pickel gegen die Wand schlage, wird der Berg den Kristall freigeben, den wir brauchen. Blau, Rot, Gelb und Grün: Ihr müsst euren Staub in dem Moment auf den Kristall geben, in dem der Berg ihn aus dem Gestein gebiert. Nur der Wächter kann die Schwingung und Resonanz in den Kristall speichern, während er ans Licht der Welt geboren wird.«

Die Feen machten sich bereit und flogen dicht an die Felswand, und der Zwergenschmied öffnete mit dem Werkzeug das grobe Gestein. Während der Geburt des Kristalls gaben die winzig flatternden Feen den Staub aus ihren Flügeln frei, und der Kristall fiel mit schillernden Regenbögen in seinem Inneren zu Boden.

Meister Amaru war berührt, hob den fingergroßen, strahlenden Bergkristall auf und nahm ihn an sich.

Lunibus brummte dankend in das Berggestein und sagte bewegt: »Der Berg hat sein Herz in diesen Kristall gegeben. Er ist voller Liebe für die Menschen.«

Meister Amaru war voller Dankbarkeit, und auch die Feen waren ergriffen still. Schweigend liefen sie durch die Gänge zurück an die Erdoberfläche, und die Feen flogen beglückt nach draußen.

Der Zauberer lächelte Lunibus an und sagte: »Was bin ich dir und den Feen schuldig, mein Freund?«

Der Zwergenschmied erwiderte: »Nichts, mein Zauberer, das ist unsere Bestimmung, denn der Berg hat sein Herz gegeben. Wie könnte ich dafür etwas verlangen? Ich wünsche mir Frieden für die Welt der Menschen.«

Der Zauberer verneigte sich dankend und antwortete: »Dieser Stein wird seine Bestimmung erfüllen, und ich danke euch allen von Herzen für diese Gabe.«

Dann verstaute er den Kristall in seinem Umhang und zog den magischen Stein aus dem Ärmel. Er flüsterte hinein und verschwand im hellen Lichtblitz, der ihn in seine nächste Bestimmung trug.

Das Waldland und die Nebelberge

ie Mittagssonne blitzte durch die Baumkronen des Waldlandes und im Schutz der Magie der Waldelfen lagen die Bäume in friedlichem Licht. Eine Adlerfamilie kreiste hoch am blauen Himmel, und ein Falkenpaar suchte Futter im Dickicht des Waldes für ihre Jungen, im Nest hoch in den Zweigen der uralten Baumriesen.

Stolz und prächtig wuchsen Zedern, Wacholder, Kiefern und Eichen im Verbund auf dem uralten Mutterboden. An den meterhohen Zedern wuchsen Flechten, die wie zittrige Fahnen im leichten Wind wehten, und Moose bedeckten ihre uralten Stämme mit einem weichen Teppich, der die Nordseite der Rinde der Bäume liebevoll ummantelte.

Der beseelte Wald sprudelte voller Leben in einer Artenvielfalt und Schönheit, die im Licht der Elfenmagie ihren Ursprung hatte. Die Tiere und Pflanzen des Waldlandes lagen im Schutz eines Elfenzauberers, der sich in aufrichtiger Einheit mit den Wesen des Waldes, dem Heilwesen der Natur verschrieben hatte.

Als General Inbar durch den Wasserfall ging und ins Waldelfenreich eintrat, berührte ihn die Magie des Waldes von ganzem Herzen. Er hörte die Bäume flüstern, die Blumen und Vögel sprechen und die Wasser singen. Das Waldlandreich der Elfen war mehr als nur ein Wald, es war ein Ort, an dem auch Zwerge, Feen, Riesen, Gnome und allerlei andere Fabelwesen einen sicheren Lebensraum hatten.

Niemand konnte das Elfenreich betreten, der nicht reinen Herzens und von friedlicher Absicht war. Durch Elfenmagie, geborgen im Licht der Sterne, war diese Welt in Harmonie und Liebe gewoben und in einen Zauber gehüllt, der sie vor der Dunkelheit bewahrte, die in der äußeren Welt wuchs.

Inbar wusste sich hier sicher und ritt seinen Schimmel auf einem Hauptweg entlang durch den dichten Zedernwald in Richtung Nebelgebirge. Er hatte das Waldland am Morgen betreten und war bis zum Mittag ein gutes Stück vorangekommen.

Er gönnte seinem angestrengten Schimmel eine Rast an einem schmalen Bachlauf, der an einer kleinen Wiese mit bunten Blumen lag. Johanniskraut, Kamille, Sauerampfer, Binsen, Pfefferminze, Huflattich und Wiesenschaumkraut reckten ihre Blätter und Blüten in den strahlend blauen Himmel.

Der General legte sich neben sein braves Pferd ins Gras und kaute auf einem saftigen Grasstängel, um sich einen Moment auszuruhen und Kraft zu sammeln für den letzten Teil seiner Reise. Es roch nach frischem Gras und die Pfefferminze verströmte einen angenehmen, klaren Duft. Die Zweige der Zedern am Wiesenrand rochen würzig nach Harz, und die Kamille am Grasrand gab einen süßlichen Wohlgeruch ab, der beruhigend wirkte.

Es war ein Moment der Ruhe und des Friedens, der seinem Körper neue Lebenskraft schenkte. Seine Gedanken schweiften zu Aquasana, und er erinnerte sich an ihr liebevolles Gesicht, und die Nacht mit der Nymphe war für immer in seinem Herzen eingeschlossen.

Inbar wünschte sich, auf dem Rückweg nach Hause wieder zu ihr zurückzukehren und sie zu berühren, als er plötzlich das Gesicht seiner Geliebten in einer Vision vor sich sah, als wäre sie ganz nah bei ihm. Sie sah ihn an und strich mit ihrem seidigen Haar über seine Wangen und flüsterte: »Du darfst nicht verweilen, mein Liebster, du musst dich beeilen.«

Er erschrak und erinnerte sich daran, dass der schwarze Rabe ihm bis zum Wasserfall gefolgt war. Der Gnom und der Halbriese hatten den dunklen Zauberer sicher am Abend laufen lassen. Er hoffte, dass der Magier die beiden unversehrt gelassen hatte.

Obwohl Brambul ihn offensichtlich mit seinem Tee betäubt hatte, konnte er ihm nicht böse sein. Er ärgerte sich über sich selbst, dass er dem Gnom wie ein Anfänger in die Falle getappt war. Seine wertvolle Fracht war noch da und der Lederbeutel hing sicher an seinem Sattel. Was auch immer der Gnom vorgehabt hatte, er schien es sich anders überlegt zu haben.

Der Elfengeneral war sich sicher, dass Rolin ihn verfolgen würde. Er konnte das Waldelfenland nicht betreten, aber würde ihm sicher ins Nebelgebirge folgen. Der Vorsprung von einem halben Tag war schnell aufzuholen, wenn er jetzt Zeit verlor.

Der Weg zum Drachenpalast war anstrengend, denn der schwierige Pfad durch das Nebelgebirge war voller Schluchten und Anstiege, die seinem Pferd alles abverlangen würden. Der Schimmel hatte vom Bachwasser getrunken und graste zufrieden schnaubend auf der Wiese. Der besondere Heilzauber des Waldelfenlandes würde dem Hengst Energie und Ausdauer für den Rest der Reise geben.

Aquasana hatte ihn mit ihrer Vision gewarnt, und der General war darauf vorbereitet, dass ihn in den Nebelbergen Gefahren erwarten würden. Er stand auf und wollte gerade in den Steigbügel des Sattels steigen, um weiterzureiten, da fiel sein Blick prüfend auf den Lederbeutel, den er für den König zum Drachenpalast bringen sollte. Was war es nur, das so wichtig war, dass Lemnon, der Weiße Zauberer, es nicht selbst mit sich genommen hatte?

Er fühlte die Magie, die vom Inhalt des schweren Beutels ausging, und war neugierig, was sich darin verbarg. Bis jetzt hatte er nicht ein einziges Mal darüber nachgedacht, nachzusehen, was er da bei sich trug.

Er widerstand seiner Neugier und stieg auf.

Er lenkte sein Pferd mit den Zügeln auf den Weg und sagte: »Komm, mein treuer Freund, das wird ein harter Weg.« Sichtlich erfrischt und ausgeruht von der heilenden Magie des Waldes setzten die beiden ihren Ritt in mäßigem Tempo fort.

Inbar nahm an einer Weggabelung den östlichen Weg in Richtung Nebelgebirge bis zur östlichen Pforte, die durch einen Tunnel aus dem Waldelfenland führte. Er ritt im Schritttempo durch den Felsengang in das Nebelgebirge und zog schützend die Kapuze seines Mantels tief in sein Gesicht, während sich hinter ihm der felsige Gang in das Zauberreich der Elfen unsichtbar verschloss.

Ab hier war er nicht mehr vor den Spähern des dunklen Magiers geschützt, und er nahm zur Sicherheit einen schmalen Pfad, der ihm mit seinen Felsen genügend Deckung gab und ihn in Serpentinen in die Berge brachte. An besonders engen Stellen sprang er vom tritt-sicheren Pferd und führte es über den steinigen Weg nach oben.

Dichter, feuchter Dunst, der in Schwaden durch die Nebelberge zog, umgab die engen Schluchten und bot ihm zusätzlichen Schutz. Der Aufstieg war schwierig und langsam, Inbar wollte aber sicher-gehen, dem Zauberer am Hauptweg nicht in die Falle zu laufen.

Er hoffte inständig, dass der Zauberer seine Gedanken nicht ge-lesen hatte, als er aus der Gnomhütte geflüchtet war und das Ziel der Reise bereits kannte. Der Rabe hatte ihn zuletzt am Wasserfall gesehen, und er hoffte, der Zauberer würde seine Suche nach ihm aufgeben, weil er glaubte, Inbar wäre mit dem Lederbeutel im Wald-land unerreichbar für den Magier verblieben.

Die Nymphe würde dem Schwarzmagier widerstehen und sicher nicht das wahre Ziel seiner Reise preisgeben. Die Warnung Aquasa-nas allerdings machte den Elfengeneral vorsichtig, denn die Vision im Waldelfenland war ein deutlicher Hinweis, sich nicht darauf zu verlassen, dass der Magier von ihm abgelassen haben könnte.

Hinter den Nebelbergen, hoch oben auf einer Anhöhe, lag das Ziel seiner Reise, der Drachenpalast. Der Mond war schon fast voll, und wenn alles reibungslos verlief, würde er rechtzeitig seine Mission erfüllen können.

Der anstrengende Weg führte Pferd und Reiter durch felsige Schluchten und über Anhöhen, die mit Krüppelkiefern bewachsen waren, die windgeneigt im feuchten Nebel wuchsen. Die nassen Steine des Weges waren mit rutschigem Moos bewachsen und es roch nach klammem Fels. Der Nebel war undurchschaubar und die Sonne konnte den wabernden Dunst nicht durchdringen.

Bis zum Sonnenuntergang musste Inbar die letzte Anhöhe er-reichen, denn in der Nacht war dieser Weg schier unpassierbar. Im Schutz der Dunkelheit konnte er sich auf den Hauptweg zum Palast wagen und von da aus war es nicht mehr weit bis zu seinem Ziel.

Schnaufend erreichten die beiden die Anhöhe und Inbar klopfte seinem treuen Schimmel lobend die Schulter. Der treue Pferdefreund war ihm vertrauensvoll und trittsicher über den rutschigen Pfad ge-folgt.

Erleichtert sprang Inbar in den Sattel und nahm die Zügel auf, als ihn plötzlich ein eiskalter Windhauch traf. Der Weg vor ihm war mit einer mehreren Zentimeter dicken Eisschicht bedeckt und war für Pferd und Reiter unpassierbar glatt. Der Schimmel wurde unruhig, grunzte verunsichert und verweigerte den Gang über das spiegelglatte Eis.

Inbar sprang aus dem Sattel und drehte sich nach allen Seiten um. Er führte seinen aufgeregten Schimmel an die Seite des Weges, um das Eis zu umgehen, als plötzlich eine Stimme sagte: »Ich wusste, dass ich dich hier einfange.«

Der dunkle Zauberer Rolin stand direkt hinter ihm. Er hatte den Weg mit einem Kältezauber vereist und dem Elfengeneral eine Falle gestellt.

Rolin hatte sich von der Gnomhütte aus auf schnellstem Weg ins Nebelgebirge begeben, als er vom Raben hörte, dass Inbar durch den Wasserfall ins Waldelfenreich gegangen war. Der schlaue Vogel hatte eine Karawane des Zwergenkönigs Saludin in Richtung Drachenpalast ziehen sehen. Auch der Riese Mamodas war mit seinem Wolf Stinker unterwegs zum Palast der Drachen von dem flinken Raben gesichtet worden.

Das waren zu viele Zufälle auf einmal gewesen. Das Auftauchen des Zauberers Amaru Muru auf dem Schlachtfeld des Ostwaldes hatte ihn ebenso auf die Idee gebracht, dass im Palast des Drachenfelsens eine Versammlung einberufen wurde, zu der er selbstverständlich nicht eingeladen war.

Dass der Elfenmann zu den Waldlandelfen ging und offensichtlich keine Eile dabei empfand, sondern sich mit der Nymphe am Wasserfall vergnügte, hielt er für ein geschicktes Ablenkungsmanöver.

Sein Gefühl hatte ihm gesagt, dass der Elfenreiter hier auftauchen würde, um den versteckten Weg zum Drachenfelsen zu nehmen. Mit der vereisten Fläche hatte er dafür gesorgt, dass Pferd und Reiter nicht vor ihm fliehen konnten, und die Abgründe am Wegrand waren zu steil, als dass Reiter und Pferd sich hätten dort in Sicherheit bringen können.

Das wusste auch General Inbar, der sehr schnell begriff, dass es nur einen Ausweg aus dieser Situation gab: Er musste gegen den dunklen Magier kämpfen. Er durfte den Gegenstand an seinem Sattel auf keinen Fall dem Magier überlassen, und er hatte nur die eine Wahl: Er musste sich dem Zauberer stellen.

Das war leichter gesagt als getan, denn dieser konnte seine Gedanken lesen und würde jeden seiner Angriffe schon vorherahnen. Er zog das Schwert aus der Halterung am Sattel und drehte sich langsam und bedächtig in Richtung des Magiers und sah ihm fest entschlossen in die vor Wut blitzenden Augen.

Inbar atmete ruhig ein und aus und wich dem Blick Rolins nicht aus. Inbar lenkte seine Gedanken auf die Nymphe im See und die Nacht, die sie dort verbracht hatten. Er erinnerte sich daran, dass sie ihm gesagt hatte, er solle ihren Namen rufen, wenn er in Not sei. Leise, unhörbar für den Schwarzen Magier, flüsterte er ihren Namen.

Der Zauberer wurde wütend und sagte: »Gib mir den Lederbeutel, dann lasse ich dich leben! Ich weiß, wo du hinwillst. Du brauchst deine Gedanken nicht vor mir zu verstecken.«

Der dunkle Zauberer zog ein langes Schwert aus seinem Ärmel und setzte zum ersten Schlag an, den Inbar gekonnt kraftvoll abwehrte. Wütend brüllend stürzte sich Rolin auf Inbar, während sein Rabe den Elfen durch heftiges Flattern abzulenken versuchte. Der wild gewordene Vogel flog auf den General zu, hackte gezielt nach seinen Augen und versuchte, ihn zu treffen.

Mit einem Schwertstreich traf Inbar den Raben, und dieser stürzte tot zu Boden. Der Zauberer erwischte den Elfen im gleichen Moment mit seinem Schwert und schnitt ihm eine tiefe Wunde in den Arm. Der General sprang blutend zurück und führte mit einem heftigen Hieb sein Schwert in Richtung des Magiers.

Rolin wich erschrocken zur Seite und drehte sich geschickt um sich selbst, um dichter an den Elfen heranzukommen, der ihn auf Abstand zu halten versuchte. Der kampferfahrene Elfenkrieger wich jedem Schlag des Magiers aus und versuchte, ihn müde zu machen. Dann stürzte er in einem günstigen Moment nach vorne und hieb ihm mit Wucht seinen Ellenbogen in die Rippen.

Der Magier schwankte und stöhnte auf. Das hatte er nicht kommen sehen, und er rang nach Gleichgewicht.

Inbar nutzte den Moment und versuchte, ihn mit dem Schwert niederzustrecken, doch Rolin hatte sein Gleichgewicht wiedergefunden und wehrte den Hieb des Elfenschwertes geschickt ab. Die Schwerter klirrten, als sie heftig schwungvoll aufeinander krachten.

Wie wilde Tiger umkreisten sich die beiden Kämpfer, und Rolins Wut stieg ins Unermessliche, während Inbar konzentriert und ruhig seinen Gegner im Visier behielt. Technisch war es ein ungleicher Kampf, doch Inbar rechnete jederzeit mit einem dunklen Zauber, der ihm den Geist vernebeln könnte. Er hielt den Zauberer unaufhörlich in Bewegung und sorgte dafür, dass Rolin sich nicht auf einen Zauberspruch konzentrieren konnte.

Der Magier drängte den Elfenmann mit geschickten Schwerthieben rückwärts auf den vereisten Weg. Inbar verlor den Halt auf dem Eis und fiel rücklings zu Boden. Rolin hatte das kommen sehen und stürzte sich vornüber auf den Elf und trieb ihm sein blitzendes Schwert tief in die Brust.

Der General war schwer verletzt getroffen und Rolin zog mit einem Siegesschrei die scharfe Waffe aus dem schwer verwundeten Elfen.

Inbar keuchte vor Schmerz und die Zeit um ihn herum schien sich zu verlangsamen. Er rang nach Atem, während er das Gesicht Aquasanas vor Augen hatte. Die schöne Nymphe blickte in seiner Vision liebevoll in sein Gesicht und flüsterte für den Schwarzen Magier unhörbar: »Ich schenkte dir den Hauch der Nymphen, der dir ewiges Leben gewährt. Bleib am Boden liegen, während die Heilkraft meines Volkes deine Wunden heilt.«

Inbar fühlte, wie Wärme in seinen schon fast kalten Körper floss. Er atmete die Lebenskraft tief ein, die ihm sein Leben zurückschenkte, und flüsterte leise: »Ich liebe Dich, mein Herz.«

Die Wärme der Nymphenfrau floss in den Elfenmann und um ihn herum. Das Eis des Weges schmolz und die Wunden Inbars verschlossen sich und heilten seinen Körper makellos.

Der Zauberer war unterdessen zum Pferd des Generals gelaufen und wollte den Lederbeutel vom Sattel nehmen. Der Schimmel stellte sich auf die Hinterbeine und schlug mit den Vorderhufen auf den Magier ein. Das treue Pferd spürte, dass sein Herr mit dem Leben kämpfte, und trat mit aller Kraft auf den Schwarzen Zauberer ein. Das Tier wieherte zornig und starrte mit weit geöffneten Augen auf den Zauberer.

Immer wieder stieg der Hengst auf die Hinterbeine und ließ Rolin nicht an sich herankommen. Gezielt schlug das Pferd mit den Hufen aus und traf den Zauberer am Kopf, der ohnmächtig zu Boden krachte. Dann lief der Schimmel zu seinem Herrn, der immer noch auf dem Boden lag, und beschnupperte ihn sanft mit den Nüstern.

Inbar sagte leise und leicht geschwächt: »Gut gemacht, mein treuer Freund.«

Der Elfengeneral zog sich an der Pferdemähne hoch und trat in den Steigbügel, um aufzusteigen. Er sah noch einmal nach Rolin, der ohnmächtig vom Huf geschlagen auf dem Weg lag, der von der Wärme des Nymphenzaubers völlig eisfrei war.

Der General griff nach seiner tödlichen Wunde in der Brust und konnte keine finden, denn er war unverwundbar durch Aquasana, die ihm diese Kraft aus Liebe geschenkt hatte. Er atmete dankbar tief ein und gab seinem Schimmel das Zeichen zum Aufbruch, während er nach dem Lederbeutel tastete, der immer noch am Knauf des Sattels hing.

Er hatte den reglosen Magier nicht getötet, denn er wusste nicht, welche Rolle er noch in der Geschichte dieser Bestimmung zu spielen hatte.

Eilig preschten Pferd und Reiter davon in Richtung Drachenpalast. Die Nacht war schon hereingebrochen, der Nebeldunst hatte sich verzogen und der fast volle Mond leuchtete verheißungsvoll am Abendhimmel. Es war nicht mehr weit, bis General Inbar seine Aufgabe erfüllen konnte: die wertvolle Fracht König Lemnons zur Versammlung in den Drachenpalast zu bringen, auch wenn ihn das fast das Leben gekostet hätte.

Der Elfengeneral wusste jetzt, dass eine höhere Macht ihn zur Nymphenfrau geführt hatte, die ihm in der allerhöchsten Not das Leben schenken konnte. Er war sich sicher, dass dies kein Zufall war.

Das, was sich in dem Lederbeutel befand, war Teil einer größeren Bestimmung, die er bereit gewesen war, mit seinem Leben zu schützen. Genauso war die Liebesnacht mit Aquasana Teil einer höheren Aufgabe, die ihm letztlich Heilung geschenkt hatte.

Der Elfenmann ahnte nun, wie wertvoll der Schatz war, den er transportierte.

Im hellen Licht des Mondes galoppierten Schimmel und Reiter demütig auf den nächsten Berghügel zu, auf dessen Umrisse der Drachenpalast im Mondschein glitzernd leuchtete.

Die Reise

Zauberer Amaru Muru hatte gerade in den Stein geflüstert und der Lichtblitz hatte ihn durchströmt, als er bemerkte, dass diese Lichtreise anders war als seine bisherigen Teleportationen. Er fühlte sich komplett schwerelos und wurde durch eine Art Tunnel katapultiert, der aus hellem, goldenem Licht bestand.

Meister Amaru umschloss mit seiner Hand fest den kleinen Kristall, der hell blinkte, und rang nach Atem. Der Zauberer schloss vertrauensvoll die Augen, während er in einer wilden Fahrt durch den Lichttunnel mit vielen Wendungen und Kurven auf und ab geschleudert wurde.

Er konnte kaum atmen und rang nach Luft, während die wilde Fahrt durchs Licht immer schneller zu werden schien. Er fühlte sich, als würde er in einem Sog durch Raum und Zeit gezogen, und sein Kopf begann zu schmerzen.

Gerade als er dachte, er würde in Ohnmacht fallen, endete der Transport abrupt mit einem heftigen Aufprall, der ihn zu Boden stürzen ließ. Er schnappte nach Luft und versuchte, ruhig zu atmen, bevor er die Augen öffnete, um zu sehen, wo er gelandet war.

Bisher hatte der kleine Zauberstein ihn immer dahin getragen, wo seine nächste Mission war, aber solch eine Fahrt hatte er noch nicht erlebt. Seine Glieder schmerzten vom Aufprall, und er versuchte aufzustehen, konnte sich aber nicht gegen die Schwerkraft stemmen, die ihn sofort wieder auf den Boden drückte. Sein Körper fühlte sich schwer und träge an und er blieb liegen, während er sich umsah.

Der Zauberer war in einer Art großer Kammer aus Lichtglas, die von brodelnd heißer Lava umgeben war, die um die eckige Lichtblase waberte. Grellhell in Orangegelb floss das heiße Gestein um ihn herum, und dennoch war es angenehm kühl in der Kammer, die weder einen Eingang noch einen Ausgang besaß.

Er war darin eingeschlossen und versuchte, ruhig zu atmen und seine Angst zu überwinden. Er akzeptierte innerlich den Ort, an dem er sich befand, und die Tatsache, dass er in einem glutheißen Lavastrom eingeschlossen war, und beruhigte seinen Verstand, der ihn fragte, ob das gläserne Lichtgefäß der immensen Hitze von außen lange standhalten würde.

Er beobachtete das pulsierende Licht im heißen Gestein und bemerkte, dass eine Art Filter auf der Lichtblase liegen musste, der ihn vor der Strahlung schützte, denn seine Augen schmerzten beim Blick in das gleißende Hell nicht.

Meister Amaru besann sich auf seinen Atem und beruhigte sich. Der Zauberer versuchte, seinen Kopf zu wenden, um sich umzudrehen, aber auch das erlaubte die massive Gravitationskraft nicht, die auf seinen ganzen Körper einwirkte.

Er schloss die Augen und ließ sich einfach im Gefühl des Hier und Jetzt treiben und richtete seine Gedanken auf das, was er im Herzen wahrnahm. Da konnte er plötzlich eine liebevolle Wärme in seinem Körper spüren, und er fühlte sich sicher und geborgen, eingewoben in einen Klang aus dem Licht, das ihn umgab.

Die Lichtblase schien ihn in diesem Klang beruhigend zu wiegen und er entspannte sich immer mehr. Er sah in das flüssige Gestein um ihn herum und entdeckte darin plötzlich lächelnde Gesichter, die im starken Glutstrom tanzten. Eines der Wesen kam ganz nah an die Lichtblase und lächelte Meister Amaru liebevoll an. Er konnte die Lichtaugen sehen, die in hellem Gelb funkelten und strahlten.

Das Wesen hob die Hand zum Gruß, und er konnte in seinem Kopf hören, wie es in seinen Gedanken zu ihm sprach: »Beruhige dich, Erdenzauberer. Du bist hier sicher!«

Amaru Muru konzentrierte sich und antwortete dem Wesen telepathisch: »Wo bin ich?«

Das Lichtwesen im goldenen Schein antwortete liebevoll und lächelte durch die Lichtblase: »Du bist in der Sonne. Fürchte dich nicht, es wird dir nichts geschehen. Es hat uns schon lange kein Zauberer des Planeten Erde mehr besucht. Wir sind die Hüter der Sonne.«

Der Magier blickte erstaunt auf die Lichtwesen, die sich tanzend und kichernd um die Blase bewegten. Sie sahen aus wie kleine, tanzende Gesichter von Kindern, die sich mit dem pulsierenden Licht des Magmas glücklich mitbewegten. Sie hatten Spaß daran, auf den Wellen des kochenden Magmas zu reiten, und schwirrten umher wie Irrlichter im heißen Sonnenkörper.

Amaru Muru fühlte die Freude und das Glück, das sie verströmten, und sah ihnen vertrauensvoll beim Sonnentanz zu.

Das freundliche Gesicht sprach in seinen Gedanken und ein summender Ton vibrierte in jeder Zelle seines Körpers: »Wir sind die Kinder der Sonne, und seit Jahrmillionen hüten wir ihre Strahlkraft. Dieser Stern pulsiert mit dem Kosmos in Einheit und ist ein Kind der zentralen Sonne, die sich fernab in der Mitte dieses Universums befindet. In jedem Stern sind die Lichtquellen des zentralen Sterns gespeichert und alles ist über mehrdimensionale Wege miteinander verbunden.

Du bist durch einen Zeittunnel hierhergekommen, der sich durch die Galaxien schlängelt und alle Planeten und Sterne miteinander verbindet. Die Energie und das Licht der Sonne sind der Antrieb für den Sprung durch Raum und Zeit. Dein genetischer Zellcode wurde angefragt und deshalb bist du hierher in die Sprungblase gekommen. Du musst hier kurz verweilen, denn jeder Sprung durch Raum und Zeit soll von deiner Körperhülle verkraftet werden. Achte darauf, dass du dich entspannst und ganz dem Prozess der Zeitreise durch den Raum vertraust.

Der Hohe Rat der Plejaden hat deinen Zellcode freigeschaltet, und du wirst mit dem nächsten offenen Sonnenwirbel durch einen Lichttunnel zum hellsten Stern des Siebengestirns teleportieren. Es wird nicht lange dauern, also fürchte dich nicht. Am besten schließe deine Augen, damit dir nicht schwindelig wird.«

Die Sonnenkinder lachten und kicherten, während Amaru Muru vertrauensvoll die Augen schloss. Kaum hatte er das getan, spürte er einen heftigen Ruck, der ihn fest auf den Boden der glasartigen Blase drückte. Er fühlte, wie er sich um sich selbst drehend, durch einen weiteren Lichttunnel schoss.

Ein brummender, tiefer Ton erfasste seinen ganzen Leib, und er fühlte die Resonanz in jeder seiner Körperzellen. Ein tiefes

Glücksgefühl durchströmte ihn und er lachte glücklich. Dann wurde das Summen leiser und er spürte, wie die Blase zum Stillstand kam. Als er seine Augen öffnete, fühlte er sich leicht und beinahe schwerelos, und er konnte sich aufrichten.

Der Zauberer schaute sich neugierig um und befand sich in einem quadratischen Raum aus Granit, der glatt geschliffen wie Glas funkelte. Die Blase war verschwunden und stattdessen umgab ihn ein verschlossener Kubus, der gerade so hoch war, dass er darin aufrechtstehen konnte.

Meister Amaru stand auf, und er fühlte sich glücklich und unbeschwert. Er sah auf den kleinen Stein, den er fest in seiner Hand hielt und der immer noch leuchtete. Vorsichtig tastete er mit den Fingerspitzen an der steinernen Wand des Würfels entlang, aber er konnte weder Runen noch Zeichen entdecken.

Kaum hatte er jedoch die Wände berührt, öffnete ein Lichtstrahl die steinerne Wand, die direkt vor ihm lag, und Amaru Muru betrat einen runden Raum, der mit einer Art Kuppel überdacht war. Wände aus Bergkristall gaben dem runden, lichtdurchfluteten Saal seine makellose Form, in dessen Mitte sich eine Art runder Tisch mit Hockern aus Bergkristall befand. Ein süßlicher Geruch erfüllte den Raum, und es schien, als wäre er gänzlich luftdicht verschlossen.

Der Zauberer sah sich in dem ansonsten leeren Raum um, als plötzlich ein schmales Tor im Stein durch Licht geöffnet wurde und ein sehr alter Plejadenmann eintrat. Das Sternenwesen hatte eine ganz ähnliche Gestalt wie KiinRa, den er ja erst vor einigen Tagen im Sonnentempel gesehen und dem er die Reise nach Hause zu den Plejaden ermöglicht hatte.

Der Plejader trug einen weißen, langen Mantel und ging leicht vorgebeugt. Seine Haut war leicht faltig, und sein langgezogener Kopf war mit einem dünnen, weißen Tuch umwickelt, das wie eine Krone wirkte. Er trug einen goldenen Smaragdring an seiner Hand mit sechs Fingern, die er freundlich zum Gruß erhob.

Der Plejadenmann kam auf Meister Amaru Muru zu und sagte: »Ich bin der Oberste des Plejadischen Rates und heiße dich willkommen auf unserem Hauptstern. Wie fühlst du dich nach dem Sprung durch Zeit und Raum? Wir haben dir diesen luftgefüllten Saal geschaffen, damit dein Körper atmen kann. Ich hoffe, du kannst sorglos die Luft in deinen Lungen spüren.«

Meister Amaru war tief berührt von der mitfühlenden Schwingung, die von dem Plejadenwesen ausging und die sein Herz mit Liebe erfüllte. Irgendwie war etwas Vertrautes in dem Obersten des Rates, das er nicht benennen konnte.

Meister Amaru nickte und sagte: »Ich danke euch, ich bin sehr geehrt und glücklich, euch kennenzulernen, obwohl ich nicht weiß, warum ihr mich hierher gebracht habt.«

Der Plejader wies mit der Hand auf den Tisch und sagte: »So, ihr freut euch, mich kennenzulernen, ist das so? Lasst uns einen Moment hier zusammensitzen.«

Die beiden gingen zum runden Tisch, setzten sich gegenüber und sahen sich tief in die Augen. Der Zauberer sagte demütig: »Herr, es ist mir eine große Ehre, hier zu sein, aber ich habe eine wichtige Aufgabe auf der Erde zu erfüllen, und der Zeitpunkt meines Hierseins ist etwas ungeschickt.«

Der Plejader lachte aus vollem Herzen und antwortete liebevoll: »Immer deiner Bestimmung nach, mit ganzem Herzen, nicht wahr? Mach dir keine Sorgen, Raum und Zeit sind nicht existent und du wirst von deinem Stein geführt immer da sein, wo deine Berufung für das Universum deine Präsenz verlangt.«

Amaru Muru betrachtete den alten Plejader sehr genau und fand etwas sehr Vertrautes in seinen Augen, das er sich immer noch nicht erklären konnte.

Der Plejader lachte schallend und sagte: »Ich bin als Oberster des Plejadenrates hier, um dir bei deiner Aufgabe zu helfen. Die anderen würden dich gerne kennenlernen, aber sie vertragen das Luftgemisch nicht, das ihr atmet. Ich hingegen mag es sehr, meine Lungen mit Sauerstoff zu füllen, es erinnert mich an eine schöne Zeit in meinem zweitausend Jahre alten Leben.«

Der Magier nickte dankend und sagte: «Wir können die Hilfe der Plejader mehr als gut gebrauchen. Ich danke euch, Herr. Die Veränderungen auf dem Erdplaneten sind gravierend, und wir müssen das kosmische Wissen erhalten für eine Zeit, in der die Menschen lernen können, damit umzugehen.«

Der Plejader antwortete mit Tränen in den Augen: »Wir wissen um die Begabungen, die in den Menschen liegen, und wir kennen die Geschichte, die folgen wird auf die Zeit, in der du jetzt lebst, mein Freund. Wir schätzen die Menschen und das, was insbesondere du tun wirst, um das kosmische Wissen auf dem Planeten Erde zu erhalten. Das Opfer, das du erbringen wirst, ist von großer Demut, und ich möchte dir in diesem Augenblick Hoffnung schenken, dass das, was du gestalten wirst, über viele Zeitalter hinweg große Achtung und Anerkennung für deinen Namen birgt.«

Verwundert sah Meister Amaru den Plejader an und sagte: »Es geht nicht um meinen Namen, Herr, ich will einfach nur meiner Bestimmung folgen und alles tun, damit die Völker der Erde ihrer Berufung und kosmischen Natur folgen können.«

Der alte Plejadenmann lachte erneut und fragte: »Du erkennst mich immer noch nicht?«

Amaru Muru stutzte und sah dem Obersten der Plejader tief in die Augen. Sein Herz schien ihn zu erkennen, denn er fühlte Freundschaft und Vertrauen in dem Wesen, das ihm gegenüber saß.

Der Ratsoberste lächelte und sagte: »Du hast mir vor vielen Tausend Erdenjahren meine Heimreise ermöglicht. Für dich mag es nur ein paar Tage her sein, aber ich bin durch deinen Zauber in meine Heimat gekommen und habe hier ein glückliches und erfülltes Leben gelebt. Ich habe geheiratet, eine große Schar von Kindern gezeugt, und nun erfreue ich mich auch an meinen vielen Enkelkindern. Über all die Jahre bin ich alt und weise geworden. Ich bin der zweitausend Jahre alte KiinRa, mein guter Zauberer.«

Meister Amaru erkannte erst jetzt KiinRa, der einst auf dem Erdplaneten lebte, und vor Freude kullerten Tränen über sein Gesicht.

Der Plejader fuhr fort: »Nun, dein Aufenthalt hier auf den Plejaden ist nur begrenzt möglich, weil es leicht deinem Körper zu schwer werden könnte, in so viel Licht zu sein. Deshalb will ich dir sagen, was du wissen musst, um deine Aufgabe leicht erfüllen zu können.

In der Zeit, in der du hier bist, hat die Welt der Menschen sich sehr verändert. Dein Plan, das Wissen auf dem Erdplaneten zu erhalten, wird dir gelingen. Meine Liebe für die Menschen und ihre Manifestationskraft war über all die Zeit in meinem Herzen, und als ich Oberster des Plejadenrates wurde, habe ich den anderen Mitgliedern vorgeschlagen, mit den Menschen Kontakt aufzunehmen. Dank deiner klugen Vorgehensweise war die Kontaktaufnahme erfolgreich, und Menschen mit hellsichtigen Begabungen können unsere Botschaften wahrnehmen und die Schulungen im Menschenkollektiv haben begonnen.

Wir haben die Menschen über lange Zeit beobachtet und uns nicht eingemischt, wie es den universellen Regeln entspricht. Die Idee, das Wissen auf der Erde in Kristallen zu speichern, die je nach Resonanz und Frequenz stufenweise freigeschaltet werden, war genial und erfolgreich. Auch für die Elfen, Riesen, Feen und Zwerge hast du die richtige Lösung gefunden, sodass sie von den Handlungen der Menschenvölker unberührt bleiben.

Ich darf dir jetzt nicht alles offenbaren, da dies sonst ein Eingriff in deine Entscheidungen wäre. Dennoch möchte ich dir Mut machen und dir die großartigen Erfolge deines Handelns erklären, damit du am Ende deines irdischen Lebens ohne Zweifel das tun kannst, was du dir vorgenommen hast. Der Rat der Plejader möchte dir Dankbarkeit erweisen und dir versprechen, dass wir den Menschen in der Zeit danach immer helfende Freunde sein werden, die ihnen Rat schenken, wenn sie danach fragen. Sie werden nicht allein gelassen und haben Freunde hier im Siebengestirn, die an sie glauben.

Über viele Generationen hinweg habe ich den Plejadern die besondere Herzenskraft der Menschen beschrieben, und es ist uns wichtig, dass sie von unserer Liebe für sie wissen. Wenn die Zeit reif ist und sie uns nicht für Götter halten werden, können wir das Bündnis der Freundschaft sichtbar mit ihnen schmieden und ihnen die Reisen in der Sternenwelt beibringen, damit sie ihre Bestimmung als Schöpferwesen im Universum erfüllen können.

Das alles ist nur möglich, weil du den Grundstein dafür legen wirst, und deshalb wird dein Name im Universum in die Geschichte eingehen. Ich weiß, dass dir das nur wenig bedeutet, aber es soll dir zu deinen Lebzeiten Dankbarkeit erwiesen sein, mein lieber Zaubererfreund.

Die Menschen werden das Zeitalter der Angst überwinden, und sie werden Technologien entwickeln, die den Planeten heilen werden, auch wenn es manchmal auf Messers Schneide stehen wird. Das, was du hinterlässt auf dem Planeten Erde, wird das ganze Universum ins Gleichgewicht zurückführen und bis auf alle multiversen Ebenen heilend spiegeln und wirken.

Ich weiß, dass dir das Mut geben wird, die Menschen loszulassen und ihnen zu vertrauen, dass sie ihren Weg finden und erfolgreich gehen werden. Wir werden für sie da sein, wenn sie die ersten universellen Schritte unternehmen und ihre unbewussten Fähigkeiten gewachsen und reif dafür sind. Dein beherztes Handeln und dein Geschenk ans Universum werden nie in Vergessenheit geraten. Dafür danke ich dir mit meinen zwei ganzen Herzen.

Die Zeitreise, die du zu uns unternommen hast, hat den Code der Sternenkraft und die Überwindung von Raum und Zeit und auch den Code der Plejadenweisheit in deine Körperzellen gespeist. Dein besonderes Vermächtnis wird dies an die Menschen übertragen, wenn die Zeit gekommen ist.

Das ist unser Geschenk an die Menschheit in diesem Prozess, welches du in deinen Genen mit in deine Welt nimmst, um es dann auf Kristall zu schwingen, der in der Zukunft jenen Menschen diese Frequenzen übergeben wird, die dafür in freiem Willen sind. Die Menschen und die Plejader werden immer in liebevoller Freundschaft verbunden sein, das ist ein Versprechen.«

Amaru Muru war tief berührt und ergriffen von dem, was er hörte, und sein Herz schlug vor Rührung heftig in seiner Brust. Er fühlte, dass KiinRa die Wahrheit sprach, und das erfüllte ihn mit Mut, Hoffnung und Glück.

KiinRa fuhr fort: »Du liebst die Erde, auch der Planet wird es dir danken und dich im Herzen haben. Das, was du vorhast, ist deine Bestimmung, und du wirst sie meistern.«

Der Oberste des Plejadischen Rates erhob sich, bedeutete Meister Amaru einladend mit der Hand, zurück in den Würfel aus Quarzstein zu gehen, und sagte: »Es wird Zeit, mein Freund. Dieses Mal schicke ich dich nach Hause, so wie du es einst am Sonnentempel mit mir gemacht hast.«

Der Zauberer ging zurück in die Kammer, drehte sich noch einmal zu KiinRa um und sagte liebevoll: »Von Seele zu Seele in Freundschaft, bis in die Glückseligkeit.«

KiinRa antwortete gerührt: »Von Seele zu Seele in Freundschaft, bis in die Glückseligkeit.«

Meister Amaru legte sich auf den steinernen Boden und die Kammer verschloss sich wieder zu einem Kubus. Er hielt seinen Stein fest umklammert, als dieser blitzte, und der Zauberer auf die gleiche Weise durch Raum und Zeit reiste, wie er gekommen war – an den Ort seiner nächsten Bestimmung.

Der Nordturm

Hoch im nördlichen Königreich lagen die gefrorenen Flächen des Eislandes im grünlich bunten Schein leuchtender Polarlichter. Schnee und Eis schillerten im Tanz der Lichtschwaden, die den Himmel in farbenfrohem Rhythmus in die Weisheit der Sonnenkraft und ihrer Informationen hüllten. Pulsierend und beschwingt tauchte das Nordlicht die unendlichen Eisflächen in einen mystischen Zauber, der sich lautlos am Himmel bewegte.

Mitten im endlos wirkenden, kalten Hauch aus Eis und Schnee lag ein hoher Turm aus Stein, gebaut auf einer kleinen Anhöhe, von der man den Blick weit über die Polarlandschaft schweifen lassen konnte. Der Turm hatte einen winzigen Ausguck an seiner Spitze, durch den man das Umland beobachten konnte.

Das säulenartige Gebäude war ansonsten fensterlos und von einer hohen, steilen Mauer aus Granit umgeben. Die Mauer hatte kein Tor, und um ins Innere der massiven Festung zu gelangen, musste man durch einen Tunnel den Schutzwall unterlaufen, um dann durch eine versteckte Pforte ins Innere des Turms zu gelangen. Eine mehrfach mit Barrieren gesicherte Wendeltreppe führte in den einzigen Raum des runden Wächterturms, in dem ein Mensch lebte.

In dem Raum gab es eine Kochstelle, die gleichzeitig Wärme spendete, einen Holztisch mit einem Stuhl und ein Bett, das ganz mit Fellen bedeckt war. Eine immer brennende Öllampe spendete diffuses Licht, und in einer Ecke stand ein Regal mit allerlei Vorräten aus in Öl eingelegtem Gemüse, und getrockneter Fisch verströmte seinen salzig intensiven Geruch im ganzen Raum.

Kleine Holzfässer mit Wein und Schnaps stapelten sich, und allerlei Waffen lagen verteilt im ganzen Zimmer. Lanzen, Äxte, Schwerter, Messer, Hammer und geschärfte Sicheln standen griffbereit neben der schweren Eichentür, die mit Riegeln und Stangen aus Eisen gesichert war. Winzige, mit Leder bedeckte Schlitze im gemauerten

Turm gaben den Ausguck in alle Himmelsrichtungen frei, und Pfeil und Bogen standen auch hier zum Kampf bereit.

Um die steinerne Anlage herum lag eine endlose, stille Weite aus Eis und Schnee, und bis zur nächsten Ansiedlung waren es Hunderte Kilometer weit, für die ein Mensch zu Fuß Wochen brauchte, um sie zu überwinden.

Im Innenhof zwischen Mauer und Turm lag eine Hütte mit Vorräten, die in der Kälte dauerhaft gefroren blieben und für ein ganzes Heer ausreichend Nahrung abgeben konnten. Brennholz für mehrere Jahre stand geschichtet in sauberen Stapeln in der Hütte, die fast 30 Meter lang war.

Ein Mann, in einen dicken Mantel aus Fell gehüllt, mit langen Haaren und zotteligem Bart, an dem sich Eiszapfen gebildet hatten, befand sich im Vorratslager. Seine Nase war rot von der Kälte, sein Atem dampfte und warf Wassertropfen auf sein Gesicht, die sich in seinem Gesichtshaar fingen und sofort in Eis verwandelten.

Seine braunen Augen blickten wirr auf die Vorräte, und er zählte die Kisten und Säcke, die in der Hütte eingelagert waren. In der einen Hand hielt er eine Öllampe und mit der anderen umklammerte er fest eine Axt, die er schützend vor sich hielt.

Der vom Schnaps halbtrunkene Mann führte Selbstgespräche, während er die Hütte mit vielen Riegeln aus Eisen und Holz sicherte und durch den Schnee zurück in den Turm stapfte. Er sprach zu seiner Axt in der Hand, als er keuchend die Turmtür mit sieben Riegeln und einer Holzplanke von innen verschloss: »So, die Vorräte sind sicher, meine liebe Axt. Wir haben genug zu essen, doch wir müssen auf der Hut sein, dass sie uns nicht gestohlen werden. Wir müssen uns beeilen, denn wir müssen in den Ausguck, wer weiß, ob jemand kommt, die anderen warten schon auf uns.«

Schnaufend vor Anstrengung verriegelte er jede einzelne Barriere, die den gewundenen Aufgang nach oben sicherte. Der Mann überprüfte jeden Holzbalken und jedes Schloss der Barrikaden mehrfach und ging die Treppe bis ganz nach oben.

Er verrammelte die Tür zur einzigen Kammer und rief: »Hallo, wir sind wieder da. Lanze, Sichel, Hammer und Speer, wir haben uns beeilt. Ist jemand hier? Habt ihr gut aufgepasst?« Der Einsiedler sprach mit seinen Waffen, als wären es seine Freunde und überprüfte jede Einzelne von ihnen.

Dann ging er durch den Raum und kontrollierte, ob alles noch am rechten Platz lag, und spähte durch die Schlitze in der Wand nach draußen. »Sieht so aus, als wäre die Luft rein. Aber wir müssen vorsichtig sein, es könnte sich jemand anschleichen.«

Der Mann warf seinen Mantel aus Fell in eine Ecke, stellte seine Axt liebevoll zu den anderen Waffen und griff nach einem Holzbecher auf dem Tisch. Er füllte ihn zur Hälfte mit Schnaps und goss mit einer Kelle abgekochtes Wasser hinein.

Er füllte das Trinkgefäß bis zum Rand, nahm einen großen Schluck und sagte: »So, das ist ein Getränk, das uns sicher keine Krankheit bringt, meine lieben Waffen. Wir sind vor Keimen im Wasser sicher!«

Der kauzige Kerl ging zur Feuerstelle und legte ein paar Holzscheite in die Flammen und wärmte seine eisigen Hände, die von der Kälte ledrig und rissig waren.

Dann fuhr er hoch und sagte: »Meine Waffen, wie lange war ich unten, war jemand hier unterdessen und hat meinen Schnaps vergiftet?«

Er sah nach dem Schnapsfass und schnupperte daran. Beruhigt trank er noch einen Schluck aus seinem Becher und nahm sich ein Stück getrockneten Fisch, den er selbst gefangen und in Salz getrocknet hatte, kaute es und spülte es mit dem Rest des Wasserschnaps hinunter. Seine Augen wurden glasig, und der Alkohol gab ihm das Gefühl von Wärme und Entspannung.

Noch einmal ging er zu den Ledervorhängen und spähte durch die Schlitze nach draußen und sagte: »Meine Waffen, da sind wieder die bunten Lichter am Himmel, das sind die Zauberer, die uns mit Schwarzer Magie verzaubern wollen. Wir dürfen so lange nicht nach draußen, bis die Spuren der bösen Magie wieder verschwunden sind. Sie wollen uns manipulieren und zu Sklaven machen. Sie haben überall Kriege begonnen, sich verschworen und wollen die Welt beherrschen, mit ihrer Sucht nach Macht. Sie wollen uns willenlos machen mit ihrer Lichtmagie, die in uns eindringt und unseren Willen stehlen soll. Wir sind hier sicher, so lange wir niemanden hineinlassen und nicht nach draußen gehen. Sie haben bunten Kristallstaub in die Luft gegeben, der in unsere Köpfe steigt und uns zu willenlosen Werkzeugen machen soll.«

Der angstbesessene Menschenmann verschloss die Guckschlitze mit den Ledervorhängen und versicherte sich, dass alles luftdicht abgeschlossen war.

Die Feuerstelle begann zu qualmen und hustend öffnete der muffig stinkende Mann einen Abzug, der den Qualm durch ein Rohr nach draußen leitete.

»Seht ihr, meine Waffen, jetzt wollen sie uns zwingen, die Luft von draußen zu atmen.«

Er griff nach seinem Trinkbecher und schenkte sich nach, als ein heller Blitz den Raum erfüllte.

Der Mann ließ erschrocken den Becher fallen und sah Meister Amaru mitten im Raum stehen. Er brüllte laut: »An die Waffen, sie sind gekommen!«

Er sprang zu seiner Axt und umklammerte sie. Die Angst verzerrte sein Gesicht, und er wollte sich mit Wucht auf den Zauberer stürzen.

Amaru Muru lächelte und hob seine Hand empor und sagte: »Haltet ein, mein König, bevor ihr euch verteidigt. Ich will euch nichts tun!« Amaru Muru legte eine Schutzglocke aus Licht um sich selbst und sah dabei zu, wie der Menschenkönig mit Axt und Schwert auf das Licht einschlug, bis er müde geworden war.

Er sagte liebevoll: »Licht ist immer stärker als die Dunkelheit, mein lieber Freund und König der Nordmenschen. Das hast du nur vergessen, Odin, König der Asen. Sei vorsichtig, du wirst dich noch verletzen!«

Irrsinnig vor blinder Angst warf Odin die Axt zur Seite, griff nach einem Messer und schrie: »Du willst mich mit deinem Zauber blenden! Ich steche mir die Augen aus, ich will mich nicht ergeben.«

Er holte aus und stach sich in das linke Auge und verletzte es. Odin krümmte sich vor Schmerz, warf seine Waffen zu Boden und schimpfte: »Ihr Waffen habt mich verraten, ihr habt den Zauberer hereingelassen, jetzt ist alles zu spät, ihr Verräter!«

Amaru Muru sagte sehr bestimmt: »Nun hör sofort auf damit. Du wirst noch sehr wichtige Aufgaben erfüllen und es ist nicht deine Bestimmung, dich selbst zu richten. Lass uns reden, bevor du dich dem Tod ergibst. Erkennst du mich nicht? Ich bin dein Freund, den du von Kindesbeinen an kennst.«

Odin antwortete knurrig: »Ich habe keine Freunde, Freunde sind alle Verräter, sie lassen einen im Stich oder fallen einem in den Rücken.«

Meister Amaru antwortete: »Es ist in Ordnung, dass du so fühlst. Wenn du willst, dann töte mich. Ich akzeptiere das, aber lass uns erst reden, wenn du möchtest. Du bist am dunkelsten Punkt deines Lebens und trägst doch das göttliche Licht in deinen Genen. Wenn du deine Angst besiegst, wirst du dich deiner Bestimmung widmen können, die dein Herz fühlen kann. Atme erst einmal durch und siehe es als Chance für dich an, einen Moment lang mit dir selbst sicher zu sein. Du hast eine wichtige Aufgabe. Erinnerst du dich an sie? Tief unter diesem Turm liegt ein Brunnen, der vom Lichtwasser der inneren Erde gespeist wird. Erinnerst du dich daran?«

Odin stutzte und sagte: »Woher weißt du von dem Brunnen? Es ist das einzige Wasser, welches das Wissen des Universums in sich trägt, und ich schütze es mit meinem Leben.«

Der Zauberer fuhr fort und sagte: »Erinnerst du dich an die Runen und Gedichte, die wir gerne miteinander studierten? Tief in deinem Herzen und deinen Körperzellen ist diese Weisheit noch lebendig. Jetzt, in diesem Moment, willst du dich selbst vernichten, weil deine Angst von dir Besitz ergriffen hat. Aus dieser Angst gelangst du nur, wenn du den Todeswunsch überwindest und dich an das Wissen erinnerst, das dich mit der Schöpferkraft verbindet. Du hast besondere Lichtkraft in dir, und wenn du sie wiederfindest, wird deine Angst schwinden und du wirst deine Bestimmung fühlen. Du hast eine wichtige Aufgabe, erinnerst du dich?«

Das Gesicht Odins entspannte sich und er nickte.

Meister Amaru fuhr fort: «Die Asen haben langes Leben, heilende Begabung und Magie des Lichtes über Jahrtausende in ihren Familien. Was auch immer dich in diese Angst gestürzt hat, lass sie los und erinnere dich an das Gute und Lichtvolle in dir. Du entscheidest ganz alleine, wie lange du in diesem Turm verweilen willst. Du hast deinen Verstand an die Angst verloren und dich im Nebel des Alkohols betäubt. Du bist dem Tode nah, denn du wirst in allem eine Bedrohung für dich finden können, so lange, bis du in den Freitod gehst. Auch das ist deine Entscheidung.

Ich schlage vor, du fühlst in dich hinein und erinnerst dich an den Brunnen, der tief unter diesem Turm ist, und wir gehen dorthin. Ein Schluck Wasser vom Quell des Wissens wird dein Herz erfrischen und dir die Wahrheit ins Gedächtnis rufen, dass du eine Bestimmung hast in diesem Leben auf der Erde. Lass uns zum Brunnen gehen! Danach kannst du entscheiden, ob du dir selbst oder mir das Leben nimmst. Bist du einverstanden?«

Der muskulöse Mann nickte und schaute beschämt auf den Magier in seiner Lichtglocke. Er schämte sich, dass er auf seinen alten Freund, den Zauberer, eingeschlagen hatte. Er erkannte Meister Amaru, den er als Kind immer Mimir genannt hatte.

Der Zauberer ließ seinen Schutzwall aus Licht fallen und trat dichter an Odin heran. Er umarmte den muskulösen Mann und sagte: »Ich fühle dein Licht, es ist stärker als die Dunkelheit.«

Odin weinte, als der Zauberer ihn mitfühlend festhielt wie ein kleines Kind, und erwiderte die Umarmung des Magiers.

Meister Amaru sagte: »Komm, wir gehen nach unten zum Brunnen. Lass die Waffen hier und lass uns vom Wasser trinken.«

Die beiden stiegen die lange Wendeltreppe durch sämtliche Barrieren hinab, am Ausgang in den Hof vorbei, tief unter die Erde. Zauberer Amaru beleuchtete den dunklen Weg nach unten mit seinem Kristall, den er in seiner Hand in die Höhe hielt. Die Stufen führten tief hinab und mündeten in eine riesige Höhle.

Inmitten der Grotte lag schimmernd und glitzernd ein See, der aus einer Lichtwasserquelle gespeist wurde. An den uralten Wänden wuchsen Bergkristallspitzen und reflektierten das Lichtwasser in den Höhlenraum. Ein gemauerter Weg führte entlang am Wasserbecken zu einem riesigen Baum, der schon viele Zeitalter dieser Welt gesehen hatte.

Die Weltenesche hatte dicke Wurzeln, die in den See reichten und dem Lebensbaum seine Unsterblichkeit verliehen. Je näher Odin an den Baum kam, umso heller wurde sein Gesicht und seine Augen begannen zu leuchten.

Amaru Muru sah es und fragte: »Erinnerst du dich an Yggdrasil, den Weltenhüterbaum? Du bist sein Wächter und es ist deine Bestimmung, ihn zu schützen. Er ist der Hüter aller Wälder und Bäume und verbindet sie mit der Unsterblichkeit. Deine Familie hütet ihn über Tausende von Erdenjahren, und seine Langlebigkeit ist auch in dir und deinen Genen. Er wird vom Lichtwasser gespeist, welches das Wissen des Universums trägt. Die Magie, die im Wasser ist, trägt das Licht und wird all deine Angst mit Weisheit lösen. Trink davon, wenn du möchtest.«

Odin zögerte einen Moment, doch dann entkleidete er sich und sprang nackt mit einem Satz in den See aus Lichtwasser. Als sein Körper vom Wasser berührt wurde, begann er zu leuchten und alle Angst wich aus seinen Gedanken.

Er spürte, wie das lichtvolle Nass seinen Körper mit Wärme umspielte, und trank es. Seine Körperzellen erinnerten sich an die Wahrheit und das Wissen um die göttliche Schöpferkraft, und er fühlte, wie Hoffnung, Mut und Stärke in ihn einflossen.

Er sah Szenen aus seiner Kindheit, wie er mit Amaru Muru hier am Weltenbaum spielte und das Glück des ewigen Lebens in ihn einfloss. Er blickte zu Yggdrasil, dem Weltenbaum, der seine Äste freudig schwang, als wolle er seinen Hüter zurück im Leben begrüßen. Er schwamm zu den alten Wurzeln des Baumes und fühlte sich wie ein Kind, das vom Jungbrunnen des ewigen Lebens getrunken hatte.

Odin spürte, wie die Liebe des Universums in ihn einströmte und er begann zu lächeln. Er rief Amaru Muru zu: »Mimir, wie konnte ich das alles nur vergessen?«

Der Zauberer lächelte glücklich und setzte sich an den Seerand direkt unter den Weltenbaum und streichelte die alten knochigen Wurzeln. Odin schwamm zu ihm herüber und fragte: »Was um alles in der Welt ist in mich gefahren? Was war das für ein dunkler Zauber, von dem du mich befreit hast?«

Amaru Muru antwortete bestimmt: »Das war ich nicht, mein Freund, das warst du selbst. Du bist voller Gefühle, Odin. Du besitzt als Mensch die Schöpferkraft. Die Asen sind menschlichen Geschlechts aus einem Stamm, der Zauberkraft und Magie stets in sich trägt. Diese Kraft zu beherrschen ist nicht einfach, denn sie birgt die Gefahr, sich selbst durch gefühlte Angst in die Dunkelheit zu versetzen.

Du darfst alles erschaffen, was deinem Herzen entspringt. Ist es ausschließlich Angst, die du lebst, wirst du dich selbst in Isolation und letztendlich in den Tod tragen. In dieser Prüfung darf dir niemand die Angst einfach nehmen, denn das entspricht nicht dem kosmischen Gesetz des freien Willens.

Durch deinen Mut und die Erinnerung an deine Bestimmung hast du dich selbst mit dem Sprung ins Wasser geheilt, zumindest für den Augenblick. In dir leben der Krieger und der Heiler, der Seher und der Weise in gleichem Maße. Deine lebenslange Prüfung wird sein, das im Gleichgewicht zu halten.

Angst ist nützlich, um in der materiellen Welt der Menschen einen sicheren Weg zu beschreiten, doch gleichzeitig müssen die anderen Gefühle, die du hast, den Krieger in dir zügeln und die Weisheit des Universums obsiegen lassen. Das ist die Meisterschaft, die göttliche Schöpferkraft hervorruft, die Glück und Heil gebiert und in die Welt der Menschen trägt.

Du wirst Kinder haben, Odin, die die Welt der Menschen prägen werden. Sie werden euch für Götter halten und nur das aus eurer Kraft entnehmen, was ihre eigenen Gefühle und Wünsche stärkt. Deine Bestimmung ist, ihnen Mut zu geben für die Zeit der Dunkelheit, die nun hereinbrechen muss in der Welt der Menschen.

Auch sie müssen lernen, die Angst zu durchleben und zu bändigen, damit sie sich an ihre Schöpferkraft erinnern. Das wird sehr lange Zeit in Anspruch nehmen und es ist wichtig, dass das Wissen die Zeit des Vergessens überdauert. Du hast am eigenen Leib gespürt, dass die Angst sowohl ein nützliches Werkzeug als auch ein Zauber sein kann, der den Geist verwirrt und alles ins Dunkel der Hoffnungslosigkeit stürzt.

Es wird Machthaber geben, die aus Angst heraus die Menschen lenken und steuern werden, letztlich aber selbst in dem Irrsinn, der darin liegt, ins Vergessen stürzen. Es wird an dir sein zu entscheiden, ob du das Wissen darum weise nutzen wirst. Du kannst entscheiden, ob du Krieger oder Lehrer sein willst. Diese Prüfung darf ich dir nicht abnehmen, kann dich aber immer daran erinnern, dass die Natur des Universums Frieden und Liebe ist.

Die Lichtquelle und Yggdrasil schenken dir die Wissenschaften der Runen, die Magie der Worte und auch die heiligen Künste der Heilung durch das ewige Leben. Wenn du das den Menschen übergibst, dann wirst du ein schöpfender, gottgleicher Diener jenes Planes sein, der die Menschheit aus dem Dunkel befreit in einer fernen Zukunft. Das ist deine Bestimmung.«

Odin schluckte und fragte den Zauberer: »Was soll ich tun, wenn ich es wieder vergesse? Kannst du mir etwas geben, das mir hilft, mich zu erinnern?«

Amaru Muru nickte und sagte: »Ich habe einen Plan, der erst von der Versammlung abgesegnet werden muss, welche ich zum nächsten Vollmond im Drachenpalast einberufen habe. Ich werde der Menschheit etwas hinterlassen, das ihnen das Wissen speichert und den Menschenvölkern der Erde zugänglich macht, wenn sie reif dafür sind.

Bis dahin komme regelmäßig hier zur Quelle und labe dich am Wasser der Inneren Erde. Hüte den Weltenbaum und begreife, dass du die Waage von Leben und Tod in deinem Herzen trägst. Du kannst darüber entscheiden, wie du in die Geschichte der Asen eingehen wirst. Als Krieger und Hüter des Todes oder als lebenspendender Lehrer und Träger der heiligen Runen und magischen Wissenschaften.

Das ist deinem Willen überlassen. Den Menschen steht es ebenso frei, das Wissen so anzuwenden, wie sie es selbst entscheiden werden. Du selbst hast am eigenen Leib erfahren, wie gut es ist, die Angst und ihre Macht gefühlt und überwunden zu haben. Das ist der einzige Weg aus der Dunkelheit.«

Odin sah auf das lichtvolle Wasser und unter Tränen sagte er:

»Ich danke dir, Mimir. Ohne dich wäre ich verloren gewesen in der Dunkelheit.«

Meister Amaru antwortete: »Das Licht ist immer stärker als das Dunkel. Ich werde dir ein Werkzeug senden, das dir hilft, die Menschen zu erinnern, wenn es nötig sein wird. Sie werden sich darin im Spiegel schauen und sich mit ihren Herzen wiedererkennen und wissen, dass sie nicht alleine sind in dieser Zeit. Es gibt genug lichtvolle Helfer, die in diesem Prozess geduldig und mitfühlend die liebende Kraft des Universums vertreten, und wir werden sie nicht alleine lassen in dieser herausfordernden Zeit. Das ist unsere Bestimmung.«

Als der Zauberer das gesagt hatte, drehte er sich zur Seite und flüsterte in den Kristall in seiner Hand. Er verschwand mit einem gleißend hellen Blitz.

Odin schwamm noch lange im Wasser aus Licht und setzte sich dann unter Yggdrasil, den Weltenbaum. Er fühlte sich kraftvoll und war neugierig auf sein zukünftiges Leben voller Abenteuer.

Das heilige Wort

Zauberer Amaru öffnete die Augen, nachdem der Blitz ihn in seine nächste Bestimmung geführt hatte. Er fühlte seinen Körper kaum und war umgeben von hellem Licht aus bunten Farben. Seine Gestalt war leuchtend und er spürte sofort, dass er in die Lichtwelt der Inneren Erde teleportiert war.

Er stand in einem kleinen, gewölbten Raum aus Kristall, der von einem hellen Regenbogen umfasst war. Zuerst glaubte er, er sei im Palast der Engel, in dem sich auch seine Bibliothek befand und der Rat der Engelwesen ihm gesagt hatte, dass er sich in die Welt der Menschen nicht einmischen durfte. Von dort aus hatte er seine Mission begonnen, und dort lag auch das Weiße Buch, das sich unaufhörlich mit Geschichten und Worten füllte, die in eine andere Zeit flossen und dort gelesen wurden.

Der Magier spürte seine eigene Lichtform und er fühlte einen Klang, der sein Herz und seine Seele erwärmte und den er noch nie zuvor wahrgenommen hatte. Das Vibrieren der Musik hatte einen Rhythmus, der in seinem Lichtkörper resonierte und seine Leuchtkraft verstärkte.

Er war im Inneren der Erde, dessen war er sich sicher, den Ort selbst hatte er aber noch nie zuvor gesehen. Das kleine Gewölbe hatte nur einen Ausgang, der mit einem Lichtschleier undurchsichtig verschlossen war. Der Kristall in seiner Hand pulsierte im Wohlklang der Musik und wechselte seine Farben im herzerwärmenden Klang einer Harfe, die auf der anderen Seite der Pforte gespielt wurde.

Der himmlische Klang berühre ihn tief und einen kurzen Moment lang glaubte er, am Ende seines Lebens angekommen zu sein. Lichttränen liefen ihm über die Wangen, denn er fürchtete einen kurzen Augenblick, er könnte in seiner Bestimmung versagt haben und würde nun die Erde verlassen. Sein Herz schlug aufgeregt und er sagte leise: »Es ist, wie es ist.«

Dann schritt er beherzt durch das Lichtportal der Musik entgegen, die ihm das Vertrauen in das, was jetzt geschehen würde, schenkte. Auf der anderen Seite angekommen, sah er einen scheinbar endlosen Ozean aus Lichtwasser, der in Kristall gefasst in den hellsten Farbtönen leuchtete.

Das Wasser pulsierte im Rhythmus der Harfenmusik und wechselte je nach Tonlage die Farben. Feiner Kristallsand unter seinen Füßen reflektierte das Licht und er fühlte, wie der Lichtklang in seinem Herzen harmonisch resonierte.

Er folgte der Musik und kam an einen Pavillon, in dem ein Engel die Harfe spielte, die den endlosen Raum mit ihrer Magie der Liebe füllte. Das Lichtwesen bestand aus Regenbogenfarben, und mächtige Schwingen schmückten seinen Rücken. Es bewegte mit seinen Fingern die Seiten einer goldenen Harfe, die die Klänge in bunten Farben in das Wasser spielten. Jeder Ton hatte eine andere Frequenz und füllte den Lichtwasserozean mit Wellen aus Licht, die im Wasserspiegel bunt resonierten.

Der Engel lächelte Amaru Muru entgegen und sagte: »Komm näher. Ich habe dich erwartet.«

Der Magier nickte und betrat den Pavillon, der aus Säulen aus reinem Kristall bestand.

Der Engel fuhr fort: »Deine Zeit hier ist begrenzt, Zauberer, denn wenn du dich zu lange am Schöpfungsquell aufhältst, willst du nicht mehr zurück in die irdische Welt. Um deine Bestimmung zu erfüllen, will ich dir etwas schenken. Setz dich zu mir.«

Amaru Muru gehorchte wortlos und die Worte des Engels spürte er in seinen Körperzellen, die sich leicht und lichtvoll anfühlten.

»Ich heiße Gandharva Pali und ich bin der Hüter des Lebenswassers Soma, das hier mit dem Sonnenlicht in den Ozean aus Lichtwasser fällt. Die Musik, die ich spiele, beschwingt das Wasser und es spendet Leben. Hier fließt die universelle Schöpferkraft in alles, was mit dem Wasser des Lebens in Berührung kommt. Du kennst das Lichtwasser, das in den alten Tempeln und Anlagen des Planeten Erde fließt, es hat seinen Ursprung in diesem Ozean.

Ich hüte die Frequenzen, die das Wasser trägt, und je nach

Entwicklung auf der Erde erschaffe ich die Musik, die in die Körper aller Lebewesen auf dem Erdplaneten dringt und dort die Zellen und Gene mit dem göttlichen Sinn des Seins berührt.

Klang ist die Kraft der Schöpfung, die alles durchdringt. Alles, was existiert, wird mit dem Hauch des Lebens aus diesem Ozean erfüllt. Ich bin nicht alleine, denn Tausende von Engeln hüten diese Aufgabe an verschiedenen Orten im Universum.

Der Erdplanet ist ein Wasserträger und nah an der Sonne ein Instrument, das geschaffen wurde, um in dieser Galaxie die Frequenzen der Liebe und des Lichtes in dieses Universum zu tragen. In anderen Universen ist das ebenso, und alles ist mit allem multivers verwoben.

Mit dem Klang der Musik erschaffen wir die Sterne und Planeten und sind mit der Schöpfung in Einklang. Wir halten die Universen im Gleichgewicht und gleichen Missklänge aus, damit sie das Gefüge des Multiversums nicht zerstören. Die Sonne spendet uns das Licht für diese Aufgabe, und das Wasser, das wir hier mit Frequenzen füllen, bringt den Planeten Erde zum Singen.

Vor langen Zeiten erschuf unsere Frequenz buntes Leben auf diesem Planeten. In den Ozeanen auf der Oberfläche der Erde formten sich einzellige Wesen, die mit dem Klang der Musik der Inneren Erde in bunter Vielfalt das Leben in der Materie erweckten. Der Klang des Lebens brachte eine bunte Artenvielfalt hervor, die über Jahrmillionen im Gleichklang mit der Musik prächtige Lebendigkeit erzeugte. Erst eroberten Pflanzen diese Erdenwelt und später entstand das Tierreich mit seinem Artenreichtum.

Der Planet Erde mit seinem Inneren aus Kristall und seiner Erdkruste aus kristallreichem Gestein war der perfekte Klangkörper, eigens geschaffen für das bunte Leben der Natur in der Materie. Auch der Mensch wurde erschaffen und diente mit seinem Gesang als Instrument auf der Erdoberfläche, immer den Zellklang des universellen Lebens in den Genen tragend.

Der Mensch war ein schöpfendes Wesen, mit dem Urquell des Lebenswassers im Einklang. Als selbstlernende Intelligenz lebte der Mensch intensiv seine Gefühle und brachte jene im Gesang aus seinen Mündern in die Materie. Sie waren mit dem Klang des Schöpfers in

Harmonie und Einheit. Ihr Gesang konnte Stein schmelzen und Berge formen, Blumen erschaffen und buntes Leben kreieren.

Immer waren sie mit dem Soma des Lebens in ihren Zellen und mit dem Kern des Planeten und den Engelwesen verbunden. Sie lernten, ihre Liebe zu manifestieren und ihre Gefühle zu nutzen, um Klang in Materie zu füllen. Sie waren die ersten Zauberer auf dieser Erde, die man später auch für Götter hielt. Ihre Magie bestand darin, die Materie mit ihren Gefühlen zu beschwingen, und ihr Gesang war ihre Zauberkraft.

Im Wetteifer miteinander lebten die Menschen ihre Gefühle und kosteten den Atem des Lebens in vollen Zügen aus, mit dem Lichtwasser und der Musik der Engel in telepathischer Verbindung. Irgendwann im Laufe der Zeitalter wurde aus Musik das Wort, denn Worte waren schneller als lange Lieder. Es entstanden klangvolle Sprachen, die schneller den Wunsch des Herzens mit der Schöpfung verbanden. Worte waren abgekürzte Lieder, die aber die gleiche Kraft der Gefühle in sich trugen. Worte im richtigen Rhythmus gesprochen vermochten genauso zu wirken wie lange Tonfolgen und waren die intelligente Schöpfung der Menschen, um die Manifestationskraft zu beschleunigen.

Irgendwann wurden Worte zu Formeln und Sprüchen, die nur diejenigen erkannten, die sie erfunden hatten. Um die Zauberformeln und Sprüche an die nächste Generation zu übergeben, gab es Schulen, in denen die Menschen ihr Wissen um die Sprachen mündlich weitergaben. Nicht alle Menschen wollten diese Magie erlernen, sie hatten Freude am irdischen Leben und sie begannen zu vergessen, was Musik in der Schöpfung bedeutet.

Ihre Art, Emotionen auszudrücken, änderte sich und der Hohe Rat der Engel sah das Gleichgewicht im Universum gefährdet. Der freie Wille aller Wesen gebot jedoch, den Prozess nicht zu beeinflussen. Die Lebensspanne der menschlichen Völker der Erde verkürzte sich und mit jeder neuen Inkarnation gab es neue Lernaufgaben, um in die wahre Bestimmung zurückzufinden.

Die Menschen entwickelten unterschiedliche Gefühle und auch verschiedene Sprachen. Aus dem Wort wurde Schrift in Form von

Bildern, Zeichen und Buchstaben. Die Magie des Universums war nun in Büchern und Bildern zu finden, zum Teil fernab ihrer ursprünglichen Kraft und Bedeutung.

Wünsche und Sehnsüchte waren durch die Gefühle der Menschen gesteuert und sie folgten nicht mehr ihrer eigentlichen Bestimmung. Gute wie schlechte Absichten begannen Materie zu formen und die Dualität des Seins entstand und wird weiter wachsen. Das Wissen um die Worte und ihre Kraft wurde vergessen, und die Schöpferkraft der Menschen brachte ganze Universen in Chaos. Ein gesprochenes Wort hatte die Macht, ein komplettes Universum zu vernichten.

Die Lebenszeit jener Wesen, die in guter Absicht sprachen und schrieben, blieb erhalten, und die Zeitspanne des Lebensalters jener, die aus schlechter Absicht Worte und Klang oder Text nutzten, verkürzte sich auf natürliche Weise. So entstanden Zauberer, Elfen, Feen, Zwerge und Riesen, die gemeinsam mit den Menschen auf dem Planeten Erde lebten. Eine Vielfalt an unterschiedlichen Bestimmungen entwickelte sich selbstständig, und immer mit dem Ziel, aus freiem Willen zur ursprünglichen Berufung zurückzufinden.

Über die Lichttunnel der Sonne kamen Sternenwesen auf den Erdplaneten, um den Völkern der Erde zu helfen, die Stimme und den Gesang des Blauen Planeten wieder zum Schwingen zu bringen. Das Universum spürt den veränderten Klang des Erdplaneten, und auch auf anderen Sternen setzt die neue Frequenz des neuen Zeitalters unbekannte Geschicke frei.

Da die Menschen mit ihren Gefühlen die stärkste Manifestationskraft haben und niemand sich gegen den freien Willen vergehen darf, haben die Sternenmenschen Wissen auf die Erde gebracht und in die Genetik der menschlichen Völker gegeben. Dieses Wissen wird dann freigeschaltet, wenn die Frequenz der Gene des Menschen in Einheit mit dem Klang der Erde und der Resonanz des Universums ist.

Nun sind wir am Beginn des Zeitalters der großen Veränderung angekommen, und deine Bestimmung als Zauberer ist, das Wissen um die Musik der Erde an die Menschen zu übermitteln. Mit der Kraft des Somas, des heiligen Lebenswassers, und der Musik, die wir Engel in den Quell des Lebens geben, wird deinem Vermächtnis göttliche Kraft verliehen.

Der Hohe Rat der Engel hat deine Idee, eine Kristallbibliothek zu erschaffen, befürwortet unter der Bedingung, dass das Wissen, welches sie trägt, nur freigegeben werden kann, wenn sie mit dem Klang des Lebenswassers harmoniert und so nur göttliche Bestimmung erfüllen wird.

Musik in Kristall zu schwingen ist eine langfristig haltbare Methode, um Frequenzen zu speichern, die weder durch Wort noch Schrift missinterpretiert werden können. Die Bibliothek wird nur dann für die Menschen sichtbar, wenn sie reif sind für das, was sie in ihr spüren können.

Auch das Weiße Buch, das sich selbst schreibt und füllt mit deiner Geschichte, wird mit dem Klang der Magie der Engel gefüllt sein und nur für jene Menschen lesbar und fühlbar sein, die in ihrem Drang nach Wissen den Wunsch der wahren Berufung im Licht erfüllen. Das Weiße Buch wird ein Wegweiser sein, dein Vermächtnis zu ergründen, und den Menschen die Wahrheit des Universums dann vermitteln, wenn sie am dunkelsten Punkt ihres Weges im Vergessen angelangt sind.

Die Erinnerung an ihre Berufung wird sich in den Zeilen des Buches spiegeln, und den Leser der Schrift mit dem Klang unserer Liebe berühren und mit Erkenntnis segnen, wenn die Resonanz des Lebenswassers ihrer Zellen mit dem Klang unserer Musik in Einheit und Harmonie schwingt.

Meine Aufgabe ist, dich, Meister Amaru Muru, im Klang des Lichtwassers mit Informationen zu erfüllen, die in die Zukunft getragen werden sollen. Das Wissen, das den Menschen in einem künftigen Zeitalter gegeben wird, muss unmissverständlich so zu Kristall werden, dass der Mensch sich darin selbst findet. Wäre dein Vermächtnis nur auf kristallenen Tafeln gespeichert, die in einer Bibliothek bewahrt werden, würde es der Mensch nicht eindeutig als ihm zugehörig zuordnen können.

Die menschlichen Völker der Erde werden in der Zukunft mehr mit einem Bild anfangen können als mit Worten. Würdest du jedoch eine Tafel mit dem Abbild deiner Selbst in die Zukunft senden, dann würden die Menschen dich für einen Gott halten, und der Inhalt der Bibliothek würde seinen Auftrag nicht erfüllen können. Die Völker der Erde müssen sich selbst sehen, unabhängig von Hautfarbe oder Rasse, um die Frequenzen des Wissens freischalten zu können in der Resonanz von Liebe und Mitgefühl.

Kristall überdauert viele Jahrtausende und die Form der menschlichen, körperlichen Grundstruktur ändert sich nur unwesentlich in dieser Zeitspanne. Die Kristalle, die du den Menschen übergibst, müssen ihre Form und Gestalt haben und sie daran erinnern, dass ihr Denken der Sitz ihres Willens ist. Nur mit Willenskraft wird der Mensch seine Gefühle in Balance halten und seine Schöpferkraft wiedergewinnen, indem er sich mit seinem Herz dem Klang deines Vermächtnisses öffnen kann. Die Kristalle müssen eindeutig das Abbild des Menschen sein, sie an ihre eigene Bestimmung erinnern und die kristalline Wahrheit unmissverständlich tragen können, unabhängig von Sprache oder Herkunft.«

Der Engel pausierte mit dem Spiel der Harfe, das er, während er sprach, nicht angehalten hatte.

Er hob die Hand und deutete auf den Kristallsand, über den Amaru Muru kurz vorher gegangen war, und fuhr fort zu sprechen: »Schau auf den Sand und sieh, wie er das Licht meiner Musik einfängt. Fühlst du, wie er sich dem Schöpfungsklang hingibt? Versuche, dich dem Klang deines Herzens hinzugeben, nutze deine Zauberkraft und gib deinem Gefühl eine Form.«

Der Magier blickte auf den Sand und spürte in sein Herz. Er war in diesem Moment so ergriffen von der Liebe des Engels, dass sein Herz völlig angefüllt war mit Demut und Hingabe an dieses höhere Wesen aus Licht. Er öffnete sich für seine Zauberkraft, und der Sand begann zu schweben. In einem Wirbel aus Luft schmolz der Stein zu einem Abbild des Lichtengels, der mit seiner Harfe direkt in sein Herz gespielt hatte.

Gandharva Pali lächelte und sagte: »Danke, Meister Amaru, dass dein Herz mich sieht. Deine Liebe hat das in Kristall erschaffen, was dein Herz gefühlt hat: ein Abbild meines Wesens, welches du liebst. Diese Kristallfigur würde den Menschen aber nur die Botschaft senden, dass die Wahrheit ihrer Schöpferkraft nur in einem Lichtwesen außerhalb von ihnen zu finden ist.

Alles, was der Mensch im Außen als göttlich erachtet, führt ihn weg von seiner eigenen Schöpferwahrheit. Die Statue eines Engels würde ihnen suggerieren, dass der göttliche Quell im irdischen Leben niemals erreichbar für sie ist. Sie werden das Wissen um ihre Schöpferkraft brauchen und in ihrem unterbewussten und bewussten Zustand erkennen können, dass die Schöpfung und Kraft der Magie nur in ihnen selbst zu suchen ist.

Sie müssen fühlen können, dass sie es selbst sind, die eine Quelle der Freude und Liebe in sich tragen, die mit dem Lichtwasser der Schöpfung im Gleichklang schwingt. Das kann nur in Vollkommenheit in Kristall geschwungen werden, aus einem reinen Herzen, das in Liebe und Hingabe für die göttliche Bestimmung dem Universum sein eigenes Wesen in Selbstliebe schenkt.

All dein Wissen und deine Demut müssen mit deiner Zauberkraft in jene Form kristallisieren, die ein Mensch in sich selbst spüren und sehen kann. Dann wird es in Vollkommenheit das transportieren, was es soll, nämlich die unmissverständliche Botschaft, dass der Mensch diese Informationen und Frequenzen als Wahrheit annehmen und sich und seiner Bestimmung zuordnen kann.

Willst du es noch einmal versuchen? Gib die Liebe und die Weisheit des Universums in eine Form, die der Mensch als die eigene Art erkennen kann.«

Der Zauberer konzentrierte sich noch einmal und der Staub aus Kristall begann zu fliegen. Leuchtend verschmolzen die winzigen Kristallkörner im Licht zu einem Gegenstand, während der Engel wieder seine goldene Harfe voller Liebe spielte.

Auf dem sandigen Ufer am Lichtwassersee formte der Zauber der Liebe einen menschlichen Schädel aus Kristall.

Als der Sand sich legte und der Klang der Musik beendet war, sagte der Engel: »Das ist gut so, Meister Amaru. Diese Botschaft können Menschen mit ihrem Herzen öffnen und damit das Wissen nutzen, das in diesem Schädelstein schwingt, um sich selbst als Schöpfer zu erkennen. Wenn die Musik der Erde und die Frequenz der menschlichen Gene im Einklang sind, dann werden sie es erkennen und abrufen können, was ihnen hilft, ihre Bestimmung im Universum zu erfüllen.

Es sollen viele dieser Schädelsteine auf dem Erdplaneten in alle Zeiten der Vergangenheit und Zukunft gesendet werden, um den Menschen zu helfen, das Zeitalter des Vergessens zu überdauern und sich und den Planeten Erde nicht zu vernichten. Stufenweise und je nach Fortgang der durch ihren eigenen Willen geformten Geschichte ihrer Bewusstwerdung können diese Informationsträger, die mit der Liebe und dem Licht der Engel gefüllt sind, als Schädelsteine wichtige Frequenzen liefern, die sie brauchen werden, um das Vergessen zu überwinden.

Nur so werden sie das Weiße Buch erhalten, das sich gerade schreibt und in der Zukunft gelesen wird. So werden Kriege und Dunkelheit ein Ende finden und der Frieden wird einziehen in eine Welt, die viele Zeitalter voraus liegt. Die Menschen werden dann selbst entscheiden, was sie mit dem Wissen anfangen werden, welches die Wahrheit ihrer Bestimmung enthält. Es werden sich Hüter dieser Schädelsteine finden, die dieses Vermächtnis der Engel durch die Zeitalter tragen, und deine Zauberkraft wird dafür sorgen, dass sie mit Herz und Liebe begleitet werden in dieser Zeit.

Diesen Schädelstein hier werden wir in die Vergangenheit zu einem Elfenzauberer senden, der ihn hüten wird bis zum richtigen Zeitpunkt in der Weltgeschichte des Planeten Erde. Er wird die Stimme einer Engelschaft tragen, die den Menschen in ferner Zukunft Botschaften geben wird, die den Völkern der Erde helfen werden, das Weiße Buch und die anderen Schädelsteine zu erhalten und ihre Bestimmung damit umzusetzen.

Dieser Schädelstein trägt die Musik und das Licht der Engel, die in Liebe, Geduld und Mitgefühl ihren heiligen Auftrag ausführen, die Menschen zu schulen und ihnen das Wissen und die Wahrheit ihrer Bestimmung zu offenbaren. Sie dienen ausschließlich als Sendboten der Heiligkeit der universellen göttlichen Liebe und werden das

Wissen wie Saatkörner aus dem Mantel des Schöpfers auf die Erde regnen lassen, um den Schöpfungsplan zu erfüllen und den Menschen zu helfen, die Göttlichkeit in sich selbst zu finden.

Auch ich habe meine Musik in diesen Schädelstein gegeben, der das Herz des Lichtes in sich verkörpert. Er wird gehütet sein über viele Zeitalter und dann die Kraft der heiligen Worte erklingen lassen, die mit der Frequenz des Wissens und der Liebe mit dem Planeten Erde in Einklang schwingen, wenn die Menschen reif dafür geworden sind.

Das ist das Geschenk, das die Engel den Menschenvölkern geben, um ihnen zu verdeutlichen, dass sie nicht alleine sind, sondern unsere Liebe immer an ihrer Seite gehen wird. Auch du, Meister Amaru, wirst als Zauberer der Weißen Magie den Menschen ein Geschenk aus Liebe und Hingabe an deine Bestimmung hinterlassen – wir werden dir dabei helfen. Wenn der Zeitpunkt gekommen ist, werde ich dir erscheinen und das verwirklichen, was du vorhast. Doch nun musst du gehen, deine Zeit hier ist vorüber.«

Amaru Muru hatte Tränen in den Augen, denn er wusste, was das bedeutet, und verneigte sich vor Engel Gandharva Pali voller Dankbarkeit. Er ging zurück zum Regenbogenportal, während der Schöpfungsengel wieder mit der Harfe den Klang des Lichtwassersees mit Liebe erfüllte. Der Zauberer war mit Glück im Herzen berührt, und als er im Portal stand, führte ihn ein Lichtblitz aus seinem Kristallstein in seine nächste Bestimmung.

Der Drachenpalast

Der Mond stand voll und rund am sternenklaren Nachthimmel und der Palast der Drachen lag mit seinen vier runden Türmen im lieblichen Mondschein. Der Duft von Holunderblüten lag in der Luft und die Nachtigallen sangen ihr Sommerlied von Liebe. Der prachtvolle Bau war auf dem höchsten Berg einer Gebirgskette vor Tausenden von Erdenjahren auf dem Drachenfels von Zauberern errichtet worden.

Hier kamen die Drachen in der alten Zeit her, um ihre befruchteten Eier abzulegen und sie der Obhut der Magier des Drachenordens zu überlassen, die darüber wachten, dass die Drachenjungen in Ruhe geboren, aufgezogen und ihrer Bestimmung zugeführt wurden. Die Drachenjungen wurden hier gehegt und gepflegt und nach ihrer magischen Begabung hin erzogen.

Es gab Wasser-, Feuer-, Erd- und Luftdrachen, die sich alle in Aussehen, Farben und Wesen voneinander unterschieden. Die Zauberer des Drachenordens hatten eine große Liebe für die Drachen, und die Freundschaft mit ihren Zöglingen verteidigten sie nach altem Brauch mit ihrem Leben.

Hatte beim Schlüpfen aus dem Ei ein Zauberer Pate gestanden, dann waren Drache und Magier mit Herz und Seele verbunden, sogar bis über den Tod hinaus auch in ein zukünftiges Leben. Ein Magier, der das Herz mit einem Drachen teilte, war über alle Inkarnationen hinweg durch ein unsichtbares Band mit ihm verwoben, und Drache sowie Magier vereinten ihre magischen Kräfte bis in die Ewigkeit.

Bevor ein Zauberer Pate werden durfte, musste er die Elemente beherrschen, denn nie war gewiss, welche Art von Drachen aus einem Ei entschlüpfte. Selbst wenn die Elterntiere Feuerdrachen waren, so konnte das Universum entscheiden, dass sie ein Wasserdrachenkind zur Welt brachten.

Wann ein Drachenei bereit war, das Leben in sich zu gestalten, hing nicht von den Eltern ab, sondern von der Bestimmung, die sie im Universum zu erfüllen hatten. Es waren manchmal tausend Jahre, bis sich in einem Ei das Leben regte, und die Zauberer übernahmen für die nicht mehr lebenden Eltern die Patenschaft des Drachenjungen, sobald das Drachenei sich färbte, als Zeichen seiner Reife.

Es war immer seltener geworden, dass die Drachen ihre Eier legten, und auch die Zyklen, in denen die Lindwurmbabys aus den Schalen schlüpften, hatten sich deutlich verlängert im Zuge der Veränderung auf der Erde.

Wie ein Nest schmiegte der Bau aus Granit sich an den Drachenfelsen, und mit seinen Türmen bot er den Drachen einen guten Startplatz für ihren ersten Flug. Der jeweilige Zauberer, der Pate für den Drachen stand, durfte auf dessen Rücken so lange schützend und lenkend mitfliegen, bis er alleine die Kunst des Gleitens in den Lüften erlernt hatte. Beherrschte der Drache das Fliegen, wurde er in die Freiheit entlassen.

Manchmal kam es vor, dass einer der flügge gewordenen Luftdrachen bei seinem Zauberer bleiben wollte. Dieser Magier wurde zum Drachenreiter und musste die Burg verlassen, was in den Augen des Zauberers aber eine große Ehre war, denn auch sie liebten die Flüge mit ihrem Drachenfreund, und sie suchten sich gemeinsam einen Drachensitz, an dem sie lange glücklich lebten.

Die anderen Drachen waren eher Einsiedler. Erddrachen zogen sich in Erdhügel und die Erde selbst zurück, Wasserdrachen besiedelten Seen und Meere, Feuerdrachen lebten in Vulkanen und in der Inneren Erde.

In den letzten Jahrtausenden kam es nicht mehr häufig vor, dass eine Drachenmutter ihr Ei zum Drachenpalast brachte. Die Zeit schien nicht reif für ein neues Drachenkind. In den Hallen des burgartigen Palastes lagen zu dieser Zeit gerade einmal drei Eier, die über Jahrhunderte hinweg beobachtet und geschützt wurden. Erst wenn sie ihre Farbe änderten, wurden sie gewärmt und bis zum Schlupfzeitpunkt sorgfältig gepflegt.

Der Palast hatte einen großen Innenhof, der in eine Art Grotte mündete, in der ein sehr alter, männlicher Erddrache lebte. Er lebte seit Jahrtausenden auf der Burg. Er war bekannt für seine Weisheit, denn er hatte schon viele Zeitalter der Erde erblickt.

Er war der Wächter zu einem Zugang in eine andere, parallele Welt, in der ausschließlich Drachen lebten, und er wachte über ihre Grenze, die direkt in der Grotte lag. Ein unsichtbares Portal verbarg hier einen der Eingänge in diese Welt, die weder Elfen, Riesen, Zwerge, Feen noch Menschen Einlass gewährte.

In einer Prophezeiung der alten Zaubererschriften war dieses Tor in die andere Welt von besonderer Bedeutung, und es wurde über Jahrtausende von Drachen beschützt. Nur in sehr außergewöhnlichen Fällen durfte der Drachenhüter des Portals den Weg in die andere Welt freigeben, denn war man auf der anderen Seite, war man für den Rest der Erdenbewohner unsichtbar durch einen Schleier getrennt.

Nur zu besonderen Anlässen durfte der Zugang zu dieser Anderswelt geöffnet werden, und die Pforten waren seit mehreren Tausend Jahren geschlossen.

In dieser Nacht war es friedlich still am Drachenfelsen. Im Vollmondlicht heulte lediglich ein Wolf, und ein sanfter Wind umschmeichelte die vier großen Türme. Im Innenhof des Palastes trafen die ersten Gäste zur Versammlung ein, die Amaru Muru einberufen hatte.

General Inbar war als erster mit seinem Schimmel in den schützenden Mauern eingetroffen. Noch immer saß ihm der Schrecken im Nacken von dem Kampf mit dem dunklen Zauberer. Im Innenhof fand er eine Tränke und einen Anbindeplatz, an dem er seinen Hengst festmachte.

Ein glatzköpfiger Priester in einer gelben Robe, der auf der Festung diente, half ihm beim Versorgen des Schimmels und hieß ihn im Palast willkommen. Die Nachricht über die Versammlung zum Vollmond war schon vor Wochen mit einer Brieftaube eingetroffen, und die dienenden Priester hatten die Halle neben der Grotte schon darauf vorbereitet.

General Inbar wusch sich das Gesicht am Brunnen, der in der Mitte des Hofes lag. Er schöpfte gerade mit einem Becher das Wasser aus einem Eimer, als zwei goldene Drachen schreiend auf den Türmen landeten. Lunar und Faramor waren im Vollmondlicht eingetroffen und ihre Schuppen glänzten beeindruckend im Schein des Mondes.

Faramor setzte zur Landung im Innenhof an, der groß genug war, um mehrere Drachen gleichzeitig aufzunehmen. Mit seinen Klauen umklammerte er eine riesige Kiste, die er vorsichtig auf den Boden setzte, bevor er sich auf dem Steinboden niederließ.

Lunar flog direkt neben ihn und schmiegte sich eng an Faramor, während sie sagte: »Das war ein schöner Flug, mein Herz. Wir sind lange nicht hier gewesen.«

Beide Drachen konnten sich noch an die Zeit erinnern, als sie hier zu unterschiedlichen Zeiten aus dem Ei geschlüpft waren. Es waren glückliche Kindertage, die sie hier jeweils mit ihren Paten verbracht hatten. Neugierig sahen sie sich um, ob sie einen von beiden erspähen konnten.

Die kahlköpfigen Priester in der gelbfarbenen Kleidung des Drachenpalastes rannten aufgeregt herbei. Sie hatten schon lange keine jungen Drachen mehr auf der Festung gesehen und es herrschte große Freude und Aufregung, als die beiden im Innenhof gelandet waren.

Der alte Drache in seiner Grotte schrie freudig aufgeregt und schlug mit den Flügeln, denn auch er hatte schon lange keine Gesellschaft von Drachen mehr gehabt. Die letzte Drachengeburt lag lange zurück und der letzte flügge gewordene Lindwurm hatte vor Jahrhunderten den Palast verlassen.

Lunar und Faramor liebten den alten Drachenwächter, den sie zärtlich Onkel nannten, und traten in die riesige Grotte, um ihn schnaufend zu begrüßen. General Inbar hatte beeindruckt beobachtet, wie die beiden golden glänzend in der Höhle verschwanden, als eine Karawane im Innenhof ankam.

Der Riese Mamodas mit seinem Wolf Stinker und Zwergenkönig Saludin mit kleinem Gefolge hatten den Pass zum Drachenpalast gemeinsam genommen und kamen rechtzeitig zum Vollmond an.

Im Palast herrschte nun reges Treiben, die Pferde wurden versorgt, und die Gäste begannen, sich in der Halle zu sammeln. Der

Elfengeneral wartete im Hof auf Elfenkönig Lemnon, um ihm den Lederbeutel zu übergeben, den er durch die Gefahren hierher gebracht hatte.

Auf einem Schimmel, der seinem sehr ähnlich war, preschte Zauberin Ebolir in den Hof und sprang aus dem Sattel. Inbar nahm ihr das Pferd schweigend ab und nickte ihr ehrfürchtig zu.

Ebolir sagte aufgeregt: »Es war eine gefährliche Reise, überall in den Wäldern lauern Räuber, und auf dem letzten Stück im Nebelgebirge habe ich mich gerade noch vor einem dunklen Zauberer retten können, der mir mein Pferd abnehmen wollte. Ihr seid Soldat?«

Die Zauberin hatte an der Kleidung des Elfen erkannt, dass er ein Elfensoldat sein musste. Inbar nickte und sagte: »General Inbar, Führer der Armee König Lemnons.«

»Bewacht den Eingang zum Palast, ich fürchte, er wird mir gefolgt sein«, befahl die Elfenzauberin besorgt.

Der Elfengeneral ärgerte sich, dass er den Zauberer nicht getötet hatte. Er fürchtete nun um König Lemnon, der noch nicht auf der Festung angekommen war. Seine Aufgabe, den Lederbeutel zu beschützen, hatte aber Priorität, sonst wäre er zurück zum Pass geritten, um nach dem König zu sehen.

Er sah auf sein Pferd, an dessen Sattel immer noch der Beutel mit dem wertvollen Schatz hing, und verschaffte sich einen Überblick über die Anlage. Der Palast hatte steile Wände, und der einzige mögliche Zugang war das schwere Eichentor, über das man in den Innenhof gelangte. Also ließ General Inbar die wertvolle Fracht am Sattel seines Schimmels und versteckte sich bewaffnet am Eingang hinter der schweren Eichentür.

In der Zwischenzeit hatte sich in einer Lichtwolke Zauberer Lemurian in der Versammlungshalle manifestiert und gesellte sich zu Zwergenkönig Saludin, den er wiedererkannte, denn der Zwerg hatte ihn um ein Heilmittel für seine Frau gebeten, das er ihm aber leider nicht geben konnte. Traurig erzählte König Saludin ihm vom Tod seiner Frau und den Geschehnissen im Zwergenpalast.

Elfenzauberin Ebolir war unruhig und blieb beim Brunnen im

Innenhof. Der dunkle Zauberer Rolin hatte sie wirklich sehr bedrängt, und sie hatte das Gefühl, es sei wichtig, wachsam zu bleiben.

Sie blickte auf den vollen Mond und fühlte die wärmende Liebe, die von ihm ausging. Sie dachte an ihren Liebhaber, den sie nicht wiedergesehen hatte. Die Elfenfrau hatte seine Anfragen nach nächtlichen Abenteuern ohne wirkliche Liebe vehement abgelehnt, um sich nicht wieder in einer hoffnungslosen Leidenschaft zu verwickeln. Sie hatte sich entschieden, lieber alleine zu bleiben und ihrer Bestimmung zu folgen.

Die Zauberin setzte sich auf den Brunnenrand, als ein Geräusch vom Tor ihre Aufmerksamkeit erregte. Im Schein des Mondes ritt fast lautlos König Lemnon auf einem riesigen weißen Hirsch mit einem Geweih mit zwölf Enden in den Innenhof ein. Sein weißes Gewand leuchtete hell und strahlte im Wettstreit mit dem Mond. Der König und Zauberer sah prachtvoll und würdig aus, und sein Hirsch schritt majestätisch kraftvoll in den Drachenpalast.

Als Ebolir den Zauberer sah, begannen ihre Augen zu leuchten, und sie spürte eine tiefe Verbundenheit zu dem ihr völlig unbekannten Mann.

König Lemnon lenkte den Hirsch direkt auf die wunderschöne Zauberin zu, die mit ihren langen Haaren und ihrem weißen Kleid im Mondlicht strahlte.

Ebolir stand auf und Lemnon sprang aus dem Sattel seines Hirsches, und sie standen sich im Schein des vollen Mondes gegenüber. Als der Blick des Elfenkönigs die Augen der Elfenzauberin traf, erröteten beide, und sie spürten ihre innige Herzensverbindung, die nur Dualseelen miteinander teilen.

Nach dem Tod seiner Frau hatte er keiner neuen Dame sein Herz gegeben, weil er um die Magie der Liebe wusste, die in der göttlichen Bestimmung lag. Einen endlos wirkenden Augenblick verschmolzen ihre Herzen und wahre Liebe verzauberte beide in einem Strom aus gefühltem Glück.

General Inbar hatte das schwere Eichentor unterdessen verschlossen und hatte die beiden Verliebten beobachtet. Er freute sich für seinen König, denn der gerade erst von seiner Traurigkeit genesene Zauberer hatte in seinen Augen alles Glück dieser Welt verdient.

Einfühlsam näherte er sich schweigend seinem König und führte leise den Hirsch zu den Pferden, nahm den Lederbeutel mit der wertvollen Fracht vom Sattel und brachte ihn zu seinem Dienstherrn.

Als König Lemnon den General mit dem Lederbeutel sah, brach er sein von Liebe ergriffenes Schweigen und begrüßte Inbar freudig: »Ihr habt es geschafft, mein Freund! Ich konnte ihn nicht selbst nehmen, denn der Weg zur Nymphe war der Weg seiner Bestimmung. Habt ihr die Nymphenfrau getroffen?«

Inbar errötete und antwortete, während er dem Elfenkönig den Lederbeutel reichte: »Ja, mein Herr.«

Zu Ebolir gewandt sagte Lemnon: »Ich bin Elfenkönig Lemnon, lasst uns hineingehen.«

Die Elfenzauberin antwortete: »Ich bin Elfenzauberin Ebolir vom Weißen Orden. Ich habe in den Nebelbergen einen Zauberer der dunklen Magie gesehen, der General sollte vorsichtshalber das Tor bewachen.«

König Lemnon nickte General Inbar zu und führte die schöne Zauberin in die Versammlungshalle, in der sich die anderen, einschließlich der drei großen Drachen, bereits versammelt hatten und angeregt über ihre Anreise berichteten.

Der Vollmond stand direkt über dem Drachenpalast, als ein Blitz die Halle in gleißendes Licht tauchte und Zauberer Amaru Muru als Letzter zur Versammlung erschien. Dankbar blickte er in die Runde und war froh und erleichtert, dass alle seiner Einladung gefolgt waren.

Er ergriff sofort das Wort, während sich alle an den langen Tisch setzten und neugierig zuhörten, als er zu sprechen begann:

»Meine lieben Freunde, ich bin dankbar, euch hier alle zu sehen. Wir dürfen nicht viel Zeit verlieren, denn die Veränderungen in der Welt schreiten schneller voran, als es uns lieb ist. Die Angst breitet sich aus und die dunkle Magie klopft sogar schon an die Pforte dieses Palastes. Ich möchte euch einen Vorschlag machen, der für die

Zukunft der Elfen, Feen, Riesen, Zwerge, Nymphen und Drachen gleichermaßen bedeutsam ist.

Ich habe die Zukunft der Erde im weissagenden Spiegel der Inneren Erde betrachtet. Die Aufgabe der Menschen, Hüter des Planeten Erde und des diesigen Universums zu werden, erfordert eine Zeit, in der sie ihre Ängste und Wünsche nach dunkler Magie überwinden müssen. Der ein oder andere von euch kann das nachempfinden, denn ihr alle, jeder von euch, habt solche Ängste durchlebt und euch davon befreit.

Das Geschehen auf der Erde darf nach dem Hohen Rat der Engel nicht beeinflusst werden, da wir aus dem Wunsch heraus, unsere Völker zu schützen, selbst ins dunkle Vergessen fallen würden. Ich werde eine Kristallbibliothek im Inneren der Erde vervollständigen, die von Sonne und Mond und der Inneren Erde geschützt dieses Zeitalter überdauern wird.

Das Einzige, was wir in dieser Zeit tun können, ist, das kosmische Wissen auf der Erde zu verankern und abrufbar zu halten für die Zeit, in der die Menschen reif für diese Wissenschaften des Universums und der Lichtmagie sein werden. Stufenweise, je nach Entwicklungsschritt, wird dieses Wissen freigeschaltet, wenn die Frequenzen stimmen, die die Menschen aussenden.

Ich habe gehört, König Lemnon, du hast von dem Schöpfungsengel, der die Wasser des Lichtwasserozeans im Inneren der Erde beschwingt, durch Raum und Zeit in der Vergangenheit etwas bekommen, was der Schlüssel zu diesem Wissen sein wird.«

König Lemnon nickte, legte den schweren Lederbeutel auf den Tisch und sagte: »Wie mir geheißen wurde, habe ich ihn zur Nymphe am Wasserfall und durch das Waldelfenland geschickt. General Inbar hat ihn hergebracht, und die Nymphe hat ihn sowie den Schatz im Lederbeutel mit dem Zauber der Unsterblichkeit berührt.«

Zauberer Amaru legte den Kristall, den er vom Wächterberg Königstein hatte und der mit den Farben der Feen geweiht wurde, neben den Beutel und sagte: »Dies sind die Bausteine, die ihr brauchen werdet, um Wissensspeicher für die Menschen zu erschaffen, die Teleportationen durch Raum und Zeit unbeschadet überstehen.

Zwergenkönig Saludin, ihr werdet die Kristalle aus den Bergen dafür besorgen und ihr, Zauberer Lemurian, werdet den Sternenstaub dafür herstellen, mit dem sie bearbeitet und in Form geschliffen werden. Ebolir und Lemnon, ihr müsst an meiner Stelle in die Zukunft schauen und entscheiden, wo und wann ihr die Wissensträger deponiert.«

Amaru Muru öffnete den Lederbeutel und stellte den Schädelstein, den er mit Gandharva Pali manifestiert hatte, auf den Holztisch und fuhr fort zu sagen: »Das ist das Herz des Lichtes. In der Form eines Menschenschädels werden die menschlichen Völker der Zukunft erkennen und fühlen, dass das Wissen, das darin gespeichert schwingt, für sie bestimmt ist. Deshalb müssen alle Kristalle, die ihr mit Wissen füllt und in die Zukunft oder Vergangenheit schickt, in die Form eines Schädelsteins gebracht werden.

Der Zauberer Myrddin hat bereits damit begonnen, Steinkreise zu errichten, die Zeitportale bedienen. Sie werden auf der ganzen Erde verteilt errichtet, und ihr könnt die Schädel über diese Anlagen durch Raum und Zeit schicken, wenn die Zeit dafür reif ist. Ein solcher Schädel muss zu Odin an den Weltenbaum gebracht werden, das habe ich ihm versprochen. Lemurian, du wirst mit den Schulen, die du begründest, einen Grundstein legen, dass die Menschen ihre magischen Fähigkeiten erlernen und dies in ihren Genen über die Zeitalter hinweg erhalten bleibt.

Der Schädelstein *Herz des Lichtes* ruft die verborgenen Schädelsteine in der Zukunft wach. Er sorgt dafür, dass sie gefunden und die Botschaften darin von den Menschen verstanden werden, in einer Zeit, in der sie sich so weit verloren haben, dass sie sich selbst und den Planeten Erde zerstören könnten. Ich habe in der Zukunft schreckliche Waffen gesehen, die das ganze Universum aus den Fugen reißen könnten.

Der Schädelstein *Herz des Lichtes* muss von euch beiden, Faramor und Lunar, an einen sicheren Ort gebracht werden, wo er in Zukunft von Schamanen des Menschenvolkes gefunden werden kann. Er wird seinen Weg in die Menschenherzen finden und sie vorbereiten auf die anderen Schädelsteine, die Zug um Zug durch die Zeitportale gesendet werden. Sie werden von denen gefunden, die reif sind, ihre Hüter zu sein.

Meine größte Sorge gilt den Elfen, Feen, Zwergen und Riesen, die in dieser Entwicklung großes Leid erfahren würden. Um ihnen dies zu ersparen, bitte ich den ehrwürdigen Wächterdrachen der Anderswelt, die Pforten in die jenseitige Welt zu öffnen und jene einzulassen, die sich dort zurückziehen und ansiedeln möchten. Das gilt für alle Völker, außer den Menschen. Sie können dort unsichtbar für die menschlichen Völker leben und die Zeit der Veränderung unbeschadet überdauern.

An verschiedenen Orten der Welt sollen die Drachen, die bereits in der Anderswelt leben, Portale und Übergänge in die Jenseitswelt erschaffen und an den Eingängen darauf achten, dass dunkle Magie dort nicht Einlass findet. Dunkle Magier und Zauberer verbleiben in der diesseitigen Welt.

Wir dürfen niemanden dazu zwingen, in der Anderswelt zu leben, jeder darf frei entscheiden, wann oder ob er den Übergang in die Anderswelt vollziehen will. Ihr werdet das ohne mich tun müssen, denn ich gehe in die Innere Erde und werde die Kristallbibliothek und mein Vermächtnis als Weißer Zauberer in kristalliner Form hinterlassen. Das Zwergenvolk König Frandulins ist mit den Gängen in die Innere Erde vertraut, und sie werden mein Vermächtnis schützen, welches sich freischaltet, wenn die Zeit dafür gekommen ist.

Bedenkt bei diesem weltbedeutenden Vorhaben, dass ihr niemals in die Geschicke auf der Erde eingreifen dürft. Verstrickt ihr euch in vermeintlich guten Absichten, könnt ihr die Anderswelt nicht mehr betreten und eure Lebenszeit verkürzt sich, bis ihr den irdisch sterblichen Tod erleidet.

Trefft euch zum vollen Mond und besprecht euch miteinander und erklärt den Riesen, Feen, Zwergen und Elfen, was hier vor sich geht. Mamodas, als Fürst der Riesen, bitte ich dich, die Giganten zu überzeugen, Myrddin beim Bau der steinernen Anlagen und ihren Zeitportalen zu helfen. Für all das brauche ich vor allem euer Einverständnis, Wächterdrache.«

Der braunfarbige Erddrache mit seinen kurzen Flügeln hatte alles mitangehört und nickte, als er sagte: »Ich fühle schon lange die Einsamkeit in diese Lande kommen. Ein dunkles Grauen, das mich traurig gemacht hat. Ich bin froh, eine Aufgabe zu bekommen, und erkenne, dass sich die Prophezeiung um dieses Tor in die andere Welt erfüllt. Es wurde uns vorausgesagt, dass die Anderswelt dereinst eine Zuflucht sein wird für jene, die der Weißen Magie und dem Sternenlicht verbunden sind. Ich freue mich auf diese Bestimmung.«

Meister Amaru blickte in die Gesichter aller, die zugehört hatten, und jeder von ihnen nickte ihm zu. Sie waren alle bereit für ihre Aufgabe und verstanden die Dringlichkeit, die sich im aufziehenden Zeitalter zeigte.

In diesem Moment rumpelte und krachte es im Innenhof. Man hörte Schwerter aufeinander krachen und Kampfgeräusche drangen von außen in die Halle.

Amaru Muru rief Faramor und Lunar zu: »Schnell, bringt das *Herz des Lichtes* weit fort von hier. Findet einen Ort, den nur ihr kennt. Dunkle Zauberer können Gedanken lesen. Keiner von uns darf wissen, wohin ihr ihn bringt.«

Er verstaute den Kristallschädel, der mit dem Zauber der Unsterblichkeit der Nymphen geschützt war, in seinen Lederbeutel und Faramor griff mit der rechten Klaue danach. Die beiden goldenen Drachen rannten eilig und wild kreischend aus der Halle, während König Lemnon den Regenbogenkristall in seinem Mantel verstaute.

Kurz darauf kam General Inbar mit dem dunklen Zauberer in den Versammlungsraum. Er hatte dem Magier die Hände auf den Rücken gebunden und schleifte ihn hinter sich her.

Der Halbriese Bombol und der Gnom Brambul folgten ihm siegesbewusst. Sie hatten den Magier von der Gnomhütte aus verfolgt. In den Nebelbergen, am Pass zum Drachenpalast, hatten sie ihn aus den Augen verloren. Als sie am Gemäuer der Festung ankamen, hatten sie Zauberer Rolin dabei erwischt, wie er gerade mit dem Elfenseil, welches er aus dem Gnomhaus mitgenommen hatte, über die Steinmauer klettern wollte. Inbar hatte den Tumult gehört, den die beiden verursacht hatten, und war von hinten auf den Magier gestürzt, um ihn zu fangen.

Unterdessen flogen Lunar und Faramor mit dem Lederbeutel in den mondhellen Nachthimmel und eiligst davon.

Als Amaru Muru den dunklen Zauberer sah, lachte er schallend und sagte: »Du schon wieder! Weiße Magie zieht dich wohl an wie das Licht die Motten.«

Er drehte sich zu den anderen um, die wie versteinert da standen, und sagte: »Kämpft niemals gegen die dunklen Zauberer, ihr gebt ihnen durch eure Aufmerksamkeit mehr Energie, als sie verdient haben. Werft ihn aus der Burg und lasst ihn laufen. Er wird seine Rolle in der Geschichte der Menschheit ganz ohne unsere Aufmerksamkeit erfüllen. Er wird sich später als Luzifer einen großen Namen machen und ihnen ihren Frieden stehlen. Aber das wird ihm nicht helfen, denn auch das werden die Menschen überwinden. Er ist ein Niemand.«

Dann blickte er noch einmal zu König Lemnon, Zauberin Ebolir, Riese Mamodas, Zauberer Lemurian, Zwergenkönig Saludin und dem Wächterdrachen und sagte: »Von Seele zu Seele in Freundschaft, bis in die Glückseligkeit.«

Dann flüsterte er in seinen Stein und ein Blitz trug ihn davon.

Die Pforte

er Lichtblitz hatte die Halle grell erleuchtet und Zauberer Rolin schmerzten die Augen vom hellen Weiß, das ihn fast geblendet hätte. General Inbar hielt ihn fest am Elfenseil und zerrte ihn zum Burgtor. Mürrisch öffnete er den Knoten, der die Hände des Zauberers gebunden hielt, und sagte: »Geh, du hast einen langen Weg vor dir. Geh mit dem Licht und finde deinen Frieden.«

Der dunkle Zauberer drehte sich um und rannte in Richtung Nebelgebirge davon. Der Elfengeneral machte sich nicht die Mühe, das Tor zu verschließen, und ging zurück in die Versammlungshalle, in der die anderen noch schweigend beieinanderstanden.

Schließlich brach der kleine Gnom Brambul das Schweigen, drehte sich zu König Lemnon und fragte: »Ich will wissen, was meine Bestimmung ist, Herr Zauberer. Ich will auch etwas tun.«

Bombol, der Halbriese, nickte und sagte: »Ich will das auch.«

Elfenkönig Lemnon lächelte und antwortete: »Die Herausforderungen, die das Schicksal uns bietet, kommen von ganz alleine in unser Leben. Begabungen und Vorlieben können nützliche Wegweiser sein. Seiner Bestimmung zu folgen ist das höchste Ziel im irdischen Leben. Verfolgt man diesen Pfad mit ganzem Herzen, so webt das Universum das Schicksal auf unserem Lebensweg.

Schicksal ist nicht festgeschrieben, sondern passt sich in der Weise an unsere Bestimmung an, wie wir uns täglich frei entscheiden. Es ist unerlässlich, dass wir uns nicht ablenken lassen mit den vermeintlich wichtigen Kleinigkeiten, die lediglich unseren Verstand beschäftigen.

Unsere Herzen sind mit dem Universum verbunden, und unser freier Wille lenkt uns unserer Wege. Es ist keine höhere Macht, die unser Leben webt, es sind unsere Gefühle, die uns auf den Weg leiten in die Macht, die uns allen gegeben ist.

Die Berufung ist, unser Schicksal mit dem Rad des Lebens so in

Einklang zu halten, dass das, was wir gestalten, liebevoll dem Universum und der Einheit in allem Sein dient. Glück fällt uns dann im Leben zu, wenn das Universum und wir selbst in gleicher Absicht schwingen, und unsere Herzen die Weltgemeinschaft lieben.

Wir entscheiden uns dafür, den Planeten Erde den Menschen zu überlassen, weil wir keinen Krieg gegen die Menschenvölker führen wollen, um Schlimmes zu verhindern. Damit würden wir dem Chaos Kraft verleihen und selbst ins Dunkel stürzen. Wir akzeptieren, dass unsere Berufung eine andere ist, und werden uns in die Anderswelt aufmachen, wenn wir unsere weltenschaffenden Aufgaben erledigt haben.

Wir bringen damit kein Opfer, sondern entscheiden uns bewusst mit freiem Willen dafür, dass dieses Lernfeld nicht das unsere ist, und gehen unseren Schöpfungsaufgaben an einem anderen Ort nach, bis die Menschen so weit sind, dass unsere Welten sich wieder im Einklang befinden. Wir halten unsere Bestimmung nicht auf, sondern leben weiter mit dem eigenen Schicksal verwoben jenen Weg, der uns vorbestimmt ist.

Gnom Brambul und Halbriese Bombol, ihr könnt zusammen die Ersten sein, die diese Anderswelt betreten. Ein Heiler und ein Sternensänger werden dort gebraucht sein!«

Der Gnom hatte Tränen in den Augen und sagte: »Ich? Ihr glaubt, mir steht die Ehre zu, mit meinem Freund als Erster in die Anderswelt zu gehen? Ich habe so viele Fehler gemacht. Ich habe versucht, dem Elfengeneral das Dings, den Schädelstein, abzunehmen. Ohne Bombol wäre ich jetzt ein Dieb, und es tut mir leid, dass ich nur meinen eigenen Erfolg im Sinn hatte. Ich werde sicher abgelehnt an der Pforte der Anderswelt.«

Der Elfenzauberer Lemnon lachte und sagte: »Du bist jetzt hier an dem Ort deiner Bestimmung angekommen. Jeder von uns hier hat seine Fehler begangen und letztendlich daraus gelernt. Du bist auf deiner Bestimmungsreise Umwege gegangen, aber dein gutes Herz hat dich hierher geführt.«

General Inbar trat auf den Gnom zu und sah ihm fest in die Augen. Brambul errötete und wandte seinen Blick von ihm ab auf seine Stiefelspitzen. Er schämte sich.

Der Elfengeneral nahm das Kinn des kleinen Gnoms und richtete sein Gesicht auf und sagte leise: »Hey, kleiner Mann, du warst so mutig, du bist zurückgekommen und hast den dunklen Zauberer einen ganzen Tag in deiner Hütte festgehalten. Rolin ist ein Meister der Manipulation. Du hast seinem Reden einen ganzen Tag widerstanden. Ihr seid dem Magier den ganzen Weg bis hierher gefolgt und habt sogar geholfen, ihn zu fangen. Ich verzeihe dir das bisschen Schlaftee.«

Der Halbriese Bombol war gerührt und ihm liefen die Tränen über das Gesicht.

Gnom Brambul lächelte und sagte stolz: »Ich habe dafür auch keinen Sternenstaub benutzt. Und mein Freund Bombol hat mich fast die ganze Zeit auf seiner Schulter sitzen lassen und getragen, und wir wussten gar nicht, was wir eigentlich tun sollen, wir sind nur einfach den Weg gemeinsam gegangen. Bombol hat immer gesagt, dass wir einfach losgehen und schon sehen werden, was unser Schicksal ist.«

Zauberin Ebolir, die die ganze Zeit über geschwiegen hatte, sagte: »Manchmal sehen wir das Ziel nicht, weil der Weg selbst die Bestimmung ist. Ihr beide habt Freundschaft und Zusammenhalt gefunden, ihr wurdet vom Universum zusammengeführt, um gemeinsam stark zu sein. Ihr habt euch entschieden und das Universum hat euch den Weg erleichtert, indem es eure Schicksale verwoben hat.«

Die Elfenzauberin sah dabei auf König Lemnon und lächelte. Sie sagte: »Auch ich habe Fehler gemacht, ich hätte um ein Haar der Dunkelheit Macht über mich verliehen. Ich habe widerstanden und wurde dafür reichlich belohnt.«

König Lemnon nickte und sagte: »Auch ich habe mich fast dem Dunkel ergeben. Diese Prüfungen erfassen uns jeden Erdentag, und wir müssen mit jeder Herausforderung immer wieder neu entscheiden, ob wir unserer Bestimmung im Universum folgen und unsere Schöpferkraft dafür nutzen. Niemand ist davon ausgenommen. Jeder macht dabei Fehler und lernt, daran zu wachsen.«

Riese Mamodas klopfte dem Halbriesen auf die Schulter und sagte: »Gut gemacht, Bombol.«

Der Halbriese schnupfte verlegen. Die Anerkennung des Riesenfürsten, von dem er schon so viel gehört hatte, berührte ihn im Herzen.

Der Wächterdrache mit dem Namen Onkel grunzte und sagte: »Lasst uns das Tor öffnen. Die beiden dürfen eintreten. Die Pforte lässt sich nur im Vollmond auftun, der Mond ist schon tief gesunken, wir sollten uns beeilen.«

Der große Erddrache schlurfte zur Höhle hinüber und ging zu einem mit Symbolen verzierten Felsen. Die anderen folgten ihm ehrfürchtig, denn das, was nun geschehen würde, gab es noch nie zuvor. Die Anderswelt wurde für die Völker der Zwerge, Feen, Riesen, Gnome und alle anderen Arten geöffnet, außer für die Menschen.

Spiralen und Runen zierten den glatten Fels, der die Pforte in die unsichtbare Anderswelt verschloss. Der uralte Drache richtete sich auf und begann mit tiefer, sonorer Stimme zu singen:

Im Himmel und auf der Erde, im Feuer und im Wind,
ist die Drachenwelt verborgen, öffne sie geschwind.

Im Leben wie im Sterben, in der vollen Mondennacht,
die Drachen unten wie oben halten hier die Wacht.

In Sternenglanz gewoben, in Lieb und Einigkeit
wird der Fels von hier gehoben, im Licht der Ewigkeit.

Im Dienst wir hier geloben, dem hellen Sternenschein,
unsre Herzen, licht erhoben, sollen stets verbunden sein.

Der Himmel voller Liebe, der Erdenkraft vermählt,
der Pfortenwächter Friede im Herzen ewig wählt.

Die Anderswelt geboren, in der Zauberkräfte Schein,
lass ein die reine Seele und führ sie für uns heim.

Die Runen der Pforte begannen im Drachengesang zu leuchten, der Fels schob sich von selbst beiseite und gab ein Portal frei, das direkt in die Anderswelt führte.

Der Wächterdrache nickte und sagte: »Die Drachen der Anderswelt sind mit meinem Herzen verbunden, sie wissen, dass ihr kommt. Alle, die diese Pforte durchschreiten, leben in einer magischen Welt voller Glück und Freude. Bereitet die Pforten für alle vor, die diese Welt verlassen und in die Anderswelt gehen wollen.«

Zauberer Lemnon fügte hinzu: »Wir sind verbunden und an manchen Tagen, wenn der Schleier dünn ist zwischen den Welten, werden wir uns im Mondschein wiedersehen. Es werden euch viele Wesen folgen, und es ist eure Bestimmung, ihnen Pforten zu errichten, durch die sie gehen können. Du, Halbriese, hast den Gesang der Sterne in dir und kannst die Portale in den Fels singen. Du, Gnom, beherrschst die Gabe, den Sternenstaub in Magie zu verwandeln, die den Schleier der Anderswelt erschafft. Sternen- und Feenstaub gibt es in der Anderswelt mehr als reichlich.«

Mamodas räusperte sich berührt und der Riese sagte: »Es werden euch Riesen dabei helfen, wenn es an der Zeit ist.«

Zauberin Ebolir lächelte und König Lemnon ergänzte: »Die Elfen werden euch nachfolgen. Auch wenn wir euch in dieser Welt nicht mit den Augen sehen, können unsere Herzen euch fühlen.«

Zwergenkönig Saludin nickte und sagte: »Mein Volk wird euch auch folgen.«

Brambul und Bombol schauten sich an und nickten glücklich. Sie waren bereit für ein neues Abenteuer auf dem Weg in ihre Bestimmung und waren mit ganzem Herzen entschlossen für diesen weltbewegenden Schritt. Der Halbriese nahm den Gnom auf seine Schulter und sie lachten dankbar und glücklich, als sie durch die neblige Pforte in die Anderswelt gingen.

Als sie durch den Nebel traten, leuchtete die Pforte und der Fels verschloss lautlos den Zugang zur Anderswelt.

Der Wächterdrache grunzte und sagte: »Neue Zeiten, neue Möglichkeiten. Ich wache hier, bis die Nächsten durch diese Tür ins Glück gehen.«

Inbar hatte schweigend zugesehen und räusperte sich verlegen, bevor er König Lemnon ansah und fragte: »Was ist meine nächste Aufgabe, Herr?«

Der Elfenzauberer antwortete: »Du bist mit dem Hauch der Unsterblichkeit geküsst. Kehre zu der Nymphe und den Waldelfen zurück und berichte, was du gesehen hast. Nimm das Gold, das die Drachen Lunar und Faramor in der großen Kiste mitgebracht haben. Bringe es sicher zu den Zwergen, Feen und Elfen, damit sie ihren Aufbruch in die Anderswelt leisten können. Der Riese wird mit dir gehen und die Kiste tragen, bevor sein Volk Myrddin beim Errichten der Steinkreise helfen wird.

Ebolir, Saludin und ich werden die Kristallschädel erschaffen, die wir in die Zukunft in verschiedenen Epochen und an verschiedenen Orten platzieren. Wir treffen uns zum nächsten Vollmond an der Steinsäule im Norden. Seid ihr alle bereit? Wir sollten uns beeilen, denn die Veränderung wird schneller Dunkelheit erschaffen, als uns lieb ist.«

Mit diesen Worten brachen sie alle auf und verließen nacheinander den Drachenpalast, während der Vollmond am nächtlichen Horizont versank.

Halbriese Bombol war mutig und entschlossen durch den Nebel gegangen und Gnom Brambul saß auf seiner Schulter und hielt sich aufgeregt an seinen Haaren fest.

Als sie auf der anderen Seite ankamen, war es heller Tag und es erwartete sie eine ganze Schar bunter Drachen, die aufgeregt um die Felspforte flogen. So weit das Auge reichte, lagen üppige Wiesen mit sanften Hügeln und Seen vor ihnen. Ein riesiger Regenbogen spannte sich bis an einen unendlich wirkenden Horizont, an den ein weiter, türkisblauer Ozean grenzte. Gesunde Wälder und unendliche Täler waren bereit, den zukünftigen Wesen der Anderswelt eine wundervolle Heimat zu bieten. Auf einer langgezogenen Wiese grasten Hunderte weiße Einhörner, und in den Lüften flog ein Phönixpaar im Tanz der Liebe. Es duftete lieblich nach Blütenhonig und bunte Schmetterlinge flatterten im warmen Sonnenschein. Wasserfälle aus

Lichtwasser flossen über endlose Kaskaden von sanften Felsen hinab in fruchtbare Täler.

Ein Ausblick, der Bombol und Brambul mit tiefer Freude und Dankbarkeit erfüllte. Glücklich und beherzt von dieser Aussicht lebten die beiden herzverbundenen Freunde fortan ihre Bestimmung in der Anderswelt.

Der zeitlose Anfang im Ende

*I*n der Altarhalle mit den Kanälen aus Lichtwasser am Boden herrschte reges Treiben. Zwergenkönig Frandulin hatte aus seinem Volk Tempelpriester ernannt, die er durch verborgene Tunnel in den Tempel der Inneren Erde geführt hatte. Überall huschten die kleinen Zwergenpriester umher und wischten die Steinböden der Hallen und Räume und verrichteten ihren heiligen Dienst im Gebet am Altar der Engel.

In goldenen Gefäßen entzündeten sie Harze mit Rosenduft und würzigen Kräutern, und der Rauch erfüllte die Gänge und Hallen mit süßlichem Geruch. Emsig polierten die kleinen Helfer die Säulen, Böden und Wände, und alles glänzte im Schein des Lichtwassers, das überall in den sauberen Kanälen floss.

Der Zwergenkönig und sein Gefolge hatten in Windeseile die alten Hallen mit prachtvollen Gegenständen aus den Minen ihrer Heimat gefüllt. Edelsteinkrüge, Silbergeschirr und goldene Gefäße schmückten die Räume, und Vorräte füllten die Lagerräume und Küchen, die lange Zeit nicht genutzt waren. Prachtvoll gewebte Decken, Vorhänge und Teppiche machten die Räumlichkeiten zu einem würdevollen Tempel, der lebendig und ehrenvoll wirkte.

Die besten Steinmetze, Schreiner, Schneider und Schmiede wirbelten emsig umher, und in der Küche sorgten die Leibköche des Königs für duftende Speisen, süßen Kuchen und knuspriges Brot. Die Zwergenmänner und Frauen rannten kichernd und lachend durch die Gänge und Hallen und ließen den Tempel der Inneren Erde in Fleiß und Lebensfreude klingen.

Der Zwergenkönig nahm die Aufgabe, die Pforten zum Tempel zu schützen, ernst und war selbst mit seinem Hofstaat in die Räume eingezogen. Den Zwergenpalast im Süden hatte er seinen Vettern vermacht und sich für seinen Dienst im Inneren der Erde als seine Bestimmung entschieden.

Sein Volk spürte die Veränderung an der Erdoberfläche, und etliche der Zwerge hatten sich zum Priester weihen lassen und waren dem geliebten König in diese ehrenvolle Aufgabe gefolgt. In der Altarhalle hatten sie den bedeutungsvollen Eid abgelegt, hier am Versammlungsort des Rats der Hohen Engel zu dienen, und es machte ihnen sichtlich Freude.

Regelmäßig kamen sie zum Gebet in die große Altarhalle, und ihr Gesang erfüllte den Tempel mit klangvollen Worten und Liedern, die durch die Gemäuer vibrierten. Die unzähligen Hallen und Räume strahlten in Heilkraft und glückseliger Verbundenheit mit den Engeln und dem Universum.

Die Zwerge liebten ihre Aufgabe, und man sah ihnen an, wie sehr sie die Wichtigkeit ihrer Bemühungen verstanden hatten, denn sie wussten, dass die Erdenwelt diesen Ort über viele Zeitalter hinweg brauchen würde, um ihre Bestimmung erfüllen zu können.

Zwergenkönig Frandulin hatte den Zwergenpriestern und Priesterinnen von der Kristallbibliothek erzählt und von dem berichtet, was er in den heiligsten Räumen im zeitlosen Nebel gesehen hatte. Das hatte ihn tief im Herzen bewegt, und er fühlte seine Berufung, dieser Aufgabe, die damit verbunden war, mit Liebe und Hingabe zu folgen.

Er hatte erkannt, dass diese Berufung lebensrettend für die Völker der Erde war, und spürte an diesem Ort und in dieser Bestimmung die Verbindung mit dem Universum und der Schöpferkraft. Er fühlte, dass alle irdischen Güter und Ablenkungen keinen Wert mehr für ihn hatten.

Für ihn machte es keinen Sinn, sich im Zeitalter des Vergessens an den Kriegen und Kämpfen um die Vorherrschaft auf der Erde zu beteiligen. Er wollte mit ganzem Herzen helfen, das Wissen in die Zukunft zu retten, und gab sich dieser Aufgabe liebend hin. Aus dem König war ein Priester geworden und er war von ganzem Herzen glücklich damit.

Das spürten auch jene, die ihm gefolgt waren, und sie bildeten die Tempelgemeinschaft im Inneren der Erde. Was die Zwergenpriester in dieser kurzen Zeit geschaffen hatten, machte dem Vorhaben Frandulins alle Ehre, und je mehr der Tempel mit Leben und Schönheit gefüllt wurde, desto mehr leuchtete das Lichtwasser, das durch jeden Raum floss.

Es schien, als würde der heilige Platz die Priestergemeinschaft mit Lebenskraft und Heilung dankend umarmen und sie mit Leichtigkeit im Gemüt sowie Freude im Herzen segnen. Die Zwerge hatten ihre Aufgabe angenommen, diesen Platz mit Schönheit und Harmonie zu erfüllen, und das Universum belohnte sie dafür mit langem Leben.

Die Gemeinschaft lebte Glück in der Erkenntnis, dass es ihre Bestimmung war, diesen Platz für die kommenden Zeitalter mit Hingabe und Liebe zu versorgen und so die Heiligkeit, die darin lag, zu würdigen und für die nachkommenden Generationen zu erhalten.

Als Frandulin mit den ersten Priestern hier angekommen war, erschütterten regelmäßige Beben das uralte Gemäuer. Dies hatte nach und nach aufgehört, je mehr sie sich in dem Dienst an dieser Aufgabe gefunden hatten. Ihre Präsenz und Liebe hielten den Tempel und sein wichtiges Erbe am Leben.

Frandulin war glücklich und zufrieden, denn er erwartete Zauberer Amaru Muru zurück, der ihm die Aufgabe, über die Eingänge und Tunnel zum heiligen Gemäuer mit seinem Leben zu wachen, übertragen hatte. Er war sicher, der Magier würde bei seinem Erscheinen zufrieden mit dem sein, was die Priestergemeinschaft in der kurzen Zeit geschaffen hatte.

Frandulin lief gerade durch die Altarhalle und dachte an Meister Amaru, als ein gleißend heller Blitz die Halle vollkommen ausfüllte. Der Zauberer war hell strahlend in lichtvoller Form in der Altarhalle erschienen.

Berührt blickte der Magier sich in der Halle um und Lichttränen liefen ihm über die Wangen. Der Tempel schwang im Gebet der Priester und im Wohlklang ihres fleißigen, bedingungslosen Dienens, und das hatte den Tempel mit Glückseligkeit erfüllt.

Frandulin rief freudig aus: »Meister Amaru, ihr seid zurück! Welch eine Freude!«

Der Zauberer schaute liebevoll auf den Zwerg und antwortete: »Frandulin, du stotterst ja gar nicht mehr.«

Der Zwerg hüpfte vor Freude einmal in die Luft und sagte lachend: »Meister Amaru, ich habe es vergessen. Es gibt so viel zu tun. Es ist mir gar nicht aufgefallen.«

Amaru Muru lächelte glücklich und sagte: »Mein lieber Freund Frandulin, du bist hier der Meister. Du hast diesen Platz wahrlich gewürdigt und bist ein wahrer Meisterhüter dieses Tempels. Es gibt etwas Wichtiges, was wir nun tun werden. Folge mir!«

Der Zauberer ging mit Frandulin in die Kammer, in der die kristallenen Tafeln in ihren Schreinen leuchteten. Der Spiegel der Zukunftssicht stand immer noch an seinem Platz, neben dem Weißen Buch, auf seinem kristallinen Tisch. Die dicke Niederschrift mit den vielen Seiten wendete immer noch selbstständig ihre Blätter, und man konnte dabei zusehen, wie sich die Worte wie von Zauberhand selbst in das Buch schrieben.

Das Werk hatte viele Worte rhythmisch klingend in das Zauberbuch geformt, und Zauberer Amaru Muru sagte zu dem erstaunten Zwerg: »Das Weiße Buch findet nun sein letztes Kapitel. Es ist ein Zauberbuch und wird in diesem Moment in der Zukunft von einer Menschenfrau geschrieben. Es erzählt die Geschichten über die Erlebnisse meiner letzten Tage auf diesem Planeten und mein Vermächtnis.

Die Weiße Magierin der singenden Worte, die diese Zeilen schreibt, ist mit dem Zauberbuch verbunden, das ich hier manifestiert habe, und schreibt in einer fernen Zukunft das nieder, was für die menschlichen Völker der Erde von Bedeutung ist. Der Zauber dieses Buches wird mit diesem Kapitel vollendet, denn jeder, der in der Zukunft dieses Buch liest, wird erfüllt sein von dessen Weißer Magie der Liebe und Hoffnung.

In den Begegnungen und Geschichten der letzten Tage meines Lebens liegen heilende Kräfte, die in das Buch gewoben sind und voller Liebe in das Herz jedes Lesers einströmen werden. Mit jedem einzelnen Wort in diesem Zauberwerk werden die Fähigkeiten der Menschen, die in der Zukunft darin lesen, gestärkt, und der Leser wird geweiht, um seiner Berufung folgen zu können. Die Erinnerung an die Lebensbestimmung der Menschen klingt mit jeder Seite wie

Musik in der Zukunft, und heilt die Menschen, deren Bestimmung es ist, darin zu lesen.«

Der Zauberer trat an die Pforte in der Wand und öffnete sie für den Zwergenmann.

Als Frandulin hineinblickte, sah er viele Menschen, die in dem Weißen Buch die Geschichten der letzten Tage Amaru Murus lasen und erfüllt mit Liebe und Licht leuchteten.

Der Zauberer wandte sich wieder zu Frandulin und fuhr fort: »Die Zauberkraft, die in diesem Buch und seinen Worten liegt, dient dem Frieden auf dem Planeten Erde und wird mit dem Licht der Engel gehütet. Es trägt die Harmonie und den Glauben an das Universum in die Herzen der Menschen.

Diese Nebelpforte wird für dich, Frandulin, und deine Nachfolger geöffnet bleiben. Im Spiegel der Zukunftssicht wirst du erkennen, wann die Zeit reif ist, die Tafeln der Kristallbibliothek zu den Menschen durch dieses Portal zu schicken. Die Tafeln tragen das Wissen in eine Zeit, in der die Menschen reif für die Erkenntnisse sind, die sie unsichtbar in sich tragen. Du wirst an ihrem Leuchten erkennen, welche Tafeln bereit sind, in die Zukunft entsendet zu werden.«

Frandulin sagte verlegen: »Zauberer Amaru, warum macht ihr das nicht selbst? Wollt ihr uns schon wieder verlassen?«

Der Weiße Zauberer, der sich im Laufe des Gesprächs immer mehr in Licht verwandelte, lächelte und antwortete: »Mein lieber Zwergenfreund und Hüter dieses heiligen Schatzes, ich werde in euren Herzen immer bei euch sein. Ich werde mit großer Freude und mit Hilfe des Engels des Lichtwasserozeans Gandharva Pali, der mir dabei helfen wird, meine Liebe und mein Wissen in Kristall formen. Es ist mein Vermächtnis an die Menschen in der Zukunft, das ich aus Liebe an sie hinterlasse. Es ist meine Bestimmung, dass meine Zauberkraft an die menschlichen Völker der Erde überreicht wird und an jene übergeben wird, die reif dafür sind. Auch diese Bausteine meines Wesens werden hier auf diesem langen, flachen Tisch aufbewahrt und für die Zukunft gehütet, bis sie durch ihr Leuchten die Bereitschaft der Menschen beweisen.«

Amaru Muru strich mit der Hand über den flachen, hüfthohen Tisch, der direkt neben ihm stand.

»Ich werde den Menschen mein Herz in Liebe schenken, meine Hand, segnend in Freundschaft, reichen, meinen Arm um sie halten, um sie mit Mitgefühl und der Liebe des Universums zu ummanteln. Meine Zauberkraft und die Weisheit des Schöpfers sollen ihnen ihre eigene Schöpferkraft spiegeln, und sie werden damit die Bestimmung in sich selbst erkennen, Schöpfer dieses Weltengefüges zu sein.

Mein ganzes Sein will ich ihnen schenken, mein Werden und Vergehen sollen in Kristall geformt daran erinnern, wer sie wirklich sind. Meine Lebenszeit soll hier ein Ende und ein Anfang werden, der die Menschen heilt und in ihrem Willen bekräftigt, Frieden in sich selbst zu beginnen und im Universum Glückseligkeit zu erlangen. Sie sollen in freiem Willen entscheiden, was sie mit diesem Erbe anfangen werden.«

Frandulin war tief im Herzen bewegt, während er dem Zauberer zuhörte. Er bemerkte, dass Amaru Muru immer heller strahlte und fast ganz zu Licht geworden war. Ein helles Vibrieren erfüllte den Raum, und das Klingen einer Harfe erfasste alles, was sich darin befand.

Lieblich klang die Musik des Engels der Manifestation durch den Raum und erfüllte ihn mit göttlichem Frieden.

Der Zauberer legte sich auf den Tisch aus Bergkristall und sagte: »Gott ist die Liebe in allen Wesen und verbindet sie in der Musik der Schöpfung in ewigem Leben. Alles, was erschaffen ist, ist mit dem Segen der Glückseligkeit unendlich verbunden. In tiefer Dankbarkeit weihe ich mein Sein in den Raum der zeitlosen Klänge, die mit dem Atem Gottes liebend befruchtet sind, um reichlich Heilung und Segen in diesem Universum zu erschaffen.

Der göttliche Klang wird alles berühren, und meine Demut und Dankbarkeit werden meine Erleuchtung in kristalline Form schwingen, weil es so mein freier Wille und meine Bestimmung ist. Ich weihe diesen Moment dem Schöpfungsquell und erschaffe mein Vermächtnis in völliger Hingabe an den göttlichen Klang der Wahrheit. Ich bin vollkommene Liebe und Erleuchtung im Hier und Jetzt.«

Als er das gesagt hatte, vibrierte der Raum und der Klang der Harfe des Engels brachte den Lichtkörper des Zauberers in Resonanz. Die lichten Farben verwoben sich miteinander und der Zauberer verwandelte sich in ein vollkommenes Skelett aus reinem Kristall.

Das Licht im Raum bündelte sich und die Zauberkraft der Erleuchtung und des kosmischen Wissens erfüllte die Bausteine des Kristallskeletts, das auf dem Tisch des liebenden Zauberers letzte Ruhestätte fand.

Frandulin war tief berührt und er weinte, als die Klänge der Harfe verstummten und der Zauberer aus Liebe zu seiner Bestimmung für die Menschen zu Kristall geworden war.

Er sah auf die Pforte im Nebel und auf das Weiße Buch, das dabei war, die letzte Seite zu beschreiben. Er wusste, dass der Zauberer seine letzte Handlung vollzogen hatte und diese Verwandlung endgültig war.

Frandulin kniete vor dem Tisch, auf dem das Skelett strahlend schön und leuchtend voller Magie lag, und sagte: »Zauberer Amaru Muru, wir sind voller Dankbarkeit für alles, was du uns gegeben hast. Dein Vermächtnis soll gehütet sein und ich will alles tun, um deine Anweisungen zu befolgen, so wie du es uns aufgetragen hast. Wir werden es von Generation zu Generation so halten, das ist mein Versprechen, denn es ist unsere Bestimmung.«

Frandulin sah auf das Weiße Buch, welches mit der Zukunft verbunden war. Er stand auf und las die letzten Zeilen, die sich wie von selbst schrieben, bevor es sich verschloss. Es stand geschrieben:

Dies ist das Vermächtnis des Weißen Zauberers Amaru Muru, und es ist der Welt gegeben für den Frieden. Ehrt es mit dankbarer Freude und Liebe und der beherzten Tat für die Bestimmung, die euch gegeben ist. Lasst Hoffnung und Mut in euer Leben fließen und seid euch gewiss, dass es einen zeitlosen Zauberer gibt, der in der göttlichen Liebe wandelt und euch ewigen Beistand leistet.

Die mysteriösen Kristalltafeln der Kristallbibliothek – die beeindruckende goldgefasste Sonnentafel, die in Silber gefasste Mondtafel und die in Lapislazuli gebettete Erdtafel (auch bekannt als Nazcatafel) – sowie die Kristallschädel Corazon de Luz (Herz des Lichtes) und Kristallschädel Amaru Muru mit seinem goldenen Kopfschmuck, kristalline Körperteile des legendären Zauberers Amaru Muru: sein Herz, seine Hand, sein Arm und seine Zirbeldrüse werden derzeit im privaten Museum des Seraphim-Instituts aufbewahrt und zu besonderen Anlässen wertschätzend präsentiert.

In Vorträgen, Seminaren, Workshops und Einzelterminen bietet Karin Tag die seltene Möglichkeit, diesen Artefakten persönlich zu begegnen. Lassen Sie sich von ihrer Energie berühren und entdecken Sie die verborgenen Botschaften, die sie für die Menschheit bewahren.

Weitere Informationen zu Begegnungen mit diesen einzigartigen Relikten finden Sie über die Kontaktmöglichkeiten der Autorin.

Über die Autorin

Karin Tag
Autorin, Sängerin und Künstlerin
Dozentin, Aromatherapeutin und Mentaltrainerin (Personal Coach)
Gründerin und Präsidentin des Council of World Elders
Ministerin für Frieden und globale Angelegenheiten des GEP, Indien
Königliche Attaché des Königreichs Hohoe Gbi Traditional Ghana
Trägerin des Verdienstordens des Königreichs Hohoe Gbi Traditional Ghana

Karin Tag ist eine vielseitige Autorin, Künstlerin, Sängerin und spirituelle Lehrerin. Sie wurde am 17. Februar 1969 in Frankfurt am Main geboren und absolvierte eine Ausbildung zur geologischen Präparatorin am Senckenberg Museum. Schon früh begann ihre Suche nach spiritueller Wahrheit, die sie zu intensiven Studien religiöser Schriften, Philosophien und Kulturen führte.

Karin Tag ist Gründerin und Präsidentin des *Council of World Elders*, einer internationalen Organisation, die sich für Weltfrieden, den Erhalt indigener Kulturen und Umweltschutz einsetzt. Der

Council of World Elders bringt Weisheitsträger aus verschiedenen Kulturen zusammen, um traditionelle Werte zu bewahren und neue Lösungen für globale Herausforderungen zu entwickeln. Sie erhielt zahlreiche Auszeichnungen, darunter den Verdienstorden des Königreichs Hohoe Gbi Traditional Ghana und eine Ehrung des Global Energy Parlaments in Indien als Ministerin für Frieden und globale Angelegenheiten.

Ihre spirituelle Reise führte sie durch viele Länder und Kulturen, wo sie von Schamanen, buddhistischen Mönchen, Maya-Ältesten und anderen Weisheitsträgern in ihre Lehren eingeweiht wurde. Besonders prägend waren ihre Einweihungen in den Inka-Schamanismus.

Neben ihrer spirituellen Tätigkeit entwickelte Karin Tag auch eine erfolgreiche Karriere als Sopranistin und Künstlerin. Sie veröffentlichte einige CDs und kombiniert heute ihre künstlerischen und spirituellen Talente in *VoiceHealings*, bei denen sie Musik und Klangheilung einsetzt.

Karin Tag hat zahlreiche Bücher und Fachartikel über Spiritualität, alternative Heilweisen und Grenzwissenschaften veröffentlicht. Ihre Werke wurden in mehrere Sprachen übersetzt und weltweit publiziert. Ihre Arbeit inspiriert Menschen, Verantwortung für die Erde, ihre Mitmenschen und das eigene Bewusstsein zu übernehmen.

Mit ihrem *Crystal Clear Mentaltraining* unterstützt sie Menschen in den Bereichen Karriere, Stressbewältigung und persönliches Wachstum. Sie ist zudem Gründerin des Seraphim-Verlags und Seraphim-Instituts, wo sie inspirierende Seminare, tiefgehende Coachings und transformative spirituelle Bildungsreisen entwickelt und durchführt. Ihre Angebote laden dazu ein, das eigene Bewusstsein zu erweitern, die Magie des Herzens zu entdecken und neue Lebensfreude zu entfalten.

Termine, Infomaterial sowie Bücher und CDs von Karin Tag erhalten
Sie beim
SERAPHIM-INSTITUT
Panoramaweg 27, D-61194 Niddatal, Germany
Tel.: +49 (0) 6187 – 29 05 53
seraphim-institut@web.de
www.seraphim-institut.de

Informationen zum Council of World Elders erhalten Sie unter
COUNCIL OF WORLD ELDERS
Head Office, Panoramaweg 27, D-61194 Niddatal, Germany
Tel.: +49 (0) 6187 – 29 05 53
council-of-world-elders@web.de
www.council-of-world-elders.de

Erleben Sie Karin Tag online: